Knaur

D1926203

Von Barbara Bickmore sind außerdem erschienen:

Die Bucht der Wildgänse
Ein ferner Stern in China
Simbayo – Jenseits der Sonne
Wem die Macht gegeben ist
Wer den Himmel berührt

Über die Autorin:

Barbara Bickmore ist eine ehemalige Universitätsprofessorin. Sie ist Mutter von drei Kindern und lebt in Eugene, Oregon.

Barbara Bickmore

Jenseits aller Versprechen

Roman

Aus dem Amerikanischen von
Karin Dufner

Knaur

Die amerikanische Originalausgabe erschien unter dem Titel
Beyond The Promise bei Kensington Publishing Corp., New York.

Besuchen Sie uns im Internet:
www.droemer-knaur.de

Deutsche Erstausgabe Juli 1999
© 1997 by Barbara Bickmore
© 1999 der deutschsprachigen Ausgabe
bei Droemersche Verlagsanstalt Th. Knaur Nachf., München.
Alle Rechte vorbehalten.
Das Werk darf – auch teilweise –
nur mit Genehmigung des Verlags wiedergegeben werden.
Redaktion: Boris Hezko
Umschlaggestaltung: Agentur Zero, München
Umschlagabbildung: SuperStock, München
Satz: Pinkuin Satz und Datentechnik, Berlin
Druck und Bindung: Ebner Ulm
Printed in Germany
ISBN 3-426-60902-9

2 4 5 3 1

Gewidmet meinen Freundinnen und Freunden,
die für mein Leben eine unbeschreibliche Bereicherung bedeuten:

Nancy und Willard Bollenbach, Patricia Rowe
und Barbara Daviss

und dem Andenken meiner geliebten Jugendfreundin

Gladys Hollwedel

EINS

Die Geschworenen berieten sich nun schon seit elf Stunden und dreiundvierzig Minuten.

»Aber selbst das könnte man als Plus betrachten. Eigentlich stand der Ausgang des Prozesses von Anfang an fest. Wenigstens haben Sie die Jury ins Grübeln gebracht.«

Cat, die angespannt wartend an ihrem Schreibtisch saß, empfand diese Anmerkung als nicht sehr beruhigend. »Bin ich etwa die einzige, die ihn für unschuldig hält?«

Harry Morton, der Chef der Kanzlei, lächelte. »Sicher nicht. Bestimmt ist ein Geschworener dabei, der auf stur schaltet.«

Niemand bei Morton, Cavett, Benjamin & Sawyer war begeistert gewesen, als ihnen der Fall zugeteilt worden war. Er brachte kein Geld ein, doch hin und wieder war eben jede Kanzlei an der Reihe, kostenlos eine Pflichtverteidigung zu übernehmen. Was tat man nicht alles für die Demokratie!

Aber Cat hatte sich förmlich darum gerissen, Bert Tandy, einen vorbestraften Kleindealer, zu verteidigen. Es war ihr erster Prozeß, eine Gelegenheit, auf die sie schon anderthalb Jahre lang wartete, seit sie nach Ab-

schlußihres Jurastudiums bei Morton und Cavett angefangen hatte.
Da sie zu den besten zehn Prozent ihres Jahrgangs gehörte, hatten alle großen, angesehenen Kanzleien in Boston ihr eine Stelle angeboten. Doch sie hatte sich für eine kleinere Firma entschieden, die einen ausgezeichneten Ruf genoß und offen zugab, daß sie zuwenig weibliche Anwälte beschäftigte. Außerdem war ihr Harry Morton, der Chef der Kanzlei, auf Anhieb sympathisch gewesen. Er war alt genug, um ihr Großvater zu sein, und hatte sie unter seine Fittiche genommen.
Niemand hatte damit gerechnet, daß dieser Fall in der Öffentlichkeit auf derartiges Interesse stoßen würde. Zum Teil lag das sicher daran, daß der Angeklagte von einer äußerst attraktiven Berufsanfängerin vertreten wurde.
Allerdings hatte der Fall Tandy auch einige abstoßende Details zu bieten, weshalb sich die Medien gierig darauf gestürzt und die Sache aufgebauscht hatten. Fast jeden Morgen konnte Cat ihr Konterfei im *Boston Globe* bewundern. Selbst *Time* und *Newsweek* hatten Berichte über sie gebracht und geschrieben, sie verfüge über ein natürliches Talent, sich positiv in Szene zu setzen.
Sämtliche Indizien wiesen auf Bert Tandys Schuld hin. Cat fragte sich, ob sie als Geschworene seiner Aussage geglaubt hätte. Obwohl sie ihm einen Anzug gekauft und ihn dazu gebracht hatte, täglich Hemd und Krawatte zu wechseln, machte er einen ungepflegten Eindruck. Allerdings hatte er ein unwiderstehliches Lächeln, das seine Wirkung auf die fünf weiblichen Mit-

glieder der Jury vielleicht nicht verfehlen würde. Mit seinen blauen Augen hatte er Cat angesehen und gesagt: »Ich bin unschuldig, Miss Browning. Ehrenwort.«
Aber das spielte keine Rolle. Cat mußte ihn verteidigen, ganz gleich, ob sie an seine Unschuld glaubte. Sie war jedoch zu dem Schluß gekommen, daß er zwar ein kleiner Dealer, aber kein Mörder war. Das grauenhafte Verbrechen, das ihm zur Last gelegt wurde, war ihm einfach nicht zuzutrauen. Außerdem war Cat klargeworden, daß ihr Mandant nicht gerade eine geistige Leuchte und zudem ein miserabler Lügner war. Jedesmal erzählte er seine Geschichte ein bißchen anders, was sie für ein gutes Zeichen hielt. Denn ein Mensch, der absichtlich die Unwahrheit sagte, achtete normalerweise darauf, sich nicht in Widersprüche zu verwickeln.
In den letzten sechs Monaten hatte Cat ihr gesamtes Privatleben auf Eis gelegt. Nun war der Prozeß, der nur viereinhalb Tage gedauert hatte, vorbei. Obwohl Harry Morton sich alle Mühe gab, sie aufzumuntern, damit sie sich den Schuldspruch, den alle erwarteten, nicht so zu Herzen nahm, war sie bedrückt.
Das Telefon läutete, und Harry griff nach dem Hörer. Schweigend lauschte er und nickte. »Die Geschworenen haben ihre Beratung beendet«, sagte er zu Cat, nachdem er aufgelegt hatte. »Soll ich Sie in den Gerichtssaal begleiten?«
»Sie würden mir eine große Freude machen.«
»Gut. Kopf hoch. Lassen Sie sich nichts anmerken, wenn das Urteil verkündet wird. Ihr Mandant rechnet

sich ohnehin keine großen Chancen aus. Er wird nicht sehr überrascht sein.«
Hatte er so wenig Vertrauen zu ihr?

Das klimatisierte Taxi war wegen der sommerlichen Schwüle eine wahre Wohltat. Als Cat die Stufen des Gerichtsgebäudes hinaufeilte, wurde sie von Reportern bestürmt. Harry gelang es zwar, ihnen einen Weg durch die Menschenmenge zu bahnen, doch die Hartnäckigsten verfolgten sie bis in den zweiten Stock. Harry hielt Cat die Tür des Gerichtssaals auf.

Bert Tandy saß mit versteinerter Miene am Tisch der Verteidigung. Seine Aufmerksamkeit galt nicht Cat, sondern den Geschworenen, die seinem Blick auswichen, als sie hereinkamen.
Wie Cat gehört hatte, war dies ein eindeutiges Zeichen dafür, daß sie ihn schuldig sprechen würden und deshalb ein schlechtes Gewissen hatten. Ihr blieb fast das Herz stehen.
Auf Anweisung des Richters erhob sich der Sprecher der Geschworenen und reichte dem Gerichtsdiener ein Blatt Papier. Dieser gab es zusammengefaltet an den Richter weiter, der es schweigend las und dem Gerichtsdiener zurückgab. Dann wandte sich der Richter an den Sprecher der Geschworenen, der immer noch aufrecht dastand. »Sind Sie zu einem Urteil gelangt?«
Die Stimmung im Raum war zum Zerreißen gespannt.
»Nicht schuldig, Euer Ehren«, erklärte der Sprecher mit einem Blick auf Bert.

Cat schloß erleichtert die Augen und spürte Harrys Hand auf ihrer Schulter. Als sie sie wieder öffnete, bemerkte sie, daß Bert übers ganze Gesicht strahlte.
Im Saal erhob sich Getuschel. Der Richter schlug mit dem Hammer auf den Tisch und bat um Ruhe.
»Was passiert jetzt?« fragte Bert.
»Sie werden zurück ins Gefängnis gebracht und dort offiziell aus der Haft entlassen. O Bert, ich freue mich so für Sie!«
»Kein Vergleich damit, wie ich mich fühle. Danke, Miss Browning. Sie waren große Klasse.«
Cat war froh, daß die Gerechtigkeit den Sieg davongetragen hatte. Außerdem waren die kleinen Delikte, die nichts mit dem Mord zu tun hatten, beim Urteil nicht zum Tragen gekommen.
»Jetzt müssen Sie Ihr Leben in Ordnung bringen«, meinte sie zu Bert, während sie ihre Papiere in ihrem Aktenkoffer verstaute. »Wenn Sie einen Job brauchen, helfe ich Ihnen gern weiter.«
»Das ist aber nett von Ihnen, Miss Browning.«
Als die Zuschauer den Gerichtssaal verließen, wurde Cat schon von Harry erwartet. »Was für eine Überraschung! Sie können wirklich stolz auf sich sein. Schade, daß ich Ihr Plädoyer verpaßt habe. Anscheinend hat es die Geschworenen sehr beeindruckt.«
Cat lächelte. Schließlich hatte sie bei diesem Prozeß alles gegeben.
»Darf ich Sie auf einen Drink einladen?« fragte Harry.
Cat fand, daß sie sich diesen Drink ehrlich verdient hatte.

Auf dem Heimweg kaufte sie eine Flasche Champagner. Sie wohnte in einem Backsteinhaus in der Newbury Street und war mit ihrer Nachbarin Annie Nicholas, die Tapetenmuster entwarf, gut befreundet. Die beiden aßen mindestens drei- oder viermal in der Woche zusammen, meistens in einem der kleinen ausländischen Restaurants in der Newbury Street. Hin und wieder kochten sie auch zu Hause. Cat amüsierte sich über Annies Faible für Hausmannskost, das sie an ihre Mutter erinnerte. Sie selbst war eher eine Anhängerin der Nouvelle cuisine und besaß ein ganzes Regal voller einschlägiger Kochbücher.
Doch als Cat heute bei ihrer Freundin anklopfte, machte niemand auf.
Also ging sie in ihre Wohnung, suchte einen Stift und ein Post-it-Etikett, schrieb »Komm rüber, es gibt was zu feiern« darauf und heftete es an Annies Tür.
Dann zog sie die Schuhe aus und tanzte, die Champagnerflasche vor die Brust gedrückt, durch ihr Wohnzimmer. Noch nie im Leben hatte sie sich so wunderbar gefühlt – und so erschöpft.
Sie stellte sich unter die Dusche und war gerade beim Abtrocknen, als es an der Tür klingelte. Cat wickelte sich ein Handtuch um und öffnete.
»Feiern?« fragte Annie grinsend. »Heißt das, du hast gewonnen?«
»In der Tat. Der Champagner steht im Kühlschrank. Ich dachte, wir gehen so richtig groß essen. Zum Inder an der Ecke.«
Das Restaurant war so teuer, daß sie es sich für beson-

dere Gelegenheiten vorbehielten. An Geburtstagen zum Beispiel, wenn Annie Gehaltserhöhung bekommen hatte – oder nach einem Film mit Dennis Quaid.

»Du hast dir einen Urlaub verdient«, sagte Annie und biß in ein knuspriges, scharf gewürztes Naan. »In zehn Tagen fahre ich zur Hochzeit meines Bruders nach Hause. Komm doch mit. Du warst noch nie in Oregon. Es gibt nichts Schöneres als Oregon im Sommer.«

»Das ist mir zu anstrengend. Ich muß dringend ausspannen. Ich dachte, ich fliege auf die Bahamas oder nach Aruba.«

»In Cougar ist so wenig los, daß dir gar nichts anderes übrigbleibt, als dich zu erholen. Meine Mutter ist eine großartige Köchin, und der Anblick der Berge ist Balsam für die Seele.«

»Warum bist du weggezogen, wenn es da so toll ist?«

»Keine Jobs. Wenigstens nicht für Künstler. Dort kann man nur Landwirtschaft betreiben oder einen kleinen Laden aufmachen. Einen wirklich kleinen, denn der ganze Landkreis hat nur knapp siebzehntausend Einwohner.«

Cat stellte sich Männer in Latzhosen, Frauen in Polyesterkleidern und eine blitzsaubere kleine Stadt vor, in der der Kirchturm alle Häuser überragte. Die Leute saßen in Schaukeln auf der Veranda und nickten den Passanten zu. Sie fragte sich, ob es in so einem Nest überhaupt Straßenbeleuchtung gab.

»Findest du es dort langweilig?«

»Könnte man sagen. Ich fahre immer wieder hin, um mal Abstand zu gewinnen, aber wohnen könnte ich dort nicht mehr.«

»Wie heißt die Ortschaft noch mal?«

»Cougar«, antwortete Annie. »Sie liegt im Cougar Valley. Die nächste größere Stadt ist Baker mit etwa neuntausend Einwohnern. Cougar hat nur neunzehnhundert. Eine richtige amerikanische Kleinstadt, Cat. Du würdest mal aus dem Alltag rauskommen und könntest auf der Veranda sitzen und an Mamas Rosen schnuppern.«

»Weißt du, daß ich noch nie einen hohen Berg gesehen habe? Nur die Catskills und die Berkshires ...«

»Ameisenhaufen«, meinte Annie. »Die Berge hier verdienen diese Bezeichnung nicht.«

»Ich werd's mir überlegen.«

Als Cat am nächsten Tag ins Büro kam, gratulierten ihr alle Kollegen zu ihrem Erfolg.

Sie gab sich Mühe, sich ihren Stolz nicht anmerken zu lassen.

Am Morgen hatte der *Globe* einen Artikel über sie gebracht und sie als »junge Verteidigerin mit Ausstrahlung« bezeichnet.

Wenn das kein Lob war.

Harry Morton hatte ihr ein Dutzend rote Rosen auf den Schreibtisch gestellt.

»Jetzt arbeite ich also für eine Prominente«, sagte Lee Ann Taylor, ihre Sekretärin. »Möchten Sie einen Kaffee?«

»Statt Champagner?«
Die beiden Frauen lächelten sich zu.
Dann wies Lee Ann auf eine Liste von Telefonnummern. »Eine Reporterin war besonders hartnäckig. Sie will einen großen Artikel über Sie in der Sonntagszeitung bringen. Heute ist Redaktionsschluß. Ich schlage vor, daß Sie sie zuerst anrufen.«
»Gut. Könnten Sie mich bitte verbinden?« Cat nahm hinter ihrem Schreibtisch Platz.
Den restlichen Vormittag verbrachte sie am Telefon. Dann ging sie mit der Frau von der Zeitung zum Mittagessen und wurde fast zwei Stunden lang interviewt. Die Reporterin erfuhr, daß Cat in Philadelphia geboren war und den Ehrgeiz hatte, irgendwann Staranwältin zu werden. Doch ihr größter Traum bestand darin, einmal in den Kongreß einzuziehen.
»Repräsentantenhaus oder Senat?«
»Wahrscheinlich fange ich besser im Repräsentantenhaus an und arbeite mich dann hoch.«
»Und was ist mit Ehe und Kindern?«
»Natürlich. Ich will alles beide.«
»Viel Glück«, sagte die Reporterin, klappte ihr Notizbuch zu und steckte den Bleistift weg. »Und ich habe so eine Ahnung, daß Sie zu den Frauen gehören, die das auch schaffen.«
Cat fühlte sich sehr geschmeichelt.

Im Flugzeug nach Portland erzählte Annie Cat ein wenig von ihrer Heimatstadt. Ihre Eltern wohnten in einer Seitenstraße in einem kleinen Haus. Ihr Vater war

der Besitzer des Eisenwarenladens in der einzigen Einkaufsstraße.
»Mama hat gesagt, daß Mister McCullough uns mit dem Flugzeug abholen kommt. Mit dem Bus dauert die Fahrt nämlich sieben Stunden, mit dem Auto fünfeinhalb. Du wirst von ihm hingerissen sein.«
»Mein Gott, schau dir diese Berge an!« rief Cat begeistert aus.
»Das da links ist der Mount Hood.«
»Und dahinter kommen noch mehr Berge.«
»Das sind die Cascades.«
Der Landeanflug auf Portland hatte schon begonnen.
»Du wirst McCullough sofort erkennen«, fuhr Annie fort. »Er sieht ein bißchen aus wie John Wayne, obwohl er rote Haare und einen buschigen Schnauzbart hat. Außerdem ist er ein wahrer Kleiderschrank und wirkt wie einem Western entsprungen.«
Dank dieser Beschreibung erkannte Cat Red McCullough wirklich auf den ersten Blick. Er überragte die Umstehenden um einen Kopf, wozu auch die hochhakkigen Cowboystiefel ihren Teil beitrugen. Außerdem war er der einzige Mann mit Stetson auf dem Flughafen von Portland.
Er umarmte Annie und musterte Cat anerkennend. Seine Koteletten wiesen zwar bereits einige graue Strähnen auf, doch seine blauen Augen funkelten wie die eines jungen Mannes. Cat schätzte ihn auf Mitte bis Ende Vierzig.
Er hatte eine rauhe Stimme und ein wettergegerbtes Gesicht.

Nachdem sie ihr Gepäck geholt hatten, hielt Red ein Taxi an, das sie zu einem kleinen Flugzeug brachte. An der Seite stand in blauen Buchstaben Name MISS JENNY.
»Miss Jenny ist seine Mutter«, erklärte Annie. »Ich setze mich nach hinten, damit Mister McCullough dir die Aussicht zeigen kann.«
Als Red die Maschine zur Startbahn rollen ließ, umklammerte Cat ängstlich die Armlehnen ihres Sitzes. Noch nie war sie in einem so kleinen Flugzeug geflogen. Doch sie waren in der Luft, bevor sie richtig Zeit hatte, es zu bemerken. Red grinste sie an. »Sie brauchen sich nicht zu fürchten.«
Gebannt starrte Cat aus dem Fenster, wo sich der Vulkan Mount St. Helens und der Mount Rainier erhoben. Unter ihnen schlängelte sich der Columbia River dahin.
»Mama hat geschrieben, daß Torie zurückkommt, um an der Schule zu unterrichten«, sagte Annie.
Reds Augen leuchteten auf. »Sie ist schon wieder da. Nach Mistress Petersons Tod im Mai hat Torie sofort Bill O'Rourke angerufen.«
»Als ich noch in der High-School war, unterrichtete Bill die Jungen in Sport«, meinte Annie.
»Und seit vier oder fünf Jahren ist er der Rektor«, ergänzte Red.
»Soweit ich mich erinnere, war Torie Cheerleaderin bei seiner Footballmannschaft«, meinte Annie kopfschüttelnd.
»Vielleicht hat das ja den Ausschlag gegeben. Er hat ihr die Stelle gleich am Telefon zugesichert.«

»Da freut sie sich bestimmt riesig.«
»Und Joseph auch.« Red grinste. »Natürlich wollte Sarah Torie überreden, sich einen Job in einer größeren Stadt zu suchen, aber sie hat sich geweigert.«
»Werden sie und Joseph heiraten?«
»Hoffentlich. Doch da gibt es noch einige Probleme.«
»Sein Vater und Mistress McCullough?«
»Du hast es erfaßt.«
Red begann mit dem Landeanflug. »Da unten ist Big Piney. Der Flugplatz liegt etwa anderthalb Kilometer hinter dem großen Haus. Sehen Sie den Hangar da unten im Tal?«
Cat erkannte ein braunes, einstöckiges, ungewöhnlich großes Haus. Sie flogen darüber hinweg zum Flugplatz, wo Red die Maschine sanft aufsetzte.
Auch wenn es sich hier um die finsterste amerikanische Provinz handelte, hatte Cat noch nie so eine traumhafte Landschaft gesehen.
»Ich stelle das Flugzeug in den Hangar«, sagte Red zu Annie. »Dann hole ich den Jeep und fahre euch in die Stadt.«
Annie drehte sich mit ausgebreiteten Armen um die eigene Achse. »Früher wollte ich nichts wie weg«, meinte sie. »Aber zu Hause ist es doch immer wieder am schönsten. Schau mal, da ist Scott.«
Als Cat sich umdrehte, bemerkte sie einen jungen Mann, der auf dem Rücken eines riesigen weißen Pferdes mit braungescheckten Hinterflanken saß. Wegen des Strohhuts konnte man das Gesicht des Mannes nicht erkennen. Doch er wirkte auf Cat, als sei er gera-

dewegs aus den Bergen gekommen, um gegen die Indianer zu kämpfen, sein Land zu verteidigen und dann weiter gen Westen zu reiten.
Er näherte sich. »Schön, daß du da bist«, sagte er zu Annie. Dann betrachtete er Cat. Seine Augen funkelten, und als er lächelte, hoben sich seine Zähne leuchtend weiß von seinem gebräunten Gesicht ab.
»Ich fahre sie in die Stadt, Dad«, meinte er, ohne den Blick von Cat abzuwenden. Sie spürte, wie ihr die Knie weich wurden.

ZWEI

Annies Eltern wohnten in einem weißen Haus in einer Seitenstraße. Wie Cat es sich vorgestellt hatte, konnte man von der Veranda aus die Passanten begrüßen.

»Die McCulloughs sind wirklich eine interessante Familie«, meinte Annie, nachdem sie ausgepackt hatten, auf der Veranda saßen und Limonade tranken. »Und Miss Jenny ist eine Nummer für sich. Wenn man so reich ist, braucht man sich nicht mehr um Konventionen zu kümmern. Alle lieben sie. Ganz im Gegenteil zu Mistress McCullough.«

»Mistress?«

»Reds Frau. Sie und Torie sind wahrscheinlich die attraktivsten Frauen im ganzen Tal. Sie könnten zum Film gehen. Scott und Torie sehen aus wie ihre Mutter, obwohl sie sich bis auf die schwarzen Haare und Augen sonst nicht sehr ähnlich sind. Allerdings ist Mistress McCullough recht komisch und nicht sehr beliebt. Sie trägt die Nase ziemlich hoch und lebt zurückgezogen. Ganz im Gegenteil zu Red, der sich bei allen gesellschaftlichen Ereignissen blicken läßt. Er und Bollie, das ist der Leiter der Bankfiliale, und Ken Amberson regieren quasi diese Stadt. Ohne die drei müßten die Kinder hier immer noch mit dem Schulbus nach Baker fahren, und den Menschen würde es viel schlechter gehen. In diesem Landkreis gibt es zwar eine Menge Sozialhilfeempfänger, doch weniger als anderswo, weil Red, Bollie und Ken Arbeitsplätze schaffen. Sie hängen das nicht an die große Glocke, aber jeder weiß es.«

»Ist die Ranch der McCulloughs sehr groß?«

Lächelnd stellte Annie ihr Limonadenglas auf die Armlehne ihres Stuhls. »Hier bei uns mißt man das Land nicht in Hektar, sondern in Abschnitten. Die McCulloughs besitzen etwa fünfundfünfzig oder sechzig Abschnitte und außerdem noch Grundstücke anderswo.«

»Wie groß ist so ein Abschnitt?«

»Hundertsechzigtausend Hektar.«

Cat rechnete. »Das sind ja neun bis zehn Millionen Hektar!«

»Mindestens. Ihnen gehört ein Großteil des Tals. Ich sehe zu, daß wir bei ihnen eingeladen werden, damit du es dir selbst anschauen kannst. Die Familie ist zwar schon seit Generationen wohlhabend, aber meine Eltern haben mir erzählt, daß Red das Vermögen noch vermehrt hat. Die McCulloughs haben hier in der Gegend eine Menge zu sagen, doch sie mißbrauchen ihre Macht nicht. Wenn wir hier einen Beliebtheitswettbewerb veranstalten würden, kämen Red und der Sheriff wahrscheinlich in die Endausscheidung.«

»Der Sheriff? Seit wann sind Polizisten denn beliebt?«

»An der Ostküste vielleicht nicht. Mit Jason Kilpatrick ist es etwas anderes. Er ist ein hilfsbereiter Mensch und ein absoluter Glücksfall für unsere Stadt. Als er anfing, war ich gerade auf dem College. Leider hat auch er eine merkwürdige Frau. Kalt wie ein Iglu. Ich glaube, die geht zum Lachen in den Keller. Jason hingegen ist bei allen Bewohnern des Tals ein gerngesehener Gast. Außerdem ist Verbrechen bei uns ein Fremdwort, und das liegt nicht daran, daß die Leute Angst vor Jason haben. Sie wollen ihn eben nicht enttäuschen.«

Cat war der Ansicht, daß Annie ziemlich naiv daherredete.

»Findest du es nicht komisch, daß zwei so nette Männer mit solchen Zicken verheiratet sind? Und zwei gefühlvolle, lebendige und sympathische Frauen wie wir sind immer noch solo! Die Welt ist eben ungerecht.«

»Ich habe sowieso keine Zeit für Männer«, murmelte Cat. »In den letzten Monaten habe ich nur noch für den Prozeß gelebt.«

»Und an deinem Tonfall erkenne ich, daß du vorhast, diesem Zustand durch einen Flirt mit Scott McCullough abzuhelfen.«

»Attraktiv ist er schon ...«

»Das kannst du laut sagen.«

»Bist du mal mit ihm gegangen?«

»Ich bin zwei Jahre älter als er, und in einer Stadt wie dieser spielt das eine Rolle. Doch die Mädchen in seiner Klasse und auch die jüngeren waren verrückt nach ihm. Und nach dem zu urteilen, was man so hört, sind die meisten von ihnen auch zum Ziel gekommen.«

»Oh.«

»Also sei gewarnt.«
»Man muß ja nicht gleich heiraten, bevor man mit jemandem ins Bett steigt.«
»Da bin ich ganz deiner Ansicht. Aber es besteht die Gefahr, daß du dich verliebst, wenn du dich mit Scott einläßt.«
»Das werde ich hoffentlich selbst rauskriegen. Ich habe Lust auf ein bißchen Entspannung und Romantik.«
Und wie erwartet, ergab sich bald eine Gelegenheit.

Cat fand Annies Familie auf Anhieb sympathisch. Unter der Aufsicht von Annies Mutter, die Polyesterhosen und eine Hemdbluse trug, deckten sie den großen Picknicktisch im Garten, wo Rittersporn und Flieder blühten. Der Garten war von einem Lattenzaun umgeben, von dem die weiße Farbe abblätterte. Eine mindestens zehn Meter hohe Weide spendete Schatten. Sie liehen sich Stühle aus der Stadthalle aus, und Kevin, der Bräutigam, half beim Aufstellen. Er war ein magerer junger Mann mit leuchtend blauen Augen und hatte gerade seinen Abschluß an der University of Oregon gemacht. Nun arbeitete er bei einer Behörde in Salem. Da er noch bis August Urlaub hatte, wollte er mit seiner Braut zehn Tage lang am Steens Mountain und in den Strawberry Mountains zelten.
Zelten auf der Hochzeitsreise? Cat stellte sich für ihre Flitterwochen eher ein Luxushotel vor, wo es Swimmingpools und Tennisplätze gab, wo man Drinks an den Liegestuhl serviert bekam und wo beim Dinner romantische Musik erklang. Oder vielleicht Hawaii:

eine sanfte Meeresbrise, die Luft duftete nach tropischen Blumen, und in der Ferne schluchzte herzzerreißend eine Gitarre.
Die Braut und ihre Familie trafen in einem zerbeulten Pick-up und einem ziemlich neuen Taurus ein. Die junge Frau hatte eine Menge jüngerer Geschwister. Alle umarmten einander und nahmen Cat freundlich in ihrer Mitte auf. Offenbar kannten sie sich schon seit ihrer Kindheit. Cat überlegte, wie es wohl war, ein ganzes Leben an ein und demselben Ort zu verbringen.
Ein riesiges Roastbeef und ein ganzer Schinken wurden aufgetragen. Dazu Schüsseln mit Kartoffelsalat und Krautsalat, Obstsalat mit Götterspeise, saure Gurken, Oliven, Senf, Mayonnaise und in dicke Scheiben geschnittenes, hausgemachtes Brot. Als Kind hatte Cat zum letztenmal einen so reich gedeckten Tisch gesehen. Sie wußte gar nicht, daß es immer noch Leute gab, die sich solche Mühe mit dem Essen machten.
Eisgekühlte Limonade für die Frauen und Kinder und Bier für die Männer standen bereit. Braut und Bräutigam himmelten einander an. Cat fragte sich, ob sie wohl schon einmal miteinander geschlafen hatten. Es war eine andere Welt, in der Werte herrschten, die an der Ostküste vermutlich als altmodisch gelten würden. Und plötzlich überlief sie eine Gänsehaut.
Scott McCullough bog um die Hausecke. Er war ganz in Weiß gekleidet und trug einen gewaltigen Cowboyhut auf dem Lockenkopf. Nach seinen breiten Schultern und der schmalen Taille hätten sich auch in Los

Angeles die Mädchen auf der Straße umgedreht. Er lächelte übers ganze Gesicht. Cat blieb das Herz stehen. Scott küßte die beiden Mütter auf die Wange, schüttelte den Männern die Hand, zauste den kleinen Brüdern das Haar und umarmte die sechzehnjährige Schwester der Braut. Als er Cat entdeckte, sah er sie aus schwarzen Augen an.

Sie stand wie angewurzelt da.

Offenbar hatte niemand bemerkt, welche Spannung zwischen ihnen knisterte. »Das Buffet ist eröffnet!« rief Annies Vater laut.

Alle strömten einigermaßen gesittet auf den langen Tisch zu. Annie nahm Cat an der Hand und zog sie mit sich. Am liebsten hätte Cat sich nach Scott umgeblickt, aber sie beherrschte sich.

»Paß auf«, warnte Annie.

»Warum? Stimmt etwas nicht?« Doch sie wußte genau, was ihre Freundin meinte.

»Nimm dir einen Teller, aber laß noch Platz für den Nachtisch. Mamas Schwarzwälder Kirschtorte ist die beste auf der ganzen Welt.«

Cat und Annie machten es sich mit ihren Tellern im Schatten der Weide bequem. Unter den Gästen herrschte ausgelassene Stimmung.

Cat beobachtete, wie ungezwungen die Anwesenden miteinander umgingen. Sie war sich nicht sicher, ob sie soviel Vertrautheit nicht als einengend empfinden würde. War es nicht langweilig, ständig mit denselben Leuten zu verkehren und sie Tag für Tag zu sehen?

Doch eigentlich lief es in Boston auch nicht viel anders:

immer dieselben Kollegen und Mandanten. Außer mit Annie hatte sie seit ihrem Uniabschluß keine Freundschaften geschlossen. Und wenn sie mit einem Mann ausging, war es für gewöhnlich ein Anwalt, den sie auf einer Party kennengelernt hatte.

Sie hatte geglaubt, über diese Provinzler erhaben zu sein, bei denen die Zeit stehengeblieben schien. Allmählich jedoch erwachte ihr Interesse. Die Leute besaßen eine Offenheit und Unbefangenheit, die Cat gefiel.

Die untergehende Sonne verbreitete ein goldenes Licht.

»Um diese Jahreszeit wird es erst nach halb zehn dunkel«, meinte Scott McCullough, rückte sich einen Stuhl heran und setzte sich Cat und Annie gegenüber.

»Wie in Boston«, entgegnete Cat, bemüht, sich ihre Gefühle nicht anmerken zu lassen.

»Sie haben das wichtigste Picknick des Jahres verpaßt«, fuhr er fort. »Das am Unabhängigkeitstag.«

Cat lächelte ihm zu. Als sie einander ansahen, konnte sie den Blick nicht mehr von ihm abwenden.

»Wo habt ihr euch kennengelernt?« fragte er.

»Cat ist meine Nachbarin«, erklärte Annie. »Wir sind uns zum erstenmal begegnet, als sie eingezogen ist. Das ganze Treppenhaus war mit ihren Kartons zugestapelt, daß ich nicht mehr vorbeikonnte. Sie hat mir so leid getan, daß ich sie zum Abendessen eingeladen habe, und seitdem sind wir befreundet.«

»Was machen Sie denn beruflich?« erkundigte er sich, während er eine Scheibe Schinken mit Senf bestrich.

»Ich bin Anwältin.«

Seine Gabel blieb in der Luft stehen, und er starrte sie entgeistert an. »Eine Frau als Anwalt?« meinte er schließlich, nachdem er einen Bissen gegessen hatte.
»Das hört sich an, als hätten Sie etwas dagegen.«
»Nein, das war reine Bewunderung. Bei uns kriegen wir nicht oft eine Frau zu Gesicht, die Anwalt ist.«
»Mit Ausnahme von Portland und Eugene herrscht hier finsteres Spießertum«, meinte Annie. »Die Gleichberechtigung der Frau ist kein Thema, legale Abtreibungen gelten als Teufelswerk, und Henry Kissinger ist den Leuten suspekt, weil er einen ausländischen Akzent hat. Und wer keinen einheimischen Urgroßvater vorweisen kann, hat bestimmt Dreck am Stekken.«
»Moment mal«, protestierte Scott. »Daß ich hier lebe, macht mich noch lange nicht zu einem Spießer. Ich bin zwar gegen die Verschwendung von Steuergeldern, betrachte mich aber als Liberalen, ganz wie der Rest meiner Familie. Mein Vater wählt sogar die Demokraten. Schließlich ist Oregon ein progressiver Staat.«
»Ach wirklich?« erwiderte Annie in herausforderndem Ton. »Das liegt aber nur an den größeren Städten. Ihr wohnt hier viel zu nah an Idaho und seinen Neonazis.«
Die drei schwiegen betreten. Schließlich beruhigte Scott sich wieder. »Verteidigen Sie Verbrecher?« wollte er von Cat wissen. Ihr gefiel der Klang seiner Stimme, der seine Frage viel persönlicher wirken ließ, als sie eigentlich war.
»Ich verteidige Unschuldige.«

»Schon gut«, sagte er wegwerfend. »Damit sie freikommen und wieder einen Mord begehen können. Das gehört zu den Dingen, die heutzutage schieflaufen. Zu viele Verbrechen und zu milde Strafen.«

»Ich glaube, die meisten Amerikaner wären Ihrer Ansicht. Jedenfalls habe ich keine Lust, mich mit Ihnen darüber zu streiten.«

»Können Sie reiten?« wechselte Scott das Thema.

Cat schüttelte den Kopf. Sie war nur einmal, mit zwölf, während eines Urlaubs mit ihrer Familie, geritten, hatte sich krampfhaft an die Zügel geklammert und Todesängste ausgestanden.

»Was meinst du, Annie? Wollt ihr beide nach Big Piney kommen, damit wir zusammen in die Berge reiten können?«

»Das wäre bestimmt interessant für Cat. Danke, gern.«

»Wenn ihr am Montagnachmittag kommt, könnt ihr zum Essen bleiben.«

»Das wäre wirklich nett«, murmelte Annie. Dann sagte sie zu Cat: »Du wirst feststellen, daß dich jeder, den du kennenlernst, zum Essen einlädt. Gastfreundschaft wird hier in Cougar großgeschrieben.«

»Bist du fertig, Scott?« unterbrach der Bräutigam das Gespräch. »Wir machen jetzt die Stellprobe in der Kirche.«

»Klar.« Als Scott aufstand, bemerkte Cat, daß er die meisten anderen Gäste überragte. Seine Stiefel waren so blank poliert, daß Cat sich beinahe darin spiegeln konnte. Wie sein Vater trug er ein Halstuch anstelle einer Krawatte und sah aus wie ein Westernheld.

Annie bemerkte, daß Cat Scott nachblickte, als dieser den Rasen überquerte und um die Hausecke verschwand.
»Ein interessanter Mann«, meinte sie.
»Sein Vater auch«, antwortete Cat.
»Sei bloß vorsichtig. Scott ist ein Herzensbrecher. Seit er siebzehn ist, versuchen die Mädchen hier, ihn zum Traualtar zu schleppen.«
»Ich muß ihn doch nicht gleich heiraten«, sagte Cat.

DREI

Nach Big Piney waren es etwa dreißig Kilometer. Von der schmalen Landstraße zweigte eine unbefestigte Straße ab, die sich bis zu den Bergen schlängelte. Cougar Valley war von gelben Senffeldern und üppigen Wiesen geprägt. So weit das Auge reichte, weideten braune und schwarze Rinder.

Scott hatte Cat und Annie mit dem Auto abgeholt. Zu Cats Überraschung fuhr er einen riesigen schwarzen Cadillac mit roten Lederpolstern.

Schneebedeckte Berggipfel ragten in den strahlend blauen Himmel.

»Dort, wo Weiden stehen, ist ein Bach«, erklärte Scott. »Zum Glück haben wir keine Probleme mit dem Wasser. Oben auf den Bergen liegt immer Schnee, und hinter diesen Hügeln gibt es einige Seen. Im Winter kann man hier ausgezeichnet Skilaufen, und um diese Jahreszeit gehen wir zum Angeln und veranstalten Picknicks, im Herbst finden die Jagden statt.«

»Was wird denn hier gejagt?« fragte Cat.

»Berglöwen, Elche, Bären und Hirsche.«

Cat konnte sich nicht vorstellen, ein Tier zu töten.

»Gehört all das Ihnen?« erkundigte sie sich und wies aus dem Autofenster.

»Das meiste schon, bis zu den Häusern dort hinten. Dieser Berg und das Land jenseits davon ebenfalls. Unser Grundbesitz reicht fast bis zu den Wallowas.«

Cat drehte sich um und blickte zu den schneebedeckten Bergen im Osten hinüber. »Ich habe noch nie so eine wunderschöne Landschaft gesehen.«

Scott nickte. »Sie ist einzigartig. Wir hier draußen können nicht begreifen, warum jemand freiwillig in einer Stadt lebt. Ich würde mich an der Ostküste fühlen wie im Knast.«

Im Knast? Für Cat waren Städte gleichbedeutend mit Kultur und Abwechslung, ohne die man einfach nicht existieren konnte. In Cougar gab es weder ein Kino noch eine Bibliothek, und die Zeitung erschien nur einmal wöchentlich. Man mußte sich mit einer Bankfiliale, einem Supermarkt und dem Eisenwarenladen begnügen. Rocky's Café in der Main Street war die einzige Kneipe, und vor kurzem hatte eine Eisdiele der Kette Dairy Queen eröffnet. Am südlichen Ende der Stadt stand eine BP-Tankstelle, am nördlichen eine von Texaco. Außerdem verfügte Cougar noch über das Shumway's Hospital Inn – ein Motel mit elf Zimmern – und über einen Laden für Westernkleidung. Für größere Einkäufe mußte man nach Baker, La Grande oder sogar nach Pendleton fahren, das fast fünfzehntausend Einwohner hatte. Cougar hatte auch eine Landwirtschaftliche Genossenschaft, wo Farmer und Rancher Viehfutter erstehen, ihre Wolle verkaufen und im Frühjahr Küken bestellen konnten. Wer nur wenige Milchkühe besaß, lieferte die Milch in riesigen Alukannen an die Molkerei Darigold. Bei Ranchern mit größeren Herden wurden die Behälter mit dem Lastwagen abgeholt.

Vlahov's Apotheke und Drogerie schenkte Limonade aus und handelte außerdem mit T-Shirts, Andenken und Taschenbüchern.

In Cougar gab es auch einen Arzt und einen Tierarzt, die einander zuweilen beratend zur Seite standen. Ihre Hausbesuche führten sie bis zu vierzig Kilometer in die Umgebung. Die beiden Mediziner waren mit Mobiltelefonen ausgerüstet und kehrten oft erst nach Einbruch der Dunkelheit von ihren Fahrten zurück.

Ein Japaner, dessen Großeltern in die Vereinigten Staaten eingewandert waren, züchtete winzige Rosen und Bonsais, mit denen er das ganze Land belieferte.

Cat versuchte sich vorzustellen, wie es hier wohl im Winter war, der viele Monate dauerte. Ganz sicher würde sie sich eher eingesperrt fühlen als in der Stadt.

»Wenn ich sechs Stunden in einer Stadt verbringen muß, bekomme ich Klaustrophobie«, sagte Scott. »Nichts Grünes, nur Häuserschluchten. Keine Vögel, keine Aussicht. Ich weiß nicht, wie Sie das aushalten.«

»Wenn ich hier bin, frage ich mich, ob ich verrückt geworden bin, weil ich freiwillig in der Stadt wohne. Aber was soll ich hier anfangen?« entgegnete Annie.

»Heiraten«, lautete Scotts knappe Antwort.

»Klar, was anderes bleibt einem in diesem Nest auch nicht übrig.«

»Und was hast du gegen die Ehe einzuwenden?«

»Eigentlich nichts. Grundsätzlich möchte ich schon einmal heiraten, aber nur, wenn ich meine Freiheit nicht aufgeben muß.«
»Deine Aufgabe wäre es, dich um deine Kinder und den Haushalt zu kümmern.«
»Ach du meine Güte!« riefen Annie und Cat im Chor.
»Die Luft ist hier so sauber«, meinte Cat, um das Thema zu wechseln.
»Das liegt daran, daß die nächste Fabrik mehr als fünfhundert Kilometer entfernt ist. Wenn Sie etwas wirklich Gutes riechen wollen, müssen Sie mal in eine Scheune gehen – das frischgemähte Heu ...«
»Ja, ja«, ergänzte Annie. »Und gleich daneben der Misthaufen ...«
Scott, der nicht sicher war, ob sie ihn auf den Arm nehmen wollte, warf einen Blick in den Rückspiegel. Doch um Annies Lippen spielte ein wehmütiges Lächeln.
Und dann kam am Ende der Straße das Haus in Sicht.
»O mein Gott.« Cat schnappte nach Luft. »Das ist ja ein wahrer Palast.«
»Sechsundzwanzig Zimmer, wenn man die Bäder nicht mitzählt«, erwiderte Scott grinsend.
Das einstöckige Haus verfügte über eine Veranda. Die Stufen waren zum Schutz gegen das rauhe Klima mit dunkelbrauner Beize imprägniert.
Jeder der hohen Räume war mit einem offenen Kamin ausgestattet. Von den vorderen Zimmern aus konnte man jenseits des Cougar Valley die Wallowa Mountains sehen, die hinteren blickten auf die felsigen Elkhorns.
»Ein phantastisches Haus«, sagte Cat.

»In Wyoming, Montana und Texas gibt es noch viel größere Anwesen«, erklärte Scott. »Aber ich denke nicht, daß es irgendwo so schön ist wie hier.«
Cat glaubte ihm das aufs Wort.
»Zuerst begrüßen wir Mutter, und dann gehen wir zu den Ställen. Die Pferde sind schon gesattelt. Wir reiten in die Berge, von dort aus hat man eine wundervolle Aussicht über das ganze Tal.«
Kopfschüttelnd blickte Annie sich um. »Obwohl ich meine Eltern abgöttisch liebe, könnte ich nie wieder in dieser Gegend leben. Wenn man als Frau etwas erreichen oder sich weiterbilden will, geht man hier vor die Hunde. Je idyllischer die Landschaft, desto spießiger und engstirniger die Leute. Außerdem gibt es keine Arbeit.«
»Das stimmt nicht«, widersprach Scott.
»Dann beweis mir das Gegenteil.«
»Nun, ich bin nicht so weit herumgekommen wie du …«
In diesem Moment trat die schönste Frau, die Cat je gesehen hatte, aus dem Haus und blieb auf der Schwelle stehen. Sie trug ein fliederfarbenes Chiffonkleid, das beim Gehen um ihre Beine wehte. Das schmale, weiße Band, das sie sich ins dichte, kohlschwarze Haar geflochten hatte, betonte ihre exotische Schönheit noch. Cat schätzte sie auf Ende Vierzig, obwohl sie die Figur einer Zwanzigjährigen hatte. Ihre wohlgeformten Beine wurden durch die hochhackigen Lackschuhe vorteilhaft zur Geltung gebracht.
Cat hatte wegen des bevorstehenden Reitausflugs

Hose und Turnschuhe angezogen. Doch selbst in einem Abendkleid hätte sie den Vergleich mit dieser Frau gescheut, die ihre Gäste mit einem hauchzarten Händedruck begrüßte.

Mrs. McCullough ließ zu, daß Annie sie umarmte. »Ach, wie ich dich beneide«, sagte sie. »Bestimmt ist das Leben in Boston sehr aufregend. Warum hast du uns nicht besucht, als du über Weihnachten bei deinen Eltern warst?« Es klang wie ein Tadel. Dann wandte sich die Frau an Cat. »Ich freue mich, Sie kennenzulernen. Offenbar habe ich es Ihnen zu verdanken, daß ich Annie wieder einmal zu Gesicht bekomme.«

»Wir reiten aus, Mutter«, meinte Scott. »In ein paar Stunden sind wir wieder zurück.«

»Miss Jenny kommt heute abend.«

Miss Jenny – der Name, der auf der kleinen Cessna stand.

»Meine Großmutter wohnt oben in der Jagdhütte«, erklärte Scott.

»Sie kommt gern zu Besuch, wenn wir Gäste haben«, ergänzte Sarah McCullough mit einem Lächeln.

Obwohl Cat sich der Natur niemals näher gefühlt und noch nie eine so urwüchsige Landschaft gesehen hatte, konnte sie nur an ihr schmerzendes Hinterteil denken. Nach dem zweistündigen Ausritt bereitete es ihr Mühe, sich zu setzen. Doch da sie sich keine Schwäche anmerken lassen wollte, biß sie die Zähne zusammen und lächelte, als eine ältere Dame – Cat schätzte sie auf Ende Sechzig – ins Zimmer gestürmt kam. Die Frau trug eine schwarze Hose, eine rosafarbene Baumwollbluse und bis auf einen Diamantring und eine Rolex keinen Schmuck. Außerdem hatte sie dieselben Cowboystiefel an wie ihr Sohn und ihr Enkel, denn sie war den ganzen Weg geritten.

»Heute nacht haben wir Vollmond«, sagte sie. »Also können Boo Boo und ich uns nicht verirren. Es gibt nichts Schöneres als einen Ausritt bei Mondlicht.«

Cat war da ganz anderer Ansicht. Sie hatte sich geschworen, nie wieder auf ein Pferd zu steigen.

Das Wohnzimmer war so riesig wie die Empfangshalle eines Hotels. Die Holzbalken hatten den Durchmesser von Baumstämmen. Doch am meisten war Cat von dem schimmernden Parkettboden beeindruckt, der mit handgewebten indianischen Teppichen bedeckt war. Der in Weinrot, Dunkelblau und Dunkelgrün gestaltete Raum war geschmackvoll und elegant eingerichtet.

»Hier sieht es noch genauso aus wie damals, als ich Neunzehnhundertvierundvierzig eingezogen bin«, meinte Miss Jenny lächelnd zu Cat.

»Allerdings habe ich die Möbel neu aufpolstern lassen«, erklärte Sarah McCullough. »In denselben Farben. Aber mir waren die Roßhaarpolster deiner Schwiegermutter einfach zu stachelig und unbequem.«

Miss Jenny lächelte. »Ich fand es auch nie sehr gemütlich. Doch das Schlafzimmer habe ich neu eingerichtet.«

Offenbar war es die heilige Pflicht der Schwiegertöchter, den ursprünglichen Stil des Hauses zu bewahren.

»Das Haus steht unter Denkmalschutz«, sagte Annie und nahm das Glas Whiskey und Quellwasser entgegen, das Scott ihr reichte.
»Könnte ich ein Glas Wein haben?« fragte Cat.
»Aber selbstverständlich.«
Inzwischen war Red nach Hause gekommen. Als er den Raum betrat, wandten sich ihm alle Blicke zu. Offenbar hatte er sich gerade umgezogen, denn seine dunkelbraune Baumwollhose hatte messerscharfe Bügelfalten. Dazu trug er eine reich bestickte Weste.
Cat fand ihn faszinierend. Gestern bei der Hochzeitsfeier hatte er zweimal mit ihr getanzt, und sie hatte überrascht festgestellt, daß er sich trotz seines kräftigen Wuchses sehr anmutig bewegte. Wahrscheinlich würde Scott, wenn er älter war, einmal aussehen wie er. Sie fragte sich, ob Red auch schon in seiner Jugend ein derart imposanter Mann gewesen war.
»Das Übliche, Dad?«
Red nickte allen Anwesenden zu, küßte seine Mutter und ging dann zu Scott hinüber. »Ja, danke.«
Scott füllte ein Glas bis an den Rand mit Eiswürfeln und schenkte seinem Vater einen Scotch mit Soda ein. Er selbst trank seinen Whiskey pur.
»Sie müssen mich unbedingt einmal besuchen«, meinte Miss Jenny zu Cat. »Von meinem Haus aus kann man das ganze Tal und die Wallowas sehen.«
»Das Haus, in dem sie jetzt wohnt, war früher unsere Jagdhütte«, sagte Scott und nahm neben Cat Platz. »Damals konnte man sie nur mit dem Pferd erreichen. Inzwischen führt eine unbefestigte Straße hinauf, und

Miss Jenny hat einen Pick-up, obwohl sie immer noch gern reitet.«

»Das soll nicht heißen, daß ich etwas gegen moderne Technik habe«, fügte Miss Jenny eilig hinzu. »Mir sind Pferde eben einfach lieber. Ich liebe es, gemächlich durch den Wald zu reiten, den Vögeln zuzuhören und die Wachteln, Kaninchen, Eichhörnchen und Hirsche zu beobachten.«

»Sind Sie hier aufgewachsen?« Cat fand Miss Jenny sehr sympathisch. Die Frau hatte nichts Gekünsteltes an sich. Sie fragte sich, wie sie wohl mit ihrer Schwiegertochter auskam. Oberflächlich betrachtet schien das Verhältnis harmonisch zu sein, doch die beiden waren sehr verschieden.

»Nein, in St. Louis«, erwiderte Miss Jenny. »Eines Sommers habe ich meine Tante und meinen Onkel besucht, die nach La Grande gezogen waren. Bei einem Fest zur Erdbeerernte habe ich seinen Vater in der Methodistenkirche kennengelernt.« Sie warf einen Blick auf Red. »Wenn Sie meinen Sohn schon beeindruckend finden, hätten Sie erst Jock sehen sollen.« Sie lächelte Red liebevoll zu. »Aber er ist ihm unglaublich ähnlich. Es war Liebe auf den ersten Blick. Damals, Neunzehnhundertvierundvierzig, waren wir mitten im Krieg. Jock war auf Fronturlaub, kam gerade aus Europa und sollte in den Fernen Osten versetzt werden. Wir heirateten zwei Wochen später, noch vor seiner Abreise. Ich wußte sofort, daß er der Richtige war, und daran hat sich in den zweiundvierzig Jahren unserer Ehe nichts geändert. Ich habe meine Entscheidung nie bereut.«

Wie konnte man nach zwei Wochen wissen, daß man mit einem Menschen sein ganzes Leben verbringen wollte? fragte sich Cat.

»Nach unserer Hochzeit haben wir uns ein ganzes Jahr lang nicht gesehen«, fuhr Miss Jenny fort. »Aber als er aus dem Krieg zurückkam, waren meine Gefühle für ihn noch dieselben.«

»Und neun Monate später wurde ich geboren«, ergänzte Red grinsend.

»Hat es lange gedauert, bis Sie sich an das Leben hier gewöhnt hatten?« wollte Cat wissen. »Es ist so anders hier als in St. Louis.«

Miss Jenny nickte. »Ich dachte, ich würde das mit dem Reiten nie hinkriegen. Und der lockere Umgangston der Leute machte mir anfangs auch Schwierigkeiten. Doch ich wollte so gern dazugehören und Jocks Leben teilen, daß ich alles Neue als Bereicherung empfand. Und jetzt könnte ich nie mehr hier wegziehen.« Sie wies mit dem Kopf auf ihren Sohn. »Eigentlich ist er nach seinem Vater benannt. Aber seit seiner Geburt nennen ihn alle nur Red.«

Cat konnte sich Red gut als kleinen, rothaarigen Jungen vorstellen.

»Und Sie sind wohl nach dem Land Ihrer Vorfahren benannt«, meinte Cat zu Scott.

»Kluges Mädchen«, sagte Miss Jenny.

»Der Name McCullough ist doch ein eindeutiger Hinweis.«

»Der erste McCullough – er hieß Ian – kam achtzehnhunderteinundfünfzig in die Vereinigten Staaten und schlug sich zur Westküste durch, um im Willamette Valley Gold zu suchen. Doch es waren schon zu viele vor ihm dort gewesen. Also ließ er sich hier in Cougar Valley nieder, kaufte ein paar Rinder und gründete die Ranch Big Piney. Er war schon vierzig, als er endlich heiratete. Da es in dieser Gegend kaum Frauen gab, wollte er sich eine in San Francisco suchen. Unterwegs übernachtete er in Wolf Creek und lernte dort eine Witwe kennen, die mit der Postkutsche von Kalifornien nach Portland reiste. Er überredete sie, mit nach Big Piney zu kommen, und heiratete sie einen Monat später.«

»Überstürzte Hochzeiten scheinen bei Ihnen in der Familie zu liegen«, stellte Cat fest.

»Wir waren die Ausnahme.« Red sah seine Frau an. »Wir kannten uns schon seit vier Jahren. Begegnet sind wir uns bei einem Studentenball an der University of Oregon, und wir heirateten vier Jahre später, nach unserem Abschluß.«

Sarah McCullough blickte schweigend aus dem Fenster.

»Wo ist Torie?« fragte Miss Jenny.

Sarah zuckte die Achseln, ohne ihre Schwiegermutter anzusehen. »Wahrscheinlich ist Victoria wieder mit diesem Indianer zusammen.«

Eine magere, hochgewachsene, schlaksige Frau, die Jeans und ein Herrenhemd trug, kam herein. »Das Essen ist fertig«, verkündete sie.

Bei Tisch wurde die Frage erörtert, ob der Kongreß recht gehabt hatte, die von Clinton vorgeschlagene Gesundheitsreform abzulehnen. Man debattierte, ob die Nachrichtensendungen von CNN wirklich die besten seien und ob es in diesem Jahr zwei oder drei Heuernten geben würde. Die ganze Zeit konnte Scott McCullough die Augen nicht von Cat abwenden.

Ihr war das so unangenehm, daß sie alles tat, um ihn nicht ansehen zu müssen. Doch es gelang ihr nicht, sich seinem Blick zu entziehen. Anscheinend hatte er Erfahrung mit Frauen und brauchte sich keine große Mühe zu geben, sie für sich zu gewinnen. Den ganzen Nachmittag lang hatte sie ihn beobachtet, wie er aufrecht auf seinem Pferd saß. Seine weiche Stimme, seine breiten Schultern und seine pechschwarzen Augen faszinierten sie. Wie es wohl sein mochte, ihn zu küssen?

»Darf ich mir Cat morgen abend ausborgen?« fragte er Annie auf der Heimfahrt.

»Ich glaube, wir haben nichts vor«, antwortete diese. »Mama ist von der Hochzeit noch ganz erschöpft.«

»Was ist?« meinte er zu Cat. »Gehen wir beide zusammen essen?«

Annie nickte, als Cat sie fragend ansah.

Cat war sicher, daß Scott McCullough sie morgen abend küssen würde.

VIER

Wahrscheinlich gibt es im Osten von Oregon kein Restaurant, das mit den Lokalen, wo Sie normalerweise essen, mithalten könnte. Und deshalb gehe ich mit Ihnen in einen Laden, wie Sie ihn sicher noch nie gesehen haben.«

Das Chuck Waggon war ein großes Restaurant am Stadtrand von Pendleton und verfügte über den längsten Tresen in der Gegend. Die Kellnerinnen trugen Miniröcke, Satinblusen, hochhackige Stiefel und Halstücher. Ein Geiger spielte Country-music.

»Am Wochenende tritt hier ein Quartett auf«, sagte Scott. »Und ich warne Sie: Bestellen Sie Ihr Steak bloß nicht durchgebraten.«

Den ganzen Weg nach Pendleton hatte er sie ausgefragt. Cat hatte das Gefühl, noch nie so viel über sich verraten zu haben – zumindest nicht im Laufe eines einzigen Gesprächs. Sie hatte ihm erzählt, daß sie mit elf Jahren ihre Mutter verloren hatte, die von einem Betrunkenen überfahren worden war. Achtzehn Monate später hatte ihr Vater wieder geheiratet. Cat hatte drei Halbgeschwister, die vierzehn, fünfzehn und sechzehn Jahre jünger waren als sie selbst. Ihre Stiefmutter war etwa in ihrem Alter. Die Familie wohnte in Philadelphia, und Cat besuchte sie eigentlich nur zu Weihnachten, was sie eher als Pflichtübung betrachtete. Vielleicht würde sie dieses Jahr lieber nach Barbados oder Aruba fliegen.

Sie erzählte Scott, daß sie gern ins Theater, ins Kino und in Symphoniekonzerte ging. Mit Opern konnte sie hingegen überhaupt nichts anfangen. Am liebsten mochte sie die Musik der Sechziger: John Denver, Peter, Paul and Mary und Mama Cass. Moderne Rockmusik empfand sie eher als Lärmbelästigung.

Cat gestand, daß sie abends nicht einschlafen konnte, ohne vorher ein paar Seiten in einem Buch zu lesen. Seit Beginn des Prozesses litt sie an Schlafstörungen.

Scott hatte zwei Jahre lang die University of Oregon besucht, allerdings mehr Zeit bei Partys und auf dem Sportplatz verbracht als in Seminaren. Nach einer Weile hatte er beschlossen, daß man keinen Uniabschluß brauchte, um eine Ranch zu leiten. Er kannte sich in der Landwirtschaft besser aus als seine Professoren, deren Wissen nur aus Büchern stammte. Sein Vater hatte gewollt, daß er Betriebswirtschaft studierte, doch schließlich war die Ranch schon seit mehr als einem Jahrhundert ohne einen Finanzfachmann ausgekommen. Außerdem hatte Scott das Leben im Freien vermißt.

»Inzwischen treiben wir das Vieh zwar mit Hubschraubern und Motorrädern zusammen, weshalb einige behaupten, daß die Romantik verlorengegangen ist. Doch ich bin da anderer Ansicht. Ich finde nichts schöner, als zusammen mit den Männern unter den Sternen zu schlafen, sich nachts am Lagerfeuer Geschichten zu erzählen und dem Blöken der Rinder und den Rufen der Nachttiere zu lauschen. Ich liebe es, auf unserer Veranda zu stehen und die Weiden zu betrachten. Hereford- und Angusrinder, so weit das Auge reicht. Ich werde ganz sentimental dabei.«

Noch nie hatte Cat erlebt, daß ein Mann so offen über seine Gefühle sprach. Ergriffenheit beim Anblick von Rinderherden?

Scott bestellte Whiskey für sich selbst und Rotwein für sie, ohne zu fragen, was sie trinken wollte. Dann saßen sie mit ihren Gläsern da und warteten auf ihr Roastbeef.

»Waren Sie schon mal beim Square dance?«

Cat schüttelte den Kopf.

»Freitag abend gibt es einen im Grange. Keine Angst, es ist nicht schwer. Donnerstags findet auch eine Volkstanzveranstaltung statt, allerdings in La Grande. Ich tanze sehr gern.«

»Hoffentlich müssen Sie sich mit mir nicht schämen. Ich habe schon jahrelang nicht mehr getanzt.«

Er grinste. »Dagegen müssen wir etwas unternehmen. Außerdem lasse ich mich nicht so leicht aus der Ruhe bringen.« Die ganze Zeit über sah er ihre Lippen an. Cat wußte, daß er sie begehrte, ein angenehmes Gefühl, wobei angenehm noch untertrieben war. Jahrelang war sie sich nicht mehr so weiblich vorgekommen. Seit Ewigkeiten war sie nicht mehr mit einem so gutaussehenden Mann ausgegangen, der überhaupt nichts mit der Juristerei zu tun hatte.

Sie war fest entschlossen, Urlaub zu machen und auszuspannen. Kein Streß, keine Hektik, keine Pläne und keine Termine.
»Ich fühle mich wie in einer anderen Welt«, sagte sie und blickte sich um. »Ist das hier tatsächlich Amerika?«
»Aber sicher, das wirkliche Amerika. Wo Sie herkommen, ist alles nur Show. Hier ist das Leben erst lebenswert.«
Als Cat ihr Glas geleert hatte, servierte die Kellnerin den Tacosalat.
»Eines steht jedenfalls fest, Sie sind ganz anders als die anderen Männer, die ich kenne.«
Er nickte. »Das habe ich mir gedacht. Doch mir geht es genauso. Ich bin noch nie einer Anwältin begegnet, die eine ganze Latte akademischer Titel hinter ihrem Namen hat. Und ich habe immer geglaubt, daß ich damit Probleme haben würde.«
»Und haben Sie welche?«
Er grinste. »Es ist genau das Gegenteil passiert. Und meine Großmutter ist auch ganz begeistert von Ihnen und hofft, daß Sie sie einmal besuchen. Sie möchte, daß ich Sie morgen zum Tee mitbringe. Haben Sie Zeit?«
Cat freute sich über die Einladung, denn ihr hatte die alte Dame sehr gefallen. »Selbstverständlich.«
Als der Geiger eine Pause einlegte, spielte die Musikbox Lieder aus den vierziger und fünfziger Jahren.
»Tanzen wir?« schlug Scott vor.
Cat sah sich um. An Wochenenden drängten sich auf dieser kleinen Tanzfläche sicher die Menschen, jetzt aber war sie völlig leer. »Niemand tanzt.«

»Das macht doch nichts.« Scott schob seinen Stuhl zurück, stand auf und bot ihr den Arm. »Es ist mir gleich, was andere Leute tun oder nicht tun.«

Cat ließ sich von ihm auf die Tanzfläche führen. Scott zog sie an sich und legte den Arm um sie. Sie reichte ihm kaum bis an die Schulter. Er bewegte sich so lässig und anmutig, als wäre die Tanzfläche nach der Ranch sein zweites Zuhause. »Sie tanzen wunderbar«, murmelte sie.

»Ich brauchte nur einen Vorwand, um Sie zu umarmen. Außerdem haben Sie unglaublich verführerische Lippen«, flüsterte er ihr ins Ohr.

Cat fragte sich, warum ihr auf einmal der Atem stockte. Es war doch nur ein harmloser Flirt.

»Und lassen Sie sich leicht verführen?« entgegnete sie zu ihrer eigenen Überraschung. Normalerweise hatte sie Schwierigkeiten mit dieser Art von Geplänkel.

Er lachte fröhlich auf, so daß die anderen Gäste sich nach ihnen umdrehten. »Ich mag schlagfertige Frauen.«

Als das Lied zu Ende war, kehrten sie an ihren Tisch zurück.

»Es hört sich zwar komisch an, aber der New Yorker Käsekuchen hier ist köstlich. Vorausgesetzt, man mag Kirschen.«

»Ich liebe Kirschen.«

Der Kaffee wurde serviert. Scott trank ihn schwarz, Cat mit Milch.

»Hängen Sie sehr an der Ostküste?« fragte er.

Cat zuckte die Achseln. »Ich habe nie woanders gewohnt.«

»Hier gefällt es Ihnen sicher.« Scott widmete sich seinem Käsekuchen.
»Der Kuchen ist ein Gedicht«, sagte Cat, obwohl sie ihn, verglichen mit dem in New York, ziemlich enttäuschend fand.
Sie erhoben sich abermals, um zu tanzen.
»Wann sind Sie das letztemal geküßt worden?« flüsterte er ihr ins Ohr.
»Das geht Sie überhaupt nichts an«, entgegnete sie, ohne ihn anzusehen.
»Falsch. In Zukunft geht mich alles etwas an, was mit Ihnen zusammenhängt. Ich will soviel wie möglich über Sie wissen.«
»Wie ich gehört habe, sagen Sie das zu allen Mädchen.«
Scott lachte auf und zog sie fester an sich. »Bestimmt haben Sie das von Annie. Achten Sie nicht auf diesen Klatsch. Es geht nur um uns beide. Einverstanden?«
»Okay«, murmelte sie.
»Aber ich muß Sie warnen. Bevor ich Sie heute abend nach Hause lasse, werde ich Sie küssen, daß Sie es nie wieder vergessen.«
»Ist das eine Drohung oder ein Versprechen?«
Er blieb stehen und nahm ihre Hand. Nachdem er die Rechnung bezahlt und fünf Dollar Trinkgeld zurückgelassen hatte, setzte er seinen weißen Stetson auf und zog Cat zur Tür. Draußen legte er seinen Hut auf das Dach des Cadillac, lehnte sie gegen den Wagen, nahm sie in die Arme und hob sie hoch. Dann preßte er seine Lippen auf ihre, daß ihr die Knie weich wurden.
Er schmeckte nach Kaffee, als er sie so zärtlich und lei-

denschaftlich küßte, wie sie noch nie geküßt worden war.

»Offenbar hast du an der Ostküste nicht nur Jura studiert«, bemerkte er und stellte sie wieder auf die Füße.

Sie stiegen ins Auto und verließen den Parkplatz. Schweigend fuhren sie einige Kilometer, bis Cat das Fenster auf ihrer Seite herunterkurbelte, um die Sterne besser betrachten zu können.

»Ich habe noch nie so viele gesehen«, sagte sie mehr zu sich selbst.

Als sie etwa fünfzehn Kilometer hinter sich gebracht hatten, nahm Scott ihre Hand.

»Wenn es einen erwischt, dann aber richtig«, meinte er. »Es ist wie ein Schlag mit einem Zementsack.«

Zuerst war sie nicht sicher, worauf er anspielte, doch dann begriff sie, daß er von ihnen beiden sprach. Sie fragte sich, wie oft er diese Worte schon ausgesprochen hatte. Sie wollte seine Hand schon ärgerlich wegschieben, überlegte es sich aber anders. *Stell dich nicht so an,* sagte sie sich. *Amüsier dich. In zehn Tagen fährst du sowieso wieder nach Hause.*

»Behaupte bloß nicht, daß du dich zum erstenmal ...«

Sie beendete den Satz nicht. Wenn er Spielchen spielen wollte, bitte sehr.

Er lächelte. »Ich war erst einmal richtig verliebt, und zwar in der zehnten Klasse. Sie war in der elften und hat mich keines Blickes gewürdigt.«

»Wahrscheinlich war sie die einzige, die dich hat abblitzen lassen.«

Er umfaßte ihre Hand fester. »Ich glaube, du hast nicht die leiseste Ahnung, was du in mir anrichtest.«
»Eine wunderschöne Nacht«, sagte sie. Die Berge hoben sich dunkel vom mit Sternen übersäten Nachthimmel ab.
»Morgen nachmittag um vier fahren wir zu Miss Jenny.«
Das war keine Frage, sondern eine Feststellung.
»Ich hole dich um halb vier ab«, fuhr er fort, legte den Arm um sie und zog sie an sich. »Falls du vorhaben solltest, mich auch nur einen einzigen Tag nicht zu sehen, vergiß es. Am besten warnst du Annie gleich vor.«
»In Boston sind wir sowieso fast dauernd zusammen. Bestimmt hat sie Besseres zu tun, als die ganze Zeit mit mir zu verbringen.«
»Übermorgen zeige ich dir Big Piney. Du kannst dir aussuchen, ob wir den Hubschrauber oder den Jeep nehmen. Und wenn sich das Wetter bis Donnerstag hält, gehen wir schwimmen.«
»Und was ist mit deiner Arbeit?«
»Die erledige ich, bevor du morgens aufstehst.«
Zufrieden lehnte Cat sich zurück.
Sie freute sich schon auf seinen Gutenachtkuß.
Dieser Urlaub schien interessanter zu werden, als erwartet. Und so sollte ein Urlaub eigentlich auch sein. Ruhe, eine andere Umgebung, ein kleiner Flirt und neue Bekanntschaften. Schließlich träumte jede Frau davon, in den Ferien einen attraktiven Mann kennenzulernen und ein bißchen Romantik zu erleben. Also hatte sie es gut getroffen.

»Bringst du mir auch den Square dance bei?« fragte sie.
»Auch? Das klingt aber vielversprechend.«
Dann nahm er sie in die Arme und küßte sie. Wahrscheinlich würde sie diesen Kuß lange nicht mehr vergessen.

FÜNF

Cat überlegte, was sie tun sollten, wenn ihnen ein Auto entgegenkam. Die ungeteerte Straße zu Miss Jennys Haus war nämlich viel zu schmal zum Ausweichen. Sie fuhren eine Weile den Berg hinauf, bis Scott sagte: »Hier ist es.«

Miss Jennys großes Blockhaus stand zwischen den Bäumen. Die breite Veranda ragte über den Berghang hinaus. Oft saß sie dort in ihrem Schaukelstuhl und beobachtete mit dem Fernglas Hirsche und Vögel.

»Manchmal ist sie wochenlang eingeschneit«, sagte Scott. »Aber sie freut sich, weil sie dann endlich einmal ihre Ruhe hat.«

Er parkte vor dem Haus. Cat sprang aus dem Wagen, bevor er ihr beim Aussteigen helfen konnte. Miss Jenny trat vor die Tür und wischte sich die mehlbestäubten Hände an ihrer langen Musselinschürze ab.

»Ich dachte schon, ihr hättet mich vergessen.« Sie hielt Scott die Wange hin. Er küßte und umarmte seine Großmutter.

Auch Cat küßte sie auf die Wange.

»Kommt rein, die Brötchen sind gleich fertig.«

»Dann sind wir satt, wenn es Abendessen gibt«, protestierte Scott.

»Den Tag, an dem du mal satt bist, möchte ich erst noch erleben«, lächelte seine Großmutter.
Aus der Küche duftete es köstlich. Cat betrachtete das Wohnzimmer, an dessen weißgekalkten Wänden indianische Teppiche hingen. Weitere Teppiche bedeckten den schimmernden Dielenboden. Vor dem Kamin standen eine drei Meter lange, geblümte Couch und bequeme Polstersessel. Das Zimmer war zwar nicht sehr hell, aber einladend und gemütlich.
Cat folgte den Stimmen bis in die moderne Küche, die mit einer Mikrowelle und einem Einbauherd ausgestattet war. In der Mitte befand sich ein ovaler Eichentisch mit hochlehnigen Stühlen. Scott saß da und trank Kaffee, während Miss Jenny die Brötchen auf einen großen Porzellanteller legte.
»Scott, könntest du dir mal meinen Generator ansehen?« fragte sie. »Gestern abend hat das Licht ständig geflackert.«
Er grinste. »Du willst mich nur loswerden, damit du mit Cat unter vier Augen sprechen kannst.«
Miss Jenny nickte. »Ein kluger Junge.«
»Da waren meine Lehrer aber anderer Ansicht«, meinte Scott und bestrich ein Brötchen mit Butter und Himbeermarmelade. »Hmmm, schmeckt das gut.«
»Wahrscheinlich deshalb, weil du immer aus dem Fenster geschaut und geträumt hast. Du warst unaufmerksam. An deiner Intelligenz kann es nicht liegen.«
»Die Brötchen sind wirklich köstlich«, stellte Cat fest. »Backen Sie gern?«
»Ich habe es nur selten versucht. Ich bin immer so be-

schäftigt, daß die hausfraulichen Tugenden irgendwie an mir vorübergegangen sind.«

»Ich glaube, ich sollte mir jetzt besser den Generator ansehen«, sagte Scott und stand auf.

»Ich beneide Sie.« Miss Jenny trank einen Schluck Kaffee. »In meiner Jugend kam es nicht in Frage, daß Frauen Rechtsanwältinnen wurden. Macht es Ihnen Spaß?«

»Sehr«, antwortete Cat. »Diese Brötchen sind ein Gedicht. Scott hat recht: Beim Abendessen werde ich keinen Bissen mehr hinunterbringen.« Sie sah aus dem Fenster. »Kann man sich an so eine Aussicht gewöhnen?«

»Ich finde immer wieder, daß es ein Wunder ist. Ein Jahr nach dem Tod meines Mannes bin ich hier heraufgezogen. Ich dachte, es sei an der Zeit, Sarah das Haus zu übergeben. Vielleicht war das ein Irrtum.«

»Haben Sie alle gemeinsam dort gewohnt?« Cat konnte es sich nicht vorstellen, mit ihren Schwiegereltern unter einem Dach zu leben.

Miss Jenny nickte. »Als Red Sarah heiratete, erschien uns das als die beste Lösung. Jock und ich bewohnten den Südflügel, Red, Sarah und die Kinder den Nordflügel. Doch hier oben fühle ich mich Jock näher, als wenn ich den ganzen Tag lang von Menschen umgeben wäre. Jeden Abend spreche ich mit ihm.«

»Sind Sie nicht einsam?«

»Nach Jocks Tod bin ich vor Einsamkeit fast verrückt geworden. Ich habe ihn so vermißt. Aber wahrscheinlich wollen Sie wissen, ob es mir etwas ausmacht, allein zu leben. Das stört mich nicht. Ich habe immer etwas zu tun, selbst wenn ich nur die Spechte in den Bäumen beobachte. Nein, als junge Frau in St. Louis war ich viel einsamer als hier auf Big Piney.«

Schweigend tranken sie ihren Kaffee. »Schade, daß Sie nur so wenige Tage hier sind«, sagte Miss Jenny schließlich. »Sonst hätten wir zusammen in die Berge reiten können.«

Cat lachte. »Ich glaube, ein Ausritt genügt mir völlig. Seit Sonntag tut mir jeder Knochen im Leibe weh.«

»Haben Sie Geduld. Das wird schon wieder.«

»Zehn Tage genügen bestimmt nicht, um sich daran zu gewöhnen.«

»Sie dürfen es nur nicht übertreiben. Reiten Sie am ersten Tag nur eine Stunde und steigern Sie es langsam. Warum sind Sie eigentlich Anwältin geworden?«

»Ich wollte eine gute Position haben und viel Geld verdienen. Etwas bewirken. Der Welt zeigen, daß Frauen genauso fähig sind wie Männer.«

»Hm. Das Problem ist nur, daß Männer so schwer von Begriff sind. Sie haben so wenig Selbstbewußtsein, daß sie wahrscheinlich zusammenbrechen würden, wenn sie ahnten, wozu wir in der Lage sind.«

Cat lachte. Sie blickte zum in die Wand eingelassenen Schreibtisch hinüber. »Das sieht nach viel Arbeit aus. Was sind denn das für Akten?«

»Ich führe seit fast fünfzig Jahren die Bücher von Big Piney.«

»Warum benutzen Sie keinen Computer?«

»Ach, du meine Güte! Ich bin viel zu alt, um etwas so Kompliziertes zu lernen.«

»Unsinn. Sie würden sich eine Menge Mühe sparen.«
»Kann sein. Aber ich kenne niemanden, der es mir beibringen würde. Ich habe einfach Angst vor den Dingern.«
Cat hakte nicht weiter nach. Schließlich ging es sie nichts an.
»Mir gibt es etwas zu tun, und ich komme mir nicht völlig überflüssig vor. Wahrscheinlich haben Sie ja auch aus einem ähnlichen Grund Jura studiert.« Miss Jenny schwieg einen Moment lang. »Hoffentlich lassen Sie sich von Sarah nicht abschrecken«, fuhr sie dann fort.
»Warum? Letztens beim Abendessen war sie doch sehr nett zu mir.«
»Gut. Bei ihr weiß man nämlich nie.«
Was meint sie bloß damit? dachte Cat.
»Torie haben Sie zwar noch nicht kennengelernt, aber Sie werden sie sicher mögen«, fuhr Miss Jenny fort.
»Bestimmt.«
Miss Jenny stand auf. »Sehen wir mal nach, wie es meinem Generator geht.«
Scott hob den Kopf, als die beiden Frauen in die Garage kamen. »Ich brauche ein Ersatzteil, Miss Jenny. Wenn es dir nichts ausmacht, bis morgen zu warten, bringe ich es am Vormittag vorbei.«
»Heute kommt sowieso nichts Interessantes im Fernsehen. Und falls das Licht ausgeht, zünde ich mir zum Stricken eben eine Kerze an.«
»Haben Sie hier oben keine Angst?« wollte Cat wissen.

Miss Jenny lachte auf. »Fürchten muß man sich nur in der Stadt, wo es so viele Leute gibt. Hier nicht.«
»Torie wollte zum Essen kommen. Ich möchte, daß Cat sie kennenlernt«, sagte Scott.
»Schön, daß sie nach vier Jahren wieder zurück ist«, meinte Miss Jenny.
»Offenbar hat sie es ohne Claypool nicht ausgehalten.«
»Claypool?« fragte Cat.
»Joseph Claypool«, antwortete Miss Jenny. »Die Claypools sind eine angesehene Familie in der Gegend. Der Vater züchtet Appaloosa-Pferde und hat Kunden in der ganzen Welt, sogar in Australien. Joseph ist ein netter junger Mann.«
»Wir müssen los«, sagte Scott zu Cat. »Es gibt gleich Essen.«
Miss Jenny umarmte Cat. »Ich habe mich gefreut, daß Sie mich besucht haben. Ich glaube, wir werden uns noch öfter sehen.«
Arm in Arm schlenderten Scott und Cat zum Auto. Er ließ den Motor an und winkte Miss Jenny noch einmal zu. »Du hast sie schwer beeindruckt«, meinte er.
Cat konnte sich den Grund nicht vorstellen. »Ich mag sie auch. Sie ist eine starke Frau und eine richtige Individualistin.«
»Hier bei uns gibt es einige davon«, antwortete er, während er geschickt einer Wachtelhenne auswich, die mit ihren Küken die Straße überquerte. »Die Senatorin Maurine Neuberger zum Beispiel. Wir hatten sogar einmal eine Gouverneurin.«
Sie betrachtete seine Hände auf dem Lenkrad. Sie wirk-

ten kräftig und dennoch anmutig – wie der ganze Mensch.

Die junge Frau, die ihren Bruder auf der Veranda erwartete, sah aus wie das Ebenbild von Sarah McCullough. Schwarzes Haar fiel ihr bis auf die Schultern, und wie ihre Mutter und Scott hatte sie pechschwarze Augen. Offenbar verbrachte sie viel Zeit in der Sonne, denn ihre Haut war goldbraun und ließ ihre Zähne noch weißer aussehen. Ihr Gesicht war ungeschminkt. Wie fast alle hier in der Gegend trug sie Cowboystiefel und dazu ausgeblichene Jeans und ein gelbkariertes Baumwollhemd. Torie war unbeschreiblich schön und sogar noch ein Stück größer als ihre Mutter. Noch nie war Cat sich mit ihren einsachtundsechzig so klein vorgekommen.

Victoria McCullough reichte Cat die Hand. »Von Ihnen habe ich ja schon tolle Sachen gehört.«

»Wenn man nur ein paar Tage hier ist, ist es leicht, sich von seiner Schokoladenseite zu zeigen.«

»Kommen Sie rein. Es ist Zeit für einen Drink. Ich liebe Mineralwasser mit Zitronensaft. Was möchten Sie?«

»Torie ist unsere Abstinenzlerin«, erklärte Scott, als sie ins Haus gingen. Die Tür war so breit, daß sie zu dritt hindurchpaßten.

Sarah saß schon an ihrem Lieblingsplatz vor dem riesigen gemauerten Kamin.

Als Scott auf die Hausbar zusteuerte, hielt sie ihm ihr Glas hin. »Ich könnte auch noch einen gebrauchen«, sagte sie.

Cat bemerkte, daß Bruder und Schwester einen Blick wechselten, und fragte sich, ob das etwas zu bedeuten hatte.

»Wenn du noch eine Weile bleibst, müssen wir einen Rotweinkeller anlegen«, sagte Scott zu Cat. »Wir haben normalerweise nur eine Flasche da, und die reicht eine Ewigkeit. Bei uns wird nicht viel Wein getrunken.«

»Eine Cola wäre auch in Ordnung«, meinte Cat.

»Sie sind mir schon sympathisch«, stellte Torie fest.

»Du brauchst es nicht gleich zu übertreiben.« Als Scott Cat ein Glas Sauvignon reichte, berührten sich ihre Hände.

Cat gefiel es, daß die Familie sich jeden Abend vor dem Essen zu einem Drink versammelte und fröhlich miteinander plauderte. Offenbar hielten diese Menschen zusammen, liebten sich und kamen gut miteinander aus. Seit dem Tod ihrer Mutter, während der Zeit im Internat und auch später, allein in ihrer eigenen Wohnung, hatte sie sich nach einem solchen Familienleben gesehnt.

Torie erzählte, sie sei gerade dabei, ihre Wohnung einzurichten, Möbel zu kaufen und zum erstenmal alles nach ihrem Geschmack zu gestalten. Obwohl sie die Ferien sehr genossen hatte, freute sie sich darauf, ihre neue Stelle anzutreten. Die meisten ihrer Kollegen kannte sie bereits, da sie vor vielen Jahren dieselbe Schule besucht hatte und von ihnen unterrichtet worden war.

»Ich habe gehört, Sie kommen am Freitag mit zum Tanzen«, sagte sie. »Dann lernen Sie Joseph kennen. Wir gehen nämlich auch hin.«

Thelma, die Köchin, verkündete, daß das Essen fertig war.
Als alle an dem großen Tisch im Eßzimmer saßen, versuchte Mrs. McCullough, Konversation zu treiben. »Mit was für Fällen beschäftigen Sie sich hauptsächlich, Catherine?« erkundigte sie sich.
»Meistens sind es nur Recherchen, denn ich bin noch ganz unten in der Firmenhierarchie. Bis jetzt habe ich erst einen Mandanten vor Gericht verteidigt.«
»So wie Perry Mason?« meinte Torie und beugte sich vor. »Klären Sie Verbrechen im Gerichtssaal auf? Hängt das Leben des Verdächtigen von Ihren Fähigkeiten ab? Was tun Sie, wenn Ihr Mandant zum Tode oder zu lebenslänglich verurteilt wird?«
»Finden Sie nicht, daß Sie ebenfalls eine Menge Verantwortung tragen?« gab Cat zurück. »Schließlich unterrichten Sie Kinder. Die Zukunft dieser Welt liegt in Ihren Händen. Meiner Ansicht nach ist Verantwortung zu tragen einer der Gründe, überhaupt zu arbeiten. Nein, ich habe noch nie ein Verbrechen im Gerichtssaal aufgeklärt. Ich weiß nicht, wie ich mich fühlen würde, wenn jemand, den ich für unschuldig halte, zum Tode verurteilt wird. Daran darf ich nicht einmal denken.«
»Aber Sie haben sich doch mit dieser Frage auseinandersetzen müssen, als Sie beschlossen haben, Anwältin zu werden«, wandte Red ein.
»Nein«, antwortete Cat. »Ich würde einfach immer wieder Berufung einlegen und mir solche Zweifel nicht gestatten.«

»Und was ist, wenn du mal einen Prozeß verlierst?« fragte Scott.

Cat schloß die Augen. »Dann hoffe ich, daß der Verdächtige wirklich schuldig ist.«

»Sind Sie eine gute Anwältin?« wollte Torie wissen.

»Eine sehr gute.« Cat grinste.

Alle lachten.

Red tranchierte das Lamm und reichte die Teller herum.

Scott, der neben Cat saß, drückte sein Bein an ihres und lächelte ihr zu. Als sie die Berührung spürte, war ihr Gehirn mit einemmal wie leergefegt. Und während sie das Tischgespräch über sich hinwegplätschern ließ, stellte sie sich vor, nackt mit Scott in einem Heuhaufen zu liegen.

Scott nahm sich den Donnerstagnachmittag frei und holte sie um halb vier ab. »Pack deine Badesachen ein. Es ist furchtbar heiß heute.«

Sie schwammen in einem eiskalten Bergsee. Danach lag sie auf dem Rücken und blickte zu den schneebedeckten Bergen hinauf, während er ihre Brüste liebkoste.

SECHS

»Sag mir, daß es die größte Dummheit meines Lebens war, mich in Scott McCullough zu verlieben.«

Annie blickte grinsend über ihre Kaffeetasse hinweg. Sie saßen in der Küche am Frühstückstisch.

»Gut, ich bin im Urlaub. Ich bin ganz erholt. Ich befinde mich mitten in einer traumhaften Landschaft und bin mit Menschen zusammen, die nicht den ganzen Tag Terminen hinterherhecheln und andere Gesprächsthemen haben als ihre Arbeit. Ich habe einen attraktiven Mann kennengelernt, der mich küßt, der mit mir tanzen geht und der mich seiner Familie vorgestellt hat. Und ich bin beeindruckt von dem vielen Land, den Flugzeugen und den Autos, die sie besitzen, und von einer Art zu leben, die ich noch nicht kannte ...«

»Du müßtest dich mal reden hören.«

»Also ist es nicht weiter verwunderlich, daß ich schwach geworden bin.«

Annie zuckte die Achseln. »Ich habe es schon am ersten Tag geahnt, als er uns nach Hause gefahren hat. Aber du brauchst dich nächste Woche ja nicht mit ihm zu treffen, Cat.«

»Und nicht mit ihm tanzen zu gehen?« schrie Cat erschrocken auf.

»Amüsier dich. Es ist nichts weiter als ein Urlaubsflirt, den du rasch wieder vergessen wirst, wenn wir in Boston sind. Du wirst dich in deine Arbeit stürzen und überhaupt keine Zeit haben, an ihn zu denken. Und außerdem bleiben dir noch die romantischen Erinnerungen an wunderschöne Ferien.«
»Ich will nicht hierherziehen!«
Annie lachte auf. »Jetzt mach mal langsam. Du kennst ihn noch nicht einmal eine Woche. Und ich habe dich gewarnt. Scott ist ein Schwerenöter, der reihenweise Herzen bricht. Bestimmt will er dich verführen, und wenn du Spaß daran hast, nur zu. Mehr ist nicht dabei.«
»Schon gut, in zwei Wochen kann man nicht viel kaputtmachen. Und falls ich mich verliebt haben sollte, werde ich angesichts dieser kurzen Zeit gewiß rasch darüber hinwegkommen.«
»Wenn du glaubst, daß es was Ernstes ist, nimm am besten das nächste Flugzeug nach Hause.«
»Nein, dazu gefällt es mir hier zu gut. Hoffentlich hältst du mich nicht für undankbar, weil du mich so selten zu Gesicht bekommst.«
»Und ich hatte mir schon Sorgen gemacht, du könntest dich langweilen. Keine Angst, es stört mich nicht. Aber paß auf dich auf.«

Nach ihrem ersten Square dance war Cat ausgelassen und erschöpft. Noch nie hatte sie soviel gelacht.
Da Scott sich gerade mit einigen Männern unterhielt, stand sie allein neben der Bowleschüssel. »Offenbar

haben Sie Spaß bei uns auf dem Lande«, sagte eine Männerstimme neben ihr.

Als sie sich umdrehte, erblickte sie einen vierschrötigen Mann mit markanten Zügen, an dessen dunkelgrünem Westernhemd ein Sheriffstern steckte. Natürlich trug auch er Jeans und die obligatorischen Cowboystiefel.

»Stimmt. Ich finde es wundervoll. Sind Sie dienstlich hier?«

»Ich trage den Stern immer, denn ich bin vierundzwanzig Stunden am Tag und dreihundertfünfundsechzig Tage im Jahr im Dienst.«

»Machen Sie denn nie Urlaub?«

»Klar. Ich fahre mit meinem Sohn zum Angeln. Wenn man hier wohnt, braucht man nicht zu verreisen.«

»Mit wem habe ich eigentlich das Vergnügen?

»Mein Name ist Jason Kilpatrick.« Er reichte ihr die Hand. »Wer Sie sind, weiß ich. Die ganze Stadt redet über Annies Freundin von der Ostküste.«

»Mir gefällt es sehr gut in Cougar. Wahrscheinlich haben Sie nicht viel Arbeit. Es ist so friedlich hier.«

»Was Verbrechen angeht, haben Sie recht. Es passiert kaum etwas, weil jeder jeden kennt. Deshalb fühle ich mich auch so wohl. Eine gute Stadt, um Kinder großzuziehen.«

»Wie viele Kinder haben Sie denn?« Sie fand, daß Jason Kilpatrick ein gutaussehender Mann war. Nur ein wenig größer als sie, kräftig gebaut, breitschultrig, schmale Taille. Sie schätzte ihn auf Anfang Dreißig.

»Nur einen Sohn. Er ist sieben. Und er findet es hier viel schöner als in Seattle.«

»Wie lange wohnen Sie schon in Cougar?«

»Gut vier Jahre. In Seattle war ich Polizist. Irgendwann hatte ich es satt, denn ich hatte ständig nur mit Dreck und Elend zu tun. Und dann habe ich Cougar Valley entdeckt.« Er stieß einen wohligen Seufzer aus.

Cat lachte auf. »Wird es Ihnen denn nie langweilig? Hier gibt es doch kaum etwas zu tun.«

»Langweilen Sie sich etwa?«

Cat schüttelte den Kopf. Allerdings lag das wahrscheinlich an ihrem Urlaubsflirt. Außerdem hatte sie sich heute morgen von Miss Jenny zu einem Ausritt überreden lassen. Die frische Luft und die Aussicht allein genügten, um auch den apathischsten Menschen wachzurütteln. In den letzten Tagen hatte Cat unglaublich freundliche Menschen kennengelernt, war in eiskalten Bergseen geschwommen und hatte wilde Tiere beobachtet, die sie noch nie zuvor in freier Natur gesehen hatte.

Da kam Scott herbeigeschlendert und legte Cat den Arm um die Schulter. »Hallo, Jason.«

Der Sheriff schüttelte Scott die Hand. »Die McCulloughs haben uns unter ihre Fittiche genommen, als wir in diese Stadt zogen. Die nettesten Menschen auf der Welt.«

»Dahinter bin ich auch schon gekommen.« Das Herz klopfte ihr bis zum Halse.

»Wo ist denn deine Frau?« fragte Scott.

»Sie hat wieder mal Migräne.«

»Bei der Hochzeit am Samstag hast du dich auch nicht blicken lassen.«

»Bei der Trauung in der Kirche war ich dabei, aber ich konnte leider nicht zum Fest kommen.«
Scott hakte nicht weiter nach. »Der Geiger fängt wieder an. Bist du bereit, Cat?«
Sie nickte. »Ich glaube, ich versuche es noch einmal. Tanzen Sie mit, Sheriff!«
»Mit Vergnügen.« Er trat mit Scott und Cat auf die Tanzfläche. »Was ist, Miranda?« rief er einem hübschen jungen Mädchen zu.
Sie lächelte. »Gern, Sheriff. Ich habe nur auf Sie gewartet.«
Kurz vor elf erschien Red McCullough in der Tür. Er schlängelte sich zur Tanzfläche durch und begrüßte unterwegs einige Bekannte.
Cat wußte, daß er sie beobachtete. »Jetzt bin ich dran«, sagte er zu seinem Sohn, als der nächste Tanz begann.
»Klar, Dad.« Doch statt eine andere Frau aufzufordern, stellte Scott sich an den Rand der Tanzfläche, um zuzuschauen.
»Tanzt Ihre Frau nicht gern?« fragte Cat.
»Sarah ist schon zu Bett gegangen», antwortete er. »Ich habe ein bißchen ferngesehen und fand dann, daß die Nacht zu schön ist, um zu Hause zu bleiben. Also habe ich beschlossen, mit einem hübschen Mädchen zu tanzen.«
Cat strahlte ihn an. Er gefiel ihr. Und wenn er tanzen wollte, obwohl seine Frau sich an einem Freitagabend früh ins Bett legte, sollte es nicht an ihr scheitern.
»Schön, daß Sie hier sind«, sagte sie.
Er lächelte – er hatte dasselbe Lächeln wie sein Sohn.

»Ich freue mich, daß Sie sich freuen.« Sie wirbelten über die Tanzfläche.
Er tanzte noch drei Tänze mit anderen Frauen und verabschiedete sich dann. Um Mitternacht stimmte der Geiger das letzte Lied an.

Als sie ins Auto stiegen, um zu Annie zu fahren, sagte Scott: »Ich will dich noch nicht nach Hause bringen.« Er hielt ihre Hand.
»Das Mondlicht ist wundervoll.«
»Es liegt nicht am Mondlicht, sondern an dir.« Er hielt am Straßenrand, weit weg von der nächsten Straßenlaterne, und stellte den Motor ab.
»Ich bin ja noch eine Woche hier.«
»Das meine ich nicht, und du weißt es ganz genau.« Er nahm sie in die Arme. »Verdammte Schalensitze. Eignen sich einfach nicht zum Knutschen.« Als er seine Lippen auf ihre preßte, seufzte sie auf.
»Weißt du, wie lange wir uns schon kennen?« fragte er.
»Natürlich.«
»Eine Woche und zweiunddreißig Stunden.«
Sie lachte. »Und elf Minuten?«
»Ich habe noch nie so viel für eine Frau empfunden. Die ganze Zeit denke ich nur noch an dich, und ich träume sogar von dir. Und morgens beim Aufwachen bist du wieder da. Ich kann mich nicht mehr auf meine Arbeit konzentrieren.« Er küßte sie wieder.
»Du stehst eben auf ältere Frauen.« Sie hatten festgestellt, daß er elf Monate jünger war als sie.
»Meinst du, das ist der Grund?«

»Klar.« Sie küßte seinen Hals, und er drückte sie fest an sich.

»Ich will nicht, daß du wieder wegfährst.«

»Ich bin doch noch eine Weile da. Diese Ferien sind wirklich etwas Besonderes. Nur deinetwegen.«

»Komm Weihnachten zurück.«

»Auch wenn du meinem Selbstbewußtsein noch so guttust – ich habe meinen Jahresurlaub schon aufgebraucht.«

»Dann kündige.«

»Sonst noch Wünsche?« Offenbar ahnte er nicht, wie mühevoll es gewesen war, diesen guten Posten zu ergattern.

»Wie soll ich dich richtig kennenlernen, wenn du nicht wiederkommst?«

Sie seufzte auf. Es war so schön, wie er den Arm um sie legte. »Du könntest mich in Boston besuchen. Oder mir E-Mails schicken.«

»Mist, ich habe keine Ahnung von Computern.«

»Du könntest es lernen. Oder ruf mich einfach an.«

»Das ist billiger, als einen Computer zu kaufen oder nach Boston zu fliegen. Aber ich warne dich. Ich glaube nicht, daß ich nach Boston komme.«

»Das habe ich ja auch nicht erwartet. Also küß mich noch einmal. In Boston kenne ich niemanden, der so küßt.«

Und dann geschah es. Cat hatte nicht damit gerechnet. Sie saßen kurz nach zwölf Uhr mittags im hellen Sonnenlicht an einem Bergbach. In zwei Tagen wollten Annie und sie abreisen. Scott hatte sich den Nachmittag freigenommen, einen letzten Ausritt vorgeschlagen und Thelma gebeten, einen Picknickkorb zusammenzupacken.

»Von der Bergluft kriege ich solchen Appetit. Wenn ich länger hierbleiben würde, würde ich wahrscheinlich schrecklich zunehmen«, sagte Cat.

Er strich mit den Fingern über ihre Brust. »Dann hör auf zu essen. Du siehst nämlich wunderbar aus. Weißt du, was passiert ist?« fügte er hinzu.

Sie schüttelte den Kopf.

»Ich habe mich in dich verliebt.«

Ein Vogel sang in den Bäumen, und ein Wölkchen schwebte über den Himmel.

Cat legte sich auf den Rücken, verschränkte die Hände hinter dem Kopf und sah Scott an. Sie war sicher, daß er das nicht zum erstenmal sagte. »Ich habe mit dir die schönsten Wochen meines Lebens verbracht. Seit Monaten oder vielleicht sogar Jahren habe ich nicht mehr soviel gelacht und soviel erlebt.«

Er legte sich neben sie. Seine Hand glitt in ihren Ausschnitt und berührte ihre Brust. Als er sich über sie beugte und sie küßte, schmeckte sie noch den Meerrettich, der auf seinem Sandwich gewesen war. Während er sie leidenschaftlich küßte, knöpfte er ihr die Bluse auf.

»Warum wird mir nur immer so heiß, wenn du mich anfaßt?« murmelte sie.

Er lachte.

»Ich werde diese zwei Wochen nie vergessen«, sagte sie, als er ihren Bauch streichelte.

Dann küßte er sie wieder, und sie begann sein Hemd zu öffnen. Sie wollte seine Haut an ihrer spüren, seine Zunge auf ihrer Brust, sie begehrte ihn so sehr.
Sie schlüpfte aus ihrer Bluse. Sein Kopf glitt an ihr herunter. Und als sie zu den hohen Baumwipfeln emporblickte, wußte sie, daß sie nie einem Menschen begegnet war wie Scott McCullough. Noch nie war sie so geküßt worden und hatte eine solche Leidenschaft empfunden. Und dann hörte sie auf zu denken.
Eine Stunde später lagen sie aneinandergeschmiegt und nackt unter einem Baum. Nur das Plätschern des Bächleins durchbrach die Stille.
»Du weißt, was einer Frau gefällt«, sagte sie.
»Das war mehr als nur Spaß«, entgegnete er. »Es war das Allergrößte.«
»Es wird ganz schön frustrierend werden, am Montag wieder im Büro zu sitzen.«
»Dann bleib doch. Bestimmt kann ich dir Dinge zeigen, die du noch nie zuvor erlebt hast.«
»Klingt verführerisch. Können wir das nicht in den nächsten anderthalb Tagen tun?«
Er lachte. »Wenn du erst mal auftaust, gibt es bei dir wohl kein Halten mehr.«
»Keine Ahnung. Das ist alles so neu für mich.«
»Wir könnten nach Portland fahren, uns ein Hotelzimmer nehmen und die ganze Zeit im Bett verbringen.«
»Klingt prima.«
Er setzte sich auf und starrte sie fassungslos an.
»Meinst du das ernst?«

Sie lächelte ihn an. »Ich weiß nicht. Was würde deine Familie sagen? Und Annie?«
»Sag ihr, sie soll sich mit uns am Flughafen treffen. Hast du wirklich Lust? Wir könnten noch vor Dunkelwerden in Portland sein und im Red Lion direkt am Columbia River übernachten.«

Erst der Hunger trieb sie nach vierundzwanzig Stunden aus ihrem Zimmer im Hotel Red Lion.
»Warum ist uns das nicht schon früher eingefallen?« fragte sie. »Wenn ich gewußt hätte, wie schön es ist, wäre ich bereits letzte Woche weichgeworden.«
»Weichgeworden?«
»Ich wollte warten, bis du mich ebenso begehrst wie ich dich.«
»Das hättest du schon vor ein paar Tagen haben können. Ich wollte nur nicht, daß du mich für leichtfertig hältst.«
»Das ist egal. Ich fand es jedenfalls noch nie so schön.«
»Mir ging es genauso.«

Auf dem Rückflug nach Boston war sich Cat ihres Körpers bewußt wie noch nie zuvor. Sie fühlte sich von einer unbändigen Kraft durchpulst.
Erst beim Umsteigen in Chicago wurde ihr klar, daß sie Scott McCullough wohl lange nicht wiedersehen würde – falls sie ihn überhaupt je wiedersah.
Dennoch war ihr nicht zum Weinen zumute.
Scott McCullough, dachte sie lächelnd. *Mrs. Scott McCullough. Catherine McCullough.*

»Warum runzelst du die Stirn?« fragte Annie.
»Ich könnte nie in Cougar leben.«
»Du würdest vor lauter Langweile elend zugrunde gehen.«
Allerdings hatte sich Cat noch nie zuvor so lebendig gefühlt.

SIEBEN

»Hier scheint zwar die Sonne«, sagte Scott, als er am Sonntag um zehn Uhr abends im fünftausend Kilometer entfernten Boston anrief. »Aber mein Leben kommt mir düster und leer vor.«

»Bei uns ist es furchtbar schwül. Ich fühle mich niedergeschlagen und vermisse Cougar entsetzlich. Und die Berge, die reine Luft und ...«

»... mich hoffentlich auch.«

»Dich auch.« Und wie sie ihn vermißte! Seine Küsse und seine zärtlichen Liebkosungen ...

»Ich war heute nachmittag bei Miss Jenny. Wir haben lange über dich gesprochen.«

»Die letzten zwei Wochen waren die schönsten meines Lebens«, meinte Cat.

Obwohl sie sich nach den Telefonaten mit ihm warm und geborgen fühlte, mußte sie immer wieder daran denken, daß sie ihn vielleicht nie wiedersehen würde. Doch sie nahm sich fest vor, sich davon nicht bedrükken zu lassen. Schließlich hatte sie ihm eine wunderschöne Zeit zu verdanken. Bei der bloßen Erinnerung an die im Red Lion verbrachten dreißig Stunden prikkelte ihr der ganze Körper.

Als sie am nächsten Morgen in der Kanzlei eintraf,

wurden zwei Dutzend gelber Rosen für sie abgegeben. »Damit Du den ganzen Tag an mich denkst«, hatte Scott auf die beiliegende Karte geschrieben. Keine Unterschrift.

Am Dienstag traf eine süß duftende Gardenie mit schimmernd grünen Blättern ein. Cat fragte sich, ob die Floristin oder Scott selbst die Blumen aussuchte.

Dienstag abend rief er wieder an.

Am Mittwoch jedoch erhielt Cat weder Blumen noch einen Anruf. Am Donnerstag und am Freitag auch nicht. Und als sie am Freitagabend von der Arbeit nach Hause kam, saß Scott auf der Vortreppe ihres Backsteinhauses. Neben ihm stand eine große Reisetasche aus weichem Leder, und er strahlte übers ganze Gesicht.

Beim Anblick ihrer verdatterten Miene brach er in Gelächter aus. Er sprang auf, nahm sie in die Arme, wirbelte sie herum und küßte sie zur Belustigung der vorbeigehenden Passanten.

Immer noch überrascht, drückte sie ihn an sich.

Dann stellte er sie auf die Treppe und nahm seine Tasche. »Ich habe es ohne dich einfach nicht ausgehalten«, sagte er.

Oben in ihrer Wohnung sah er sich erstaunt um. »Wieviel Miete zahlst du hier?« fragte er und küßte sie wieder, ohne eine Antwort abzuwarten.

Cat trat einen Schritt zurück, um ihn zu betrachten. »Ich fasse es nicht.«

»Ich habe dir doch gesagt, daß ich noch nie so für eine Frau empfunden habe.«

Dann blickte er sich wieder im Zimmer um: eine Bettcouch mit Kunstlederbezug, ein alter Schreibtisch, auf dem sich Papiere türmten, ein kleiner Fernseher auf einem Tischchen in der Ecke. Vor der winzigen Kochnische stand der Eßtisch, der kaum vier Personen Platz bot – aber das war bis jetzt auch nie nötig gewesen.

»Gemütlich kann man das ja nicht gerade nennen.«

Cat fand, daß sie vor anderthalb Jahren unglaubliches Glück gehabt hatte, diese Wohnung in der Newbury Street zu ergattern.

»Wohnt Annie auch so?« erkundigte er sich.

»Ihre Wohnung geht nach hinten raus und ist ein bißchen größer. Sie hat zwei Zimmer.«

»Ach du meine Güte«, meinte er mitleidig. »Ich bin am Verhungern. Der Fraß im Flugzeug hat geschmeckt wie Pappe, und jetzt knurrt mir schon wieder der Magen.«

»Ich fasse es immer noch nicht, daß du wirklich da bist.«

Er trat ans Fenster und blickte zu den Passanten hinunter, die an diesem Sommerabend durch die Straße bummelten.

»Es gibt hier eine Menge Restaurants«, fuhr sie fort. »Ein paar Italiener, einen Griechen, meinen Lieblingsinder ...«

»Inder?« fragte er argwöhnisch.

Sie nickte.

»Und da gehst du am liebsten hin? Okay, dann essen wir heute dort. Wenn ich schon einmal in der Großstadt bin, muß ich auch mal was Neues ausprobieren.«

»Aber zuerst möchte ich mich ein bißchen frischmachen.«
»Tu dir keinen Zwang an.«
Es klopfte an der Tür. »Kannst du bitte aufmachen?« sagte Cat, die schon auf dem Weg ins Bad war.
Es war Annie, und bei Scotts Anblick blieb ihr der Mund offenstehen. »Scott McCullough!«
»Hallo.« Er bat sie herein.
»Du bist wohl immer für eine Überraschung gut! Wann bist du denn angekommen?«
»Vor etwa einer Stunde.«
»Wie ich annehme, hat Cat keine Zeit, mit mir essen zu gehen.«
»Warum nicht? Komm doch mit«, meinte Cat, die ihre Waschungen inzwischen beendet hatte. »Wir gehen zum Inder. Ich glaube, Scott hat noch nie indisch gegessen.«
Annie sah Scott an. »Lieber nicht. Bestimmt wollt ihr unter euch sein.«
Cat wiederholte ihre Einladung nicht.
»Wie lange bleibst du?« wollte Annie von Scott wissen.
»Bis ich meine Mission beendet habe.« Er zuckte die Achseln.
Die beiden Frauen wechselten einen Blick, aber keine von ihnen fragte ihn, was er im Schilde führte.
Das Restaurant befand sich im Keller eines Backsteingebäudes in der Newbury Street.
»Ich glaube, es ist besser, wenn du bestellst. Ich wüßte nicht, was ich nehmen soll«, sagte er, nachdem er die Speisekarte studiert hatte.

»Die Lammgerichte hier sind ein Gedicht.«
»Einverstanden.«
Cat bestellte Gerichte, die nicht zu scharf gewürzt waren, da sie Scotts Geschmack nicht kannte, und dazu einen kalifornischen Vouvray.
»Anscheinend muß ich mir das Weintrinken angewöhnen«, meinte Scott. »In Cougar gibt es so etwas nicht.« Er sah sich anerkennend um. »Eleganter Schuppen.«
»Tu nicht so, als wärst du ein Hinterwäldler«, entgegnete Cat lächelnd. Sie war ja so glücklich.
»Stimmt. Ich war sogar schon auf Hawaii, in San Francisco und England.«
»In England auch?«
»Und in Florida.«
Sie lachte. »Und jetzt bist du hier.«
»Ich bin gekommen, um dich zu bitten, deinen Beruf aufzugeben, aus Boston wegzuziehen und mich zu heiraten«, sagte er, nachdem der Kellner den Wein eingeschenkt hatte.
Cat stellte ihr Glas so heftig auf den Tisch, daß sie befürchtete, es würde zerbrechen.
»Was?«
Scott glitt von seinem Stuhl und kniete vor Cat nieder. Die anderen Gäste musterten sie belustigt.
»Ich möchte dich bitten, meine Frau zu werden.« Er verharrte in seiner Stellung.
Cat sah sich um. Wie konnte man so einem Mann widerstehen?
»Ich weiß nicht, was ich dazu sagen soll.«
»Verdammt, es ist das erstemal, daß ich einer Frau

einen Antrag mache. Wie lange soll ich noch hier auf dem Boden knien?« Das Ganze schien ihm nicht im mindesten peinlich zu sein. Er nahm ihre Hand. »Mein Liebling, sicher ist dir schon aufgefallen, daß ich mich bis über beide Ohren in dich verliebt habe. Ich bin quer über den ganzen Kontinent geflogen, weil ich ohne dich nicht leben kann. Ich will mein Leben mit dir teilen, Kinder mit dir haben ...«

Die anderen Gäste applaudierten stürmisch.

Cat errötete verlegen. »Scott, setz dich wieder hin. So schnell kann ich dir nicht antworten. Wir müssen darüber reden.«

»Liebst du mich?«

»Ich glaube schon.«

»Sie glaubt schon.« Scott wandte sich an die Anwesenden. »Sie glaubt schon.«

»Du bist der aufregendste Mann, dem ich je begegnet bin«, gab sie zu. Die Situation war ihr so unangenehm, daß sie am liebsten im Erdboden versunken wäre. Gleichzeitig konnte sie ein Lachen kaum unterdrücken.

»Gut.« Er nahm wieder Platz und drehte sich noch einmal zu den anderen Gästen um. »Ich halte Sie auf dem laufenden.«

Dann schenkte er sich noch ein Glas Wein ein.

»Du mußt ihn langsam trinken und nicht wie Bier hinunterschütten«, sagte Cat.

»Wenn ich immer täte, was ich müßte, würdest du mich nicht so aufregend finden«, erwiderte Scott.

»Ich kann doch nicht einfach meinen Beruf aufgeben. Wozu habe ich jahrelang studiert?«

Scott sah sie durchdringend an.
»Ich kann nicht nach Oregon ziehen.«
»Ich dachte, du fändest es dort so schön wie nirgendwo sonst auf der Welt.«
Cat nickte.
»Und die Leute waren dir auch sehr sympathisch.«
Cat lachte auf. »Ich kenne dich doch kaum. Vor drei Wochen wußte ich nicht einmal, daß es dich gibt.«
»Du hast den Rest deines Lebens Zeit, mich kennenzulernen.«
»Du bist vollkommen übergeschnappt.«
»Und das ist einzig und allein deine Schuld. Du machst es einem wirklich schwer. Dabei habe ich geglaubt, du würdest dich freuen, weil du für mich dasselbe empfindest wie ich für dich.«
»Nun, wir könnten uns ja verloben und ...«
»Verloben? Eigentlich wollte ich nächste Woche heiraten. Oder schon an diesem Wochenende, obwohl es meinen Eltern und Miss Jenny gewiß lieber wäre, wenn die Trauung auf Big Piney stattfindet.«
»Hast du schon mit ihnen darüber gesprochen?«
Er nickte. »Miss Jenny hat mir geraten, dich zu holen, wenn ich dich wirklich liebe.«
Doch was sollte Cat in Oregon anfangen? Andererseits war die Vorstellung, Nacht für Nacht in Scotts Armen zu liegen, sehr verlockend.
»Hört sich an wie ein Angebot, das ich einfach nicht ablehnen darf«, sagte sie leise.
»Stimmt genau.«
Cat betrachtete ihn. Als ihre Blicke sich trafen, lächel-

te er sie an, und es lag so viel Liebe in seinen Augen, daß sie dahinschmolz.
»Ach, Scott.« Sie beugte sich vor. »Ich bin verrückt nach dir, aber wir kennen uns kaum. Du hast mich noch nie mit Lockenwicklern erlebt oder wenn ich schlechte Laune habe. Wir wissen nichts voneinander.«
»Was gibt es da zu wissen? Bei keiner anderen Frau hatte ich auch nur eine Minute lang das Bedürfnis, am nächsten Morgen neben ihr aufzuwachen.«
»Das ist doch Wahnsinn!«
»Wirklich?« Ihre Zweifel schienen ihn nicht weiter anzufechten. »Wenn du deinem Vater zuliebe in Philadelphia heiraten möchtest, bin ich einverstanden. Allerdings warten Mutter und Miss Jenny nur auf ihr Stichwort, um mit den Vorbereitungen für eine Traumhochzeit anzufangen. Miss Jenny sagt, jetzt ist die beste Jahreszeit dafür.«
»Ich kenne niemanden mehr in Philadelphia. Mir liegt nichts an dieser Stadt.« Was redete sie da?
»Nun, damit wäre dieser Punkt geklärt. Nachdem wir uns heute nacht leidenschaftlich geliebt haben, packst du deine Sachen – wenn ich mich in dem Loch, wo du wohnst, so umschaue, hast du offenbar nicht viel, was sich zu packen lohnt. Du brauchst nur deine Kleider mitzunehmen. Möchtest du mit dem Auto fahren oder es hier verkaufen?«
Cat stockte der Atem. Sie legte die Gabel weg und schenkte sich Wein ein. Erst als sie ihr Glas mit einem großen Schluck geleert hatte, fand sie die Sprache wieder.

Er grinste. »Ich dachte, man darf Wein nicht so hinunterkippen.«
»Schließlich passiert es nicht alle Tage, daß mir jemand so den Kopf verdreht.«
»Habe ich das geschafft?« Er beugte sich vor und küßte sie auf die Nasenspitze. »Das freut mich. Also abgemacht. Die Hochzeit findet auf Big Piney statt.«
Cat zitterte am ganzen Leibe. Bald würde sie in seinen Armen liegen. »Ja«, hauchte sie. »Und das Auto verkaufe ich.« Ihren vollen Teller hatte sie völlig vergessen.
Scott stand auf. »Sie hat ›ja‹ gesagt!« verkündete er mit lauter Stimme.
Die Gäste klatschten Beifall.

Die Hochzeit sollte am zweiten Samstag im August – eine Woche nach Cats Ankunft in Cougar – stattfinden. Scott war vorausgeflogen, während Cat ihren Umzug regelte. Sie kündigte ihren Job, gab ein ganzes Monatsgehalt für ein Hochzeitskleid aus, das sie in einer Frauenzeitschrift gesehen hatte, und verkaufte ihr Auto und ihre Möbel.
Da Annie ihren Jahresurlaub aufgebraucht hatte und deshalb nicht zur Hochzeit kommen konnte, rief Cat Torie an und bat sie, als Brautjungfer zu fungieren. Als sie ihren Vater zur Hochzeit einladen wollte, erreichte sie nur den Anrufbeantworter: Die Familie war für drei Wochen nach Maine gereist.
Cat verstaute ihre Sachen in Kartons und stellte fest, daß wirklich nur ihre Kleider und Bücher das Mitneh-

men lohnten. Sie fragte sich, warum sie sich überhaupt die Mühe machte, ihre juristischen Fachbücher einzupacken. Allerdings hatte sie so hart für ihren Abschluß gearbeitet, und man konnte nie wissen, ob sie die Bücher vielleicht doch einmal brauchen würde. Bis dahin konnte sie sie ja in der Scheune lagern. In Big Piney gab es schließlich Platz genug.

In den zehn Tagen, die sie voneinander getrennt waren, rief Scott sie täglich an.

»Wo möchtest du die Flitterwochen verbringen?«

»Irgendwo, wo es ein großes Bett gibt.«

Er lachte. »Eine Frau nach meinem Herzen.«

»Du glaubst doch nicht im Ernst, daß ich es auf dein Herz abgesehen habe.«

»Du bringst mich um den Verstand. Warst du eigentlich schon mal in den Tetons?«

»Ich möchte an einen Ort fahren, den wir beide nicht kennen.«

Sie beschlossen, eine Woche im Glacier National Park zu verbringen, obwohl Cat ein Luxushotel in den Tropen oder einer interessanten Metropole lieber gewesen wäre als ein Urlaub in der freien Natur. Dann aber fand sie, daß es wohl das beste war, sich so rasch wie möglich an das neue Leben zu gewöhnen, für das sie sich entschieden hatte. Außerdem versprach Scott, eine große Luftmatratze anzuschaffen, damit sie nicht auf dem Boden schlafen mußte.

In den Flitterwochen auf dem Boden schlafen?

Scott wollte mit ihr Kanu fahren und bergsteigen, um die traumhafte Aussicht zu genießen.

»Woher weißt du, daß die Aussicht traumhaft ist, wenn du noch nie dort warst?«
»Im Westen ist es überall schön.«
Bergsteigen? Und das ihr, die sogar zum Einkaufen mit dem Auto fuhr!
»Was hältst du von Tahiti?« schlug sie vor. »Da waren wir beide noch nicht.«
»In Montana gefällt es dir bestimmt«, sagte er.

ACHT

Miss Jenny bestand darauf, daß Cat während der Hochzeitsvorbereitungen bei ihr in der Jagdhütte wohnte. Die ganze Stadt war zur Feier eingeladen. Die Trauung selbst sollte im Wohnzimmer des Haupthauses stattfinden. Da Red eine Ankündigung in die Lokalzeitung gesetzt hatte, wurden Hunderte von Gästen erwartet. Man würde ein ganzes Schwein am offenen Feuer braten. Ein Partyservice aus Boise war für die restlichen Speisen zuständig, und Miss Jean Featherly, die schon seit siebenundzwanzig Jahren für jedes Brautpaar in Cougar Valley die Hochzeitstorte buk, war auch diesmal wieder mit dieser Aufgabe betraut worden.

»Wahrscheinlich hast du dir für deine Hochzeit keine Grillparty vorgestellt«, meinte Sarah zu Cat.

Doch Cat war mit allem einverstanden. Sie wußte, wie sehr sich die ganze Familie darüber freute, daß Scott zu Hause heiratete, weil so alle Freunde und Verwandten dabeisein konnten.

»Die Trauung selbst findet im kleinen Kreis statt«, sagte Sarah. »Hast du eigentlich schon Chazz Whitley, unseren Arzt, und seine Frau Dodie kennengelernt?«

Obwohl sie Cat das Du angeboten hatte, blieb ihr Verhältnis förmlich. »Dann kommen noch der Sheriff, seine Frau und sein Sohn und Bankdirektor Bollinger mit Frau Nan. Wir sind schon seit dem College befreundet.« Sarah blickte von ihrem Notizblock auf. »Ich habe auch hier geheiratet. Miss Jenny und Jock haben meine Eltern dazu überredet. Ich weiß nicht, warum Mama sich breitschlagen ließ. Sie hat es sich nie verziehen. Einige unserer Freunde waren zwar so nett, zur Hochzeit zu kommen, und wir hatten genug Platz, um sie unterzubringen, aber es war dennoch ein ziemlicher Aufwand. Wahrscheinlich war Mama nach den Hochzeiten meiner drei älteren Schwestern froh darüber, daß ihr die Kosten und die viele Arbeit erspart blieben, die so eine Feier mit sich bringt. Meine Schwestern sind angereist, doch ihre Männer glänzten durch Abwesenheit. Sie sagten, es sei zu weit, und sie könnten keinen Urlaub nehmen. Findest du das nicht seltsam?«

»Mein Vater kommt auch nicht«, meinte Cat. Er wußte nicht einmal, daß sie heiratete.

»Nun denn.« Sarah blickte in die Ferne. Dann schüttelte sie den Kopf. »Ach, du meine Güte!« rief sie aus. »Jetzt hätten wir fast die Blumen vergessen. Was für einen Brautstrauß möchtest du denn?«

»Gelbe Rosen vielleicht. Das sind die ersten Blumen, die Scott mir geschenkt hat.« War das wirklich erst zweieinhalb Wochen her?

»Aber nein. Orchideen sind doch viel eleganter«, widersprach Sarah. »Du könntest danach eine Blüte abtrennen und an dein Reisekleid stecken.«

Cat lachte. »Laut Scott brauche ich kein Reisekleid,

sondern nur Jeans und ein T-Shirt. Und ein Sweatshirt, falls es abends kühl wird.« Sie nahm sich vor, sich in David's Westernstore eine Ausstattung für ihre Flitterwochen zu besorgen.

Torie, Sarah und Miss Jenny waren schon vor Cats Ankunft nach Portland geflogen, um sich Kleider für die Hochzeit zu kaufen. Sarahs Kleid bestand aus fliederfarbenem Chiffon und war so schlicht und gleichzeitig elegant, daß sie der Braut vermutlich die Schau stehlen würde.

Cat hatte mit Torie telefonisch beratschlagt, was diese als Brautjungfer anziehen sollte, und ihrer zukünftigen Schwägerin die Wahl überlassen. Alles geschah so schnell, daß ihr kaum Zeit blieb, sich an den Vorbereitungen für ihre eigene Hochzeit zu beteiligen. Torie hatte ein leuchtend türkisfarbenes Kleid erstanden, das besser auf das Titelblatt von *Vogue* als auf den Rasen der Big Piney Ranch in Cougar paßte. Allmählich hegte Cat den Verdacht, daß alle Blicke nicht auf ihr, sondern auf Scotts Schwester und Mutter ruhen würden. Sie schmunzelte. In ein paar Tagen würde sie zur Familie gehören.

Miss Jenny hatte Cat anvertraut, daß es wegen der Einladung für die Claypools wahrscheinlich zu einer Auseinandersetzung kommen würde. Torie und ihre Mutter waren beide Starrköpfe und würden streiten, bis eine von ihnen erschöpft war und nachgab. Red würde sicher zu Torie halten.

Scott beendete den Streit: »Es ist meine Hochzeit, und Joseph ist mein bester Freund und mein Trauzeuge.

Also müssen seine Eltern selbstverständlich auch dabeisein.«
Seine Mutter machte auf dem Absatz kehrt und stürmte aus dem Zimmer.
Sarah McCullough verabscheute Indianer.
»Verdammte Heiden«, pflegte sie zu sagen.
Ihre Einstellung war einfach lächerlich, denn Samuel Claypool und seine Geschwister waren in Cougar aufgewachsen und zur Schule gegangen.
»Sie sind genauso Amerikaner wie du und ich«, meinte Miss Jenny, als sie bei einer Tasse duftenden Kaffees und Zimtkrapfen mit Cat in der Küche saß.
»Eigentlich noch mehr als wir, denn unsere Vorfahren haben ihnen das Land gestohlen«, bemerkte Cat.
Miss Jenny musterte Cat prüfend. »Ich wußte auf Anhieb, daß wir beide uns verstehen würden.«
»Hat Scott eigentlich jemals daran gedacht, daß ich seinen Heiratsantrag ablehnen könnte?«
Miss Jenny schüttelte den Kopf. »Das Wort Niederlage kommt in seinem Vokabular nicht vor. Dazu ist er viel zu sehr von sich selbst eingenommen. Von seinem Vater hat er das mit Sicherheit nicht. Red gesteht sich seine Zweifel und Fehler ein – ganz im Gegenteil zu Scott. Allerdings hatte er bis jetzt immer recht. Als er vor fünf Jahren das College abbrach, hatten sein Vater und er einen heftigen Krach. Red findet Bildung nämlich sehr wichtig, Scott nicht. Eigentlich ist er nicht auf den Kopf gefallen, aber mit Büchern hat er nichts im Sinn.«
»Ach, Miss Jenny.« Cat trank einen Schluck Kaffee. »Ich weiß so wenig über Scott.«

Miss Jenny tätschelte Cat lächelnd den Arm. »Mir ging es genauso, als ich seinen Großvater geheiratet habe. Doch unsere Ehe wurde dadurch sehr aufregend, weil wir ständig etwas Neues aneinander entdeckten. Wir haben uns nie gelangweilt, und unsere Leidenschaft kannte keine Grenzen.«

»Warum ist Red eigentlich ein Einzelkind geblieben?« wollte Cat wissen. Traurig blickte die alte Frau hinaus zu den gewaltigen Bäumen, die in den Himmel ragten. »Wegen der Leidenschaft, meinst du? Nachdem Red auf der Welt war, hatte ich fünf Fehlgeburten. Schließlich hat der Arzt mir verboten, es weiter zu versuchen. Ich hatte eine Totaloperation, über die ich jahrelang nicht hinweggekommen bin. Doch inzwischen habe ich mich damit abgefunden. Außerdem glaube ich nicht, daß Kinder ein Paar enger zusammenwachsen lassen. Sieh dir nur Red und Sarah an. Dauernd streiten sie wegen ihrer Kinder, besonders wegen Torie. Sie ist Reds Liebling, und ich bin sicher, daß Sarah ihre Tochter insgeheim ablehnt. Ob das Eifersucht ist? Vermutlich geschieht so etwas öfter, als man denkt. Red wäre froh, wenn Torie Joseph Claypool heiraten würde, aber Sarah sagt, nur über ihre Leiche. Und Samuel, Josephs Vater, ist auch dieser Ansicht. Er behauptet, Joseph müsse eine Indianerin heiraten, damit sich sein Blut nicht vermischt. Sonst könne er nicht Schamane werden.«

»Schamane?«

»Joseph verfügt über bemerkenswerte Fähigkeiten.«

»Ist ein Schamane so etwas wie ein Medizinmann?«

»Du siehst zu viele Filme.«
»Dann erkläre es mir.«
Miss Jenny beugte sich vor. »Schamanen können höhere Bewußtseinsstufen erreichen. Samuel Claypool, Josephs Vater, ist einer der besten von ihnen.«
»Was ist eine höhere Bewußtseinsstufe?« fragte Cat verblüfft.
»Ein Schamane kann sich selbst in Trance versetzen. Seine Seele verläßt seinen Körper und tritt in eine andere Welt ein. So kann er Menschen heilen, indem er ihnen ihre Lebenskraft zurückgibt.«
Ungläubig starrte Cat Miss Jenny an.
»Wenn ein Schamane zum Beispiel das Totemtier eines Menschen zurückholen will, muß er wissen, wie er das schafft, ohne den Betreffenden zu gefährden.«
»Totemtier?«
»Es ist so ähnlich wie ein Wachtraum, der sich anfühlt, als wäre er Wirklichkeit, und den er nicht beeinflussen kann. Er erhält Zutritt zu neuen Welten, die in Wahrheit Jahrtausende alt sind. Diese Wachträume geben ihm die Antworten auf die Frage nach dem Sinn von Leben und Tod.«
Miss Jenny hielt inne und lachte auf. »Ich sehe, du verstehst kein Wort. Dazu mußt du erst dein Herz und deinen Verstand öffnen.«
Glaubte Miss Jenny allen Ernstes an diese Dinge?
»Schamanen wollen nur das Gute. Einzelheiten brauchst du jetzt nicht zu wissen, nur, daß es das Schamanentum ist, das zwischen Torie und Joseph steht. Wenn sich das Blut eines Schamanen mischt, verliert er seine Gabe, und

deshalb ist Samuel gegen diese Ehe, obwohl er Torie gern hat. Er kennt sie seit ihrer Kindheit, aber er beharrt darauf, daß Josephs Kinder reinblütige Indianer sein müssen.«

Cat kam da nicht ganz mit. »Joseph kann keine Kranken heilen, wenn seine Kinder keine reinen Indianer sind?«

Miss Jenny zuckte die Achseln. »Oder so ähnlich. Vielleicht ist der Grund auch, daß seine Kinder die Gabe, die in der Familie von Generation zu Generation vererbt wird, nicht weitertragen könnten.«

»Wirken diese Fähigkeiten auch bei Nicht-Indianern?«

»Aber natürlich. Samuel hat mich schon oft geheilt.«

»Du hast die Claypools wohl gern.«

»Ich mag Joseph sehr und würde mich freuen, wenn er mein Enkel würde. Doch ich habe Verständnis dafür, daß er sich seinem Stamm verpflichtet fühlt.«

»Könnten Torie und Joseph all diese Tabus nicht in den Wind schlagen und einfach heiraten?«

»Der alte Widerstreit zwischen Pflicht und Neigung. Und man kann sich dem nur schwer entziehen. So geht es nun schon, seit Torie sieben ist. Joseph war mit Scott in einer Klasse, also muß er damals zehn gewesen sein. Samuel hat es zunächst nicht gemerkt. Erst als die beiden in der High-School waren, ist Samuel klargeworden, daß er es mit einem jungen Burschen und einem Mädchen zu tun hatte, nicht mit zwei Spielkameraden. Seitdem versucht er die beiden auseinanderzubringen. Sarah dagegen ist voller kleinbürgerlicher Vorurteile und lehnt jeden ab, der keine weiße Haut hat.«

»Und dabei sieht sie mit ihrem dunklen Haar und den

mandelförmigen Augen selbst fast aus wie eine Indianerin.«
Miss Jenny nickte. »Die Kinder auch. Aber sie ist weiß, und das ist das Entscheidende für sie. Als sie Reds Frau wurde, trug sie ihr Haar lang und in der Mitte gescheitelt wie alle Mädchen in den Sechzigern. Bis auf die weiße Haut ähnelte sie wirklich einer Indianerin. Damals war sie auch noch nicht so engstirnig. Wahrscheinlich war sie noch nie einem richtigen Indianer begegnet. Inzwischen sind die meisten Indianer ja seßhaft geworden, und viele Leute sind stolz darauf, indianische Vorfahren zu haben. Aber nicht Sarah.«
Cat fragte sich, wie Sarah und Miss Jenny wohl miteinander auskamen.
In diesem Moment bog ein Auto in die Auffahrt ein. Eine Tür wurde zugeschlagen, und Red rief: »Ich bin hier, um die Braut zu entführen!«
Er stapfte die Stufen der Veranda herauf. »Das riecht aber köstlich. Ist noch etwas übrig?«
»Setz dich. Möchtest du auch einen Kaffee?«
Cat spürte deutlich, wie sehr sich Miss Jenny über den Besuch ihres Sohnes freute.
»Ich muß runter ins Dorf und dachte, Cat hätte vielleicht Lust, die ganze Bande in Rocky's Café kennenzulernen. Deshalb muß ich leider auf den Kaffee verzichten, obwohl ich deinen immer am liebsten trinke. Heute ist Donnerstag, und donnerstags bin ich immer mit Jason zum Frühstück verabredet. Aber einen Krapfen genehmige ich mir trotzdem.« Er sah Cat an. »Kommst du mit?«

»Klar. Ich hole nur noch meine Handtasche. Ich muß mir Jeans und Stiefel kaufen.«
»Laß es anschreiben«, sagte er, nahm ihre Hand und zog sie hinaus zum Auto.
Während er den Motor anließ, lächelte sie ihm zu. »Das ist aber nett von dir.«
Er grinste. »In zwei Tagen gehörst du sowieso zur Familie, und außerdem unternehme ich gern etwas mit dir.«
»Kannst du mich bei Davis absetzen?«
»Aber natürlich. Ich lege meine Erledigungen immer auf den Donnerstag und treffe mich danach mit Jason. Freundschaften muß man pflegen.«

Die Bank war das einzige zweistöckige Gebäude in der Main Street. Obwohl die Sonne schien, brannte die Neonreklame vor Rocky's Café. Vor dem Lokal waren Pick-ups geparkt. Die meisten davon mit einem Gewehr auf der Hutablage und einem Kuhfänger an der Motorhaube.
»Warum tragen alle Männer hier hochhackige Stiefel?« fragte Cat.
»Damit sie nicht aus den Steigbügeln rutschen.«
»Ich muß noch so viel lernen«, seufzte Cat.
Lächelnd tätschelte Red ihr den Arm. »Lektion Nummer eins«, sagte er. »An der Ostküste nehmen Männer im Restaurant den Hut ab. Hier nicht.«
Und wirklich trugen die meisten Männer einen Stetson. Cat fühlte sich wie in einem Western und konnte sich ein Schmunzeln kaum verkneifen. Sie war so glücklich,

daß sie am liebsten Purzelbäume geschlagen hätte. Ihr ganzes bisheriges Leben hatte sie in Boston zurückgelassen. Bis auf die englische Sprache war ihr hier alles fremd.
Das Café war bis auf den letzten Platz besetzt und verqualmt. Die Wände waren mit dunklem Holz getäfelt, und an der Decke hingen zu Lampen umfunktionierte Wagenräder.
»Meine zukünftige Schwiegertochter«, verkündete Red beim Hereinkommen. »Cat.«
Red führte Cat zu einem Tisch, wo der Sheriff in voller Uniform saß. Er trug den Stern auf der Brusttasche und hatte den breitkrempigen Hut aus der Stirn geschoben. Neben seiner Kaffeetasse lag eine Sonnenbrille. Er stand zwar nicht auf, lächelte Cat aber freundlich zu, so daß sie sich sofort willkommen fühlte. Er war kein sonderlich attraktiver Mann, verfügte jedoch über eine enorme Ausstrahlung. Cat gefielen seine klaren, grauen Augen.
Seinen Nachnamen hatte sie vergessen.
»Also werden Sie jetzt eine McCullough«, stellte Jason fest, nachdem Cat Platz genommen hatte.
»Cat ist Anwältin«, sagte Red. »Kannst du dir das vorstellen?«
»Schließlich haben wir bald das Jahr zweitausend«, meinte Jason. »Die Frauen sind jetzt emanzipiert.«
Eine magere Frau mit blondiertem Haar und einem spitzen Kinn trat an ihren Tisch und begrüßte sie freundlich. »Hallo, Red. Bestimmt möchten Sie einen Kaffee.« Sie musterte Cat. »Und Sie sind die Glückli-

che, die sich Scott McCullough geangelt hat. Das wird einigen Mädchen hier das Herz brechen.«

»Ich empfehle dir die Blaubeerpfannkuchen«, sagte Red. Doch da Cat schon vier von Miss Jennys Brötchen verschlungen hatte, war sie nicht mehr hungrig und bestellte nur einen Kaffee.

Red entschied sich für Schinken, Rösti, Rührei und Toast.

»Die McCulloughs sind die wichtigsten Leute hier in der Stadt, falls Sie noch nicht dahintergekommen sind«, meinte Jason zu Cat und fügte dann hinzu: »Es werden eine Menge Leute zur Hochzeit erwartet.«

Cat stellte fest, daß ihr Jasons ruhige Art gefiel. Sein blondes Haar war länger als bei Polizisten üblich, und ohne seine Uniform hätte man ihn für einen Bauarbeiter halten können. Er machte einen verläßlichen Eindruck.

»Mit was für Verbrechen haben Sie denn hier zu tun?« fragte sie ihn.

Die beiden Männer wechselten grinsend einen Blick.

»Letztens haben ein paar Jugendliche den Leuten brennende Knallfrösche in die Briefkästen geworfen. Jeden Samstagabend kommt Hank Snowdon betrunken ins Gefängnis und verlangt, daß ich ihn einsperre. Einige Leute fahren zu schnell. Nachbarn geraten in Streit. Hin und wieder wird eine Kuh gestohlen. Und einmal hatten wir sogar einen Mord.«

Offenbar war Jason Cats erstaunte Miene aufgefallen, denn er fügte hinzu: »Mir kommt es nicht auf die große berufliche Herausforderung an. Und Cougar Valley ist das beste Umfeld für meinen Sohn. Ich fühle mich hier wohl und kenne fast alle Leute in dieser Gegend. Die meisten sind mir sehr sympathisch.«

»Mit Betonung auf *die meisten«,* stellte Red fest.

»Hier sucht man keine Aufregung, sondern Lebensqualität«, fuhr Jason fort. »Menschen, die einander noch wichtig nehmen, und Schulen, in denen Kinder nicht nur Nummern sind. Wenn Sie atemberaubend malerische Sonnenaufgänge mögen, sind Sie bei uns genau richtig.«

Bis jetzt hatte Cat noch keinen Sonnenaufgang mitbekommen, denn um diese Jahreszeit ging die Sonne schon vor sechs Uhr morgens auf.

»Sie klingen, als wären Sie vom Fremdenverkehrsamt«, meinte sie. Hoffentlich würde es ihr in Cougar Valley ebenso gut gefallen wie dem Sheriff.

Nach dem Frühstück schlenderten Cat und Red zum Westernstore, wo Cat zwei Jeans, einige Baumwollhemden und ihr erstes Paar Cowboystiefel erstand. Red warf ihr einen Strohhut zu. »Das ist so einer, wie ich ihn trage«, sagte er. »Nur leichter und ausgezeichnet für den Sommer geeignet.«

Cat setzte den Hut in einem kecken Winkel auf und betrachtete sich im Spiegel. »Wie in der Marlboro-Werbung«, meinte sie.

»Nur, daß du eine Frau bist. Apropos: Jetzt ist wohl der richtige Zeitpunkt, dir mein Hochzeitsgeschenk zu überreichen.« Red zog eine kleine Schachtel aus der Tasche.

»Ich liebe Geschenke«, jubelte Cat. Als sie die Schatulle öffnete, erblickte sie darin eine Rolex aus Silber und

Gold. »Ach, du meine Güte!« Ihre teuerste Armbanduhr hatte hundert Dollar gekostet. Sie fiel Red um den Hals und küßte ihn auf die Wange. »Sie ist wunderschön!« Sie nahm ihre alte Uhr ab, steckte sie ein und streifte sich die Rolex übers Handgelenk. Dann streckte sie den Arm aus, um ihr Geschenk zu bewundern.
Erfreut sah Red ihr zu. »Natürlich ist sie von Sarah und mir.«
»Weiß Scott davon?«
Red schüttelte den Kopf. »Nein. Übrigens ist er heute nach Portland geflogen. Ich soll dir ausrichten, daß er am Nachmittag zurück ist.«
»Nach Portland?« *Und er hat mir nichts davon erzählt!*
Red lächelte.

Als Scott nach Hause kam, grinste er über beide Bakken. Doch er rückte mit seiner Überraschung erst heraus, als sich die ganze Familie zum Abendessen versammelt hatte. »Ich weiß, wie sehr Cat sich eine Verlobung gewünscht hat, und deshalb habe ich mir gedacht, daß sie wenigstens zwei Tage lang etwas davon haben soll.« Mit diesen Worten reichte er ihr eine Schmuckschatulle aus grauem Samt.
Cat öffnete sie und schnappte beim Anblick des Diamanten nach Luft. »O mein Gott!« rief sie.
Alle brachen in Gelächter aus.
»Warte, bis du den Trauring siehst.« Offenbar war Scott mit ihrer Reaktion zufrieden.
Miss Jenny klatschte in die Hände. Sarah hatte Tränen in den Augen.

NEUN

Am Tag vor der Trauung war es Cat endlich gelungen, ihren Vater zu erreichen. Er war gerade aus dem Urlaub zurückgekehrt, und es schien ihm nichts auszumachen, daß er sie bei ihrer Hochzeit nicht zum Altar führen würde. Eigentlich redete er mehr über seine Ferien in Bar Harbor, über die Fische, die seine Kinder gefangen hatten, und über seinen Sonnenbrand. Dann fragte er sie, ob sie mit acht Garnituren Silberbesteck als Hochzeitsgeschenk einverstanden sei.

Bedrückt legte Cat auf. Doch dann sagte sie sich, daß sie nun eine neue Familie hatte, der sie sich viel näher fühlte als ihrer alten in Philadelphia.

Der Diamantring war so groß, daß Cat sich wunderte, warum ihr nicht die Hand abfiel. Zwei Tage lang betrachtete sie ihn ständig und beobachtete, wie sich das Sonnenlicht darin spiegelte. Sie hatte den Eindruck, daß Sarah den Ring zu protzig fand, wenngleich sich ihre Schwiegermutter jeglichen Kommentars enthielt. Doch Cat gefiel er sehr. »Ich fühle mich so wohl, daß ich schnurren könnte«, meinte sie, als sie den Ring wieder einmal im Spiegel musterte.

Miss Jenny, die gerade ihre Handschuhe anzog, lächel-

te und nahm dann ihre Hand. »Falls du es noch nicht gemerkt haben solltest: Ich bin sehr froh, daß du bald eine McCullough sein wirst.«
»Catherine McCullough.« Seit zwei Wochen sagte Cat sich schon ihren zukünftigen Namen vor. »Es hört sich immer noch unwirklich an. Vor einem Monat wußte ich nicht einmal, daß Cougar existiert. Und jetzt werde ich hier leben.«
In diesem Augenblick schoß ihr ein Gedanke durch den Kopf: Du meine Güte, wo würden sie eigentlich wohnen? Darüber hatten sie noch gar nicht gesprochen. In der Stadt? In einem der vielen Häuser auf der Ranch?
Miss Jenny warf einen letzten Blick in den Spiegel und eilte hinaus zum Jeep.
Cat konnte sich ein Lachen nicht verkneifen. Sie würde im Brautkleid mit einem Jeep zu ihrer eigenen Hochzeit fahren. Doch in diesem Moment hörte sie, daß sich ein Wagen näherte. Sie ahnte, daß es Red mit seinem Cadillac war. Er würde nicht zulassen, daß sie in einem Jeep vorfuhr.
Plötzlich überkam sie Angst. Was tat sie da eigentlich? Sie ließ sich auf eine Welt ein, die ihr völlig fremd war. Auf ein Leben im Reichtum in diesem abgelegenen Winkel, wo die Menschen völlig anders waren als alle, denen sie bislang begegnet war.
»Du siehst einfach bezaubernd aus«, sagte Red. Als sie sich zu ihm umdrehte, reichte er ihr einen riesigen Strauß weißer und lavendelfarbener Orchideen. »Die sind von Sarah.«
Eines wußte Cat genau: Sie war froh, diesen Mann zum

Schwiegervater zu bekommen. Sie küßte ihn auf die Wange, und er legte den Arm um sie. »Bist du bereit?«

»Wenn nicht jetzt, dann nie.«

»Also los. Die Kapelle stimmt schon die Instrumente, und wir wollen es hinter uns bringen, bevor die Horden über uns hereinstürmen. Chazz und Dodie sind bereits da, und Jason und Sandy auch.«

Cat folgte ihm zur Tür. Miss Jenny wartete im Cadillac.

Cat und Torie zogen sich in Reds Arbeitszimmer zurück, bis die Kapelle den Hochzeitsmarsch anstimmte. Miss Jenny kam herein und winkte sie zu sich.

Das Wohnzimmer war mit weißen, violetten und gelben Blumen geschmückt. Offenbar hatte der Florist in Baker sämtliche Vorräte Oregons aufgekauft.

Außer Dr. Whitley und seiner Frau Dodie, die ein Faible für das Arrangieren von Blumen hatte, waren noch die Kilpatricks und David und Nan Bollinger gekommen. Bollie, ein alter Jugendfreund von Red, war abgesehen von Scott der eleganteste Mann im Raum. Er trug einen dreiteiligen dunkelblauen Nadelstreifenanzug und eine marineblaue Krawatte und sah aus, wie man sich einen Banker vorstellte. An seiner blassen Haut und dem Bäuchlein war zu erkennen, daß er einen Schreibtischberuf ausübte. Allerdings hätte man aus seinem konservativen Äußeren nie geschlossen, was für ein witziger, schlagfertiger Mann er war. Außerdem redete er gern. Wer mit der First Cascade Bank Geschäfte machte, durfte es nicht eilig haben.

Als Cat seiner Frau Nan vorgestellt wurde, fiel ihr zuerst das Wort »Stil« ein. Nan war stets elegant gekleidet und verbrachte den Großteil des Tages mit ihren Pferden, die ihre Leidenschaft waren und die bei Wettbewerben schon viele Preise gewonnen hatten.
Die einzige Frau, die Cat noch nicht kannte, saß neben einem blonden Jungen, offenbar Jason Kilpatricks Sohn. Die Frau wirkte verschüchtert, als würde sie beim ersten scharfen Wort sofort in Tränen ausbrechen. Ihr glattes, blondes Haar war kurzgeschnitten, und sie hatte eine weiße Blume hinter dem Ohr. Abseits von den anderen kauerte sie auf einem Sofa an der Wand.
Der kleine Junge, er hieß Cody, riß erstaunt die grauen Augen auf, als Cat in ihrem prachtvollen Brautkleid ins Zimmer trat. Vor ihr ging Torie, die so gemessen ausschritt, als befänden sie sich in einer vollbesetzten Kirche.
Red, Sarah und Miss Jenny standen auf, als Cat an ihnen vorbeikam.
Aber Cats Aufmerksamkeit galt nur Scott, Joseph und dem Geistlichen, die sie erwarteten. Sarah hatte auf einem Baptistenpfarrer bestanden, während Red die Trauung von seinem alten Freund, Richter Dan Oken aus Baker, vornehmen lassen wollte.
»Mein Sohn wird von einem Geistlichen getraut«, hatte Sarah verkündet, und damit war das Thema erledigt.
Scott sah hinreißend aus. Cat fand, daß es so schöne Männer sonst eigentlich nur im Film gab. Sein Gesicht war sonnengebräunt, seine schwarzen Augen funkelten, und seine weißen Zähne blitzten, als er ihr zulä-

chelte. Er verschlang sie förmlich mit Blicken, als hätte er sich ein Leben lang nach ihr gesehnt.
Da Cat bei Miss Jenny gewohnt hatte, hatten sie sich seit Boston nicht mehr geliebt. Außerdem hatte Scott gearbeitet wie ein Besessener, um sich für die Flitterwochen zehn Tage freinehmen zu können. Cat war zwar der Ansicht, daß er als Sohn des Chefs wahrscheinlich monatelang Urlaub machen konnte, doch er hatte ihr erklärt, daß es auf einer Ranch im Sommer viel zu tun gab.
Joseph, der einen Kopf kleiner als sein Freund Scott war, lächelte Cat zu. Sie wußte sogleich, daß sie in ihm einen Freund finden würde.
Torie trat zur Seite, und Cat nahm ihren Platz neben Scott ein. Er faßte sie beim Arm und wandte sich dem Geistlichen zu.
Cat, die sich nicht auf die Worte des Pfarrers konzentrieren konnte, hoffte inständig, daß er nicht doch noch das Wort »gehorchen« in seine Ansprache eingeschmuggelt hatte. Am vergangenen Abend bei der Stellprobe hatte er nämlich damit angefangen.
»Ich weigere mich, einen Mann zu heiraten, der von mir Gehorsam verlangt«, hatte Cat protestiert. »Ich möchte, daß dieses Wort gestrichen wird.«
Der Geistliche sah sie verstört an.
»Es ist doch nur eine Floskel«, sagte Scott.
»Das ist mir egal«, beharrte Cat. »Streichen Sie das Wort.«
Hoffentlich hatte er sich an die Anweisung gehalten, denn im Augenblick konnte Cat nur daran denken, daß

sie jetzt ein anderer Mensch wurde. Mrs. Scott McCullough. Catherine McCullough. Cat McCullough. Und das würde sie für den Rest ihres Lebens bleiben.

Scott stupste sie an. Als sie den Kopf hob, wurde ihr klar, daß er eine Antwort erwartete. »Ich will«, sagte sie und hoffte, daß es die richtige Stelle war.

Joseph reichte Scott den Ring. Als Cat laut nach Luft schnappte, lachte einer der Gäste auf. Es war ein mit Diamanten und Saphiren besetzter Goldreif. Wahrscheinlich hatte er mehr als eines von Cats Jahresgehältern verschlungen.

Strahlend steckte Scott ihr den Ring an den Finger.

»Hiermit erkläre ich Sie zu Mann und Frau«, verkündete der Geistliche. »Sie dürfen die Braut jetzt küssen.«

Red klopfte seinem Sohn auf den Rücken.

Torie fiel Cat um den Hals. »Ich habe mir schon immer eine Schwester gewünscht.«

Sarah war verschwunden.

»Die Gäste kommen«, rief Miss Jenny und eilte ebenfalls hinaus.

»Ich möchte, daß du Mistress McCullough kennenlernst«, sagte Jason zu seinem Sohn.

»Du brauchst mich nicht ›Mistress‹ zu nennen«, meinte Cat. »Ich heiße Cat.«

»Können Sie Baseball spielen?« wollte der kleine Junge wissen.

»Nein, aber ich würde es gern lernen«, antwortete sie, um ihm eine Freude zu machen. »Bringst du es mir bei?«

»Mein Vater ist der beste Spieler, den es gibt«, meinte

Cody. »Aber Mister McCullough ist auch nicht schlecht«, fügte er mit einem raschen Blick auf Scott hinzu.
Scott grinste.
»Außerdem kann mein Vater auch am besten angeln«, ergänzte Cody selbstbewußt.
»Ich hoffe, daß wir Freunde werden«, meinte Cat und ließ sich von Scott zu den neu angekommenen Gästen hinüberführen.
Um halb sechs war Cat allen fünfhundert Gästen vorgestellt worden, die sich auf dem Rasen von Big Piney versammelt hatten.
»Cat McCullough«, hörte sie Jasons Stimme hinter sich. »Darf ich Sie mit meiner Frau Sandra bekannt machen?«
Cat, die immer noch zusammenzuckte, wenn jemand sie mit ihrem neuen Namen ansprach, drehte sich um.
»Ich finde, Sie haben einen sehr netten Mann«, sagte sie zu Sandra.
Die Frau schüttelte den Kopf. »Komisch, nicht? Das finden nämlich alle.«
Was für eine seltsame Antwort, dachte Cat. Jason wirkte völlig unbeteiligt. Seine Frau und er hätten Fremde sein können.
Sandra starrte über Cats Schulter hinweg ins Leere und schwieg. Offenbar war es nicht leicht, mit Jasons Frau ein Gespräch anzuknüpfen.
Endlich sah sie Cat wieder an. »Hoffentlich werden Sie hier glücklich«, meinte sie.
Scott nahm Cat beim Arm und schob sie zu Bollie und

seiner Frau hinüber. Nan war genauso elegant gekleidet wie Torie und Sarah.
»Die ganze Stadt hat uns schon zum Essen eingeladen«, erzählte Scott. »Ich habe gesagt, sie müssen sich gedulden, bis wir zurück sind.« Er lachte. »Bei den ganzen Einladungen werden wir einen Terminkalender brauchen.«
»Und außerdem einen Möbelwagen für die Hochzeitsgeschenke«, erwiderte Cat und betrachtete die bunt eingewickelten Päckchen, die sich auf sieben Tischen türmten. Sie würden keine Zeit haben, sie zu öffnen, da die Abreise für den heutigen Abend geplant war. Scott hatte vor, zuerst bis Pendleton zu fahren und den Sonntag im Bett zu verbringen, bevor es weiter nach Montana ging. Cat wollte unbedingt klären, wo sie wohnen würden und wohin dieser Berg von Hochzeitsgeschenken geschafft werden sollte. Doch dazu hatten sie in den letzten Tagen keine Gelegenheit gehabt. Deshalb war sie nicht nur überrascht, sondern richtiggehend erschrokken, als Sarah sie beiseite nahm. »Wenn ihr zurück seid, sind eure Zimmer fertig«, sagte sie. »Ich dachte, die drei am Ende des Flurs eignen sich am besten, weil sie eine Verbindungstür haben. Ihr wärt ungestört, denn wir haben nur noch selten Gäste.«
Cat fehlten die Worte. Scott konnte doch nicht allen Ernstes von ihr verlangen, daß sie mit seinen Eltern zusammenlebte! Gewiß war genug Geld vorhanden, um ein eigenes Haus zu kaufen. Der Gegenwert des Verlobungsrings allein würde schon genügen. Überall auf der Ranch standen hübsche kleine Häuschen herum. Thel-

ma, die Köchin, und Tom, ihr Mann, der Hufschmied war, wohnten in einem von ihnen. Glenn Morris, der Vorarbeiter, lebte mit seiner Frau und seinen drei Kindern in einem anderen. Es waren mindestens ein Dutzend, die man vom Haupthaus aus nicht sehen konnte. Warum war es nicht möglich, in eines dieser Häuschen zu ziehen? Oder ein neues zu bauen? Oder sogar eines in der Stadt zu kaufen? Cat hätte gern Nachbarn gehabt, und sie war ganz und gar nicht damit einverstanden, mit Scotts Eltern unter einem Dach zu wohnen.

»Komm, das Essen ist fertig«, sagte Scott. Cat betrachtete die riesige Tafel, die aussah wie das Buffet in einer Werbebroschüre für Luxuskreuzfahrten. Obst war zu kunstvollen Pyramiden aufgetürmt, und gewaltige Platten quollen von hauchdünn geschnittenen Bratenscheiben über. Zu ihrer Erleichterung stellte Cat fest, daß es weder Kartoffelsalat noch Götterspeise gab. Das hier war kein gewöhnliches ländliches Picknick. Keine Kosten waren gescheut worden, um diese Feier zum Ereignis des Jahres, wenn nicht des Jahrzehnts zu machen. Die Mitarbeiter des Partyservice trugen hohe Kochmützen, gestärkte weiße Schürzen und rote Halstücher.

Mitten auf dem Tisch stand eine mindestens einen Meter fünfzig hohe, kunstvoll geschmückte Hochzeitstorte. »Miss Featherly kennt meine Schwäche für Schokolade«, sagte Scott. »Ich gehe jede Wette ein, daß das eine Schokoladentorte ist.«

»Hochzeitstorten bestehen normalerweise aus weißer Creme«, entgegnete Cat zweifelnd.

»Du wirst schon sehen.« Er schob sie zum Tisch. »Bedien dich. Fünfhundert Leute warten nur darauf, daß du das Buffet eröffnest.«

Obwohl Cat seit elf Stunden nichts gegessen hatte, war sie im Gegensatz zu Scott, der sich den Teller vollhäufte, nicht hungrig. Sie war viel zu aufgeregt.

»Deine Eltern verstehen etwas vom Feiern.« Cat blickte sich um und bemerkte, daß Sarah allein auf der Veranda stand. Ein Glas in der Hand, sah sie zu, wie die Gäste ihren Rasen zertrampelten. »Komm, wir leisten deiner Mutter Gesellschaft.«

Scott griff nach einer zweiten Gabel. »Sie kann bei mir mitessen.«

»Du solltest dich in diesem Kleid nicht auf die Stufen setzen«, tadelte Sarah. Doch Cat ließ sich trotzdem nieder und balancierte ihren Teller auf den Knien.

Sarah nahm auf einem Stuhl Platz. Scott reichte ihr eine Gabel.

»Es ist eine wunderschöne Hochzeit«, sagte Cat zu ihrer Schwiegermutter. »Ich möchte mich bei euch bedanken.«

Sarah trank einen Schluck. »Du bist jetzt eine McCullough.« Sie nahm ein Stück Schweinebraten von Scotts Teller, steckte es aber nicht in den Mund. »Und das wird man dich für den Rest deines Lebens nicht mehr vergessen lassen.«

Erstaunt sah Cat Sarah an. Was meinte sie bloß damit? Als sie sich umblickte, stellte sie fest, daß Torie sich mit Joseph unterhielt. Sie mochte Torie und freute sich darauf, den Mann, den sie liebte, besser kennenzulernen. Ob sie wohl eine Chance hatten, zusammen glücklich zu werden? Das Leben war einfach ungerecht. Sie und Scott kannten sich erst seit fünf Wochen und waren schon verheiratet. Torie und Joseph waren seit ihrer Kindheit Freunde und durften nicht Mann und Frau werden. An Tories Stelle hätte sie einfach die Einwände der Eltern in den Wind geschlagen und wäre, wenn nötig, weggezogen.

Als Scott und sie mit dem Essen fertig waren, begann die Kapelle zu spielen. Scott ergriff ihre Hand. »Komm, der erste Tanz gehört uns.« Die Veranda war zur Tanzfläche umfunktioniert worden.

Cat schmiegte sich in Scotts Arme. »Ich wußte gar nicht, daß man solche Musik heutzutage noch spielt. Sie stammt aus der Zeit unserer Eltern.«

Er drückte sie an sich und küßte sie auf den Scheitel. »Und wie fühlst du dich so als Mistress McCullough?«

»Bis jetzt ganz gut. Offen gestanden bin ich ziemlich beeindruckt. Deine Mutter hat sich selbst übertroffen. Sie ist sehr nett zu mir.«

»Mutter? Dieses Wort würde ich bei ihr nicht benutzen. Aber ich glaube, sie mag dich. Normalerweise war sie immer gegen meine Freundinnen, aber dich hat sie mit keinem Wort kritisiert. Ich denke, es hat ihr Spaß gemacht, Dad und Miss Jenny bei den Vorbereitungen zu helfen. Sie hat sich wirklich zusammengerissen.«

Zusammengerissen? Cat fragte nicht nach. Inzwischen hatten sich weitere Paare auf der Tanzfläche eingefunden. Offenbar amüsierten sich alle großartig.

Cat tanzte mit unzähligen Männern, deren Namen sie sofort wieder vergaß, und außerdem mit ihrem Schwie-

gervater und mit Jason. Leider hatte sie kaum Gelegenheit, sich mit Joseph Claypool zu unterhalten.
»Ich finde ihn sympathisch«, sagte sie später zu Scott.
»Alle mögen Joseph – bis auf Mutter.«
Als Cat die Hochzeitstorte anschnitt, stellte sie fest, daß Scott recht gehabt hatte. Eine Hochzeitstorte mit Schokoladenfüllung war ihr bis jetzt noch nie untergekommen.
Um zehn Uhr klopfte Scott ihr auf die Schulter. »Tut mir leid, alter Junge«, sagte er zu ihrem Tanzpartner. »Wir müssen los.«
Als Cat den Brautstrauß warf, sorgte sie dafür, daß Torie ihn auch sicher auffing. Miss Jenny hatte zuvor eine lilafarbene Orchidee herausgezogen. »Ich presse sie für dich als Andenken«, flüsterte sie Cat zu.

Cat brachte es nicht über sich, das Brautkleid mit Jeans zu vertauschen. Sie zog einen legeren grünen Hosenanzug, eine weiße Seidenbluse und Sandalen mit dünnen Riemchen an.
Eigentlich war sie davon ausgegangen, daß sie den Cadillac nehmen würden, doch Scotts Pick-up war schon mit Luftschlangen und Blechdosen dekoriert worden.
Im Auto lehnte Cat sich zurück und atmete zum erstenmal an diesem Tag tief durch.
»Müde?« fragte Scott und nahm ihre Hand.
»Vollkommen erledigt«, gab sie zu. »Du nicht?«
»Eher geil. Es ist fast drei Wochen her.«
»Ich weiß.« Sie schloß die Augen. Sie wollte nur noch schlafen.

»Ruh dich ein bißchen aus«, schlug er vor. »In etwa anderthalb Stunden sind wir in Pendleton. Dann mußt du wieder wach sein.«
Sie waren noch keine fünfzehn Kilometer weit gekommen, als Cat schon tief und fest schlief. Sie wachte erst auf, als Scott die Wagentür öffnete und sie vom Auto ins Motelzimmer trug. Sie schmiegte sich an ihn.
»Los, aufwachen«, sagte er.
»Die Hochzeitssuite?«
Er nickte, stellte sie auf die Füße und küßte sie auf die Nase. »Ich hole das Gepäck.«
Cat war noch nicht richtig wach, als Scott aus den Kleidern schlüpfte und die Überdecke vom Bett riß. »Mein Gott, du kannst dir gar nicht vorstellen, wieviel Willenskraft es mich gekostet hat, dich wochenlang nicht anzurühren. Komm her.«
Sie zog sich aus, ließ die Kleider auf dem Boden liegen und trat auf ihn zu. Er warf sie aufs Bett und küßte sie so leidenschaftlich, daß ihr ganzer Körper zu prickeln begann.
»Noch nie hat mich jemand so berührt wie du.«
»Das ist auch gut so«, entgegnete er. Seine Hand glitt ihren Bauch entlang bis zu ihren Schenkeln.
»Du gehörst mir«, verkündete er danach strahlend. »Mistress Scott McCullough.«
Seltsam. Sie fühlte sich zwar als Catherine McCullough und Cat McCullough, aber nicht als Mrs. Scott. Doch so würde man sie von nun an nennen.
Zärtlich sah er sie an. »Eines darfst du nie vergessen ... Ich habe nie jemanden so geliebt wie dich.«

ZEHN

Voller Angst klammerte Cat sich an Scott, der warnend den Finger an die Lippen hob. Wie erstarrt spähten sie durch die Zeltklappe und beobachteten den riesigen Braunbären, der sich an ihren Lebensmittelvorräten zu schaffen machte.

Später erschien dieser Zwischenfall Cat wie ein aufregendes Abenteuer.

Sie fing den ersten Fisch ihres Lebens, den Scott am offenen Feuer briet. Dazu gab es in Alufolie gegarte Kartoffeln.

Sie wanderten steile Bergpfade hinauf, wobei Cat vor Seitenstechen und Atemnot immer wieder stehenbleiben mußte. Doch der Ausblick, der sich ihnen auf dem Gipfel bot, entschädigte sie für all die Mühe: Berge, so weit das Auge reichte.

Sie unternahmen einen zweitägigen Ausflug in ein Gebiet, das man nur zu Fuß erreichen konnte, und trafen auf Elche, Hirsche, Steinböcke und sogar auf einen Puma.

Außerdem sah Cat drei der mehr als fünfzig Gletscher, die die Seen und Flüsse speisten. Und sie stellte fest, daß man sich auch auf einer Luftmatratze sehr gut lieben konnte.

Das Leben in der freien Natur war für Cat eine völlig neue Erfahrung. Mit dem Kanu paddelten sie über den Mary's Lake, und Scott achtete darauf, daß sie sich nicht zu weit vom Ufer entfernten. Stundenlang saßen sie am Rande eines kleinen Bergsees und beobachteten die Enten. Scott erklärte ihr die verschiedenen Arten und war erstaunt, daß sie sie nicht auseinanderhalten konnte.
Er brachte ihr bei, wie man ein Lagerfeuer entfachte.
Nachdem sie sich geliebt hatten, lagen sie auf dem Rükken und blickten zu den Sternen hinauf.
»Ich fühle mich eins mit der Welt«, sagte Cat. »Können wir nicht für immer hierbleiben? Bestimmt hat kein Mensch so schöne Flitterwochen wie wir.«
Lachend ergriff er ihre Hand.
»Gut, daß wir nicht in die Tropen oder in eine Großstadt gefahren sind, wie ich es eigentlich vorhatte.«
»Das finde ich auch«, meinte er.
Am letzten Abend sprach Cat die Frage an, wo sie in Zukunft wohnen würden.
Scott röstete Marshmallows über dem Feuer.
»Wohin sollen all die Hochzeitsgeschenke gebracht werden?« wollte sie wissen.
»Wir haben sie noch nicht einmal aufgemacht.«
»Ich werde wochenlang mit den Dankesbriefen beschäftigt sein.«
Als Scott nicht antwortete, fuhr sie fort. »Sehen wir uns ein paar Häuser an, wenn wir wieder zurück sind?«
»Warum? Wir werden bei meinen Eltern wohnen«, entgegnete er, als würde sich das von selbst verstehen.

»Aber ich will ein eigenes Zuhause.«
»Du wirst dich dort rasch eingewöhnen, Liebling. Das verspreche ich dir.«
»Ich möchte meine eigenen Möbel, meine eigene Küche …«
»Wozu brauchst du eine Küche? Wir haben doch Thelma und Roseann. Du mußt weder Betten machen oder bügeln noch sonst irgendwelche Hausarbeiten verrichten, über die sich Frauen sonst immer beschweren.«
Diese Vorstellung war verführerisch. Dennoch wollte Cat auf ein eigenes Haus nicht verzichten.
»Sprich mit Mutter und Miss Jenny darüber«, fuhr Scott fort. »Du wirst sehr beschäftigt sein. Es wird dir schon nicht langweilig werden, denn du mußt eine Menge lernen.«
Gekränkt richtete sie sich auf.
Beschwichtigend tätschelte er ihr die Hand. »Ich meinte nur, daß du nicht reiten kannst und dich auf einer Ranch nicht auskennst. Freust du dich nicht über die Gelegenheit, neue Erfahrungen zu machen?«
So hatte Cat sich das noch gar nicht überlegt.
»Mutter läßt die Zimmer am Ende des Flurs herrichten. Die Zimmer meiner Eltern liegen auf der anderen Seite. Niemand wird uns stören.« Er lachte auf. »Und hören kann uns auch keiner.«
Cat schlenderte hinüber zum Bach und sah zu, wie das Wasser über die Steine plätscherte. Warum hatten sie dieses Gespräch nicht schon früher geführt? Sie wollte sich nicht schon auf der Hochzeitsreise streiten. »Ich

probiere es einen Monat lang aus«, sagte sie laut. Sie wußte nicht, ob Scott sie gehört hatte.

Als der Monat vorbei war, hätte sie nichts mehr zum Auszug bewegen können.
Scott war schon auf den Beinen, wenn sie aufwachte. Sie lag im Bett und blickte durch das Fenster hinaus aufs Tal, wo die gewaltigen Rinderherden grasten. In der Ferne ragten die zerklüfteten, schneebedeckten Gipfel der Wallowas in den Himmel. Sie nahm sich vor, einmal hinzufahren und sie sich aus der Nähe anzusehen.
Um acht saß sie angezogen am Frühstückstisch. Die Männer waren schon längst bei der Arbeit. Thelma servierte jeden Tag ein anderes Frühstück. Pfannkuchen mit hausgemachtem Blaubeersirup, Waffeln mit Erdbeer- oder Himbeermarmelade. Rührei und Brötchen, Frühstücksflocken mit heißer Milch und Zimtbrötchen. Muffins und Omeletts, Apfelpfannkuchen. So ein Frühstück war Cat nicht gewöhnt.
Am Samstag nachmittag und am Sonntag, wenn Thelma freihatte, hinterließ sie einen mit vorgekochten Mahlzeiten gefüllten Kühlschrank. Samstag abends kam Miss Jenny zu Besuch und blieb über Nacht. Cat freute sich auf die Wochenenden, denn sie liebte die Gespräche mit Scotts Großmutter. Sonntags kam Torie meistens zum Frühstück und erzählte Anekdoten aus der Schule.
Sarah hatte die drei Zimmer am Ende des südlichen Flurs in eine elegante Wohnung für das junge Paar ver-

wandelt. Das Schlafzimmer war so groß, daß das riesige Himmelbett darin ganz verloren wirkte. Das zweite Zimmer hatte Sarah mit einem moosgrünen Sofa, zwei beigen Polstersesseln, einem kleinen Schreibtisch und einer Tiffanylampe gemütlich eingerichtet. In der Ecke stand ein Fernseher. Der hellgrüne Teppichboden paßte ausgezeichnet zu den Möbeln. Vom Fenster blickte man auf einen niedrigen Pferdestall, und die Berge schienen zum Greifen nah.

Vom Schlafzimmer ging das Bad ab, das über zwei Waschbecken verfügte. Die Einrichtung war überaus stilvoll, und obwohl Cat ein in Rostrot, Beige und Dunkelblau gehaltenes Badezimmer zuerst ein wenig seltsam erschien, fand sie bald Gefallen daran.

Das dritte Zimmer, das nicht mit den anderen verbunden war, war mit einem kunstvoll gedrechselten antiken Schreibtisch, einem Sessel mit handbestickten Überzügen und einem großen Bücherregal ausgestattet. Es wirkte zwar noch ein wenig kahl, dafür aber sehr elegant.

Cat wußte, daß es ihr selbst nie gelungen wäre, ihr Heim so geschmackvoll einzurichten. Doch das war nicht der einzige Grund, warum sie sich hier so wohl fühlte. Es lag eher daran, daß sie zum erstenmal seit zwölf Jahren wieder eine Familie hatte. Jeder Tag brachte neue Erfahrungen, und sie konnte sich von Thelmas Kochkunst verwöhnen lassen. Donnerstags, wenn sie mit Red und Jason in Rocky's Café frühstückte, lernte sie interessante Menschen kennen, und hin und wieder besuchten sie ein Rodeo in La Grande oder in Pendleton. Als Teenager hatte Torie sich selbst an diesen Turnieren beteiligt. Einmal lud sie Cat und Scott ein, mit ihr und Joseph zu einem Rodeo nach Enterprise zu fahren, das mitten in den Wallowa Mountains lag. Auf der Fahrt durch die kleinen Dörfer und Täler bewunderte Cat ausgiebig die malerische Landschaft.

Cat mochte Joseph sehr gern. Er hatte seinen Abschluß an der Cornell-Universität gemacht und seine Studienjahre sehr genossen, obwohl er in dieser Zeit von Torie getrennt gewesen war. Die beiden hatten die Phase als Experiment genommen: Wenn sie es schaffen, sich in jemand anderen zu verlieben, würden sie sich Samuels und Sarahs Wünschen beugen. Doch keiner von ihnen hatte einen neuen Partner gefunden, der ihre Beziehung hätte in Gefahr bringen können.

»Ich bin nicht sicher, ob er ein Schamane ist«, sagte Torie. »Manchmal ist er komisch, nicht so wie andere Männer. Aber gerade das mag ich an ihm. Sein Vater ist überzeugt davon, daß Joseph die übersinnlichen Kräfte seines Großvaters und Urgroßvaters geerbt hat.«

Cat hoffte, daß die beiden nach all den Jahren wenigstens miteinander schliefen. Sie begriff nicht, warum sie sich so von Mr. Claypool herumkommandieren ließen. Allerdings machten sie keinen unglücklichen Eindruck.

»Wenn wir uns anschauen, wissen wir genau, was der andere denkt oder sagen will«, meinte Torie.

Scott und Joseph waren zusammen aufgewachsen.

Joseph hatte einen älteren Bruder, der Captain bei der Army war, und eine jüngere Schwester, die mit ihrem Ehemann in Wyoming lebte.

Im herkömmlichen Sinn war Joseph kein charmanter Mann. Er wirkte zurückhaltend, wortkarg und lächelte nur selten. Dennoch strahlte er Wärme aus und schien an seinem Gegenüber aufrichtig interessiert zu sein. Er hatte etwas an sich, das Cat nicht beim Namen nennen konnte. Trotz seiner Ernsthaftigkeit wurde er ausgesprochen lebhaft, wenn es um seinen Beruf ging, denn er arbeitete gern mit den Kindern, denen er Reiten und Baseballspielen beibrachte.

»Er hätte Profi werden können«, meinte Scott.

»Warum hast du es nicht getan?« fragte Cat.

»Baseball ist nur ein Spiel. Ich wollte etwas wirklich Bedeutsames tun, das anderen Menschen nützt. Baseball hätte ausschließlich mir selbst etwas gebracht.«

»Ist das denn so schlimm?«

»Ich fühle mich nur wohl, wenn ich etwas tue, das ...«

»... wichtiger ist als er selbst«, beendete Torie den Satz.

»So hätte ich es nicht ausgedrückt.«

»Ich weiß.« Torie lächelte ihm zu. Cat spürte, wie sehr die beiden einander liebten und achteten. Torie und Joseph schienen eins zu sein.

Joseph kannte die Geschichte dieser Gegend sehr gut und erzählte sie Cat auf der Fahrt. Trotz seiner ruhigen Art verstand er es, seinen Bericht spannend zu gestalten. Das Land hatte dem Stamm der Nez Perce gehört, von dem Joseph abstammte.

»Es ist eine tragische Geschichte«, sagte Torie.

Cat wollte gern mehr hören, denn sie wußte praktisch nichts über die Nez Perce.
Joseph ließ sich nicht lange bitten.
»Die Indianer in diesem Tal nahmen die Weißen, die gegen Mitte des letzten Jahrhunderts hier auftauchten, zuerst freundlich auf. Achtzehnhundertfünfundfünfzig schlug die Regierung in Washington den Nez Perce ein Abkommen vor, das diese zunächst ablehnten. Die Vorstellung, man könne Land besitzen, war ihnen völlig fremd. Das Land gehörte allen Menschen. Doch inzwischen waren die weißen Siedler immer mehr geworden, und sie erhoben Anspruch darauf. Die Regierung der Vereinigten Staaten versprach den Nez Perce ein großes Reservat in diesem Teil von Oregon, das bis nach Idaho reichen sollte. Die Indianer waren einverstanden. Doch während des Bürgerkriegs in den sechziger Jahren des letzten Jahrhunderts wurde hier Gold gefunden, und zwar innerhalb des Reservats. Die Regierung brach den Vertrag. Da man es auf das Gold abgesehen hatte, wollte man die Nez Perce nach Idaho zurückdrängen. Häuptling Joseph ...«
»Hieß er wirklich Joseph?« wunderte sich Cat.
»Nein, in seiner Sprache war sein Name ›Rollender Donner, der vom Wasser her über das Land zieht‹. Aber die weißen Siedler nannten ihn Joseph. Achtzehnhundertsiebenundsiebzig griffen einige aufständische junge Krieger die Weißen an und töteten einige von ihnen. Häuptling Joseph, der ein ausgezeichneter Stratege war, besiegte in dem darauffolgenden Krieg die U.S. Army in vielen Schlachten. Dennoch machte er sich

keine großen Hoffnungen, denn die Regierung entsandte immer weitere Truppen. Deshalb unternahm er einen heldenhaften Ausbruchsversuch, um sein Volk fünfzehnhundert Kilometer weit nach Kanada in die Freiheit zu führen. Doch fünfzig Kilometer vor der Grenze wurde er von der Army eingeholt und angegriffen. Nach fünftägigen Kämpfen sah sich Joseph gezwungen, sich zu ergeben. Die meisten seiner Krieger waren tot und verwundet, sein Stamm litt Hunger. Mit den Worten ›Ich werde nie wieder kämpfen‹ legte er die Waffen nieder. Die Army zwang die Nez Perce, viele tausend Kilometer bis nach Oklahoma zu marschieren. Am Schluß waren nur noch ein paar hundert von ihnen übrig. Sechs Jahre mußten sie in einem fremden Gebiet verbringen, bis sie – wieder zu Fuß – nach Idaho zurückkehren durften. Häuptling Joseph sah das Walloway Valley nie wieder. Er starb zwanzig Jahre später – Neunzehnhundertvier – in einem Reservat im Bundesstaat Washington.«

Cat seufzte. »Die amerikanische Geschichte ist von Unmenschlichkeit geprägt.«

»Das trifft auf die ganze Weltgeschichte zu«, warf Torie ein.

»Amerika hält sich für die Wiege der Humanität und versucht ständig, anderen Ländern zu helfen«, sagte Cat. »Aber in Wirklichkeit haben wir schreckliche Verbrechen an anderen Völkern begangen. Die Sklaverei und die Ausrottung der Indianer sind bestimmt so schlimm wie der Holocaust.«

Die anderen schwiegen. Sie durchquerten die Klein-

stadt Enterprise und erreichten schließlich das Dorf Joseph am Fuße der Berge, die Cat sonst immer nur von ihrem Schlafzimmerfenster aus betrachtete.
Sie aßen in einem Restaurant, dessen Terrasse auf die Main Street hinausging.
»Kann man sich an so einer malerischen Landschaft je sattsehen?« fragte Cat.
»Niemals!« erwiderten die drei anderen im Chor.
Cat war – vielleicht zum erstenmal im Leben – wirklich glücklich.

ELF

Cat gewann immer mehr Freude am Reiten und fühlte sich auf Chloes Rücken zunehmend wohler. Am meisten genoß sie die gemeinsamen Ausritte mit Miss Jenny, die sie über gewundene Waldwege führten. Auch die donnerstäglichen Frühstücke mit Red und Jason in Rocky's Café bereiteten ihr viel Vergnügen. Sie war gern mit anderen Menschen zusammen, was wohl daran lag, daß sie in der Großstadt aufgewachsen war, und sie empfand ihren Schwiegervater als angenehmen Gesprächspartner.

Deshalb sagte sie stets begeistert zu, wenn Red sie am Mittwochabend fragte, ob sie am nächsten Tag mit ihm nach Cougar fahren wollte. Der Herbst kam. Die Blätter färbten sich zuerst golden, dann blaßgelb und fielen schließlich von den Bäumen – ganz anders als die leuchtend rote Farbenpracht der Herbstwälder an der Ostküste, die Cat gewöhnt war. Doch ansonsten fand sie, daß der Westen, landschaftlich betrachtet, viel mehr zu bieten hatte.

»Ich glaube, ich bin an der falschen Küste geboren«, meinte sie eines Tages auf der Fahrt in die Stadt zu Red.

»Jetzt bist du hier. Nur das zählt.«

»Ich kann es noch gar nicht fassen, was für ein Glück ich gehabt habe.«
Red grinste. »Ich dachte immer, *wir* wären die Glückspilze. Du hast frischen Wind in unsere Familie gebracht.«
»Hat Scott dir eigentlich erzählt, daß ich zuerst dagegen war, auf Big Piney zu wohnen? Ich wollte mein eigenes Zuhause.«
Red wandte den Blick von der Straße ab und musterte sie nachdenklich. »Und jetzt?«
Sie tätschelte seinen Arm. »Jetzt bin ich so glücklich, daß es mir manchmal angst macht.«
»Also hast du uns noch nicht satt?« fragte er scherzhaft.
»Ach Red, ich habe euch furchtbar gern. Ich weiß nicht, womit ich eine so wunderbare Familie verdient habe. Aber ich habe ein schlechtes Gewissen, weil ich so faul bin und den ganzen Tag lang nur tue, was mir gefällt.«
»Offenbar langweilst du dich wirklich nicht.«
Jason war noch nicht da, aber Ida hatte ihnen ihren Stammtisch freigehalten.
»Laß uns bestellen. Wir brauchen nicht auf ihn zu warten.« Normalerweile frühstückte Red schon bei Morgengrauen, und da er donnerstags zu Hause nur einen Kaffee trank, knurrte ihm der Magen. »Ich glaube, heute nehme ich Blaubeerpfannkuchen.«
Cat, die vor ihrer Ehe meistens auf das Frühstück verzichtet hatte, hatte ihre Gewohnheiten – dank Thelmas Kochkünsten – inzwischen geändert. »Ich auch.«

In diesem Augenblick kam Jason herein und schlängelte sich zwischen den Tischen hindurch, ohne die anderen Gäste zu begrüßen.
»Ärger?« fragte Red.
Bedrückt ließ Jason sich auf einen Stuhl sinken, schob sich den Hut aus der Stirn und nickte Ida zu, als diese ihm Kaffee einschenkte. »Sandy ist weg«, sagte er.
Red starrte ihn entgeistert an. »Was soll das heißen?«
»Sie hat Cody und mich verlassen.«
Cat fehlten die Worte.
Nachdenklich rührte Red in seiner Tasse. »Für immer?«
»Das behauptet sie wenigstens.«
»Und wie geht es dir damit?«
»Es ist komisch.« Jason verzog das Gesicht. »Ich empfinde überhaupt nichts.«
»Wie kann eine Mutter ihr Kind im Stich lassen?« wollte Cat wissen.
Jason hob den Kopf und sah sie zum erstenmal an. »Sie hat sich hier nie wohl gefühlt.«
Cat fragte sich, ob Jason seiner Frau je angeboten hatte, aus Cougar wegzuziehen, um die Ehe zu retten. Aber bestimmt steckte noch mehr dahinter. Schließlich folgten Millionen von Frauen ihrem Mann, wenn dieser aus beruflichen Gründen den Wohnort wechseln mußte. Sie stellten sich um und machten das Beste daraus, auch wenn es ihnen manchmal schwerfiel. Ob Sandy wohl die nötige Bereitschaft dazu aufgebracht hatte? Cat hatte sie als blasse, verhuschte Außenseiterin empfunden, als sie sie auf ihrer Hochzeit kennen-

gelernt hatte – doch andererseits hatten sie kaum ein Wort miteinander gewechselt. Vielleicht war sie ja wirklich nur unglücklich gewesen.

»Wo ist sie jetzt?« erkundigte sich Red, nachdem Jason überbackenen Toast bestellt hatte.

Jason zuckte die Achseln. »In Seattle. Aber sie wollte nach Kalifornien, vielleicht nach San Francisco.«

Red und Cat schwiegen. Cat wunderte sich, wie es Jason gelang, so ruhig zu bleiben.

»Wie kommt Cody damit zurecht?« fragte sie schließlich.

Der Anflug eines Lächelns huschte über Jasons Gesicht. »So einigermaßen. ›Dann müssen wir Männer den Laden eben allein schmeißen, Dad‹, hat er gesagt. Ich habe keine Ahnung, wo er solche Sprüche herhat.«

»Und wie willst du das anstellen?« hakte Red nach.

Jason senkte den Kopf und fing an, auf seinem Teller herumzustochern. *Offenbar nimmt es ihn mehr mit, als er uns zeigt,* dachte Cat.

»Wenigstens kann ich kochen. Das war bis jetzt sowieso meistens mein Job«, antwortete Jason schließlich.

»Wenn du Hilfe brauchst oder jemanden, mit dem du reden kannst, sag mir Bescheid«, meinte Red.

»Danke.« Jason sah aus, als hätte er am liebsten Reds Hand ergriffen. »Außer Chazz und Dodie habe ich es bis jetzt nur euch erzählt. Gestern beim Mittagessen hat sie es mir eröffnet, und um drei ist sie gegangen. Als Cody von der Schule kam, war sie schon fort. Sie hat sich nicht einmal von ihm verabschiedet.«

»O mein Gott«, stieß Cat unwillkürlich hervor.
»Und?«
»Irgendwie fühle ich mich sogar erleichtert. Heute morgen beim Aufwachen habe ich mich zum erstenmal seit Jahren nicht gleich streiten müssen.« Jason tunkte den Ahornsirup auf seinem Teller mit einem Stück Toast auf.
Ida kam an den Tisch, um Kaffee nachzuschenken. »Sie sehen ja zum Fürchten aus, Sheriff.«
»Danke, Ida.«
»Wo drückt denn der Schuh?«
»Sandy hat mich verlassen.«
»Oh, wie entsetzlich, Jason.« Sie tätschelte ihm die Schulter. »Aber hier wird sie niemand vermissen. Sie war nicht gut genug für Sie.«
Auf dem Rückweg zur Theke drehte Ida sich noch einmal um. »Wußten Sie, daß Katie Thompson jetzt nach Freds Tod vorhat, zu ihrer Tochter nach Portland zu ziehen? Eigentlich hat sie gar keine Lust dazu, aber das Geld reicht hinten und vorn nicht. Vielleicht wäre sie interessiert daran, Ihnen den Haushalt zu führen. Wenn Sie ihr anbieten, im Haus zu wohnen, würde sie bestimmt nicht viel verlangen. Sie könnten ja das Zimmer über der Garage für sie herrichten.«
Jason konnte sich ein Lachen nicht verkneifen. »Siehst du«, meinte er zu Cat. »So etwas würde in Seattle nie passieren. Hier kümmern sich alle um einen.« Er lächelte Ida zu. »Ich habe noch keine Ahnung, wie es weitergehen soll, und brauche noch ein bißchen Zeit. Aber ich finde die Idee großartig.«

»Sie ist eine ausgezeichnete Köchin«, fuhr Ida fort. »Natürlich weiß ich nicht, ob sie einverstanden ist, aber der Vorschlag ist doch gut.« Ida reckte ihr spitzes Kinn in einer Weise, die keinen Widerspruch duldete. »Sie renovieren das Zimmer und besorgen eine Satellitenschüssel. Es wird ihr bestimmt gefallen, und abends wären Sie ungestört. Sie und Cody könnten das Haus auf den Kopf stellen, ohne daß sie etwas hört, und wenn Sie mal ein Bier trinken gehen wollen, hätten Sie eine Babysitterin.«

»So etwas muß einem erst mal einfallen, Jason«, lachte Red.

Jason kratzte sich am Kinn. »Das nötige Geld hätte ich wahrscheinlich. Sandy hat gesagt, daß sie auf Unterhalt verzichtet. Sie will alles hinter sich lassen.«

Auch ihren eigenen Sohn, dachte Cat. Sie blickte aus dem Fenster.

In diesem Moment hielt ein Pick-up vor dem Café. Ein junger Mann in Arbeitskleidung und mit einem Strohhut auf dem Kopf sprang heraus und hielt ein braunweißes Fellknäuel hoch. Cat konnte nicht hören, was er sagte.

»Schaut mal«, meinte sie.

»Das ist Jeb Smart«, erklärte Jason. »Seine Colliehündin hat Junge bekommen, und jetzt möchte er sie verkaufen, um sich etwas dazuzuverdienen.«

»Seht euch nur den süßen Hund an!« Cat hielt es nicht mehr auf ihrem Platz aus. Sie schob ihren Stuhl zurück und stand auf. »Bin gleich zurück.«

In einem Karton auf der Ladefläche des Pick-ups wimmelten sieben Welpen durcheinander. »Hallo«, sagte Jeb Smart, während Cat die kleinen Hunde bewunderte. »Sie sind doch Scotts Frau. Ich war auf Ihrer Hochzeit, aber wahrscheinlich erinnern Sie sich nicht mehr an mich.«

Cat konnte den Blick nicht von den Welpen abwenden. »Darf ich einen hochnehmen?«

»Aber klar.« Der Farmer kaute auf einem Grashalm.

Das kleine Fellknäuel schmiegte sich an sie. Aber am besten gefiel Cat der Aufmüpfigste des Wurfs, der versuchte, aus dem Karton zu klettern, und dabei wie wild mit dem Schwanz wedelte. Als sie nach ihm griff, hörte sie Reds Stimme neben sich: »Du solltest deinen verzückten Gesichtsausdruck sehen. Wenn eine Frau mich einmal so anschauen würde ...«

Der Welpe knabberte an Cats Finger und bemühte sich, auf ihre Schulter zu krabbeln.

»Red, sieh mal!«

»Wieviel kostet er, Reb?« erkundigte sich Red mit einem Blick auf den Welpen.

»Kaufst du ihn wirklich, Red? Ich laufe nur schnell hinein und frage Jason, ob er einverstanden ist.«

»Ich dachte, du wolltest ihn selbst behalten«, sagte Red, während er fünfundzwanzig Dollar aus der Tasche zog.

Cat fiel Red um den Hals und küßte ihn auf die Wange. »Ach, du bist einfach wundervoll!« rief sie und lief zurück ins Café.

»Red, an Ihrer Stelle würde ich gleich alle nehmen«, meinte Reb.

Red lachte. »Einen kaufe ich noch. Bestimmt hat sie

Freude daran. Sie soll sich einen aussuchen, wenn sie wiederkommt.«

Cat erschien mit Jason im Schlepptau.

»Dann hätte Cody einen Spielgefährten«, sagte sie und hielt Jason den Welpen hin.

»Sandy wollte keinen Hund im Haus, nur Katzen.«

»Red schenkt ihn dir. Aber wenn du lieber keinen Hund möchtest, weil er zuviel Arbeit macht ...«

»Ich finde es großartig. Nicht nur für Cody. Mir ist es sehr schwergefallen, jahrelang auf einen Hund zu verzichten.« Jason streichelte den Welpen. »Danke, Cat.«

Red zwinkerte Jeb zu und wies auf die anderen kleinen Hunde. »Welcher würde dir gefallen?« fragte er Cat.

Erstaunt sah Cat ihn an. »Für mich?«

»Ja.«

Strahlend musterte sie die Welpen und entschied sich für einen, der schwanzwedelnd auf sie zuwackelte.

Die kleine Hündin lag zusammengerollt auf Cats Schoß, als sie zur landwirtschaftlichen Genossenschaft fuhren, um Hundefutter, ein schwarzes Halsband und eine Leine zu erstehen.

»Ihr Fell hat die Farbe von Brandy«, stellte Red fest.

»Dann nennen wir sie so: Brandy.«

Auf dem Rückweg durch die Stadt bat Cat Red, einen Moment anzuhalten. Sie ließ Brandy in seiner Obhut und stürmte in das Büro des Sheriffs. Jason, der gerade telefonierte, beendete rasch das Gespräch und sah sie fragend an.

»Jason, ich habe ein furchtbar schlechtes Gewissen«, begann Cat. »Du hast etwas Schreckliches erlebt und brauchst Trost, und ich laufe einfach davon. Aber wenn du jemanden zum Reden brauchst oder möchtest, daß ich auf Cody aufpasse ...«

»Das ist aber wirklich nett von dir, Cat. Doch im Augenblick geht es mir gar nicht so schlecht. Ich habe es immer noch nicht richtig begriffen. Die Trauer kommt wahrscheinlich erst später ...«

Sie berührte ihn am Arm. »Warum kommst du mit Cody nicht morgen abend zum Essen auf die Ranch?«

Es war das erstemal, daß sie jemanden einlud, und sie wußte nicht, ob sie das Recht dazu hatte. Aber die Familie würde schon nichts dagegenhaben, Jason in dieser schweren Zeit ein wenig unter die Arme zu greifen. Obwohl Jason sich bemühte, tapfer zu sein, sprach seine bedrückte Miene Bände.

»Bring deinen Hund mit, dann können die beiden zusammen spielen.«

Der Sheriff lächelte sie an. »Cody wird begeistert sein.« Der Welpe schlief in einer Schachtel neben Jasons Schreibtisch. »Wir kommen natürlich gern.«

»Essen gibt es um ...«

»Ich weiß. Ich war schon oft genug dort: halb sieben, Drinks um Viertel vor sechs.«

»Ach, du meine Güte. Gegen diesen starren Zeitablauf muß ich etwas unternehmen. Wird denn wirklich immer um dieselbe Zeit gegessen?«

»Jeden Abend.«

»Daran muß sich etwas ändern. Ich weigere mich, ein Leben nach der Stoppuhr zu führen.«

»Viel Glück.«

Als Cat sich zum Gehen umdrehte, meinte Jason: »Scott ist wirklich ein Glückspilz.«
Sie lächelte ihm zu. »Danke, Jason.«
Als sie Red von der Einladung erzählte, tätschelte er ihr die Schulter. »Catherine McCullough, ich kann dir gar nicht sagen, wie froh ich bin, daß du zu unserer Familie gehörst. Nicht im Traum hätte ich daran gedacht, daß mein Sohn einmal eine so wunderbare Frau finden würde. Aber ich wußte ja auch nicht, daß es Frauen wie dich überhaupt gibt.«
»Red nur weiter«, meinte sie lachend. Sie war unbeschreiblich glücklich.

Nach einem Blick auf den Hund erklärte Sarah, daß sie ihn im Haus nicht sehen wolle.
Cat, die ihr ganzes bisheriges Leben in der Stadt verbracht hatte, traute ihren Ohren nicht. Sie hatte sich schon ausgemalt, daß der Welpe am Fußende ihres Bettes schlafen sollte. Aber das kam nicht in Frage.
Also richteten sie und Red für Brandy ein Lager im Pferdestall her.
»Als die Kinder noch klein waren, hatten wir einige Hunde«, sagte Red. »Ohne Hund fehlt mir etwas im Leben, doch als Scott und Torie auf dem College waren, hat Sarah mich überredet, keinen neuen mehr anzuschaffen.«
»Warum hatte Sarah etwas dagegen, wenn die Hunde sowieso nicht ins Haus durften?«
»Torie hat sie immer wieder hereingeschmuggelt. Sarah mag eben keine Tiere.«

»Dann sollte sie nicht auf dem Land leben.«
Red musterte Cat nachdenklich. Aber ihr Blick galt nur dem Welpen, der gierig sein Futter hinunterschlang.
»Wir haben die Futternäpfe vergessen«, stellte Cat fest.
»Das nächstemal.«
»Wenn du mir erlaubst, eines der Autos zu benützen, kann ich morgen in die Stadt fahren und welche besorgen.«
»Natürlich. Übrigens brauchst du dazu nicht meine Erlaubnis. Du bist eine McCullough und kannst kommen und gehen, wie du willst. Die Autoschlüssel stecken.«
Scott fuhr mit dem Pick-up zur Arbeit, und Cat hatte sich bis jetzt nicht getraut, den Cadillac oder den Lincoln zu benützen. Obwohl offenbar niemand etwas dagegen hatte, erschien es ihr doch seltsam, allein mit einem so riesigen Auto Besorgungen zu machen.

Als sie Scott ihren neuen Hund vorführte und sich beklagte, daß sie ihn im Stall schlafen lassen mußte, grinste er. »Das kriegen wir schon hin. Mutter bekommt gar nicht mit, was wir in unseren Zimmern treiben. Zerbrich dir nicht den Kopf darüber, ich richte ihm ein Bettchen her. Nach dem Abendessen holen wir ihn herein. Mutter geht sowieso früh schlafen.«
Cat fiel ihm um den Hals.

»Weißt du, daß es die weiseste Entscheidung meines Lebens war, dich zu heiraten«, sagte sie abends beim Ausziehen.
»Na klar.« Er schmunzelte.

In den sieben Wochen, die ihre Ehe nun schon dauerte, hatten sie sich jede Nacht und manchmal auch tagsüber geliebt. Am Wochenende fuhren sie meistens an einen der vielen Bergseen und suchten sich ein abgeschiedenes Plätzchen im Wald oder in einem Feld. Manchmal taten sie es sogar im Stall, wo die Gefahr, entdeckt zu werden, die Aufregung noch steigerte. Er kannte jede Pore ihres Körpers. Und es erregte Cat, ihm beim Ausziehen zuzusehen.

»Es liegt nicht nur an dir, daß ich so glücklich bin«, sagte sie, während sie aus ihrer Bluse schlüpfte und sie in den Schrank hängte. Scott ließ seine Sachen meistens auf dem Boden liegen. Jemand würde sie schon aufsammeln, waschen und bügeln, so daß sie wie durch Zauberhand wieder sauber in seinem Schrank landeten. »Deine Familie ist auch meine geworden.«

»Komm her«, meinte er, legte sich aufs Bett und streckte den Arm nach ihr aus.

»Ich fühle mich immer noch wie in den Flitterwochen.«

»Ich möchte ein Kind von dir«, sagte er und küßte ihre Brüste.

»Eine gute Idee. Am liebsten hätte ich gleich ein Dutzend. Und da ich schon sechsundzwanzig bin, sollten wir besser gleich damit anfangen.«

ZWÖLF

Der Winter nahte, und es wurde allmählich ungemütlich, sich im Freien aufzuhalten. Scott, der meistens am Nachmittag von der Arbeit nach Hause kam, war mit ihr ausgeritten, als es noch wärmer gewesen war. Hin und wieder waren sie auch nach Baker gefahren oder hatten Wanderungen unternommen. Die körperliche Anstrengung hatte Cat anfangs sehr zu schaffen gemacht, doch bis Oktober hatte sich ihre Kondition so verbessert, daß sie mühelos mit Scott mithalten konnte.

Vormittags besuchte sie häufig Miss Jenny und lernte von ihr das Brotbacken. Und eines Tages schlug sie ihr wieder einmal vor, sich einen Computer anzuschaffen.

»In meinem Alter ist mir das zu kompliziert«, widersprach Miss Jenny.

»Unsinn. Du bist eine der klügsten Frauen, die ich je kennengelernt habe.«

»Ich wüßte nicht einmal, was ich kaufen oder wo ich anfangen soll.«

Cat verzog das Gesicht. »Ach, Miss Jenny. Dazu hast du doch mich. Ich bin mir zwar nicht sicher, ob ich mich zur Lehrerin eigne, aber es würde mir großen Spaß machen.«

Vielleicht wollten Miss Jenny und Red ja auch nicht,

daß sie Einblick in die Finanzen erhielt. Schließlich war sie noch neu in der Familie.
»Mit einem Computer könnte man die Ranch viel besser organisieren. Es gibt spezielle Software für Farmer und Rancher ...«
Miss Jenny sah sie an.
»Und du könntest mir dabei helfen?«
»Klar. Ich bin nun mal süchtig nach diesen Höllenmaschinen, und ich vermisse hier einen Computer.«
Miss Jenny überlegte. »Wir müßten nach Portland fahren, um ihn zu besorgen.«
Cat schüttelte den Kopf. »Meine Lieblingsmarke bekommt man nur über den Versandhandel, und ich weiß schon genau, was wir bestellen sollten: einen Viersechsundachtziger mit CD-ROM-Laufwerk und ...«
Miss Jenny unterbrach Cat mit einer Handbewegung. »Ich verstehe nur Bahnhof.«
»Zugegeben, am Anfang ist das alles ziemlich verwirrend, aber du wirst dich bald fragen, wie du jemals ohne Computer ausgekommen bist.«
»Und du glaubst wirklich, in meinem Alter ...«
»Das ist nur eine faule Ausrede.« Cat schenkte sich einen Kaffee ein. »Du bist doch noch nicht senil.«
Miss Jenny grinste. »Das habe ich auch nicht angenommen.«
»Soll ich mit Red darüber reden?«
Miss Jenny zuckte die Achseln. Aber das Funkeln in ihren Augen verriet, daß sie sich auf die neue Herausforderung freute. »Wenn du wirklich meinst ...«
»Gut, dann erledige ich das heute abend.«

Als Red, Sarah, Cat und Scott am Abend mit ihren Cocktails vor dem Kaminfeuer saßen, sagte Cat: »Ich war heute bei Miss Jenny. Wir haben uns über Computer unterhalten.«

Scott lachte, aber Red wirkte interessiert.

»Und?« fragte er.

»Es verschlingt so viel Zeit, die Bücher per Hand zu führen. Ich könnte ihr zeigen, wie es schneller und mit einem geringeren Fehlerrisiko funktioniert. Ich glaube, sie hätte Freude daran. Außerdem gibt es auch Programme für Rancher.«

»Was für welche?« fragte Scott.

»Das weiß ich nicht genau. Vielleicht sollte ich mich an der Universität erkundigen. An der Landwirtschaftlichen Fakultät in Corvallis könnte man mir bestimmt Auskunft geben.«

Als die Männer zögerten, fügte Cat hinzu: »Wenn es euch lieber ist, daß ich mich nicht mit den Finanzen beschäftige, brauche ich ja keine Einzelheiten zu erfahren. Ich könnte Miss Jenny beibringen, wie man mit dem Computer umgeht, ohne die genauen Zahlen zu kennen.«

Sarah ging zur Hausbar hinüber und schenkte sich einen Whiskey pur ein. »Ich habe mich in siebenundzwanzig Jahren nicht mit den Finanzen befaßt.«

»Weil es dich nicht interessiert hat«, entgegnete ihr Mann, ohne sie anzusehen.

»Geldangelegenheiten sind Männersache«, meinte Sarah. »Das hat mein Vater immer gesagt, als ich in Mathematik nicht richtig mitkam.«

»Ich war auch nie gut in Mathe«, warf Cat ein. »Wenn ich etwas ausrechnen will, brauche ich einen Taschenrechner. Aber mit Computern hat das nichts zu tun. Man muß sich eben in die Materie einarbeiten.«
Scott lachte auf. »An was für eine Frau bin ich da bloß geraten!«
»Wenn deine Großmutter es schafft, das zu lernen, kriegst du es sicher auch hin«, sagte Cat.
»Wozu? Schließlich haben wir dann zwei Spezialistinnen in der Familie.«
Thelma kam herein und verkündete, daß das Abendessen auf dem Tisch stand.

Cat konnte nicht schlafen. Sie wälzte sich im Bett herum und verfluchte sich, weil sie nach dem Abendessen einen Kaffee getrunken hatte. Vielleicht würde ein Glas heiße Milch oder Kakao ja Abhilfe schaffen. Sie schlüpfte aus dem Bett und sah aus dem Fenster. Draußen fielen Schneeflocken vom Himmel.
Nachdem sie einen Morgenmantel übergeworfen hatte, schlich sie durch den Flur die Treppe hinunter.
In der Küche brannte Licht. Red saß, eine Tasse in der Hand, am Tisch.
»Warum bist du um diese Uhrzeit noch auf?«
»Auf dem Herd steht heißer Apfelwein«, entgegnete er anstelle einer Antwort.
Sie schenkte sich eine Tasse ein und setzte sich ihm gegenüber. »Es schneit«, sagte sie. »Ich brauche dringend Winterstiefel.«
»Wieviel Uhr ist es?«

»Halb zwei. Ich weiß nicht, warum ich nicht schlafen kann.«
»Vollmond«, meinte Red. »Ich merke das immer.«
»Ist das dein Ernst?«
Er nickte. »Morgen besorgen wir die Stiefel. Das heißt, wenn die Straßen nicht zu vereist sind.«
Cat fiel ein, daß sie im Moment wahrscheinlich nicht allzu hübsch aussah. »Es ist eine Gemeinheit«, beklagte sie sich. »Wenn Männer mitten in der Nacht aufwachen, sehen sie nie so zerzaust aus.«
»Ich bin nicht aufgewacht. Ich war noch gar nicht im Bett.«
»Oh?«
Er stand auf, stellte seine Tasse weg und sagte: »Ich gehe jetzt nach oben. Vergiß nicht, das Licht auszumachen.« Er tätschelte ihr die Schulter.
Cat blieb sitzen und fragte sich, warum er wohl an Schlaflosigkeit litt. Als sie später auf Zehenspitzen in ihr Zimmer schlich und sich ins Bett legte, rührte Scott sich nicht. Noch eine Weile lag Cat wach und überlegte, ob Sarah sich je über ihren Mann Gedanken machte.
Sarah beschäftigte sich ab und zu mit Porzellanmalerei. Um den Haushalt kümmerte sie sich überhaupt nicht. Die Putzfrau wurde von Thelma beaufsichtigt. Thelma hatte schon vor Reds Hochzeit über die Küche auf Big Piney geherrscht und wußte, was der Familie schmeckte. Mit ihrem alten Pick-up erledigte sie die Einkäufe und sorgte dafür, daß die Speisekammer und die beiden gewaltigen Gefriertruhen stets gut gefüllt waren. Cat kam gut mit ihr zurecht.

Offenbar hatte Sarah ein Talent, sich vor Pflichten des Alltags zu drücken, obwohl sie stets beschäftigt schien. Erst am späten Nachmittag, wenn sie sich mit einem Buch und einem Drink am Kamin niederließ, hatte sie Zeit zu einem Gespräch.

Allerdings freute sie sich darauf, wie jedes Jahr nach Portland zu fahren, um mit Cat und Miss Jenny die Weinachtseinkäufe zu erledigen. Cat fand es schade, daß der Ausflug nicht am Wochenende stattfand. Sie hätte sich sehr gefreut, wenn Torie auch mit von der Partie gewesen wäre. Zu Sarahs Erleichterung und Miss Jennys Freude hatte Cat sich erboten, das Chauffieren zu übernehmen.

Miss Jenny hatte Zimmer im Benson, Portlands ältestem Luxushotel, reserviert. Drei Tage verbrachten sie in der Stadt, besuchten Restaurants und gingen jeden Abend ins Kino, was Sarah besonderen Spaß zu machen schien. Cat wurde klar, daß sie selbst es ebenfalls vermißt hatte, hin und wieder einen Film zu sehen. Sie beschloß, Scott öfter zu solchen Unternehmungen zu überreden.

Cat kaufte viel mehr, als sie geplant hatte, denn sie fand es aufregend, Geschenke für ihre neue Familie zu erstehen.

Am Dienstag abend kehrten sie noch vor Einbruch der Dämmerung nach Big Piney zurück. Im Kofferraum und auf der Rückbank türmten sich Kartons und Tüten. Cat freute sich schon darauf, die Geschenke einzupacken. Ob Scott Zeit gehabt hatte, etwas für sie zu kaufen? Nach einiger Überlegung hatte sie beschlossen, ihm eine Kamera zu schenken. Sie wußte nicht, ob er bereits eine besaß, hatte aber noch nie eine bei ihm gesehen. Was schenkte man bloß einem Mann, der schon alles hatte?

Am Freitag fuhr Cat mit dem Cadillac in die Stadt, um Besorgungen zu machen. Außerdem wollte sie Torie besuchen, denn sie fand, daß sie einander zu selten sahen.

Torie umarmte ihre Schwägerin erfreut. »Wirklich schade, daß wir so wenig Kontakt haben, aber ich bin einfach immer beschäftigt. Wir sollten am Samstag abend öfter etwas zusammen unternehmen.«

Torie bot Cat eine Cola an. »Ein heißer Kaffee wäre bei diesem Wetter wahrscheinlich besser. Eine Hundekälte. Hoffentlich hört es bald auf zu schneien.«

Sie plauderten, bis es draußen dämmerte. Als Cat sich verabschieden wollte, hörte sie den Schlüssel im Schloß. Joseph Claypool kam herein. Wieder einmal mußte Cat feststellen, daß Joseph mit seinen hohen Wangenknochen und dem sinnlich geschwungenen Mund ein sehr gutaussehender Mann war.

Außerdem hatte er offenbar einen Wohnungsschlüssel. Mit ausgestreckten Armen kam er auf sie zu. »Schön, dich zu sehen. Willst du etwa schon weg?«

»Ich muß noch ein paar Dinge erledigen. Es wird gleich dunkel.«

Auf dem Nachhauseweg bemerkte sie, daß in Jasons Büro noch Licht brannte, und hielt an.

»Ich wollte nur mal hallo sagen«, meinte sie an der Tür. Er bat sie herein. »Ich fühle mich miserabel und weiß nicht, warum. Was hältst du von einem Kaffee?«
»Laß mich nur rasch zu Hause anrufen, damit sie wissen, daß ich später komme. Es ist gleich Cocktailstunde.«
Er wählte die Nummer und hielt ihr den Hörer hin.
Cat teilte Red mit, daß sie in anderthalb Stunden zu Hause sein würde.
»Danke, Cat«, meinte Jason, nachdem sie aufgelegt hatte.
Sie gingen in Rocky's Café, das sich jetzt, zur Abendessenszeit, allmählich füllte. Allerdings war das Lokal am Morgen immer viel besser besucht.
Cat kannte die Kellnerin von der Spätschicht nicht.
Jason bestellte zwei Tassen Kaffee. »Ich glaube, es liegt daran, daß es nun früher dunkel wird«, sagte er dann. »Es schlägt mir aufs Gemüt.«
»Möchtest du über sie reden?«
Er zog die Augenbrauen hoch. »Über Sandy?«
»Es hat keinen Sinn, daß du es weiter in dich hineinfrißt. Warum erzählst du mir nicht von deiner Ehe, Jason?«
»Das ist eine lange Geschichte. Und du hast deiner Familie versprochen, daß du gleich zu Hause bist.«
»Dann verabreden wir uns eben zu einem Gespräch. Ich wette, eine Hobbypsychologin wie mich findest du nirgends. Außerdem bin ich eine gute Zuhörerin. Ich kenne dich zwar nicht gut, aber ich glaube, daß du dich zu sehr verschließt. Daß du so niedergeschlagen bist,

liegt sicher nicht nur an den kürzeren Tagen, sondern an deiner Einsamkeit.«

»Cat, während meiner Ehe war ich noch viel einsamer …«

»Ja, das hast du mir schon mal gesagt. Also, verabreden wir uns zu einem Gespräch unter vier Augen.«

Jason lehnte sich zurück und musterte Cat. »Du meinst es wohl wirklich ernst.«

Sie schwieg.

»Morgen muß ich nach Ukiah«, sagte Jason nach einer Weile. »Wenn du mitkommst, lade ich dich zum Mittagessen ein.«

Die Familie hatte mit dem Essen warten müssen. Doch Thelma nahm es ihr nicht übel.

Während Cat sich an Thelmas Hackbraten mit Senfsauce gütlich tat, erzählte sie, daß sie am nächsten Tag mit Jason nach Ukiah fahren würde. Sie bemerkte nicht, daß Red und Scott schmunzelnd einen Blick wechselten.

DREIZEHN

Jason machte Anstalten, sich eine Zigarre anzuzünden.

»Tut mir leid, Jason, aber du mußt dich entscheiden: der Glimmstengel oder ich«, sagte Cat.

»Woran liegt es bloß, daß ich noch nie eine Frau kennengelernt habe, die Zigarrenrauch mag?« klagte Jason.

Als Cat nicht antwortete, steckte Jason die Zigarre wieder weg.

Er hatte sich für eine Nebenstrecke entschieden, die kürzer war als der Weg über die Hauptstraße. Am bleigrauen Himmel ballten sich dunkle Wolken.

»Bestimmt schneit es heute noch. Aber schließlich haben wir Dezember«, meinte er.

»Ich bin eigentlich mitgekommen, um dir zuzuhören«, ergriff Cat nach einer Weile das Wort.

Jason nickte. »Ich weiß nicht, wo ich beginnen soll.«

»Warum nicht ganz am Anfang? Als ihr euch kennengelernt habt.«

»Okay. Es war ein paar Jahre nach meinem Collegeabschluß. Eigentlich hätte ich ja am liebsten Jura studiert, aber das Geld reichte nicht. Außerdem war ich mir nicht sicher, ob ich noch drei Jahre lang die Schulbank drücken wollte. Also bin ich zur Polizei gegangen. Ich stamme aus Anacortes, das ist eine Kleinstadt, ein paar Stunden von Seattle entfernt. Doch da ich die University of Washington besucht hatte, kannte ich mich in der Stadt ziemlich gut aus. Sandy habe ich auf einer Party kennengelernt. Einer meiner Arbeitskollegen hatte mir von ihr erzählt. Sie war eine Freundin seiner Schwester. Damals war sie sehr hübsch, ein wenig unnahbar zwar, doch mich hat ihre geheimnisvolle Art gereizt. Ich war noch jung und ahnte nicht, zu welchen Schwierigkeiten das einmal führen würde. Wir hatten dieselben Interessen, gingen bergsteigen und fuhren am Wochenende mit der Fähre nach San Juan. Sie hat mir das Langlaufen beigebracht und ich ihr das Kajakfahren. Ich fand, daß wir so viel gemeinsam hatten. Mir fiel gar nicht auf, daß wir nie miteinander redeten. Ich meine, über wirkliche Themen, nicht nur über Sport, gesunde Ernährung und unsere Pläne fürs Wochenende. Ich glaubte, eine Frau gefunden zu haben, mit der ich durch dick und dünn gehen könnte.«

»Warst du in sie verliebt?«

»Das dachte ich wenigstens. Hoffentlich ist es dir nicht peinlich, wenn ich das sage, aber unsere Beziehung war nicht sehr körperlich. Wenn ich sie in die Arme nahm, war es, als wäre sie nicht anwesend. Wenn ich sie küßte, hatte ich das Gefühl, daß sie noch nie zuvor geküßt worden war, so unerfahren war sie. Zärtlichkeiten schienen ihr unangenehm zu sein. Das hätte ich schon damals merken müssen. Doch statt dessen habe ich sie gefragt, ob sie meine Frau werden will. Warum, weiß ich nicht. Vielleicht wollte ich einfach eine Familie gründen, und schließlich hatten wir ja jedes Wochenende zusammen verbracht. Sie zögerte. Und als sie endlich ja sagte, meinte sie: ›Meine Mutter findet, daß du der beste Mann bist, den ich jemals finden kann. Mein Vater mag dich auch. Also gut, ich heirate dich.‹«

»Und sie hat nie gesagt, daß sie dich liebt?«

»Nie.« Er schwieg eine Weile und starrte ins Leere. »Aber meine Mutter hat mich gewarnt«, fuhr er fort. »Ich würde mehr geben, als ich zurückbekomme. Damals habe ich sie nicht verstanden. Inzwischen jedoch ist mir klar, daß ich mich immer nur Sandys Wünschen gebeugt habe. Ich hielt es für Liebe und wollte sie beschützen und sie aufheitern, wenn sie wieder einmal in Trübsinn versank. Du wirst es wahrscheinlich nicht glauben, aber wir hatten noch nicht miteinander geschlafen, als ich ihr den Heiratsantrag machte. Nach unserer Verlobung war sie einverstanden. Sie war noch nie mit einem Mann im Bett gewesen. Ich hielt ihre Verklemmtheit für Schüchternheit und hoffte, daß sie lockerer werden würde, wenn ich zärtlich zu ihr war. Aber weit gefehlt. Eine Woche vor unserer Hochzeit wurde sie schwanger. Sie genoß die Schwangerschaft sehr. Alles drehte sich nur noch um das neue Leben, das in ihr heranwuchs. Auch ich war glücklich. Ich freute mich, daß meine Frau mich mit dem Essen erwartete, wenn ich von der Arbeit nach Hause kam. Und bald würden wir ein Baby haben. Allerdings muß ich zugeben, daß ich anfing, mich zu langweilen, denn Sandy wollte über nichts anderes reden als über dieses Kind. Sie weigerte sich, Bücher und Zeitungen zu lesen, und wenn ich mit einem Thema anfing, das mich interessierte, schwieg sie. Sie wirkte völlig abwesend. Nach Codys Geburt entwickelte Sandy den Ehrgeiz, die beste Mutter der Welt zu werden. Unsere Ehe schien ihr jedoch ziemlich gleichgültig zu sein. Wenn ich zärtlich werden wollte, ließ sie es über sich ergehen oder wies mich zurück. Ich hielt mich für einen miserablen Liebhaber, und die Situation schlug mir allmählich aufs Gemüt. Aber ich sagte mir, daß sich die Lage wieder normalisieren würde, wenn Cody erst einmal älter war. Aber das war ein Irrtum. Bei schönem Wetter machten wir Wanderungen und nahmen Cody im Tragesack mit. Mit dem Kajakfahren und Langlaufen war es allerdings vorbei, weil Sandy Cody keinen Moment aus den Augen lassen wollte.«

»Warst du eifersüchtig auf ihn?«

Jason schüttelte den Kopf. »Keine Minute. Ich fand, daß Sandy eine großartige Mutter war. Doch ich sehnte mich nach körperlicher und geistiger Nähe. Rückblickend betrachtet ist mir klar, daß ich sie von ihr niemals bekommen habe. Du kennst ja das alte Sprichwort, daß Liebe blind macht. Jedenfalls war ich enttäuscht und hatte das Gefühl, daß in unserer Ehe etwas fehlte, obwohl ich mir dessen damals nicht bewußt war. Und eines Tages bekam ich in der Arbeit Halsschmerzen und fühlte mich so elend, daß ich schon um drei Uhr Feierabend machte.«

Er hielt inne, und als er fortfuhr, klang seine Stimme gepreßt. »Zuerst glaubte ich, niemand sei zu Hause, aber als ich die Treppe hinaufging, hörte ich Gemurmel aus dem Schlafzimmer. Ich öffnete die Tür und fand Sandy im Bett mit einer nackten Person, die vor Lust stöhnte. Die beiden bemerkten mich nicht. Und im nächsten Moment erkannte ich, daß diese andere Person eine Frau war.«

Cat fehlten die Worte. »O mein Gott«, stieß sie schließlich hervor. »Das muß dich schwer getroffen haben.«

Er seufzte tief auf. »Inzwischen bin ich darüber hinweg. Aber damals war ich am Boden zerstört. Sandy gestand mir, daß sie nie einen Mann so lieben würde wie mich, sich jedoch zu Frauen hingezogen fühlte. Da sie Angst hatte, ihren Eltern zu beichten, daß sie lesbisch war, flehte sie mich an, sie nicht zu verlassen. Ich bat sie, mit mir zu einer Eheberatung zu gehen. Sie war einverstanden. Wir waren ein paarmal dort, und du kannst dir vorstellen, wie mies ich mich fühlte, als ich erfuhr, daß sie sich vor meinen Berührungen ekelte.« Er lachte bitter auf. »Soviel zu meiner Anziehungskraft als Mann.«

»O Jason. Es lag doch nicht an dir, sondern daran, daß du keine Frau bist.«

»Verstandesmäßig ist mir das klar, aber ich war trotzdem erledigt. Ich fing an, zuviel zu trinken. Anstatt nach der Arbeit nach Hause zu kommen, ging ich mit ein paar Freunden in eine Kneipe. In dieser Zeit fing sie auch an, das Interesse an Cody zu verlieren. Der arme Junge. Es dauerte eine Weile, bis ich es bemerkte, und es war ein ziemlicher Schock für mich. Ich hörte auf zu trinken. Und dann erfuhr ich von der Stelle hier.

Ich dachte mir, das könnte vielleicht ein Neuanfang werden. Und was Cody betraf, schien es mir ohnehin besser, wenn er in einer Kleinstadt aufwuchs, wo jeder jeden kennt. Also vereinbarte ich einen Termin zu einem Vorstellungsgespräch, und zehn Tage später hatte ich den Job in der Tasche. Sandy sagte ich, daß ich mit Cody umziehen würde. Ich würde mich freuen, wenn sie mitkäme. Sie brauchte eine Woche, um sich zu entscheiden, und besprach sich in dieser Zeit täglich mit ihrer Psychologin. Natürlich durften ihre Eltern nichts davon wissen.«

»Es muß eine schwere Zeit für euch gewesen sein.«

»Sobald wir hier waren, ging in Cody eine Veränderung vor. Damals war er drei, die Nachbarn links von uns hatten einen vierjährigen Sohn, und rechts wohnte eine Familie mit zweieinhalbjährigen Zwillingen. Es war Sommer, und er verbrachte den ganzen Tag draußen mit seinen Freunden. Mir gefiel Cougar auf Anhieb. Es war, als wäre ich endlich nach Hause gekommen, und ich möchte den Rest meines Lebens hier verbringen. Sandy hat sich redliche Mühe gegeben, sich einzuleben. Wir wurden von den Nachbarn zum Essen eingeladen, und sie versuchte, sich mit ihnen anzufreunden. Aber sie schaffte es einfach nicht. Ich glaube, sie wußte, daß die Leute in einer Kleinstadt wie dieser sie ablehnen würden, wenn sie die Wahrheit über sie erfuhren. Auf Anregung der Psychologin hatten wir wieder angefangen, miteinander ins Bett zu gehen. Doch als mir klar wurde, wie sehr sie sich dazu zwingen mußte, gab ich es auf. Wenn wir zu einer Veranstaltung wollten, bekam sie jedesmal im letzten Moment Kopfschmerzen oder Magenkrämpfe. Vielleicht hat sie nicht einmal simuliert. Und als ich sie darauf ansprach, antwortete sie: ›Hier bin ich nur die Frau des Sheriffs.‹ Ich erklärte ihr, daß es nur von ihr abhing, ob sie als eigenständige Person wahrgenommen würde, aber sie hatte keine Lust, sich mit ›Hinterwäldlern‹, wie sie es nannte, abzugeben. Cody besuchte zwar die Nachbarskinder, durfte seine Freunde jedoch nie nach Hause einladen. Und Sandy wollte mit ihren Müttern nichts zu tun haben.«

»Hört sich an, als wäre es fast eine Erleichterung, daß sie weg ist.«

Jason zuckte die Achseln. »Inzwischen empfinde ich es beinahe auch so, obwohl ich damals nicht im Traum an Trennung dachte. Mein Job machte mir Freude, ich kam mit allen Leuten gut zurecht ... und meine Beziehung zu Cody war enger als die der meisten Väter zu ihren Söhnen, weil ich Sandys Aufgaben mit übernahm. Sie igelte sich immer mehr ein und kam nur noch aus ihrem Schneckenhaus, wenn wir im Urlaub ihre Eltern besuchten. Zum Wandern gingen wir nicht mehr. Sie magerte ab, und ich war völlig ratlos. Ich habe mich sogar an ihre Psychologin gewandt, erhielt aber keine Auskunft. Am Tag, bevor Sandy mich verließ, ertappte ich sie wieder im Bett mit einer Frau. Ich kannte sie nicht, sie war sicher nicht von hier und wahrscheinlich auch nicht aus Baker. Ich glaube, Sandy wollte erwischt werden, sonst hätte sie sie nicht mit nach Hause gebracht. Bevor ich auch nur ein Wort sagen konnte, schrie sie mich an, als ob ich der Schuldige wäre. Sie hasse diese gottverdammte Stadt und fühle sich hier völlig eingeengt. Sie warf mir vor, ich raube ihr die Lebensfreude. Wegen Cody habe sie keine Freiheit mehr. Dann brüllte sie, sie könne es nicht ertragen, wenn ich sie berühre, und das, obwohl wir seit über einem Jahr nicht mehr miteinander geschlafen hatten. Deshalb machte ich ihr so ruhig wie möglich den Vorschlag, sich von mir zu trennen. Es sei an der Zeit, daß sie ihren Eltern die Wahrheit sagte und ihr eigenes Leben führte. Sie starrte mich einfach nur an. ›Ich kann nichts dagegen tun‹, schluchzte sie. Mir war das klar, doch die Ehe mit ihr war für mich die Hölle gewesen. Ich brauchte mehr, als sie mir geben konnte. Und weil ich meine Wünsche nicht unterdrücken konnte, wurde ich immer wieder enttäuscht. Dieser Zustand zehrte an meinen Kräften. Jetzt, da ich allein bin, erwarte ich mir auch nichts mehr und bin deshalb meistens einigermaßen zufrieden. Natürlich weiß ich, daß mir etwas fehlt. Ich sehne mich nach einer glücklichen Ehe, Zärtlichkeit und einem Menschen, mit dem ich mein Leben teilen kann. Aber Cody und ich sind nun ausgeglichener als in all den Jahren, in denen Sandy bei uns war.«

In Ukiah hielt Jason vor einem einstöckigen Gebäude, das einen frischen Anstrich bitter nötig hatte. »Ich bin in etwa anderthalb Stunden zurück«, sagte er. »Da drüben ist ein Restaurant, falls du eine Cola trinken möchtest. Wenn ich fertig bin, lade ich dich zum Mittagessen ein.«

Cat war ein wenig flau im Magen. Sie ging ins Restau-

rant, das jetzt um elf Uhr völlig ausgestorben war, und bestellte eine Cola.
Der arme Jason ... Er war ein so warmherziger Mensch und hatte niemals Liebe und Zuneigung erfahren dürfen. Doch ein Außenstehender hätte ihm das niemals angemerkt. Kein Wunder, daß er gestern so niedergeschlagen gewirkt hatte. Er hatte keinen Menschen, mit dem er lachen, sein Leben teilen und Zärtlichkeiten austauschen konnte.
Aber sie wußte, daß sie ihm nicht raten konnte. Sie konnte nur anbieten, ihm zuzuhören.

Abends erzählte Cat ihrem Mann Jasons Geschichte. »Warum fahren wir am Samstag nicht nach Pendleton, gehen essen und danach ins Kino? Wir könnten Jason fragen, ob er mitkommt. Er ist so einsam«, schlug sie dann vor.
Scott, der immer Lust hatte, etwas zu unternehmen, nickte. »Gute Idee, Liebling. Hast du eine Ahnung, was für ein Film läuft?«
Cat schüttelte den Kopf. »Irgendwas Interessantes kommt schon.«

Während Scott und Sarah, letztere wie immer mit einem Drink in der Hand, vor dem Fernseher saßen, ging Cat in Reds Arbeitszimmer. Er hatte es sich mit einem Buch vor dem Kamin gemütlich gemacht.
»Kann ich reinkommen?« fragte Cat. »Ich möchte nämlich gern etwas mit dir besprechen.«
Er sah sie an und zog die Augenbrauen hoch.

»Wir haben doch letzte Woche darüber geredet, ob Miss Jenny die Buchhaltung am Computer erledigen soll. Ich würde ihr gern einen zu Weihnachten schenken. Was hältst du davon?«

Er lachte auf. »Findest du das nicht etwas übertrieben?«

»Ich habe Geld«, sagte sie. »Schließlich war ich jahrelang berufstätig.«

»Ich habe mir überlegt, ob ich auch lernen sollte, wie man mit einem Computer umgeht. Allerdings habe ich keine Ahnung, was man dazu braucht.«

Cat war froh, daß er ihr nicht widersprach. »Ich weiß schon, was ich kaufen möchte. Ich wollte Dodie bitten, ob wir ihn an ihre Adresse liefern lassen können, damit es eine Überraschung wird. Und natürlich kann ich euch beiden beibringen, wie er funktioniert. Ich glaube, daß man im Elektronikzeitalter mit einem Computer eine Menge Zeit spart und besser an Informationen herankommt. Hast du eigentlich Aktien? Nicht, daß mich das etwas angeht.«

»Selbstverständlich habe ich welche.«

»Wir könnten die täglichen Börsenberichte abrufen. Wir könnten ...«

»Du brauchst mich nicht zu überreden. Ich finde den Vorschlag großartig. Warum schenken wir Miss Jenny den Computer nicht gemeinsam? Mir ist nämlich noch kein Weihnachtsgeschenk für sie eingefallen.«

»Red, hast du Lust, morgen mit uns ins Kino zu gehen? Du und Sarah?«

Er strahlte sie an. »Gern. Darf ich auch mit, wenn sie lieber zu Hause bleibt?«

»Ich habe mir schon gedacht, daß sie nicht mitwill. Jason ist auch dabei. Ich kann mir nichts Schöneres vorstellen, als einen Abend mit drei Männern wie dir, Scott und Jason zu verbringen.«
»Ich weiß nicht, wie wir je ohne dich ausgekommen sind.«
»Wie schön, daß du das sagst.«
Sie beugte sich über ihn und küßte seinen Scheitel. Er drückte ihre Hand.
Sandy und Sarah mußten übergeschnappt sein, zwei Männern wie Jason und Red die kalte Schulter zu zeigen.
Sie jedenfalls liebte ihren Mann Scott von ganzem Herzen und war überglücklich, mit ihm verheiratet zu sein.

VIERZEHN

Dieses Weihnachtsfest sollte für Cat unvergeßlich bleiben.

Cody und Jason waren eingeladen und würden über Nacht bleiben. Scott und Red hatten eine zwei Meter hohe Tanne gefällt und prächtig als Weihnachtsbaum geschmückt.

Miss Jenny hatte Plätzchen und Lebkuchenmänner gebacken. Und als Cody nicht zu Bett gehen wollte, bot sie ihm an, einen Teller für den Nikolaus herzurichten und ihn vor den Kamin zu stellen.

Sie sangen Weihnachtslieder, die Torie auf dem Klavier begleitete. Zum Eierpunsch gab es belegte Brötchen, die Miss Jenny am Morgen vorbereitet hatte. Die Familie hatte sich vor dem flackernden Kaminfeuer versammelt, und es herrschte eine harmonische und entspannte Stimmung.

»Unser erstes gemeinsames Weihnachten«, murmelte Scott, als sie später zusammen im Bett lagen.

»Mir hat es noch nie soviel Spaß gemacht, Geschenke zu kaufen«, antwortete sie. Sie wußte, daß sie zuviel Geld ausgegeben hatte, aber sie wollte diesen wunderbaren Menschen, die sie in ihre Mitte aufgenommen hatten, eine Freude machen. Zum erstenmal seit dem

Tod ihrer Mutter vor fünfzehn Jahren hatte sie das Gefühl, dazuzugehören.

Am nächsten Morgen saß die Familie wieder vor dem Kaminfeuer, trank Orangensaft und packte die Geschenke aus. Der Himmel war bleigrau, und es sah aus, als würde es jeden Augenblick zu schneien anfangen. Verglichen mit der düsteren Stimmung draußen wirkte das Wohnzimmer noch wärmer und gemütlicher. Cat war überglücklich. Sie bedankte sich bei Sarah für die pelzgefütterten Handschuhe und bei Miss Jenny für den selbstgestrickten Pullover. »Noch nie hat sich jemand solche Mühe gegeben, um mir etwas zu schenken«, sagte sie und küßte ihre Großmutter. Denn so sah sie sie inzwischen: nicht nur als Scotts Großmutter, sondern auch als ihre eigene.

Später am Vormittag hielt Scott die Kamera hoch, die er von Cat zu Weihnachten bekommen hatte. »Ich muß draußen etwas fotografieren. Komm mit, Cat. Du sollst auch aufs Bild.«

Die anderen folgten ihnen durch die riesige Vorhalle auf die Veranda. Dort stand am Fuße der Treppe ein gelbes Schneemobil mit einer roten Schleife daran. Cat fragte sich, wie er es unbemerkt dorthinein geschafft hatte.

»Und?« meinte Scott grinsend.

Sie sah ihn an. »Für mich?«

Er nickte. »Komm, damit ich dich fotografieren kann.«

»Das ist ja wundervoll!« rief sie aus. Sie wußte, daß er ebenfalls eines besaß, das in der Scheune stand. Wenn der Schnee tiefer lag, konnten sie zusammen in die Berge fahren. »Gelb.«

»Wie die ersten Blumen, die ich dir geschenkt habe.«
Sie eilte die Stufen hinunter und auf das Gefährt zu. Nachdem sie hineingeklettert war, lächelte sie in die Kamera. Die restliche Familie hatte sich um Scott geschart und freute sich über ihre Begeisterung.
»Darf ich mitfahren?« fragte Cody.
»Klar, als allererster.« Sie zog ihn auf ihren Schoß.
Schließlich war das letzte Geschenk ausgepackt. Einwickelpapiere und Schleifen waren im ganzen Wohnzimmer verstreut.
»Hoppla, jetzt habe ich doch glatt die Geschenke für Torie und Cat vergessen«, meinte Red plötzlich. »Wo habe ich sie bloß gelassen?« Er grinste. »Verdammt, und eingewickelt sind sie auch nicht. Bestimmt sind sie in der Scheune. Zieht eure Mäntel an, damit wir nachsehen können.«
»Ach, Daddy«, lachte Torie. »Du hast sie doch gar nicht vergessen. Du willst uns nur auf den Arm nehmen.«
Als sie vor die Tür traten, fielen die ersten Schneeflocken.
»Weiße Weihnachten!«
»So ein schönes Weihnachtsfest habe ich seit meiner Kindheit nicht mehr erlebt«, sagte Jason.
»Ich auch nicht.« Cat lächelte ihm zu.
Red eilte voraus, öffnete die Scheunentür und verschwand im Gebäude. Als sie ihm folgten, schlug ihnen der Geruch frischen Heus entgegen.
»Da stehen eure Namen drauf: Catherine und Victoria!« rief Red aus der Dunkelheit.
Fragend sah Cat Torie an, aber diese zuckte nur die

Achseln. Am Ende der Scheune, wo im Winter die Traktoren geparkt wurden, stand ein funkelnder roter Mercury Mystique. Daran lehnte eine riesige Weihnachtskarte mit einem Tannenbaum, auf der in großen Buchstaben »Catherine« stand.

Daneben befand sich ein dunkelblauer Ford Explorer, die Aufschrift der Karte lautete »Victoria«.

»Ach Daddy, genau so einen habe ich mir immer gewünscht!« jubelte Torie. Sie fiel ihrem Vater um den Hals und rannte dann los, um das Scheunentor aufzuschieben.

Cat stiegen die Tränen in die Augen, und sie schnappte nach Luft. »Danke«, stieß sie überwältigt hervor und legte den Arm um Red. »Ich weiß nicht, womit ich dich verdiene.«

»Komisch«, antwortete er. »Ich dachte immer, es wäre umgekehrt.«

Cat drehte sich zu den anderen um. »Ihr seid die Familie, die ich nie hatte. Ich kann gar nicht sagen, wie sehr ich euch liebe.«

»Jetzt brauchst du nicht mehr zu fragen oder zu warten, bis ein Auto frei ist. Der Schlüssel steckt, falls du vor dem Essen noch spazierenfahren möchtest.«

»Natürlich.«

»Ich will auch als erster im Auto mitfahren«, verkündete Cody.

Um halb fünf war Sarah völlig betrunken. Doch niemand verlor ein Wort darüber. Während des Essens fing sie an, Studentenlieder und Balladen von Frank

Sinatra zu schmettern, und später schleuderte sie ein Glas gegen den Kamin. Schweigend sammelte Red die Scherben auf.

Als er ihr anbot, sie zu Bett zu bringen, fauchte sie ihn an: »Du hältst dich wohl für den Allergrößten!« Aber dann ließ sie sich doch von ihm die Treppe hinaufführen. Nachdem er sie zugedeckt hatte, stand er am Fenster und betrachtete die fallenden Schneeflocken. Als sie eingeschlafen war, kehrte er ins Wohnzimmer zurück, wo Torie und Scott sich stritten.

Scott hatte Cat zu erklären versucht, warum Umweltschützer und Viehzüchter nicht gut miteinander auskamen. »Diese Ökofritzen sind vollkommen weltfremd und würden einen Dollar nicht erkennen, wenn sie über ihn stolpern. Denen ist es doch egal, ob Menschen ihre Arbeit verlieren und verhungern, solange ihrer kostbaren getüpfelten Eule nichts zustößt.«

»Meiner Ansicht nach haben beide Seiten recht«, meinte Red. »Wir besitzen so viel Land, daß unsere Schafe und Rinder im Sommer nicht auf öffentlichem Grund grasen müssen. Aber bei vielen Ranchern ist das anders. Deshalb haben sie seit Gründung der Vereinigten Staaten das Recht, diese Weiden zu nutzen. Allerdings gab es damals noch nicht so viele Menschen und Tiere und keine gefährdeten Arten.«

»Mein Gott, Dad!« rief Scott aus.

»Wir dürfen die Augen nicht davor verschließen«, rief Torie. »Wenn man das Vieh wie seit Hunderten von Jahren unkontrolliert grasen läßt, wird das ökologische Gleichgewicht zerstört.«

Scott schlug sich mit der Faust auf die Handfläche. »Du meine Güte, ihr beide klingt ja wie ...«
Red unterbrach ihn. »Ich bin kein Umweltschützer, Scott. Ich sage lediglich, daß sie in einigen Punkten recht haben. Natürlich gehen sie zu weit. Doch du mußt zugeben, daß die Ressourcen der Erde nicht unbegrenzt sind.«
»Torie und Joseph haben dich wohl einer Gehirnwäsche unterzogen«, seufzte Scott. »In unserer Lebenszeit werden uns die Ölreserven schon nicht ausgehen, und Wälder gibt es auch genug.«
»O Scott.« Torie schüttelte den Kopf. »Du willst einfach nicht wahrhaben, daß sich die Welt verändert. Und deshalb ignorierst du auch, daß die Erde durch die Überbevölkerung ...«
»Schau dich doch um. Siehst du hier etwa irgendwo Leute?«
Jason und Torie wechselten einen wissenden Blick. Red hatte es sich in einem Sessel gemütlich gemacht und hörte zu.
Torie stand auf. »Es ist schon dunkel. Ich fahre nach Hause.«
Cat nahm an, daß sie wenigstens einen Teil des Weihnachtsfestes mit Joseph verbringen wollte.
»Du könntest auch hier übernachten«, schlug Red vor.
»Ich habe meine eigene Wohnung, Dad.« Sie küßte seinen Scheitel. »Ich bin jetzt erwachsen. Du kannst froh sein, daß ich hier in der Nähe wohne.«
Er nahm ihre Hand und lächelte sie an. »Ich bin froh, daß ich dich als Tochter habe.«

»Ich nehme den Explorer. Vielleicht kann jemand mein altes Auto in die Stadt fahren. Wahrscheinlich verkaufe ich es, Daddy. Ich brauche keine zwei Wagen.«
»Möchtest du es denn nicht behalten?«
»Zwei Autos sind absolut überflüssig.« Torie lachte.
Jason stand auf und streckte sich. Cody war in Reds Arbeitszimmer vor dem Fernseher eingeschlafen. »Wir brechen besser auch auf«, sagte Jason zu Red. »Es war sehr schön.«
Nachdem Jason auch Scott die Hand geschüttelt und sich für die Einladung bedankt hatte, weckte er seinen Sohn und zog ihm den Mantel an. Schneeflocken fielen auf sie herab, als sie zum Auto gingen.
»Ein schöner Anblick«, meinte Jason. »Zwar scheußlich zum Autofahren, aber hübsch anzusehen. Wenn es schneit, wirkt alles so gedämpft und friedlich.«
Cat stellte fest, daß er den Schal trug, den sie ihm geschenkt hatte.
»Du tust dieser Familie gut, Cat.«
»Findest du? Und dabei haben sie sich für meine Weihnachtsgeschenke so in Unkosten gestürzt.«
»Trinkt Sarah immer soviel?«
»In diesem Zustand habe ich sie noch nie erlebt. Doch es stimmt. Sie trinkt eine ganze Menge.«
Als Jason fort war, kehrte Cat ins Wohnzimmer zurück. »Ich schneide mir ein paar Scheiben von dem Truthahn ab und nehme ihn mit nach Hause«, sagte Miss Jenny.
»Es schneit, Ma«, meinte Red. »Du kannst hier übernachten.«

»So schlimm ist es nicht. Außerdem hat mein Auto Allradantrieb.«
»Aber du rufst sofort an, wenn du zu Hause bist.«
Miss Jenny lachte. »Ist dieser Rollentausch nicht wunderbar?« fragte sie Cat. »Früher war ich diejenige, die sich Sorgen machte, wenn er nachts unterwegs war.«
Um acht machte Cat einen Teller mit Truthahnsandwiches und der übriggebliebenen Kürbispastete zurecht und brachte ihn in Reds Arbeitszimmer, wo Scott mit seinem Vater vor dem Kamin saß.
»Ich bin so glücklich, daß ich manchmal glaube, zu träumen«, seufzte Cat. »Ich kann dir gar nicht sagen, wie schön es ist, eine McCullough zu sein.«
Scott grinste. »Das wissen wir schon seit Jahren. Ich bin genauso glücklich wie du, Cat. Mir war bis jetzt gar nicht klar, was mir gefehlt hat.«
»Mir geht es genauso«, meinte Red.
»Ab und zu habe ich Angst«, fuhr Cat fort. »Ich fürchte, daß etwas geschehen könnte, das dieses Glück zerstört.«
»Sei nicht albern«, widersprach ihr Mann, legte den Arm um sie und zog sie an sich.

FÜNFZEHN

Du meine Güte, ich werde langsam alt«, jammerte Miss Jenny. »So was Dummes, auf der Treppe auszurutschen!«

Zunächst hatte sie sich geweigert, bis zu ihrer Genesung im Haupthaus zu wohnen. Doch Red hatte sie überzeugt, daß es so weniger Umstände machte. Ansonsten hätte jemand mehrmals täglich zu ihr hinauffahren müssen, um ihr das Essen zu bringen und sie zu versorgen. Also hatte sich die alte Dame zähneknirschend in ihr Schicksal gefügt.

»Und wie soll ich jetzt die Gehaltszettel ausstellen und die Bücher führen?« fragte sie.

»Ich helfe dir«, antwortete Cat. »Natürlich nur, wenn es euch nicht stört, daß ich über die Finanzen Bescheid weiß ...«

»Da du jetzt zur Familie gehörst, gehen sie dich auch etwas an«, erwiderte Red. »Danke für das Angebot.«

Cat tätschelte Miss Jennys Knie. »Du erklärst mir, was ich tun muß, schaust zu und lernst dabei etwas über Computer.«

Miss Jenny musterte sie zweifelnd.

»Ich hätte keine Lust, mich mit so etwas zu beschäftigen«, meinte Sarah.

Red warf seiner Frau einen Blick zu, den seine Schwiegertochter nicht zu deuten wußte.
»Wir könnten den Computer ja oben aufstellen«, sagte Cat.
»Nein«, widersprach Red. »Wir stellen ihn in mein Arbeitszimmer, damit Mutter keine Treppen steigen muß.«
»Mein Gott«, schimpfte Miss Jenny. »Schließlich habe ich mir den Arm gebrochen, nicht das Bein.«
»Doch die Unterlagen befinden sich alle in meinem Arbeitszimmer ...«
Wieder mußte Miss Jenny nachgeben.
Mit der Buchführung und dem Computerunterricht vergingen die Tage rasch, obwohl man wegen des unfreundlichen Wetters kaum das Haus verlassen konnte. Es machte Cat Spaß, mit Miss Jenny zu arbeiten, denn sie hatte sie sehr gern. Außerdem erwies sich die alte Dame als gelehrige Schülerin, die sich dem Computer zwar mit großem Respekt, aber auch mit der nötigen Neugier näherte. »Ich kann es kaum erwarten, daß dieser dämliche Gips runterkommt, damit ich selbst etwas eintippen kann«, brummte sie.
Cat war erstaunt, als sie feststellte, wie groß das Vermögen der McCulloughs tatsächlich war.
»Um die Investitionen habe ich mich gekümmert«, sagte Miss Jenny. »Die Männer haben die Muskelarbeit gemacht, und ich habe das Geld in Aktien angelegt und es so vermehrt.«
»Ich bin beeindruckt.«
»Das solltest du auch sein. Unser Vermögen ist heute fast siebenmal größer als vor zwanzig Jahren.«

Bewundernd sah Cat die alte Dame an. Miss Jenny lächelte verschwörerisch. »Und endlich habe ich eine Bundesgenossin gefunden, die auch etwas davon versteht.«
Cat fragte sich, ob Scott wußte, um welche Beträge es eigentlich ging. Er wirkte immer so sorglos und schien sich nicht für Geld zu interessieren.

Im Februar, kurz nachdem Miss Jenny mit ihrem Computer wieder in die Jagdhütte übergesiedelt war, glaubte Cat, daß sie ein Kind erwartete. Morgens war ihr oft schwindelig, und beim Anblick von Thelmas köstlichen Frühstückskreationen wurde ihr übel, wenngleich das Unwohlsein stets bald wieder verflog. Also vereinbarte sie einen Termin mit Chazz.
»Herzlichen Glückwunsch«, erklärte er nach der Untersuchung.
Seiner Berechnung nach würde das Baby Anfang Oktober zur Welt kommen. Cat konnte es kaum erwarten, Scott die frohe Botschaft zu überbringen. Als sie nach Hause zurückkehrte, saß er gerade mit Red im Arbeitszimmer.
»Ich fahre morgen nach John Day«, sagte er, als sie eintrat. »Auf einer Ranch in den Strawberry Mountains gibt es einen Bullen, den ich mir mal anschauen soll. Kommst du mit?«
»Gern.«
Glücklich betrachtete sie ihn. Er war der Vater ihres Kindes, und gemeinsam würden sie eine neue Generation McCulloughs begründen. Ihrer Liebe würde ein

menschliches Wesen entspringen. Sie fragte sich, wie groß das Baby wohl war und ob es überhaupt schon wie ein Mensch aussah. Sie wußte fast nichts über das Kinderkriegen.

Merkte man es ihr bereits an?

»Morgen soll es schönes Wetter geben«, meinte Scott.

Cat entschuldigte sich und ging nach oben. Als er ihr nicht folgte, setzte sie sich aufs Bett, um auf ihn zu warten, während sich draußen die Dunkelheit über das schneebedeckte Land senkte.

Endlich kam Scott herein und knipste das Licht an. »Warum hockst du hier im Finstern herum?«

»Ich habe nachgedacht.«

»Worüber?« Er ging ins Bad und wusch sich die Hände.

»Ich habe mir überlegt, was für ein Gesicht du machen wirst, wenn du erfährst, daß wir ein Baby bekommen.«

Sie wurde nicht enttäuscht. Überrascht riß er die Augen auf und eilte auf sie zu. »Bist du sicher? Wirklich?«

»Chazz hat es mir heute nachmittag bestätigt.«

Scott drückte sie an sich. »O Cat«, flüsterte er. »Du liebe, wunderschöne Mutter meines Sohnes.«

Cat schloß die Augen. Gab es ein größeres Glücksgefühl, als in Scotts Armen zu liegen und sich auf ihr gemeinsames Kind zu freuen?

»Erzählen wir es meinen Eltern.«

Als sie Hand in Hand herunterkamen, saßen Red und Sarah vor dem Kaminfeuer. Scott schenkte Cat ein Glas Rotwein und sich einen Whiskey Soda ein. Dann legte er ihr den Arm um die Schulter und verkündete: »Ihr werdet Großeltern!«

Red strahlte übers ganze Gesicht und schüttelte seinem Sohn die Hand. Dann umarmte er ihn fest und küßte Cat auf die Wange. »Gratuliere«, flüsterte er.
Sarah wirkte überrascht. »Dank sei Gott dem Herrn«, sagte sie, nachdem sie Cat ebenfalls umarmt hatte. »Ein neuer McCullough.«
Dann nahm sie ihren Sohn am Arm. »Ich bin ja so froh. Ich bin ja so glücklich«, wiederholte sie ständig, obwohl ihre Miene ihre Worte Lügen strafte. Cat hatte ihre Schwiegermutter noch nie wirklich fröhlich erlebt. Sarah akzeptierte sie zwar als Schwiegertochter, doch ihr Verhältnis war nicht sonderlich herzlich. Wieder einmal fragte Cat sich, warum Red sie geheiratet hatte.
Thelma hingegen war ehrlich erfreut.
»Am besten fährst du nach dem Essen zu Ma und erzählst es ihr persönlich«, sagte Red.

Am nächsten Morgen auf dem Weg nach John Day bat Cat Scott, am nächsten Supermarkt anzuhalten, um Cracker zu kaufen. »Mir geht es gleich wieder besser. Aber im Moment fühle ich mich ein bißchen usselig.«
»Usselig?« Er grinste.
»Genau.«
Als sie mit den Crackern und einem Sechserpack Cola zurückkam, nahm Scott ihre Hand.
»Ach, ist diese Landschaft schön«, seufzte sie, als sie auf der Route nach Westen fuhren.
Grinsend griff er wieder nach ihrer Hand. »Wie wollen wir ihn nennen?«

»Oder sie.«
Scott mußte zugeben, daß das im Bereich des Möglichen lag.
»Es ist ganz egal, was wir heute entscheiden. In den nächsten acht Monaten ändern wir unsere Meinung sowieso wieder.«
»Das macht doch nichts. Ich habe einfach Lust, darüber zu reden.«
»Scott junior?«
»Das würde ich keinem Kind zumuten – das mit dem Junior meine ich. Was hältst du von Christopher?«
»Chris McCullogh. Klingt nicht schlecht«, meinte Cat.
»Oder Matthew.«
»Matt McCullough. Soviel Phantasie hätte ich dir gar nicht zugetraut.«
»Ich nehm's als Kompliment. Soll ich weitermachen?«
Cat hatte die erste Coladose geleert und fühlte sich schon viel besser.
»Bei Mädchennamen bin ich nicht so gut«, meinte Scott. »Keine Ahnung, warum, denn ich habe Frauen wirklich gern. Gegen eine Tochter hätte ich nichts einzuwenden.«
»Ein Glück. Es ist nämlich zu spät, etwas daran zu ändern. Möchtest du, daß ich eine Geschlechtsbestimmung machen lasse?«
»Willst du es denn wissen?«
Cat überlegte. »Eigentlich nicht.«
»Ich auch nicht. Überlassen wir es dem Schicksal und üben wir uns in Geduld. Das gehört dazu.«

Zu ihrer Überraschung stellte Cat fest, daß ihr die Tränen in die Augen stiegen.
»Was ist los, Liebling?«
»Nichts. Ich bin einfach so glücklich.«
Scott hielt am Straßenrand und nahm sie in die Arme.
»Jetzt ist mir gar nicht mehr usselig«, sagte sie, nachdem er sie geküßt hatte.

In John Day gab es nicht viele Restaurants, doch ein kleines Lokal in der Main Street servierte Hamburger vom Holzkohlengrill mit selbstgemachten Brötchen. Über ihre Teller hinweg warfen sie einander verliebte Blicke zu.
Um halb zwei erreichten sie die Ranch der Clintons. Cat war froh, daß sie ihre dicken Stiefel angezogen hatte, obwohl es nicht schneite. Denn da der alte Clinton sie nicht ins Haus bat, mußten sie den ganzen Nachmittag draußen in der Kälte verbringen.
Als sie aufbrachen, war es schon nach drei, und Cat war völlig durchgefroren. »Gehen wir einen Kaffee trinken«, schlug sie zähneklappernd vor. »Besonders gastfreundlich war er ja nicht.«
»Seine Frau ist kurz vor Weihnachten gestorben. Wahrscheinlich hat er keine Freude mehr am Leben und schert sich deshalb nicht um gesellschaftliche Umgangsformen.«
Während Scott tankte und Kaffee holte, begann es wieder zu schneien.
»Wenn wir die Abkürzung nehmen, schaffen wir es noch zum Abendessen«, sagte er. »Bis sechs oder spä-

testens halb sieben müßten wir trotz des Schnees dort sein. Wir brauchen nicht durch Baker zu fahren. Die Straße endet gleich hinter Big Piney.«

»Weck mich auf, wenn wir da sind.« Cat versuchte vergeblich, es sich in dem Sitz des Pick-up bequem zu machen. Was für ein Pech, daß sie keine Decke mitgenommen hatte.

Laut dem Wetterbericht im Radio hatte ein Wetterwechsel stattgefunden. Eine Kaltfront näherte sich von Nordwesten und würde in den Bergen zu ergiebigen Schneefällen führen. Für Portland und Willamette Valley war Regen vorhergesagt.

»Schnee kann uns nichts anhaben«, meinte Scott. »Schließlich haben wir Allradantrieb. Doch bei Regen würde es hier so rutschig, daß uns das auch nicht weiterhilft.«

»Laß mich ein bißchen schlafen.« Cat zog die Stiefel aus und rollte sich in ihrem Sitz zusammen. »Warum sind wir nur nicht mit dem Cadillac gefahren?«

Scott strich mit dem Finger über ihre Fußsohle.

»Wenn du das noch mal tust, fange ich an zu schnurren«, murmelte sie genüßlich.

Als sie eine Stunde später wieder die Augen öffnete, fiel der Schnee in dicken Flocken. Scott hatte die Scheinwerfer angeschaltet. Sie kamen nur noch im Schneckentempo voran.

Sie schreckte hoch. »Ach du meine Güte.«

»Ich habe eine Dummheit begangen«, sagte Scott. »Ich habe eine Abkürzung genommen, durch die wir uns

etwa dreißig Kilometer sparen. Aber ich habe nicht damit gerechnet, daß hier so viel Schnee liegt. Und jetzt kann ich nirgendwo wenden.«
Obwohl die Dämmerung erst in einer Stunde hereinbrechen würde, konnte man wegen der hohen Bäume und des Schneetreibens kaum die Hand vor Augen sehen.
»Hinten auf der Ladefläche habe ich eine Schneeschaufel«, fuhr er fort. »Paß auf, daß der Motor nicht ausgeht.« Er stieg aus und suchte auf der schneebedeckten Ladefläche nach der Schaufel. »Ich glaube, wir sollten umkehren«, rief er.
Während Scott die Straße freischaufelte, zog Cat ihre Stiefel an. Es schneite immer heftiger, so daß Scott Mühe hatte, ein Stück Weg freizulegen, das ausreichte, um den Wagen zu wenden.
»Ich habe meine Handschuhe vergessen«, meinte er, als er wieder im Auto saß. Er sah sich nach etwas zum Abtrocknen um, fand nichts und rieb die Hände aneinander, um sie zu wärmen. »Wie konnte ich nur so blöd sein, bei diesem Wetter eine Abkürzung zu nehmen?«
»Du bist ja ganz durchgefroren.« Cat drehte die Heizung höher.
Scott wendete den Wagen und fuhr langsam weiter. Vorgebeugt spähte er angestrengt durch die Windschutzscheibe. Es wurde rasch dunkel, so daß man die Straße nicht mehr erkennen konnte.
»Es hat keinen Zweck«, sagte er schließlich. »Wir müssen hier stehenbleiben, sonst landen wir noch in einem

Abgrund oder bleiben im Schnee stecken.« Er sah seine Frau an. »Liebling, ich glaube, wir müssen die Nacht hier verbringen.«
»Du bist ja bei mir.« Cat hatte keine Angst. »Außerdem haben wir noch ein paar Cracker und einige Coladosen.«
»Warst du bei den Pfadfindern?« murmelte er und stellte den Motor ab. »Hoffentlich kommt kein Auto und stößt mit uns zusammen. Morgen wird man sicher Schneepflüge einsetzen.«
»Wir können uns die ganze Nacht lang lieben«, meinte Cat und schmiegte sich an ihn.
Er legte den Arm um sie. »Mit dir macht es richtig Spaß, eingeschneit zu werden.«
»So erleben wir drei wenigstens mal ein Abenteuer.«
Er lachte und küßte sie. »Weißt du, daß ich mindestens zweiundzwanzigmal am Tag daran denke, mit dir zu schlafen?«
»Öfter nicht?«
Scott lachte.
»Da es erst halb sechs ist, haben wir mindestens vierzehn Stunden Zeit, ins Guinness-Buch der Rekorde zu kommen.« Sie öffnete seinen Gürtel. »Wie viele Positionen sind in einem Auto möglich?«
»Du hast die erotischsten Finger des Universums.«
»Woher willst du das wissen? Aber laß deine Kleider an. Wenn die ganze Nacht die Heizung läuft, geht uns das Benzin aus.«
»Das ist mir egal. Dann laufen wir eben zu Fuß. Ich ziehe mich jetzt aus, dann küßt du mich von Kopf bis

Fuß, und ich kann so laute Lustschreie ausstoßen, wie ich will, weil uns hier niemand hört.«
»Vielleicht gibt es in der Nähe ein Haus.«
»Gut, dann lassen wir uns morgen früh zum Kaffee einladen.«

Gegen elf Uhr schliefen sie aneinandergeschmiegt ein. Um fünf wachte Scott auf und streckte sich vorsichtig, um Cat nicht zu wecken. Als er das Fenster einen Spalt weit herunterkurbelte, war es draußen totenstill. Er konnte es kaum erwarten, daß es endlich hell wurde.

Da er dringend zur Toilette mußte, versuchte er so leise wie möglich die Autotür zu öffnen.

Aber sie bewegte sich nicht. Also richtete er sich auf und drückte fester. Nichts. Als er das Fenster weiter herunterkurbelte, spürte er zu seinem Entsetzen, daß ihm der Schnee ins Gesicht wehte. Seine Hand ertastete einen hohen Schneewall, der die Tür blockierte.

Wenigstens hatte es aufgehört zu schneien.

Was sollte er tun?

Er hatte nicht die geringste Hoffnung, daß ein Schneepflug hier vorbeikommen würde. Nebenstrecken wie diese waren im Winter gesperrt und vermutlich auf keiner Karte verzeichnet. Er verfluchte seinen eigenen Leichtsinn. Er hätte es besser wissen müssen, doch als er von der Route abgebogen war, hatte es noch nicht so heftig geschneit. Außerdem hatte der Wetterbericht nur ein paar Zentimeter Schnee vorausgesagt – abgesehen von den Bergstraßen.

Und Cat war schwanger. Er hätte sich ohrfeigen können.
Obwohl er wußte, daß an Einschlafen nicht zu denken war, schloß er die Augen. Angst hatte er eigentlich nicht, aber er war ratlos. Wenn es hell wurde, würde er zu Fuß losziehen und einen Weg finden müssen, um seine Frau und sein ungeborenes Kind zu retten. Er legte den Arm um Cat und drückte sie an sich.
Und das alles war einzig und allein seine Schuld.
Scott, der diese Straße schon oft gefahren war, wußte genau, daß es hier keine Häuser gab. Nur endlose Wälder. Das nächste Haus lag etwa fünfzig Kilometer entfernt.
Doch Cat durfte nichts von seinen Befürchtungen erfahren. Er durfte sich nichts anmerken lassen.
Verdammt!

SECHZEHN

»Ich will mitkommen«, sagte Cat.

»Auf keinen Fall. Es wird ziemlich beschwerlich werden. Ich werde ein paar Stunden brauchen, denn bis zum nächsten Haus sind es etwa dreißig Kilometer.«

»Soll das heißen, daß ich den ganzen Tag hier warten muß?«

So hatte er es eigentlich nicht ausdrücken wollen. »Es könnte bis morgen dauern, einen Abschleppwagen herzuschicken.«

»Ich will aber nicht einen ganzen Tag lang allein hierbleiben.« *Ohne Essen, ohne Wasser und ohne einen anderen Menschen,* fügte sie bei sich hinzu.

»Das weiß ich, Liebling, aber uns bleibt nichts anderes übrig. Ich würde dir einen solchen Marsch nie zumuten, auch wenn du nicht schwanger wärst. Mit dir würde ich langsamer vorankommen. Wenn ich dich tragen muß, schaffen wir es nie.« Er küßte sie zärtlich. »Du mußt tapfer sein und Geduld haben. Ich vertraue dir, mein Liebling.«

Cat mußte die Tränen unterdrücken.

»Ich bin so schnell wie möglich zurück. Wenn du Durst hast, nimm etwas Schnee.« Er war aus dem Fenster geklettert und hatte Cats Tür freigeräumt, damit sie wenigstens ihre Blase erleichtern konnte. »Falls es wieder zu schneien anfängt, steig jede halbe Stunde aus und schaufle die Türen frei. Wenn das ganze Auto zugeschneit ist, finde ich dich nämlich nicht mehr.« Er lachte. Cat fand diese Bemerkung nicht besonders witzig.

»Hör zu«, sagte er und umfaßte ihr Kinn. »Ich liebe dich mehr als mein Leben. Und unser ungeborenes Kind liebe ich auch. Ich werde dich retten.«

»Ich weiß. Ich möchte aber nicht allein hierbleiben.«

»Nächste Woche oder vielleicht schon morgen werden wir uns an dieses Abenteuer erinnern, und dann wirst du stolz auf dich sein. Jetzt muß ich los, das Tageslicht ausnützen. In zehn Stunden wird es dunkel.«

»Der Schnee ist höher als deine Stiefel ...«

»Es ist nicht das erstemal, daß ich nasse Füße kriege. Hab Geduld. Mir ist klar, wie schwer es ist, hier untätig herumzusitzen.«

Sie umarmte ihn fest und hätte ihn am liebsten nicht mehr losgelassen.

»Gut.« Er küßte sie. »Ich gehe. Wenn ich Glück habe, sehen wir uns noch heute abend wieder. Oder morgen. Auf keinen Fall später. Es hängt davon ab, wie lange es dauert, durch diesen Schnee zu stapfen. Unter normalen Umständen wäre es bis heute abend zu schaffen, aber ich kann nichts versprechen.«

Sie wagte nicht zu fragen, was geschehen würde, wenn es dunkel wurde, bevor er sein Ziel erreicht hatte. Sie gestattete sich nicht einmal, daran zu denken.

»Bis morgen also«, sagte sie und versuchte, sich ihre Angst nicht anmerken zu lassen. »Mach dir keine Sor-

gen um mich. Ich werde die ganze Zeit an dich denken und darauf warten, daß mein Ritter mich rettet.«
Scott lächelte, doch sie sah, daß er sich dazu zwingen mußte. Er warf ihr eine Kußhand zu. »Bis bald.«
Sie stieg aus dem Wagen und stellte sich in die kleine Lichtung, die er freigeschaufelt hatte. Die Schaufel hatte er ins Führerhaus gelegt. Nach etwa dreißig Metern drehte er sich noch einmal um. »Wir nennen ihn Matt.«
»Okay«, rief sie zurück. »Matt McCullough.«
»Ich komme wieder.« Dann stapfte er weiter durch den fast einen Meter hohen Schnee.
Sie ahnte, daß er heute kein Haus mehr erreichen würde. Doch ihr war klar, daß er genau wußte, was in diesem Fall zu tun war. Schließlich hatte er ihr oft genug erzählt, wie er als Junge mit seinen Freunden im Winter draußen campiert hatte. Sie hatten sich aus Ästen Hütten gebaut. Er würde durchkommen.
Und was würde aus ihr werden?
Sie würde sich nicht unterkriegen lassen. Schließlich verließ er sich auf sie, und sie durfte ihn nicht enttäuschen.
Es war totenstill und eiskalt.
Er hatte ihr zwar die Autoschlüssel zurückgelassen, sie aber gebeten, den Motor nur im äußersten Notfall einzuschalten. Zum Glück trug sie Winterstiefel und einen Daunenparka. Als sie wieder ins Auto stieg, fragte sie sich, wie sie die Wartezeit herumbringen sollte.

Thelma hatte mit dem Abendessen bis sieben gewartet. Um neun begann Red sich allmählich Sorgen zu

machen. Die beiden hätten schon vor Stunden zurücksein müssen. Wenn sie beschlossen hätten, in John Day zu übernachten, hätte Scott sicher angerufen. So gut kannte er seinen Sohn. Schließlich rief Red Dan Clinton an, der sagte, Scott und Cat seien um halb vier aufgebrochen. Die Heimfahrt konnte doch keine sechs Stunden dauern. Höchstens zweieinhalb bis drei, wenn man die Pausen einrechnete.
Red blickte aus dem Fenster. Seit dem Abendessen waren etwa dreißig Zentimeter Schnee gefallen. Die Route 7 war zwar nicht sehr stark befahren, doch es hätte sicher jemand bemerkt, wenn sie eine Panne gehabt hätten …
Vielleicht auch nicht. Möglicherweise lag der Schnee in den Bergen höher, so daß man die Straße gesperrt hatte. Es konnte durchaus sein, daß sie irgendwo eingeschneit waren. Es gab also keinen Grund zur Sorge. Sicher waren sie in einem Motel, und das Telefon funktionierte nicht mehr. Scott konnte gut auf sich selbst aufpassen.
»Wo sind denn die Kinder?« fragte Sarah mit vom Alkohol glasigen Augen.
Red zuckte die Achseln. Sie hatten dieses Thema bereits erörtert, als sie überlegt hatten, ob sie noch länger mit dem Abendessen warten sollten. Miss Jenny hatte angerufen und fröhlich verkündet, daß sie wieder einmal eingeschneit war.
»Ich gehe zu Bett«, sagte Sarah. Sie hatte die letzten anderthalb Stunden, das Stickzeug auf dem Schoß, friedlich in ihrem Sessel geschlafen.

Red blickte ihr nach, als sie das Zimmer verließ. Was war aus dem temperamentvollen Mädchen geworden, das er einmal geheiratet hatte? Was war geschehen? Wann hatte sie sich so verändert? Er konnte sich nicht erinnern.

Er löschte das Licht und saß im dämmrigen Zimmer, das nur vom Schein des Kaminfeuers erleuchtet wurde. Eigentlich war er kein Mensch, der zum Grübeln neigte, doch vielleicht war heute der richtige Zeitpunkt dazu.

Wann war Sarah eine verbitterte Frau geworden? Wann hatte sie zu trinken begonnen? Vermutlich hatte er es anfangs gar nicht bemerkt.

Es war etwa um die Zeit von Tories Geburt geschehen, wenngleich es ihm damals noch nicht aufgefallen war. Vielleicht hatte sie ihm nie verziehen, daß er sie nicht auf die Reise nach Australien mitgenommen hatte. Sein Vater und er waren damals hingeflogen, um preisgekröntes Zuchtvieh zu kaufen. Sarah hatte gebettelt und gefleht, doch sein Vater war dagegen gewesen. Inzwischen wußte Red, daß er mit seiner Schwiegertochter nie einverstanden gewesen war. Er fand, daß sie zu zart für das Leben auf einer Ranch war, und hatte Red vor der Verlobung gewarnt: »Das ist nicht die richtige Frau für dich, mein Sohn.« Er war der Ansicht gewesen, daß Sarah die Expedition in den australischen Busch nie durchstehen würde. Sie hatten geplant, mehrere Ranches zu besuchen, und sein Vater hatte keine Frau dabeihaben wollen, die sich in die Preisverhandlungen einmischte und sie daran hinderte, das Leben in der

Wildnis zu genießen. »Unsere Frauen können zu Hause bleiben. Schließlich sind wir nur drei Monate weg.« Red hatte Sarah vorgeschlagen, ihre Eltern in Kalifornien zu besuchen. Sie war zwar zuerst einverstanden gewesen, dann aber doch nicht gefahren.

Hatte er sie nach der Rückkehr aus Australien verändert vorgefunden? Während seiner Abwesenheit hatte sie festgestellt, daß sie schwanger war. Damals gab es noch keinen Arzt in Cougar, und der Hausarzt in Baker hatte Red daran erinnert, daß Sarah nach Scotts Geburt eine Wochenbettdepression durchgemacht hatte. Obwohl die Geburt selbst komplikationslos verlaufen war, hatten beide Schwangerschaften Sarah offenbar sehr zu schaffen gemacht. Ob das körperliche oder psychische Gründe hatte, ließ sich schwer sagen.

Red kam es vor, als säße Sarah nun schon seit Jahren in ihrem Schaukelstuhl, starre ins Leere und sei nur noch körperlich anwesend. Miss Jenny verlor zwar kein Wort darüber, aber manchmal ertappte Red sie dabei, wie sie ihre Schwiegertochter kopfschüttelnd musterte. Sie hatte Scott versorgt, während Sarah mit Torie schwanger war. Nach der Geburt hatte sich Sarah nur noch um ihren Sohn gekümmert und ihre kleine Tochter mit Nichtachtung gestraft. Sie weigerte sich, das Kind zu stillen, würdigte es keines Blickes, spielte vormittags mit Scott, las ihm Geschichten vor und verbrachte den Nachmittag im Bett. Wahrscheinlich hatte Sarah damals zu trinken angefangen. Zuerst war es nur ein Cocktail vor dem Essen gewesen, weshalb es Red monatelang – oder vielleicht auch Jahre? – nicht aufgefallen war.

Miss Jenny hatte ihn nur einmal auf seine Ehe angesprochen, und zwar nach dem Tod seines Vaters, als die Kinder noch klein waren. Sie hatte verkündet, daß sie in die Jagdhütte ziehen werde.

Red hatte protestiert. Schließlich hatte er sein ganzes Leben mit Miss Jenny auf Big Piney verbracht und konnte sich das Haus ohne sie nicht vorstellen.

Sie musterte ihn lange nachdenklich und ging dann in die Küche, um Kaffee zu machen. Als dieser fertig war, rief sie ihren Sohn und setzte sich ihm gegenüber an den großen Eichentisch. »Auch wenn es in der Familie noch nie eine Scheidung gegeben hat, ist daran nichts Schlimmes«, sagte sie. »Du brauchst keine Ehe aufrechtzuerhalten, in der du nur gibst und nichts zurückbekommst.«

Es war das erstemal in all den Jahren, daß offen über dieses Thema gesprochen wurde.

»Ich habe Scott und Torie.«

Miss Jenny nickte.

»Aber das genügt nicht.«

»Eine Scheidung könnte psychische Folgen für sie haben.

»Und deshalb willst du dich opfern?«

»Findest du, daß ich das tue?«

Miss Jenny schenkte sich noch eine Tasse Kaffee ein. »Du gibst mehr als die meisten Männer, die ich kenne. Du hast Freude daran und erwartest keine Gegenleistung. Aber ich habe den Eindruck, daß du nichts bekommst. Sicher bist du schrecklich einsam.«

Am liebsten hätte er ihr geantwortet, daß er sich

manchmal sehr einsam fühlte. So einsam, daß er es kaum noch ertragen konnte. Doch er schwieg.

»Nun«, meinte sie schließlich, »ich würde dir keinen Vorwurf machen, wenn du nach Pendleton fährst und dir eine Frau für eine Nacht suchst.«

»Aber, Mutter!«

Miss Jenny unterbrach ihn mit einer Handbewegung. »Ich sage doch nur, daß auch du Bedürfnisse hast und daß du deshalb kein schlechtes Gewissen zu haben brauchst. Meinen Segen hast du. Einen besseren Sohn als dich kann sich eine Mutter nicht wünschen, und es bricht mir das Herz, daß du unglücklich bist.«

»Ich bin nicht unglücklich. Ich habe die Kinder, die Ranch und dich, und du bedeutest mir sehr viel.« Er nahm Miss Jennys Hand. »Wahrscheinlich habe ich es von dir geerbt, daß ich gern gebe. Denn seit ich dich kenne, hast du deine Wünsche immer zurückgestellt.«

Miss Jenny nickte. »Kann sein. Aber ich habe dafür auch etwas erhalten, das die Sache wert war. Noch nie habe ich jemanden so geliebt wie dich und deinen Vater, und ihr beide habt mich für alle Opfer entschädigt.«

»Ich weiß.«

»Aber ...« Miss Jenny stand auf und brachte ihre Tasse zum Spülbecken, »... das genügt nicht. Die Liebe einer Mutter ist nie genug ...«

Doch was hätte er tun sollen?

Seit diesem Gespräch waren viele Jahre vergangen, und er hatte nie etwas unternommen.

Natürlich hatte er den Alkohol aus dem Haus verbannt, doch Sarah hatte sich welchen in der Stadt besorgt. Er hatte sogar mit dem Mann im Getränkemarkt gesprochen und ihn gebeten, Sarah nichts mehr zu verkaufen. Allerdings hatte sie bald eine neue Bezugsquelle gefunden, vielleicht in Baker, La Grande oder Haines. Immer wieder entdeckte er leere Flaschen in Papierkörben oder in den Schränken von Zimmern, die kaum benutzt wurden.

Sarah besuchte nur selten Veranstaltungen, außer wenn Scotts Mannschaft ein Spiel hatte. Bei Tories Rodeos ließ sie sich nie blicken, so daß Red stets allein hingehen mußte. Obwohl »allein« nicht das richtige Wort war, denn er hatte Freunde in der ganzen Stadt.

Red saß in seinem Sessel. Er würde nicht schlafen können, bevor er nicht wußte, wie es Scott und Cat ergangen war. Er beneidete seinen Sohn um seine wundervolle Frau. Cat hatte frischen Wind in die Familie gebracht. Ihre Begeisterungsfähigkeit und Offenheit waren ansteckend. Wahrscheinlich ahnte sie nicht einmal, wie gut sie ihnen allen tat. Er hoffte nur, daß sie sich nach der Geburt nicht verändern würde. Doch schließlich verwandelten sich die meisten Frauen, die Kinder hatten, dadurch nicht gleich in Nervenbündel. Vielleicht lag es ja am Alkohol, nicht an der Schwangerschaft. Was war zuerst dagewesen, die Henne oder das Ei? Hatte Sarah zuerst getrunken, oder war sie durch die Wochenbettdepression zur Alkoholikerin geworden? Natürlich gab sie es nicht zu und weigerte sich, mit irgend jemandem darüber zu sprechen. Weder mit ihm noch mit Chazz oder mit Torie, die es einige

Male versucht hatte. Red hatte es aufgegeben. Er wußte nicht einmal, ob sie nüchtern genug war, um ihm geistig zu folgen. Tagsüber machte sie einen ziemlich normalen Eindruck, auch wenn sie sich meistens in ihr Zimmer zurückzog. Erst gegen Abend fing sie an zu lallen, bekam glasige Augen und wirkte abwesend. Sie redeten eigentlich nur noch über Banalitäten.
Allerdings war sie bei Scotts Hochzeit zur Hochform aufgelaufen. Red hatte ihr soviel Durchhaltevermögen nie zugetraut. Außerdem behandelte sie ihre Schwiegertochter besser als ihre eigene Tochter. Doch obwohl ihr Cat anscheinend sympathisch war, entwickelte sich kein freundschaftliches Verhältnis zwischen ihnen.
Seit Cat in Scotts Leben getreten war, hatte Red wieder einen Grund, sich auf etwas zu freuen. Beim Abendessen fanden anregende Gespräche statt, und es wurde gelacht. Unter ihrem Dach wohnte eine energiegeladene Frau, die offen auf ihre Mitmenschen zuging, mit ihm und Scott ausritt und Miss Jenny die Freundin war, die sie so lange vermißt hatte. Als er daran dachte, wie sie ihm zum Dank für sein Weihnachtsgeschenk um den Hals gefallen war, mußte er schmunzeln. Wenn Sarah sich für seine Geschenke so begeistert hätte, hätte er ihr die Welt zu Füßen gelegt. Warum zeigte sie niemals Interesse an seiner Arbeit? Warum tat sie so, als wäre ihr seine Gegenwart nur lästig? Warum brachte sie ihm keine Liebe entgegen und zuckte angewidert zusammen, wenn er sie berührte?
Wenn sie ihn nur einmal in den letzten zweiundzwanzig

Jahren so angesehen hätte, wie Cat und Scott einander ansahen ... sein ganzes Leben wäre anders verlaufen. Eigentlich hatte er geglaubt, sich mit seinem Schicksal abgefunden zu haben. Schließlich hatte er allen Grund, dankbar zu sein. Er hatte die Ranch, die ihn täglich geistig und körperlich forderte. Und seine Kinder. Er hatte es sich verkniffen, die Zukunft für sie zu planen. Sie sollten selbst entscheiden, was für ein Leben sie führen wollten. Scott hatte beschlossen, auf der Ranch zu arbeiten, und war ihm inzwischen eine große Hilfe, so daß er ihm seine jugendlichen Kapriolen längst verziehen hatte. Auch er selbst hatte als junger Mann öfter einmal über die Stränge geschlagen – schließlich war seine Generation die erste gewesen, die mit Drogen und freier Liebe konfrontiert wurde. Er war froh, daß er sich schon damals die Hörner abgestoßen hatte, obwohl er für einen jungen Mann in den sechziger Jahren ziemlich konservativ gewesen war: Sogar die Beatles und Elvis hatte er anfangs zu ausgeflippt gefunden.
Scott und Torie waren als Schulkinder ziemlich wild gewesen, doch das hatte sich mit zunehmendem Alter gelegt. Sie waren der Lohn dafür, daß er es in seiner Ehe ausgehalten hatte. Er liebte sie von ganzem Herzen. Schon seit er das erstemal ihre Windeln gewechselt hatte, war ihm bewußt, daß man sich keine besseren Kinder wünschen konnte. Er hatte sich mehr um sie gekümmert als Sarah. Torie war sein Liebling, und er schämte sich dessen nicht. Sie war ihm in vieler Hinsicht so ähnlich – eigensinnig und willensstark. Außerdem liebte sie das Leben und die Natur.

Da ihm in seiner Ehe die Möglichkeit verwehrt geblieben war, seine Gefühle auszuleben, hatte er sie in sein Land und seine Familie gesteckt. Aber er wußte, daß die Flamme der Leidenschaft weiter in ihm loderte.
Seit wann hatten Sarah und er nicht mehr in einem Zimmer geschlafen? Er übernachtete entweder nebenan oder auf dem Sofa im Arbeitszimmer. Doch sie sprachen beide nicht darüber. Wichtige Dinge wurden totgeschwiegen.
Ihre Freude darüber, daß sie bald Großmutter werden würde, hatte ihn überrascht. An diesem Abend hatte sie drei Gläser Scotch getrunken, sie machte aus ihrem Alkoholkonsum kein Geheimnis mehr. Auf dem Weg ins Eßzimmer hatte sie sogar noch Cats Weinglas geleert. Der Gedanke, Alkohol wegzukippen, war ihr offenbar unerträglich.
Wo mochten sie bloß sein – sein Sohn, seine Schwiegertochter und sein ungeborener Enkel? Seit Torie vor vier Jahren ihren High-School-Abschluß gemacht hatte und ausgezogen war, war er nicht mehr aus Sorge um seine Kinder wachgeblieben. Lag seine Schlaflosigkeit daran, daß er Großvater werden würde? Hatte er mehr Angst, als er sich eingestehen wollte?
Er wußte, daß ihnen nichts geschehen konnte. Auf Scott war Verlaß. Red hatte absolutes Vertrauen zu seinem Sohn.
Aber warum, zum Teufel, konnte er trotzdem nicht schlafen?

SIEBZEHN

Etwa einmal stündlich, wenn Cat die Kälte nicht mehr ertragen konnte, ließ sie den Motor an, bis sich das Führerhaus wieder einigermaßen erwärmt hatte. Zitternd rieb sie sich die klammen Finger. Hin und wieder stieg sie aus, lief auf der Stelle und stampfte mit den Füßen.

Inzwischen begriff sie, daß die Langeweile der schlimmste Feind des Gefangenen ist. Sosehr sie auch versuchte, sich abzulenken, ihre Gedanken kehrten doch immer wieder zu ihrer mißlichen Lage zurück.

Am Nachmittag begann es wieder zu schneien. Diesmal kam auch ein Wind auf, der die Schneeflocken so heftig vor sich herpeitschte, daß sie nicht die Hand vor den Augen sehen konnte. Es war zwecklos, das Auto freizuschaufeln. Im Wageninneren war es stockfinster, und als sie den Scheibenwischer einschalten wollte, rührte sich dieser nicht von der Stelle.

Allmählich knurrte ihr der Magen, und sie fragte sich, ob es ihrem Baby schaden würde, wenn sie nicht bald etwas zu essen bekam. Würde es verhungern? Wenigstens mußte sie keinen Durst leiden, weil sie das Fenster öffnen und sich mit Schnee versorgen konnte. Ein Glück, daß der Wagen keine automati-

schen Fenster hatte. Dennoch fühlte sie sich schwindelig.
Sie schlief wieder ein.

Red lief in Jasons Büro auf und ab.
Er hatte Schneeketten auf seinen Jeep montiert und war in die Stadt gefahren. Jason hatte bereits die Staatspolizei, die Straßenpolizei und sämtliche anderen Behörden per Funk alarmiert. Die Route 7 durch den Wallowa-Whitman-Staatsforst war gesperrt und wegen des heftigen Schneefalls auch für Räumfahrzeuge unpassierbar. Stromversorgung und Telefonnetz waren zusammengebrochen.
Red wünschte, der Wind würde sich endlich legen, damit er den Helikopter benutzen konnte. Mit dem Auto hatte er eine Stunde in die Stadt gebraucht.
»Es wird ihnen schon nichts passiert sein«, versuchte Jason ihn zu beruhigen. »Scott geht keine Risiken ein. Er kennt diese Gegend wie seine Westentasche.«
Red wußte das. Ganz sicher hatte Scott keine der verschneiten Seitenstraßen genommen, sondern saß immer noch auf der Route 7 fest. Oder er wartete in einem Motel in John Day. Sobald es aufhörte zu schneien, würden Schneepflüge die Route 7 freiräumen.
»Komm«, sagte Jason und legte Red den Arm um die Schulter. »Ich lade dich auf einen Kaffee ein.«
Die beiden gingen durch das Schneetreiben in Rocky's Café, das heute ungewöhnlich gut besucht war.
Myrna, die Kellnerin von der Nachmittagsschicht, brachte ihnen Kaffee.

»Cat ist schwanger«, sagte Red zu Jason.
Jason zog die Augenbrauen hoch. »Jetzt verstehe ich, warum du dich so verrückt machst. Also wirst du jetzt Großvater. Was sagt man denn in so einem Fall? Herzlichen Glückwunsch?«
Red grinste. »Zu einem Großvater?«
»Keine Ahnung. Hört sich irgendwie komisch an. Eigentlich hast du ja nichts damit zu tun.«
»Immerhin bin ich Scotts Vater.«
»Stimmt.« Jason sah aus dem Fenster. Er hatte gehört, daß der Schneesturm in höheren Lagen viel heftiger wütete, aber das wollte er Red lieber verschweigen. Er hatte seinen Freund noch nie so besorgt erlebt. »Und wann findet das große Ereignis statt?« fragte er statt dessen, um ihn abzulenken.
»Irgendwann im Oktober.«
»Macht Chazz die Entbindung?«
»Wahrscheinlich schon. Weißt du was? Ich gehe zu Torie und erzähle ihr die Neuigkeit. Die Schule ist ja heute vermutlich geschlossen.«
Jason nickte. »Die Schulbusse fahren nicht.«
»Hätte ich mir denken können. Heute kommt man nur mit dem Schlitten voran.«
»Wenn es so weiter schneit, kommst du sicher kaum zur Ranch zurück. Du kannst gern in unserem Gästezimmer übernachten.«
»Ich muß nach Hause. Vielleicht ruft Scott an.« Und Sarah würde nicht allein zurechtkommen. Wenn man sie sich selbst überließ, saß sie nur im dunklen Wohnzimmer und trank bis zur Bewußtlosigkeit. Möglicher-

weise war das der Grund, warum er sich nicht von ihr getrennt hatte. Auch wenn sie ihn nicht mehr liebte, brauchte sie ihn, da sie ohne fremde Hilfe den Alltag nicht mehr bewältigen konnte. Das war Red schon seit Jahren klar. Und außer ihm gab es niemanden, der sich um sie kümmerte.

Er seufzte auf.

»Hör zu, Red«, meinte Jason. »Sobald wir etwas Neues erfahren, sagen wir dir Bescheid. Also besuche Torie, und dann fährst du nach Hause.«

Red leerte seine Tasse und stand auf. »Wenn du mich erreichen willst, versuch es erst bei Torie.«

»Klar.« Jason blieb am Tisch sitzen.

Torie trank in der Küche Pfefferminztee, als ihr Vater an die Tür klopfte.

»Daddy«, rief sie und fiel ihm um den Hals. »Was für eine Überraschung!«

Er schlüpfte aus seinem mit Schneeflocken bedeckten Mantel und hängte ihn über eine Stuhllehne.

»Kaffee oder Tee?«

Er schüttelte den Kopf. »Ich muß gleich wieder los. Ich wollte dir nur sagen, daß Scott und Cat im Schneesturm festsitzen. Wir wissen nicht, wo.«

Torie beunruhigte das nicht weiter. »Bestimmt sind sie irgendwo auf einer Farm oder in einem Motel. Mach dir keine Sorgen, Daddy.«

»Und Cat ist schwanger.«

Tories Augen leuchteten auf. »Das ist ja wundervoll! Wie ich sie beneide!«

Ihr Vater musterte sie. »Du weißt, daß ich nichts dagegen hätte, wenn du Joseph heiratest.«
Bedrückt ließ sie sich am Küchentisch nieder. »Das ist mir klar, Daddy. Und um Mutters Einwände und engstirnigen Vorurteile würden wir uns auch nicht kümmern. Aber wir dürfen uns nicht über Mister Claypools Wünsche hinwegsetzen.«
Red schüttelte den Kopf. »Ich kenne Samuels Einstellung, aber sie paßt nicht mehr in diese Zeit. Kein Mensch in Amerika ist mehr reinrassig. Und wenn Joseph kein Schamane sein kann, na und? Woher wollt ihr wissen, ob eure Kinder ...«
»Darum geht es ja gerade. Unsere Kinder. Für Joseph würde es keinen Unterschied machen, doch die Kinder ...«
»Eure Kinder werden ganz normale Menschen werden. Und wenn sie Krankheiten heilen wollen, sollen sie eben Medizin studieren.«
Torie lächelte. »Schön, wenn es so einfach wäre.«
»Werde schwanger«, sagte ihr Vater.
»Aber Daddy!« lachte Torie.
»Dann hätte Samuel nichts mehr zu sagen. Ihr hättet ihn vor vollendete Tatsachen gestellt.«
»Ich würde es tun, wenn ich Joseph dazu überreden könnte.«
»Ich will mich ja nicht in euer Privatleben einmischen, aber ich hoffe, daß ihr wenigstens miteinander schlaft.«
Torie tätschelte Red die Hand. »Für einen Vater machst du ziemlich gewagte Vorschläge.«
»Das Problem in unserer Familie ist, daß niemand über

seine Gefühle spricht. Und ich finde, dagegen müssen wir etwas unternehmen. Für mich ist das Wichtigste, daß du glücklich wirst.«
Torie musterte ihn nachdenklich. »Ja, Daddy, Joseph und ich schlafen schon seit der High-School miteinander.«
Red stieß einen Pfiff aus. »Davon habe ich nichts geahnt. Und was ist, wenn du schwanger wirst?«
»Joseph paßt auf, daß nichts passiert. Zuerst will er mit sich selbst ins reine kommen. Du weißt schon, der Konflikt zwischen Pflicht und Neigung. Immer derselbe alte Kram.«
»Er ist ein sehr netter junger Mann. Aber ist er wirklich bereit, das eigene Glück für die Pflicht zu opfern?«
Torie schwieg.
»Vielleicht mußt du dich nach einem anderen Partner umsehen.«
»Ich könnte mich nie in einen anderen Mann verlieben, Daddy.«
Red nickte. Er beneidete seine Tochter um die Fähigkeit, so vorbehaltlos zu lieben. »Ich habe dich sehr gern, mein Kind, und ich bin stolz auf dich.«
»Ich auch auf dich, Daddy.« Sie küßte ihn auf die Wange. »Welch ein Glück, daß ich dich zum Vater habe! Was ist denn heute eigentlich mit dir los, Daddy?« fügte sie hinzu. »So gesprächig bist du doch sonst nicht.«
»Keine Ahnung. Aber ich habe mir vorgenommen, von nun an immer offen mit euch zu reden. Es ist Zeit, daß wir aufhören, uns etwas vorzumachen.«
»Meinst du damit Mutters Alkoholsucht?«

»Zum Beispiel.«
»Wie hältst du das bloß aus?«
Red wußte nicht, was er darauf antworten sollte.
Als er seinen immer noch feuchten Mantel vom Stuhl nahm, kam Joseph herein. Die beiden Männer begrüßten einander mit Handschlag.
»Sauwetter!« sagte Joseph und schüttelte sich die Schneeflocken aus dem Haar.
»Daddy macht sich Sorgen, weil Scott und Cat irgendwo unterwegs sind.«
Joseph musterte Red. »Wie lange sind sie schon weg?«
»Gestern gegen halb vier sind sie von einer Ranch unweit von John Day losgefahren. Seitdem haben wir nichts mehr von ihnen gehört.«
»Bestimmt warten sie in John Day, bis der Schneesturm vorbei ist«, meinte Joseph und hängte seine nasse Jakke weg.
»Ich glaube auch.« Red zog den Mantel an. »Ich gebe euch Bescheid, sobald ich etwas erfahre.«
Als er die Treppe hinunterging, schlug ihm eisige Kälte entgegen. Es hatte wieder zu schneien angefangen, so daß er die Autoscheinwerfer einschalten mußte. Trotzdem konnte er die entgegenkommenden Wagen kaum erkennen. Die Straße war fast nicht mehr zu sehen, der Jeep kroch im Schneckentempo voran.

Sarah war außer sich vor Sorge. Thelma hatte das Abendessen vorbereitet, so daß sie es nur noch in der Mikrowelle aufzuwärmen brauchten. Dann war sie losgefahren, um vor Dunkelwerden zu Hause zu sein.

In dieser Nacht schlief Red auf dem Sofa im Arbeitszimmer. Immer wieder wachte er auf und blickte durchs Fenster hinaus in die Nacht. So stark hatte es schon seit Jahren nicht mehr geschneit.
Paß auf dich auf, sagte er in Gedanken zu seinem Sohn. *Hoffentlich bist du in einem Motel in John Day und sitzt nicht in einem Auto fest, das bald so mit Schnee bedeckt sein wird, daß wir dich erst im Frühjahr wiederfinden.* Es war kein Trost, daß das Frühjahr in einem Monat beginnen würde.

Noch nie hatte Cat solche Angst gehabt.
Gut, Scott hatte ihr gesagt, daß er es wahrscheinlich nicht bis heute abend schaffen würde. Selbst wenn er das nächstgelegene Haus schon erreicht hatte, war die Straße bei diesem Schneetreiben und bei völliger Dunkelheit unpassierbar. Inzwischen ließ sich die Autotür nicht mehr öffnen. Und ihr war so übel, daß sie sich am liebsten übergeben hätte. Wenigstens konnte sie noch das Fenster herunterkurbeln, falls der Brechreiz zu stark werden sollte. Aber was sollte sie tun, wenn sie zur Toilette mußte? Wahrscheinlich war der Grund für ihre Übelkeit mittlerweile die Angst, nicht ihre Schwangerschaft. Würde ihr ungeborenes Kind durch dieses Abenteuer Schaden nehmen? Bestand Gefahr, daß es in ihrem Leib verhungerte oder an Flüssigkeitsmangel starb?
Lieber Gott, hilf mir!
Sie war völlig durchgefroren. Da der Tank noch fast voll war, schaltete sie kurz die Heizung ein, bis sie sich

ein wenig aufgewärmt hatte. Ihr Mund fühlte sich trokken an. Wie lange konnte sie durchhalten, ohne etwas zu essen? Wahrscheinlich einige Tage lang, solange sie nur Wasser hatte, und Schnee war ja in Hülle und Fülle vorhanden.

Wie war es Scott ergangen? Brauchte er Hilfe? Hatte er ein Haus erreicht oder sich einen Unterstand aus tiefhängenden Zweigen gebaut? Sie wußte, daß er wohlauf war. Da war sie ganz sicher. Morgen würde er wiederkommen und einen Weg finden, den Pick-up aus der Schneewehe zu ziehen. Und dann waren sie und das Baby gerettet.

Das Baby. Sie würde sich noch ein paar Namen überlegen, obwohl ihr Scotts Vorschlag gut gefiel. Matt McCullough klang stark und männlich. Und was war, wenn es ein Mädchen wurde? Welche Namen kamen da in Frage?

Debra? Lisa? Patricia? Candace? Janice? Sie verwarf sie alle. Sie paßten einfach nicht zu McCullough.

Cat kurbelte das Fenster ein Stückchen herunter. Draußen war alles ruhig. Es hatte sogar aufgehört zu schneien. Schweigen umfing sie. Noch nie hatte sie eine solche Stille erlebt.

Sie schlang sich die Arme um den Leib und schloß die Augen.

Bitte komm zurück, Scott. Bitte, Liebling, komm zurück.

Am Morgen war der Himmel leuchtend blau. Es war zwar noch immer eiskalt, aber der Schneesturm hatte sich gelegt. Red rief bei der Staatspolizei an, um sich

den Wetterbericht geben zu lassen. Außerdem teilte er den Beamten mit, er werde sich mit dem Hubschrauber selbst auf die Suche nach seinem Sohn und seiner Schwiegertochter machen. Doch man antwortete ihm, daß das Auto wahrscheinlich unter Schnee begraben und deshalb schwer zu finden sein würde.
Red trank eine Tasse Kaffee. Er brachte keinen Bissen hinunter. Thelma war nicht erschienen. Wahrscheinlich war die Straße blockiert. Red konnte sich nicht erinnern, wann so etwas zum letztenmal geschehen war. Da Jason noch nicht im Büro war, rief er ihn zu Hause an und erzählte ihm von seinem Plan.
»Laß mich mitkommen, Red. Wenn du sie wirklich findest, wirst du Hilfe brauchen. Du kannst nicht gleichzeitig den Hubschrauber steuern und sie retten.«
»Gut, dann treffen wir uns auf dem Sportplatz. Ich bin in etwa zwanzig Minuten da.«
»Lieber in vierzig. Die Straßen in der Stadt sind noch nicht geräumt. Bring eine Thermosflasche Kaffee mit.«
Immer noch im Morgenmantel und mit zerzaustem Haar kam Sarah die Treppe herunter. »Hast du etwas von ihnen gehört?« fragte sie. Sie war leichenblaß. Offenbar hatte auch sie schlecht geschlafen.
»Ich werde mit dem Hubschrauber über die Route Sieben in Richtung John Day fliegen. Die Polizei sagt, daß die Telefone wieder funktionieren.«
»In John Day gibt es nur wenige Motels. Du könntest sie durchtelefonieren und fragen, ob Scott dort ist.«
Red sah sie überrascht an. Alle Achtung, auf diesen Gedanken war er selbst nicht gekommen.

Zwölf Minuten später wußte er, daß kein Gast namens McCullough in einem Motel in John Day registriert war.

»Vielleicht sind wir den ganzen Tag unterwegs. Gegen Mittag werde ich versuchen, irgendwo zu landen und dich anzurufen.«

Sarah packte ihn am Arm. »Laß nicht zu, daß unserem Sohn etwas geschieht, Red.«

Red fragte sich, ob klug war, sie allein zu lassen, doch ihm blieb nichts anderes übrig. Im Augenblick gab es andere Prioritäten.

Er füllte eine Thermosflasche mit Kaffee, packte Taschenlampen und Decken zusammen und zog seine Jacke an. Dann ging er hinaus zum Schneemobil, um zu dem Hangar fahren, wo der Hubschrauber stand.

Es war immer noch eiskalt und totenstill.

ACHTZEHN

Auch am Nachmittag war die Route 7 noch nicht geräumt.

Red flog niedrig zwischen den Bäumen hindurch und hielt nach liegengebliebenen Autos Ausschau. Nichts zu sehen. Danach setzte er seinen Weg nach Prairie City fort, einem Städtchen mit tausend Einwohnern, das diesen Namen eigentlich nicht verdiente. Von dort aus rief er die Staatspolizei und das Revier in John Day an – ebenfalls ohne Ergebnis.

Er tankte den Hubschrauber auf und flog die Strecke zurück, so tief es eben noch ging.

Fahrspuren waren keine zu erkennen. Die Schneepflüge hatten schon die Hälfte der Straße freigelegt. Von Baker nach Prairie City waren es etwa fünfzehn Kilometer. Da die Straße zwischen den beiden Ortschaften durch den Staatsforst verlief, gab es dort nur wenige Häuser. Red konnte kein Lebenszeichen ausmachen, nicht einmal die Hufabdrücke von Hirschen.

»Das Schlimmste ist, daß ich mich so hilflos fühle«, sagte er zu Jason. »Ich weiß nicht, was ich sonst noch tun soll. Dabei versuche ich mir einzureden, daß Scott da draußen im Schnee campiert wie damals als kleiner Junge. Er kennt sich in dieser Gegend aus.«

Jason spähte aus dem Fenster. Sie waren schon den ganzen Tag unterwegs.
Red setzte Jason auf dem Sportplatz ab. Als er weiterflog, überlegte er, wo er noch weitersuchen sollte, bevor er sich auf den Heimweg machte.

Cat begriff einfach nicht, warum Scott immer noch nicht zurück war. Den ganzen Tag lang hatte sie gewartet. Vielleicht war die Straße ja inzwischen überhaupt nicht mehr passierbar. Die Schneepflüge wurden wahrscheinlich in der Stadt gebraucht, und es war aussichtslos, die Straße mit Schaufeln freizuräumen. Sicher machte Scott sich ebensolche Sorgen wie sie.
Sie hatte Hunger, und ihr Mund fühlte sich trocken an, obwohl sie immer wieder ein Bröckchen Schnee lutschte. Wenigstens war sie hier vor Räubern und Vergewaltigern sicher. Nachdem sie eine Nacht und einen Tag im Autositz verbracht hatte, war ihr ganzer Körper völlig verspannt. Und sie fror so sehr wie noch nie in ihrem Leben. Wenn sie es nur geschafft hätte, die Tür zu öffnen, um draußen ein wenig auf und ab zu springen und sich aufzuwärmen. Der Tank war zwar noch halbvoll, aber sie ging sparsam mit der Heizung um. Was war, wenn Scott erst in zwei oder drei Tagen wiederkam?
Sie versuchte an etwas anderes zu denken. Michelle. Shelley McCullough. Der Name gefiel ihr recht gut, aber Scott würde ihn bestimmt nicht mögen. Michelle klang zu französisch für Cougar Valley, Oregon.
Cat fragte sich, ob ihr Vater je an sie dachte. Er rief

einmal im Monat an, doch sie hatten sich nicht viel zu sagen. Jedesmal erkundigte er sich, ob sie glücklich war und ob es in Oregon Indianer gab. Sie beantwortete beide Fragen mit »ja«, und dann herrschte meistens Schweigen. Wie würde er reagieren, wenn er erfuhr, daß er Großvater wurde? Und dabei war sein eigener Sohn erst elf Jahre alt. Cat konnte sich nicht einmal an den Namen ihrer jüngsten Stiefschwester erinnern.

Sie dachte an Essen und hätte alles für einen Schinkensandwich gegeben. Oder für Miss Jennys selbstgebackenes Roggenbrot mit Mayonnaise und Senf. Dillgurken, Thelmas Krautsalat, Kartoffelchips. Ein Glas Cabernet Sauvignon. Weintrauben, eine Scheibe Melone – obwohl diese Obstsorten hier um diese Jahreszeit nicht aufzutreiben waren. Bei der bloßen Vorstellung lief ihr das Wasser im Munde zusammen.

Cat kurbelte das Fenster herunter und nahm sich eine Handvoll Schnee. Sie durfte nicht zulassen, daß das Kind wegen Flüssigkeitsmangels oder Unterernährung behindert zur Welt kam. Nun hatte sie seit zwei, nein, seit zweieinhalb Tagen nichts mehr gegessen. Würde das Baby sterben? Woher sollte sie wissen, ob es überhaupt noch lebte? Konnte Chazz das in diesem Stadium der Schwangerschaft schon durch Abhören feststellen?

Sie nahm sich vor, Stricken zu lernen. Den Sommer würde sie damit verbringen, kleine Strümpfe und Pullover zu stricken und vielleicht eine Decke für die Wiege zu häkeln. Sie fragte sich, ob die McCulloughs noch eine alte Wiege in der Scheune stehen hatten, die sie neu lackieren konnte. Hoffentlich hatte Scott nichts dagegen, wenn das Baby in den ersten Monaten bei ihnen im Zimmer schlief.

Cat wußte nicht einmal, wie man ein Baby hielt. Würde sie als Mutter viele Fehler machen? Würde es ihr gelingen, geduldig und verständnisvoll zu sein? Würde sie ihr Kind überfordern oder zuwenig von ihm verlangen?

Als sie durch die hohen Baumwipfel zum dämmrigen Himmel hinaufblickte, kam ihr der Gedanke, daß es in sechs Wochen um diese Zeit schon hell sein würde. Die Uhren würden auf Sommerzeit umgestellt, ein Ereignis, auf das sie sich immer schon das ganze Jahr freute. Sie liebte die langen, warmen Sommerabende, wenn es erst kurz vor zehn Uhr dunkel wurde.

Im letzten Sommer hatte sie die Glühwürmchen vermißt, doch diese Insekten waren hier anscheinend unbekannt. Keine Glühwürmchen, die die Kinder in Marmeladengläsern mit durchlöcherten Deckeln einfingen, um ihr Blinken zu beobachten.

»Daddy hat angerufen«, verkündete Torie, die gerade Zwiebeln schälte. »Keine Spur von ihnen.«

Joseph umarmte sie von hinten. »Du bist die phantastischste Frau auf der Welt.« Er küßte ihren Nacken. Torie überrieselte eine Gänsehaut.

»Wenn du dich nicht benimmst, fällt das Abendessen flach«, witzelte sie.

Er umfaßte ihre Brüste. »Ist das ein Versprechen oder eine Drohung?«

Torie legte die Zwiebel weg und lehnte sich an ihn. »Wie oft haben wir wohl schon miteinander geschlafen?«
»Hm.« Joseph küßte ihren Scheitel. »Ein paar tausendmal werden es sicher gewesen sein.«
»Und woran liegt es, daß ich es immer noch so aufregend finde? Du kommst zur Tür herein, und nach all den Jahren würde ich am liebsten gleich die Kleider vom Leibe reißen.«
»Soll ich dir dabei helfen?« Er fing an, ihren Pullover aufzuknöpfen.
»Joseph Claypool, kein Mann kann einer Frau so den Kopf verdrehen wie du.«
»Woher willst du das wissen? Du hast es ja nie mit einem anderen versucht.«
»Weil im Vergleich mit dir sowieso keiner eine Chance hätte.«
Er drehte sie herum, umfaßte ihr Gesicht und sah ihr in die Augen.
»Du bist mein Leben«, flüsterte er.
»Und du meins.« Sie küßte ihn.
Das Abendessen mußte bis zehn Uhr warten.
Da die Straßen weiterhin gesperrt waren, würde die Schule morgen ausfallen. Es hatte zwar seit zwei Tagen nicht mehr geschneit, doch die Schulbusse verkehrten noch immer nicht.
»Was hältst du davon, wenn ich über Nacht bleibe?« fragte Joseph.
»Nichts dagegen«, meinte Torie und blies die Kerzen aus, die auf dem Tisch standen.
Sie wachte auf, weil Joseph unvermittelt aus dem Bett

sprang und nackt mitten im Zimmer stehenblieb. »Ich muß deinen Vater anrufen.«

»Meinen Vater?«

Er nickte und griff zum Telefon.

»Es ist dunkel«, widersprach Torie. »Sicher schläft er noch.«

»Bestimmt hat er heute nacht kein Auge zugetan«, antwortete Joseph. »Hallo, Mister McCullough, hier ist Joseph. Ich fahre sofort zu Ihnen und werde beim Morgengrauen dasein. Kennen Sie die Abzweigung von der Route Sieben zwischen Granite und Sumpter? Es ist nur ein Forstweg, der auch im Sommer kaum benutzt wird, und zur Zeit nur mit dem Hubschrauber erreichbar.«

Torie setzte sich auf. Weder sie noch ihr Vater fragten Joseph, wie er auf diesen Gedanken gekommen war.

Joseph nickte, als Red antwortete, legte auf und nahm sein Hemd vom Stuhl. »Kannst du mir schnell einen Kaffee machen? Meinetwegen auch Instant. Ich will in fünf Minuten los.«

Rasch schlüpfte Torie in einen Pullover und eilte in die Küche. Sie bestrich ein paar Brotscheiben mit Erdnußbutter und stellte einen Topf Wasser in die Mikrowelle. Dann lief sie zurück ins Schlafzimmer, zerrte einige Pullover und Handtücher aus den Schubladen und steckte alles, zusammen mit einer halbvollen Flasche Scotch, in eine Tasche. Nachdem sie den Kaffee aufgebrüht, in eine Thermosflasche gefüllt und ebenfalls verstaut hatte, reichte sie Joseph das Bündel. Er beugte sich über sie, um sie zu küssen, doch sie wußte, daß er in Gedanken anderswo war.

»Ich würde ja gern mitkommen, aber der Hubschrauber hat nur drei Plätze«, sagte sie.
»Wenn wir sie finden, muß dein Vater mich vielleicht zurücklassen und später abholen. Mach dir keine Sorgen.«
Dann war er fort.
Torie kehrte in die Küche zurück, mahlte Kaffeebohnen, setzte den Kaffee auf und zog sich an.
Wäre es denn so schlimm gewesen, wenn ihr Sohn oder ihre Tochter nicht zu derartigen Vorahnungen fähig sein würde? überlegte sie. Hing Scotts und Cats Leben von Josephs Zweitem Gesicht ab? Sie wußte, daß er die beiden finden würde. Doch was sollte aus ihr werden, wenn sie Joseph nicht heiraten und keine Kinder mit ihm haben konnte? Allerdings war sie bereit, auf Kinder zu verzichten, um ihn nicht zu verlieren – alles wollte sie opfern und aufgeben, nur um seine Frau zu werden.

Cats Körper war völlig steif, denn die Schalensitze machten ein Ausstrecken unmöglich. Sie spielte mit dem Gedanken, aus dem Fenster zu steigen, auch wenn draußen fast anderthalb Meter Schnee lagen. Aber sie befürchtete, daß sie es nicht schaffen würde, wieder zurück ins Auto zu klettern.
Ihr Herz fing an zu klopfen, als sie den Hubschrauber hörte. So weit sie konnte, lehnte sie sich aus dem Fenster, winkte und spähte angestrengt in den Himmel. Es war Red.
Der Helikopter folgte der Straße. Cat winkte weiter

und hoffte, daß Red das Auto bemerken würde. Konnte er im Schnee landen, ohne einzusinken?
Als der Hubschrauber näher kam, erkannte sie Joseph. Offenbar hatte er sie gesehen. Cat war unglaublich erleichtert.
Der Hubschrauber landete, doch Red ließ den Motor laufen. Joseph sprang hinaus und begann sich einen Weg freizuschaufeln, denn es war unmöglich, durch den tiefen Schnee zu stapfen. Obwohl Red ihn mit einer weiteren Schaufel unterstützte, brauchten die beiden mehr als eine Viertelstunde, bis sie bei Cat waren. Weinend fiel Cat Joseph in die Arme.
»Wo ist Scott?« fragte Red nach einem Blick ins Führerhaus.
»Ich dachte, er wäre längst bei euch.«
Die Männer wechselten einen Blick. Dann legte Red den Arm um Cat.
»Vor zwei Tagen ist er losgezogen, um Hilfe zu holen. Er ist den Weg zurückgegangen, den wir gekommen sind«, fuhr Cat fort.
»Bei diesem Schnee ist das unmöglich«, sagte Red mit belegter Stimme. Er sah Cat an. »Alles in Ordnung?«
»Jetzt schon.«
Red küßte sie auf den Scheitel. »Bevor wir starten, müssen wir den Schnee unter dem Hubschrauber wegschaufeln«, sagte er zu Joseph. »Den Pick-up holen wir nach der Schneeschmelze ab.«
Der Schnee reichte Cat bis zur Taille. »Wo kann Scott bloß stecken?« fragte sie. Keiner der Männer antwortete.

Die Erdnußbutterbrote und der Kaffee schmeckten einfach köstlich. Cat zog drei von Tories Pullovern an, um sich ein wenig aufzuwärmen, denn sie war völlig durchgefroren. Als Red ihr den Scotch aufnötigte, gehorchte sie, obwohl sie den Geschmack abscheulich fand.

Red warf einen Blick auf Joseph. »Am besten folgen wir der Straße bis zur Route Sieben. Vielleicht entdekken wir etwas.«

Cat wußte, daß Scott in Sicherheit war.

Da es in den letzten Tagen fast ständig geschneit hatte, waren keine Fußspuren zu sehen. Joseph spähte angestrengt auf die Straße hinab, die zwischen den hohen Tannen verlief.

Die Route 7 war zwar inzwischen wieder halbwegs befahrbar. Sie landeten in Sumpter, um sich mit der Polizei zu beraten. Man rief sämtliche Bewohner der Häuser entlang der Straße an, in denen Scott vielleicht Unterschlupf gefunden haben mochte. Doch die Leute erklärten, die Straße sei schon seit Tagen unpassierbar. Möglicherweise hielt Scott sich noch in der Nähe des Forstwegs auf, in einer Höhle oder einem selbstgebauten Unterstand.

Der Beamte in Sumpter notierte sich Reds Telefonnummer und versprach, sich sofort zu melden, sobald sich etwas Neues ergab. Wenn die Straße wieder passierbar war, würde man mit der Suche beginnen.

Aber Red war damit nicht zufrieden. Er verkündete, er werde noch einmal zurückfliegen und selbst nachsehen.

Von Scott keine Spur. Sie durchkämmten die Gegend rings um den Pick-up und machten sich dann auf den Weg in Richtung Big Piney. Offenbar hatte Joseph keine Vorahnung, was Scotts Aufenthalt betraf. Als Red ihn fragend ansah, zuckte er nur die Achseln.

»Was hältst du davon, deinen Vater anzurufen?« schlug Red vor.

»Mein Vater hätte sich bei mir gemeldet, wenn er eine Vermutung hätte«, meinte Joseph. »Aber ich rufe ihn trotzdem an. Vielleicht fahre ich am besten zu ihm. Doch zuerst muß ich mich bei Torie melden, damit sie sich keine Sorgen macht.« Der Schnee auf den Straßen im Umkreis der Ranch lag nur wenige Zentimeter hoch.

Red legte Cat den Arm um die Schulter und führte sie zum Haus. Als sie leise ins Wohnzimmer traten, schlief Sarah vor dem Kamin, neben sich ein leeres Glas.

NEUNZEHN

Alle konnten nur an Scott denken. Cat schlief zwar vor lauter Erschöpfung tagsüber immer wieder ein, lag aber nachts wach. Jedesmal, wenn sie im Morgenmantel herunterkam, war Red schon auf den Beinen. Es war, als warte er ständig darauf, daß das Telefon läutete oder die Tür aufging.

Das Leben schien stillzustehen. Zwei Tage vergingen, dann drei, schließlich war eine Woche vorbei.

Sarah aß keinen Bissen und trank schon vor dem Frühstück. Mittags war sie meistens nicht mehr ansprechbar. Sie lallte, Red hätte seinen Sohn niemals nach John Day schicken dürfen, und warf ihm vor, daß er untätig im Haus herumsaß.

Dabei machte sich Red täglich auf die Suche nach Scott, bis er nicht mehr wußte, wo er sonst noch nachforschen sollte.

Unterstützt von Jason, Joseph und den anderen Männern der Stadt durchkämmte er tagelang die ganze Gegend.

»Gott bestraft mich für meine Sünden«, jammerte Sarah unter Tränen.

»Das glaubst du doch nicht im Ernst, Sarah«, widersprach Cat. »Wenn es einen Gott gibt, ist er sicherlich nicht rachsüchtig.« Außerdem konnte sie sich nicht vorstellen, welche Sünden Sarah begangen haben wollte. »Er ist ein Gott der Liebe.«

»Erspar mir dein kluges Gerede!« kreischte Sarah. »Er hat mir mein Kind genommen, um mich zu bestrafen.«

»Wofür?« fragte Cat.

Doch Sarah machte nur eine wegwerfende Handbewegung und griff wieder nach ihrem Drink. Es war elf Uhr vormittags.

Red ging schon längst nicht mehr auf Sarahs Bemerkungen ein, und Cat beschloß, es in Zukunft genauso zu halten.

Miss Jenny hatte erklärt, sie werde so lange im Haupthaus wohnen, bis Scott gefunden war. Aber auch ihre Anwesenheit konnte Cat nicht trösten.

Nach zehn Tagen erschien Jason auf Big Piney. Es war Anfang März, einer der seltenen Wintertage, an denen der Frühling schon in der Luft liegt. Miss Jenny öffnete die Tür.

»Guten Morgen, Miss Jenny.« Jason zog den Hut. »Ist Red da?«

Sie wies mit dem Kopf auf Reds Arbeitszimmer.

Als Jason die große Vorhalle durchquerte, kam Cat gerade die Treppe hinunter. Er nahm ihre Hände und schüttelte den Kopf. »Keine Neuigkeiten.«

Cat nickte nur, denn sie hatte nicht mehr die Kraft, zu weinen. Sie war leichenblaß und abgemagert und verbrachte ihre Tage nur noch damit, sich zu erbrechen oder in ihr Kissen zu schluchzen. Die panische Angst der ersten Zeit war einem dumpfen Schmerz gewichen, der ihr die Brust zusammenschnürte.

Jason klopfte an die Tür von Reds Arbeitszimmer und trat ein. Red stand am Fenster. Er starrte auf den blendendweißen Schnee hinaus.

»Ich wollte mal sehen, wie es dir geht«, meinte Jason.

Red war die Erschöpfung deutlich anzumerken. »Ziemlich schlecht. Wenn wir nur wüßten, was geschehen ist. Diese Ungewißheit ...«

»Ich könnte einen Kaffee vertragen«, sagte Jason, um ihn abzulenken. »Und ein Sandwich ...« Wahrscheinlich hatten die Bewohner dieses Hauses seit Scotts Verschwinden fast nichts mehr zu sich genommen.

»Er ist mein einziger Sohn, Jason«, fuhr Red wie in Trance fort. »Ich liebe meinen Jungen, und er ist der einzige, der unseren Namen weitertragen kann. Er ist ein Teil von mir ... und ich weiß nicht, wo er sein könnte. Lebt er, oder ist er schon tot? Liegt er irgendwo mit einem gebrochenen Bein und wartet darauf, daß wir ihn retten?«

»Red, wir haben überall gesucht. Die Forstverwaltung, die Staatspolizei, die Polizei aus Sumpter und Granite, die Pfadfinder, Helfer aus Bend und Portland, wir beide ...«

Red unterbrach ihn mit einer Handbewegung. »Schon gut.«

»Am besten bitte ich Thelma, uns etwas zu essen herzurichten«, meinte Jason, als Red sich nicht von der Stelle rührte.

Als er in die Küche kam, stellte er fest, daß Thelma

ebenso bedrückt war wie die Familie. »Könnten Sie uns Kaffee und ein paar Brote machen, Thelma?« fragte Jason.

»Es wird sowieso keiner was essen.«

»Ich schon. Und die anderen müssen auch etwas in den Magen kriegen, damit sie nicht zusammenbrechen.«

Thelma mahlte Kaffee mit Haselnußaroma, stellte die Kaffeemaschine an und öffnete zögernd den Kühlschrank. »Was für Brote möchten Sie denn?«

»Das überlasse ich Ihnen. Aber belegen Sie sie gut.«

Thelma nahm Brot und Mayonnaise aus dem Kühlschrank.

»Sarah wird nichts essen.«

»Machen Sie trotzdem welche für sie. Und dazu Kartoffelchips und saure Gurken.«

Als er ins Arbeitszimmer zurückkehrte, blickte Red auf. »Er ist tot, Jason, ich weiß es.«

Jason wußte es auch.

»Ich wünschte, das verdammte Warten hätte ein Ende. Ich brauche Gewißheit.«

»Thelma bereitet ein paar Brote vor. Ich würde dir vorschlagen, Sarah beim Mittagessen keinen Alkohol zu geben.«

»Was spielt das für eine Rolle? Es ist wenigstens ein Weg, sich zu betäuben.«

»Und warum betäubt sie sich schon seit so vielen Jahren?«

Aber Red war nicht in der Stimmung, über Sarahs Alkoholkonsum zu sprechen.

Drei Tage später fuhr Joseph um halb elf Uhr vormittags bei den McCulloughs vor. Miss Jenny, die ihn schon vom Fenster aus gesehen hatte, öffnete die Tür. Joseph nahm den Hut ab und sah sie an.

»Ich bringe schlechte Nachrichten, Miss Jenny.«

Sie schnappte nach Luft und schloß die Augen.

»Wo sind Mister McCullough und Cat?«

Miss Jenny antwortete nicht.

»Mister McCullough!« rief Joseph.

Als Miss Jenny in Richtung Flur wies, steuerte Joseph auf Reds Büro zu. Red war im Badezimmer und rasierte sich zum erstenmal seit drei Tagen. Joseph blieb an der Tür stehen.

»Komm rein«, sagte Red, doch Joseph rührte sich nicht von der Stelle. »Sie haben ihn gefunden«, meinte Red leise, als er, das Gesicht noch halb eingeschäumt und den Rasierer in der Hand, aus dem Bad trat.

Joseph nickte. »Tut mir leid, Sir. Heute morgen. Der Schnee ist ein wenig geschmolzen. Man hat seine Leiche am Straßenrand entdeckt, etwa fünfzehn Kilometer vom Pick-up entfernt.«

»O mein Gott.« Red sank auf einen Stuhl. »Bist du sicher? Ist es auch bestimmt Scott?«

»Die Leiche ist zwar in einem schrecklichen Zustand, aber es besteht kein Zweifel.«

Red stockte der Atem.

»Tut mir leid, Sir. Sie wissen ja, daß er mein bester Freund war.«

Red nickte. »Ja, Joseph. Ich kann mir vorstellen, wie du dich fühlst.« Er fragte sich, wie Eltern den Tod eines

Kindes überstanden. Es war wider die Natur, daß ein Kind vor seinen Eltern starb, das Schlimmste, was überhaupt geschehen konnte. Ein Leben ohne Scott war für ihn undenkbar. Er malte sich aus, wie es sein würde, ohne seinen Sohn am Frühstückstisch zu sitzen, ohne ihn die Ranch zu leiten ...

Cats Stimme riß ihn aus seinen Grübeleien. Miss Jenny berichtete ihr, daß Joseph gekommen war, schaffte es aber offenbar nicht, ihr die Hiobsbotschaft zu überbringen. Als Red ihre raschen Schritte auf dem blankpolierten Boden hörte, straffte er die Schultern. »Ich sage es ihr, Joseph.«

Da Joseph zur Seite getreten war, sah Cat nur Red, als sie ins Zimmer stürmte. Beim Anblick seiner Miene war ihr klar, was geschehen war.

Mit einem schrillen Schrei warf sie sich ihrem Schwiegervater in die Arme. »Sag, daß es nicht wahr ist!« schluchzte sie.

Red zog sie an sich.

Funken tanzten vor Cats Augen, und sie bekam keine Luft mehr. Es war, als wäre ihr Herz stehengeblieben.

Red umarmte sie fest.

Hinter sich hörte sie Sarahs Stimme. »Was ist passiert?«

Joseph streckte die Hand nach ihr aus.

»Faß mich nicht an, du Heide!« Sie starrte Red und Cat an und sank dann zu Boden. »Lieber Gott im Himmel, es darf nicht sein!« Doch Reds verstörter Blick ließ keinen Raum für Zweifel. Sarah trommelte mit den Fäusten auf den Boden, bis Joseph sie vorsichtig hochzog. »Warum ist es nicht Torie?« fauchte sie ihn an.

Red fuhr hoch. »Sarah!« rief er.
Sarah weinte nicht. Sie stürzte aus dem Zimmer, und kurz darauf vernahmen sie das Splittern von Glas.
Joseph und Red eilten ihr nach. Cat mußte sich an einem Stuhl festhalten, denn der Raum drehte sich um sie. Ihr war so schwindelig, daß sie keinen Fuß vor den anderen setzen konnte.
Sarah hatte Scotts alten Baseballschläger aus dem Schirmständer genommen und zertrümmerte damit die Fenster, die zur vorderen Veranda zeigten.
Als Joseph ihr den Baseballschläger entriß, prügelte sie mit Fäusten auf ihn ein.
Red versuchte, sie zu beruhigen. Doch sie machte sich los, rannte die Stufen hinunter und stürmte durch den Schnee zur Auffahrt.
»Ruf Chazz an«, rief Red seiner Mutter zu, die reglos im Wohnzimmer stand. »Er soll ein Beruhigungsmittel mitbringen.«
»Ich hole sie zurück.« Joseph wollte zum Auto laufen.
»Ich erledige das«, widersprach Red. Joseph reichte ihm seinen Autoschlüssel. Sie durften keine Zeit verlieren.
»Warte. Ich komme mit.« Cat eilte auf die Veranda. »Vielleicht brauchst du mich.« Sie sprang in den Wagen, während Red schon den Motor aufheulen ließ.
Sie hatten Sarah rasch eingeholt. Aber als die Verfolger bemerkte, wich sie von der Straße ab und rannte ein Stück weit in ein vom schmelzenden Schnee aufgeweichtes Feld hinein. Knöcheltief stand sie im Morast und ruderte hilflos mit den Armen.

Cat stürzte auf ihre Schwiegermutter zu, bevor das Auto noch richtig stand. Als sie die Arme ausstreckte, fiel Sarah ihr wild schluchzend um den Hals und klammerte sich an sie, als wollte sie nie wieder loslassen. Als Red die beiden eng umschlugen auf sich zukommen sah, blieb er am Wagen stehen. Er stützte die Hand aufs Dach, betrachtete die weinenden Frauen und wäre am liebsten auch in Tränen ausgebrochen.

Eine unendliche Leere machte sich in ihm breit. Bis zu seinem Lebensende würde er um Scott trauern, und er wußte, daß es Jahre dauern würde, bis der Schmerz wenigstens ein bißchen nachließ. Er hatte einen Sohn verloren.

Sarah auch.

Und Cat war nun Witwe.

Es würde nie wieder sein wie zuvor.

Nie wieder.

ZWANZIG

Selbst zur Beerdigung weigerte sich Sarah, ihr Zimmer zu verlassen. Die Trauerfeier fand in der Schulaula statt, da keine Kirche groß genug für die vielen Gäste war. Offenbar waren alle Bewohner des Tals gekommen. Norah Eddlington, die Redakteurin der Lokalzeitung, schrieb den schönsten Nachruf, den Cat je gelesen hatte.

Cat fühlte sich wie eine Schlafwandlerin und klammerte sich an Torie und Miss Jenny. Scott wurde im Familiengrab unter einer riesigen Eiche beigesetzt. Das kleine, von einem weißen Zaun eingefaßte Fleckchen Erde, wo die Gebeine von drei Generationen McCulloughs ruhten, lag hoch oben auf dem Berg.

In der ersten Zeit ritt Cat jeden Tag mit Red dorthin, um das Grab zu besuchen.

Der Frühling kam und verging. Die Tage schleppten sich dahin.

Im Sommer spürte Cat, wie sich das Kind in ihr bewegte. Ein Teil von Scott würde weiterleben. Sie hatte ihn nicht ganz verloren: Daß sie sein Baby in sich trug, war ihr einziger Trost. Den Gedanken, daß er sie nie mehr in die Arme nehmen, küssen oder mit seinen verrückten Einfällen zum Lachen bringen würde, war ihr

unerträglich. Er würde kein Weihnachtsfest mit seinem Kind erleben. Oft wachte sie nachts weinend auf. Es war, als wäre etwas in ihr ebenfalls gestorben.
Sarah kam nur noch zum Abendessen herunter.
Da Red die Ranch nun allein leiten mußte, arbeitete er mehr als je zuvor.
Er bezog das Zimmer hinten am Flur, das früher Torie bewohnt hatte. Thelma brachte Sarah das Frühstück und das Mittagessen hinauf, aber diese rührte kaum etwas an. Chazz schlug vor, einen Psychiater aufzusuchen, doch als Red mit Sarah darüber sprechen wollte, stieß er auf taube Ohren. Sie schien ihn gar nicht wahrzunehmen. Erst im Sommer erwachte sie ein wenig aus ihrer Trance.
»Wenigstens trinkt sie jetzt nicht mehr soviel«, sagte Red. »Vielleicht hat sie es sich ja abgewöhnt.«
Doch weit gefehlt.
Außerdem wurde Cats Schwangerschaft bei Sarah zur fixen Idee. Ständig wollte sie Cats Bauch befühlen, um sich zu vergewissern, ob sich das Baby auch bewegte. Cat sollte ihr versprechen, es auf den Namen Scott zu taufen, wenn es ein Junge wurde.
Cat schüttelte den Kopf. »Scott wollte ihn Matthew nennen.«
Sarah fing an, Söckchen, Jacken, Pullover, Mützen und Handschuhe zu stricken und Decken zu häkeln, als ginge es um ihr Leben.
Torie kam häufig zu Besuch, obwohl sich ihre Mutter weigerte, sie zu sehen. Sarah benahm sich, als sei Torie schuld am Tod ihres Bruders.

Torie trauerte sehr um Scott. Abends spielte sie Schach mit ihrem Vater und schaute hin und wieder bei Miss Jenny vorbei.
Obwohl es Scotts Kind war, stellte Cat fest, daß sie sich nicht mehr auf die Geburt freute. Sie wußte, daß sie nie wieder glücklich werden würde.
»Jason hat angerufen«, verkündete Red eines Mittwochabends im Juli. »Er findet, daß es Zeit ist, wieder mit unserem Donnerstag-Frühstück anzufangen. Kommst du morgen mit in Rocky's Café?«
»Damit möchte er uns wahrscheinlich sagen, daß das Leben weitergehen muß.«
»Ob wir wollen oder nicht.« Lächelnd tätschelte Red Cats Schulter.
»Es ist schrecklich heiß«, stöhnte Cat und wischte sich den Schweiß von der Stirn. »Aber wenigstens nicht so schwül wie an der Ostküste. Schade, daß es hier in der Nähe keinen Badesee gibt. Würdest du es unpassend finden, wenn ich in meinem Zustand in Shorts durch die Stadt laufe?«
»Was mich betrifft, kannst du tun und lassen, was du willst. Mir ist das überhaupt nicht peinlich, auch wenn dein Bauch noch so dick ist.«

Die anderen Gäste im Café begrüßten sie freundlich. Niemand verlor ein Wort darüber, daß sie sich monatelang nicht hatten blicken lassen.
Jason hatte Neuigkeiten für sie. »Sandy möchte zurückkommen.«
Red und Cat wechselten einen erstaunten Blick.

Ida kam an den Tisch. »Wir haben neue Muffinsorten auf der Karte, Red. Karotte, Orange und Kokosnuß.«
»Klingt prima«, antwortete er mit einem Zwinkern. »Passen die zu Omelett?«
»Die passen zu allem.« Sie klopfte ihm auf die Schulter.
»Und wie geht es dir damit?« fragte Cat Jason, als Ida fort war. Zum erstenmal seit Scotts Tod interessierte sie sich wieder für die Gefühle eines anderen Menschen.
»Ich weiß nicht«, meinte er.
»Vermißt Cody sie?« erkundigte sich Red.
»Keine Ahnung. Ich finde, daß wir ziemlich gut klarkommen, obwohl ich sie natürlich nicht ersetzen kann. In der Schule hat er auch keine Probleme. Er hat neue Freundschaften geschlossen und scheint nicht mehr unter der Trennung zu leiden.«
»Und wie fühlst du dich?« hakte Cat nach.
Jason überlegte. »Im Augenblick recht gut.«
»Möchtest du, daß sie zurückkommt?« wollte Red wissen.
Cat hatte ihm erzählt, was sich in Jasons Ehe abgespielt hatte. Red konnte sich nicht vorstellen, mit einer Frau zusammenzuleben, die lieber mit anderen Frauen schlief.
Jason schüttelte den Kopf. »Ich wünschte, ich könnte diese Frage beantworten. Eigentlich ist es mir nicht recht, aber irgendwie bin ich es meinem Sohn schuldig. Man darf eine Ehe doch nicht so rasch aufgeben. Sie hat versprochen, zum Psychologen zu gehen.«
»Gibt es hier überhaupt einen?« meinte Red.

»Ich habe gehört, in Pendleton soll ein sehr guter sein.«
»Denkt sie, daß sie ihr Lesbischsein wegtherapieren kann?«
Jason blickte sich um. Hoffentlich hatte keiner der anderen Gäste Cats Frage gehört. »Keine Ahnung. Funktioniert das?«
»Einige Menschen betrachten Homosexualität als Krankheit, die man heilen kann, wenn man nur wirklich will«, sagte Cat mit gedämpfter Stimme, damit niemand etwas mitbekam. »Aber ich bin da anderer Ansicht.«
»Was verstehst du schon davon?« entgegnete Jason vorwurfsvoll.
»Jason, dazu braucht man nur ein paar Bücher zu lesen, fernzusehen, ins Kino zu gehen und Psychologiekurse im College zu belegen. Hier in Cougar redet man nicht über solche Themen, aber in der Großstadt gehen die Menschen offener damit um. Vielleicht tut sich Sandy keinen Gefallen, wenn sie versucht, sich dem Leben in der Kleinstadt anzupassen, wo alles noch so abläuft wie in dem Drehbuch einer Familienserie.«
Jason starrte sie mit weit aufgerissenen Augen an.
»Warum will sie eigentlich zurückkommen?« hakte Cat nach.
»Sie vermißt Cody.« Jason goß Sahne in seinen Kaffee. »Außerdem hat sie offenbar finanzielle Probleme, auch wenn sie das nicht zugibt.«
»Möchtest du allen Ernstes mit einer Frau zusammenleben, die nur bei dir bleiben will, damit sie nicht ihr eigenes Geld verdienen muß?« fragte Cat.

»Liebe ist nicht der einzige Grund für eine Ehe«, erwiderte Red.
Jason und Cat sahen ihn an.
»Die Leute heiraten eben aus den unterschiedlichsten Gründen«, stellte Jason fest.
»Bist du einsam?« wollte Cat wissen.
Jason schüttelte den Kopf. »Als Sandy noch hier war, habe ich mich viel einsamer gefühlt. Wahrscheinlich hat man in einer Beziehung bestimmte Erwartungen und ist enttäuscht, wenn sie nicht erfüllt werden. Jetzt bin ich glücklich. Jeden Morgen beim Aufwachen. Es macht mir nichts aus, für Cody Vater und Mutter in einem zu sein. So fühle ich mich ihm viel näher. Niemand meckert mehr herum, wenn er barfuß durchs Haus läuft oder wenn ich mir im Fernsehen schlechte Filme ansehe. Kein Mensch sieht mich mit Leichenbittermiene an, weil er sich nach etwas sehnt, das ich nicht geben kann.«
Warum war Scott gestorben und nicht Sandy? Warum hatte eine glückliche Ehe in einer Tragödie enden müssen? Es war so ungerecht. Cat erschrak, als sie sich bei diesem Gedanken ertappte.
»Sie will mich überreden, nach Seattle, Portland oder San Francisco zu ziehen. Hier kommt sie sich vor wie ein Fisch auf dem Trockenen.«
»Und was hast du davon?« Cat fragte sich, ob er inzwischen mit anderen Frauen schlief.
Jason zuckte die Achseln. »Ich habe mir überlegt, daß ich es dem Jungen zuliebe noch einmal versuchen sollte. Als er gehört hat, daß seine Mutter zurückkommt,

hat er übers ganze Gesicht gestrahlt. Mittlerweile ruft sie ihn jeden Sonntag an. Das hat sie am Anfang nicht getan. Vielleicht brauchte sie ein bißchen Abstand von uns, doch seit Ostern meldet sie sich wöchentlich. Cody hat sie Anfang Juli zwei Wochen in Seattle besucht und sehr viel Spaß gehabt.«

Auf dem Rückweg zur Ranch sprachen Red und Cat über Jasons Problem. Dieses Thema lenkte sie ein wenig von ihrer Trauer ab.

»Er hat eine Frau verdient, die ihn liebt«, sagte Red. »Und der Junge braucht eine gute Mutter. Ich wünschte, er könnte hier in der Gegend eine Frau finden, die ihn wirklich zu schätzen weiß.«

Drei Tage später rief Jason an und fragte, ob Cat mit ihm nach Ontario fahren wollte, wo er einen beruflichen Termin hatte. Er versprach ihr eine Einladung zum Abendessen und eine Heimfahrt bei Vollmond.

»Ich glaube, er braucht jemanden zum Reden«, meinte Cat.

Doch Jason hatte inzwischen ganz andere Pläne.

EINUNDZWANZIG

»Warum kommen eigentlich nicht mehr Touristen nach Oregon?« fragte Cat auf der Fahrt zur Staatsgrenze von Idaho.

»Ich finde, daß das ein großes Glück ist. Weit und breit gibt es keine großen Städte, und es ist nicht einfach, diese Gegend zu bereisen. Außerdem wird nicht viel Werbung für Oregon als Reiseziel gemacht. Was wußtest du darüber, bevor du hergezogen bist?«

»Nur, daß es hier viel regnet und daß es Berge gibt.«

Jason trommelte mit den Fingern aufs Lenkrad. »Nicht einmal die Leute, die in Willamette Valley wohnen, haben eine Vorstellung davon, wie schön es hier ist. Auf ihren Wochenendausflügen kommen sie höchstens bis zu den Cascades und nach Bend. Sie zelten an der Küste, gehen angeln und machen ein bißchen Urlaub. Der restliche Staat ist für sie Wüste.«

Durch das offene Wagenfenster wehte warme Luft herein. »Weißt du, Jason, daß ich heute zum erstenmal in der Lage bin, etwas anzusehen und schön zu finden, seit ...«

Jason tätschelte ihr die Hand. »Ich freue mich, daß du mitgekommen bist.«

»Ich mich auch.«

Ontario war etwa halb so groß wie Baker und fünfmal so groß wie Cougar. Allerdings suchte man den viktorianischen Charme von Baker hier vergebens.

»Du kannst ja eine Cola trinken, während ich bei Gericht bin.«

»Ich gehe ein bißchen spazieren und schaue mir die Stadt an.«

Jason lachte. »Viel zu sehen gibt es hier nicht.«

Sie blickte ihm nach, als er die Stufen zum Gerichtsgebäude hinaufeilte. Er war ihr ein wunderbarer Freund geworden. Wenn er in Uniform war, merkte man ihm gar nicht an, was für ein warmherziger, humorvoller Mensch er sein konnte. Und er war absolut aufrichtig. Man konnte sich auf ihn verlassen, und er war in guten und in schlechten Zeiten immer für einen da.

Sie war froh, daß er sie zu diesem Ausflug mitgenommen hatte. Es war ihr gar nicht klargewesen, wie dringend sie ein wenig Abwechslung nötig hatte. Sie ahnte, daß er mit ihr über Sandy sprechen wollte, aber er fiel nicht mit der Tür ins Haus.

Cat schlenderte die Main Street entlang, wo sie ein kleines Kaufhaus entdeckte. Die Babyabteilung zog sie magisch an, und sie erstand zwei weiche Flanelldecken und ein Dutzend Stoffwindeln – die ersten Einkäufe für ihr Kind. Es war schön, sich auf etwas freuen zu können, obwohl sie an der Kasse fast in Tränen ausgebrochen wäre. Denn ihr war wieder eingefallen, daß Scott sein Kind niemals sehen würde.

Sie hinterließ eine Nachricht hinter dem Scheibenwischer von Jasons Auto, ging in eine Eisdiele und gönnte sich einen Eisbecher mit Erdnußcreme. Seit Monaten hatte ihr nichts mehr so gut geschmeckt. Dann saß sie da, blickte aus dem Fenster und beobachtete die wenigen Passanten. Sie nickten einander zu und winkten, wenn ein Bekannter im Auto vorbeifuhr. Cat fragte sich, ob die Menschen in Kleinstädten an der Ostküste auch so freundlich waren. Wahrscheinlich schon. Wenn man in einer Kleinstadt lebte, wo jeder jeden kannte, brauchte man keine Angst vor seinen Nachbarn zu haben.

Eine halbe Stunde später erschien Jason, setzte sich ihr gegenüber und bestellte eine Limonade. »Alles erledigt«, verkündete er.

»Heißt das, daß du jetzt nicht mehr im Dienst bist?«

»Warum? Hast du was Bestimmtes vor?«

»Ich war noch nie in Boise. Wie weit ist das denn?«

»Etwa achtzig Kilometer.« Jason sah auf die Uhr. »Wirst du zu Hause erwartet?«

Er schüttelte den Kopf. »Ich kann anrufen und Katie bitten, Cody ins Bett zu bringen. Möchtest du in Boise zu Abend essen?«

»Hundertsechzig Kilometer mehr oder weniger spielen doch keine Rolle. Es ist so schön, wieder einmal unterwegs zu sein. Mir wäre es am liebsten, wenn dieser Tag gar nicht enden würde.«

Er betrachtete sie mit einem Blick, den sie nicht zu deuten wußte. »Einverstanden. Ich rufe Cody vom Autotelefon an. Bist du fertig? Dann also los.« Er nahm ihre Hand.

Um fünf kamen sie in Boise an, zu früh zum Essen.

»Ich möchte zu gern wieder mal in einen Buchladen, Jason«, meinte Cat. »Hast du was dagegen? Ich habe keine Ahnung, was für Neuerscheinungen auf dem Markt sind.«
Er traute seinen Augen nicht, als sie zweiundzwanzig Bücher kaufte, einen überarbeiteten Dr. Spock und die neuesten Bestseller.
»Das sind ja fast nur Krimis. Du bist aber eine komische Frau.«
»Und du bist ein Chauvi. Soll das etwa bedeuten, daß du alles für unweiblich hältst, was nichts mit Romantik oder Haushalt zu tun hat? Hoffentlich nicht. Oder hast du etwas gegen Krimis?«
Sie strahlte ihn an, als sie die Tüten zum Auto trugen. »Seit Monaten habe ich mich schon nicht mehr so wohl gefühlt.«
»Darüber sprechen wir beim Abendessen.«
»Gut. Und wo essen wir? Ich bin am Verhungern. Schließlich muß ich für zwei essen.«
Nachdem sie die Tüten im Auto verstaut hatten, nahm Jason Cat beim Arm. »In dieser Straße gibt es ein Restaurant. Ich war schon öfter dort. Die Steaks sind ein Gedicht.«
Obwohl es noch nicht sechs Uhr war, waren bereits einige Plätze besetzt.
Der Kellner führte sie zu einem Tisch im hinteren Teil des Lokals, auf dem ein frischer Blumenstrauß stand. Die Beleuchtung war gedämpft.
»Woran liegt es bloß, daß die Bedienungen in billigen Fast-food-Lokalen immer weiblich sind, während in

der gehobenen Gastronomie fast nur Männer arbeiten?« meinte Cat zu Jason.
Jason zog die Augenbrauen hoch. »Hoffentlich erwartest du nicht, daß ich dir diese Frage beantworte.«
»Ich möchte Schweinekoteletts«, sagte Cat nach einem Blick auf die Speisekarte. »Ich habe Schwangerschaftsgelüste auf zwei riesige, gut durchgebratene, dicke, saftige Schweinekoteletts mit Apfelmus.«
»Pommes oder Ofenkartoffel?«
»Ofenkartoffel. Und am liebsten hätte ich drei Gläser Wein, aber da ich schwanger bin, werde ich mich wohl mit einem zufriedengeben müssen. Glaubst du, daß sie hier Merlot haben?«
»Fragen wir mal.«
Cat seufzte begeistert auf, als der Kellner ihr ein Glas französischen Merlot servierte. Jason lächelte ihr zu.
Das Glas in der Hand, lehnte Cat sich zurück. »In den letzten Monaten dachte ich, daß ich nie mehr wieder in der Lage sein würde, etwas zu genießen. Aber zum Glück habe ich mich geirrt. Du hast dir genau den richtigen Zeitpunkt ausgesucht. Bis jetzt war ich viel zu sehr mit meiner Trauer beschäftigt.«
Er stützte die Ellbogen auf den Tisch und beugte sich zu ihr hinüber. »Ich würde dir gern etwas sagen, auch wenn es noch ein wenig früh dafür ist.«
»Nur raus mit der Sprache, Jason. Aber ich muß dich warnen. Ich bin keine besonders objektive Ratgeberin. Nach dem, was du mir erzählt hast, finde ich es besser, wenn Sandy nicht zurückkommt. Cody scheint die Trennung gut zu verkraften. Dein Sohn ist

ein völlig normaler, unproblematischer, netter Junge. Ich kann nur hoffen, daß mein Kind einmal auch so wird.«

Jason trank einen großen Schluck. »Damit wären wir schon fast beim Thema, obwohl ich weniger über Sandy als über Cody reden wollte … Du … Mir ist klar, daß ich mit der Tür ins Haus falle, Cat, aber ich kann es dir nicht länger verschweigen. Ich liebe dich seit unserer ersten Begegnung.«

Cat hätte fast ihr Glas fallen lassen.

»Ich weiß, daß du noch nicht bereit bist. Du hast deine Trauer noch nicht überwunden«, fügte er hinzu.

Sie starrte ihn fassungslos an.

»Sandy und ich verstehen uns schon seit Jahren nicht mehr«, fuhr er fort. »Und dann habe ich dich kennengelernt. Ich habe mich so nach dir gesehnt, daß ich es kaum ertragen konnte. Und als wir Freunde wurden, sind meine Gefühle für dich nur noch stärker geworden. Versteh mich nicht falsch. Ich habe Scott nicht den Tod gewünscht, und ich trauere sehr um ihn. Ich hatte mich damit abgefunden, daß wir lediglich Freunde sein können. Allein das Wissen, daß ich dich immer wiedersehen und in deiner Nähe sein kann …«

Cat nahm seine Hand. »Aber, Jason.«

»Ich will nicht, daß Sandy zurückkommt. Du bist die einzige Frau, die ich liebe. Ich will dich heiraten und deinem Kind ein Vater sein. Cody hätte dich sicher gern als Mutter, denn er mag dich sehr. Dein Herz ist zwar noch nicht bereit, Cat, doch das Leben muß weitergehen.«

Cat traute ihren Ohren nicht. Ihr Mund fühlte sich trocken an. Jason hielt immer noch ihre Hand.
»O Jason, wie lieb von dir. Ich hatte ja keine Ahnung. Doch zur Zeit kann ich noch nichts für einen Mann empfinden. Heute ist der erste Tag, an dem ich es überhaupt geschafft habe, mich für etwas zu interessieren. Ich kann mich nicht so schnell auf eine neue Beziehung einlassen, und ich glaubte beinahe schon, daß ich gar keine Gefühle mehr habe. In den letzten Monaten bin ich herumgelaufen wie eine Schlafwandlerin. Erst seit gestern spüre ich allmählich wieder, wie schön es ist, am Leben zu sein, und ich werde aufhören, mich in meiner Trauer zu vergraben. Aber ich bin noch nicht bereit, Verantwortung für einen anderen Menschen zu übernehmen, und ich hoffe, daß ich im Oktober die Kraft haben werde, meinem Kind eine gute Mutter zu sein. Es ist einfach zu früh.«
»Ich weiß. Ich möchte nur, daß du es nicht vergißt. Mir ist klar, daß du mich nicht sofort heiraten kannst, Cat. Überleg es dir und denk immer daran, daß ich dich liebe.«
Sie wußte nicht, was sie darauf antworten sollte.
»Ich bin für dich da, wenn das Baby auf der Welt ist, und ich verspreche, ihm ein guter Vater zu sein. Es könnte den Namen McCullough weitertragen. Wenn du möchtest, würde ich es auch adoptieren. Nichts auf der Welt würde mich glücklicher machen, als dich zur Frau zu haben, Cat.«
»Bitte setz mich nicht unter Druck, Jason. Im Augenblick kann ich an eine neue Ehe nicht einmal denken.

Gib mir Zeit. Ich fühle mich wirklich sehr geschmeichelt. Du bist einer der nettesten Männer, die ich kenne, ich habe dich sehr gern ...«

»Das wäre ja schon einmal ein Anfang.«

»Im Moment geht es mir nur um das Baby. Hoffentlich gelingt es mir, ihm alles zu geben, was es braucht. Ich wäre in dieser Situation nicht in der Lage, dir eine Ehefrau und Cody eine Mutter zu sein.«

»Schön, daß du ›in dieser Situation‹ gesagt hast. Aber eins verspreche ich dir: Von nun an wirst du mich aus deinem Leben nicht mehr wegdenken können.«

»Du warst mir schon immer sehr wichtig.«

»Mit deinem Alltag hatte ich sehr wenig zu tun. Ab jetzt wirst du es nicht mehr schaffen, mir aus dem Weg zu gehen.«

»Als ob ich dir jemals hätte aus dem Weg gehen wollen, Jason. Hattest du nicht vor, mit mir über Sandy zu sprechen?«

»Nicht mehr. Inzwischen bin ich sicher, daß ich mich von ihr trennen will. Ich möchte mit dir zusammenleben.«

»Würdest du bei ihr bleiben, wenn es mich nicht gäbe?«

»Nein.« Er schüttelte den Kopf. »Ich habe Cody gefragt, ob er Sehnsucht nach ihr hat, und er antwortete: ›Uns geht es doch so sehr gut, Dad.‹ Ich finde, er ist für seine acht Jahre sehr vernünftig. Und seit Sandy weg ist, können wir uns viel ungezwungener bewegen. Ich glaube, wenn ich ihr sage, daß es aus ist, wird sie nach San Francisco ziehen. Dort will sie schon seit Jahren hin. Seattle ist zwar ziemlich liberal, aber in

Kalifornien wird sie sich wohler fühlen. Du weißt ja, daß sie Krankenschwester ist.«

»Nein, wußte ich nicht.« Cat stellte fest, daß Jason grüne Pünktchen in den Augen hatte.

»Aber sie haßt ihren Beruf. Trotzdem könnte sie eine Stelle in einem Krankenhaus oder als Privatpflegerin bekommen. Als Krankenschwester kann man praktisch nicht arbeitslos werden.«

»Und schließlich muß der Großteil der Menschheit sein Geld mit Jobs verdienen, die keinen Spaß machen.«

»Richtig«, stimmte Jason zu. »Ich weiß, daß ich großes Glück gehabt habe. Ich liebe meinen Beruf.«

»Ich glaube, bei dir ist es eher Berufung als Beruf.«

»Warst du eigentlich gern Anwältin?« fragte Jason.

»Mit Leib und Seele. Es ist ein Beruf, in dem Kreativität, Intelligenz und die Fähigkeit, Probleme zu lösen, gefragt sind.«

»Bestimmt warst du sehr gut.«

Cat lächelte. »Ich denke schon. Jeden Tag habe ich mich in mein Kostüm geworfen und Männern Konkurrenz gemacht. Ich glaube, das wollte ich schon immer. Als junges Mädchen habe ich nie davon geträumt, zu heiraten, obwohl ich mich natürlich für Jungens interessiert habe. Ich wollte etwas bewirken und aktiv an dieser Gesellschaft teilhaben. Ich überlegte, ob ich Auslandskorrespondentin werden sollte, in Argentinien oder irgendwo in Europa ...«

»Argentinien?« fragte Jason mit erstickter Stimme.

»Keine Ahnung, wie ich ausgerechnet auf Argentinien gekommen bin. Dann spielte ich mit dem Gedanken,

Medizin zu studieren, Chirurgin zu werden und eine Menge Geld zu verdienen ...«
»Und anderen Menschen das Leben zu retten.«
»Natürlich auch, aber hauptsächlich hatte ich den Ehrgeiz, Bereiche zu erobern, zu denen Frauen bis jetzt kaum Zugang hatten. Und jetzt dreht sich bei mir alles nur noch darum, daß ich Mutter werde.«
»Wahrscheinlich war das bei allen Frauen seit Anbeginn der Menschheitsgeschichte so.«
»Du meinst, Frauen geben ihre Träume auf, um Mutter zu werden?«
»Und Ehefrauen. In meiner Schulzeit waren die Mädchen immer viel klüger und kreativer als die Jungen. Doch nach dem Abschluß haben die meisten von ihnen alles hingeschmissen, um zu heiraten.«
»Klingt irgendwie nach Sackgasse. Nun, Jason, vermutlich ist es – Feminismus hin oder her – immer noch das, was der Großteil der Männer will. Eine Frau, die zu Hause auf sie wartet, putzt, kocht, die Kinder versorgt und ihren Herrn und Meister vergöttert.«
Jason grinste. »Ich hätte nichts dagegen einzuwenden.« Als er Cats abweisende Miene bemerkte, tätschelte er ihr die Hand. »Aber ich bin mir bewußt, wie tödlich langweilig das wäre. Ich will dich nicht einschränken, Cat.«
»Mit dir, Cody und dem neuen Baby hätte ich keine Zeit mehr für andere Dinge.«
»Winston Churchill hat schließlich auch die halbe Nacht auf Sitzungen verbracht, eine Unmenge von Büchern geschrieben und dazu noch impressionistisch gemalt.«

Cat lehnte sich zurück und musterte Jason nachdenklich.
Schmunzelnd fügte er hinzu: »Und nach dem Essen hat er immer ein Nickerchen gehalten.«
»Ohne seine Frau, die sich um die Kinder kümmerte, seine Hemden bügelte und ihm das Essen auf den Tisch stellte, hätte er das nie geschafft.«
»Zum Glück bin ich ein ziemlich guter Koch. Meine Hemden bügele ich selbst, und den Rest erledigt Katie Thompson gegen Bezahlung.«
»Du mußt mich mal zum Abendessen einladen.«
»Diesen Vorschlag kann ich nicht ablehnen.«
»Hoffentlich nicht.«
»Was hältst du von Samstag?«
»Gern.«
»Soll ich Torie und Joseph auch einladen?«
»Das wäre nett.«
»Magst du Lasagne?«
»Aber klar.«
Nach dem Essen verlangte Jason die Rechnung. Auf dem Rückweg zum Auto sagte Cat: »Ich mag dich auch, Jason.«
»Das weiß ich. Aber es genügt mir nicht.«
»Gib mir Zeit.«
»Soviel du willst. Doch einen Gutenachtkuß darfst du mir nicht abschlagen.«
Cat wußte nicht, was sie davon halten sollte.

Es wurde schon dunkel, als sie kurz nach halb zehn auf Big Piney eintrafen.

»Soll ich dich am Samstag abholen?«
»Nein, ich fahre selbst. Schließlich bin ich nur schwanger, nicht behindert.« Sie öffnete die Wagentür.
Jason nahm sie beim Arm. »Ohne Gutenachtkuß kommst du hier nicht raus.«
Er zog sie an sich und küßte sie zärtlich auf den Mund.
Cat seufzte auf.
»Das war schön, Jason.«
»Stimmt.« Er wollte sie gar nicht mehr loslassen.
»Bitte überstürze nichts.«
»Ich werde mir Mühe geben.«
Das Haus war dunkel, aber in Reds Arbeitszimmer brannte noch Licht. Doch Cat ging sofort hinauf in ihr Zimmer. Nach diesem ereignisreichen Tag wollte sie allein sein.
Sie hatte ein schlechtes Gewissen, weil sie einen anderen Mann geküßt und es genossen hatte. Es war, als hätte sie Scott betrogen, denn schließlich war er erst seit fünf Monaten tot. Dennoch fühlte sie sich auf einmal wieder lebendig, und das lag nicht nur an dem Kind, das in ihr wuchs.
Cat fragte sich, ob Scott wohl damit einverstanden gewesen wäre. Was würde er davon halten, daß sie einfach ihr Leben weiterführte? Auch wenn sie ihn nie vergessen würde, war sie doch erst siebenundzwanzig Jahre alt und hatte noch viele Jahrzehnte vor sich. Und heute war ihr klargeworden, daß sie sich nicht aufgeben durfte.
Ein Lächeln auf den Lippen, schlüpfte sie ins Bett und versuchte, ihre Schuldgefühle zu verscheuchen.

ZWEIUNDZWANZIG

Als Cat am 10. Oktober erwachte, fühlte sie sich so energiegeladen wie schon lange nicht mehr. Inzwischen war das Gehen für sie ein wenig beschwerlich, aber das störte sie nicht weiter. Allein der Gedanke, daß sie ein Kind zur Welt bringen würde, war wie ein Wunder für sie. Daß etwas von Scott zurückblieb, gab ihrem Leben einen Sinn.

Zu ihrer Überraschung hatte sie wieder gelernt, sich zu freuen. Mittlerweile aßen sie, Torie und Joseph jeden Samstagabend bei Jason. Und sie merkte den beiden an, daß sie ihr Verhältnis mit dem Sheriff billigten. Auch Red sah es offenbar gern, daß sie mit Jason ausging, obwohl er nie ein Wort über Cats Privatleben verlor – ganz im Gegensatz zu Sarah. Sie sprach über nichts anderes mehr als über Scotts Baby. Vermutlich ahnte sie nicht einmal, daß Jason sich in Cat verliebt hatte, denn es überstieg vermutlich ihre Vorstellungskraft, daß ein Mann sich für eine hochschwangere Frau interessieren konnte. Seit Juli hatte Jason das Thema Ehe nicht mehr angeschnitten, machte aus seiner Zuneigung jedoch keinen Hehl. Cat war froh, daß er sie nicht unter Druck setzte, und sie war gern mit ihm zusammen.

»Ich verschmachte«, sagte sie beim Frühstück zu Red.

»Heute bin ich in der Gegend von Spring Creek unterwegs«, meinte er. »Ich nehme das Mobiltelefon mit, damit du mich anrufen kannst, wenn du mich brauchst. Aber vielleicht sollte ich doch nicht so weit fahren. Es könnte ja sein, daß du heute dein Baby kriegst.«

»Wie kommst du denn darauf, daß es heute passiert?« Cat ließ sich auf einen Stuhl fallen.

»Weil du so strahlst. Du siehst wunderschön aus.«

Cat errötete und lachte verlegen auf. »Schönheit hat wohl wirklich etwas mit dem Auge des Betrachters zu tun. Du mußt mich sehr gern haben, wenn du mich in diesem Zustand noch schön findest.«

»Aber es ist so.« Red schenkte sich Kaffee mit Sahne ein.

»Liebe macht blind«, scherzte Cat. »Wenn ich mich so mit Torie und Sarah vergleiche …«

»Das darfst du nie tun!« rief Red mit blitzenden Augen. Die Kaffeetasse in der Hand, stand er auf. »Ich bleibe heute doch zu Hause. Du findest mich entweder in meinem Arbeitszimmer oder in der Scheune. Außerdem muß ich einen Helfer für Glenn, den Vorarbeiter, einstellen und ein wenig herumtelefonieren.«

Cat war überrascht von Reds barschem Ton.

»Entschuldige, daß ich dich so angeschnauzt habe«, meinte er auf dem Weg zur Tür und ging hinaus, ohne ihre Anwort abzuwarten.

Das Telefon läutete. Es war Chazz, der sich nach Cats Befinden erkundigen wollte. Er sagte, er würde heute bei den Murchisons sein. Sie könne ihn aber jederzeit über Mobiltelefon erreichen. In den letzten Tagen hatte er sich regelmäßig bei Cat gemeldet, und er versprach auch diesmal, gegen Mittag noch einmal anzurufen.

»Ich fühle mich großartig«, meinte Cat.

»Hm.« Sie konnte sich das Lächeln des Arztes vorstellen. »Dann kommt das Kind wahrscheinlich heute.«

»Das hat Red auch gesagt.«

»Ich rufe wieder an. Wenn Sie etwas Ungewöhnliches bemerken, geben Sie mir Bescheid.«

Abermals läutete das Telefon.

»Bist du das, Cat?« Es war Miss Jenny. »Hoffentlich bin ich noch nicht zu spät dran.«

»Wo steckst du denn?« Cat war froh, Miss Jennys Stimme zu hören.

»Ich bin gerade in Portland angekommen.«

Miss Jenny hatte sechs Wochen Urlaub in England und Frankreich gemacht, die erste Auslandsreise ihres Lebens.

»Das Kind ist doch nicht etwa schon da?«

»Nein, ich fühle mich wie ein Ballon und kann nur noch watscheln. Aber du solltest dich beeilen. Hattest du eine gute Reise?«

»Ich muß dir eine Menge erzählen. Ist Red da?«

»Moment mal.« Cat rief Red an den Apparat. Schön, daß Miss Jenny noch rechtzeitig zur Geburt zurückgekommen war.

Cat ging nach oben, nahm ein gemütliches Bad und kleidete sich an. Dann schlenderte sie wieder hinunter und betrachtete von der Veranda aus die markanten Umrisse der Berge vor dem kobaltblauen Himmel. Das Laub knisterte unter ihren Füßen, als sie über den Rasen spazierte.

Cat machte sich auf den Weg zum fast einen Kilometer entfernten Briefkasten, obwohl sie wußte, daß der Postbote um diese Uhrzeit noch nicht dagewesen sein konnte. Dann ging sie auf der Straße zurück zum Haus.

Am liebsten wäre sie gerannt, denn sie fühlte sich unglaublich stark. Das Baby bewegte sich in ihr. Bald würde es das Licht der Welt erblicken.

Am liebsten hätte sie Purzelbäume geschlagen. Vielleicht würde sie heute Mutter werden, und es konnte zwanzig Jahre dauern, bis sie wieder einen Morgen für sich hatte.

Red trat aus dem Haus und beobachtete sie, wie sie in Gedanken versunken auf dem Rasen stand. Das Herz pochte ihm bis zum Halse.

Drei Stunden später kam sie lächelnd in sein Büro und klopfte dreimal an die offene Tür. »Du hattest recht«, sagte sie. »Meine Fruchtblase ist geplatzt, und ich habe regelmäßige Wehen.«

»Ich rufe Chazz an.«

Doch niemand hob ab. Wahrscheinlich hatte der Arzt das Telefon im Auto liegengelassen und machte einen Hausbesuch.

»Er wollte zu den Murchisons«, meinte Cat.

Red suchte im Telefonbuch nach der Nummer. Mrs. Murchison erklärte, Chazz sei bereits fort.
»Wir können ja schon mal ins Krankenhaus fahren«, sagte Red.
»Die Wehen kommen erst alle zehn Minuten. Ist das nicht ein bißchen früh?«
»Lieber zu früh als zu spät.« Red stand auf. »Mußt du noch packen?«
»Die Tasche steht seit zwei Wochen bereit.« Cat krümmte sich vor Schmerzen. Als Red auf sie zueilte, richtete sie sich wieder auf. »Uff, das hat weh getan.«
»Also los«, befahl Red. »Ich hole das Auto und dein Gepäck. Wenn du etwas vergessen hast, kann ich es dir später mitbringen.«
Cat nickte. »Möchtest du Sarah nicht Bescheid geben?«
Sarah hatte sich an diesem Morgen noch nicht gezeigt. Thelma hatte ihr ein Tablett mit Tee und Toast vor die Schlafzimmertür gestellt, aber Sarah hatte nichts angerührt.
Anstelle einer Antwort stürmte Red hinauf und war kurz darauf mit Cats Reisetasche zurück. »Warte auf der Veranda. Ich fahre mit dem Auto vors Haus.«
Während Cat wartete, schoß ihr wieder ein Schmerz durch den Leib. Sie sank auf die oberste Treppenstufe und schlang zitternd die Arme um die Knie. Mist. Niemand hatte ihr gesagt, daß es so weh tat. Vielleicht hätte sie es auch nicht geglaubt. Doch wenn der Schmerz nachließ, war er rasch wieder vergessen.
Als der Cadillac um die Kurve bog, stieg Cat mit ihrer Reisetasche langsam die Stufen hinab.

»Ich bin froh, daß du da bist«, meinte sie, als sie im Auto saß.
Er griff nach ihrer Hand. »Ich auch.«
»Autsch!« rief sie aus und zog die Beine an. »Die Wehen werden immer stärker.«
»Dann nehme ich eine Abkürzung.«
Sie hatten noch keine fünf Kilometer hinter sich gebracht, als sich ein spitzer Stein in den linken Hinterreifen bohrte. Der Wagen geriet ins Schlingern.
»Verdammt!« Red hielt an und ging nachsehen.
»Du mußt aussteigen, damit ich den Reifen wechseln kann. Warum muß das ausgerechnet jetzt passieren?«
Cat kletterte aus dem Wagen. Die Nachmittagssonne schien warm, als sie dastand und ihm bei der Arbeit zusah. Wieder durchfuhr sie eine Wehe, so daß sie sich mitten auf die Straße setzen mußte. Red hob besorgt den Kopf. »Wie geht es dir?«
Cat konnte ihm diese Frage nicht beantworten. Sie hatte ein schmerzhaftes Druckgefühl im Rücken, das einfach nicht nachlassen wollte. Es tat so weh, daß ihr die Stimme versagte. Red hatte inzwischen das Auto aufgebockt und löste die Schrauben.
»Red! Das Baby kommt!«
»Das glaubst du nur. So schnell geht das nicht. Bei Sarah haben die Wehen fünf Stunden gedauert. Ich bin gleich fertig.«
Cat saß auf der Straße, wiegte sich hin und her, um die Schmerzen zu lindern, und versuchte, sich die Atemtechnik ins Gedächtnis zu rufen, die sie im Vorbereitungskurs gelernt hatte.

Endlich hatte Red den platten Reifen entfernt. Er holte den Ersatzreifen aus dem Kofferraum und arbeitete, so schnell er konnte. Als Cat wieder aufschrie, wollte er zum Mobiltelefon greifen.
Es war nicht da. Plötzlich fiel ihm ein, daß er es am vergangenen Nachmittag mit in die Scheune genommen hatte. Wahrscheinlich lag es noch dort auf einem Heuballen. Verflucht!
Als er sich wieder an dem Reifen zu schaffen machte, hörte er Cat stöhnen. »O Red, das Baby kommt!«
Das konnte doch nicht wahr sein! Sie hatte noch nicht einmal seit anderthalb Stunden Wehen. Normalerweise dauerte eine Geburt doch viel länger. Sicher bildete sie es sich nur ein. Schließlich war es ihr erstes Kind.
Er verstaute das Werkzeug im Kofferraum. »So, mein Schatz, jetzt können wir weiterfahren.« Er ging zu ihr hinüber, um ihr aufzuhelfen.
»Ich kann nicht«, wimmerte sie.
Als er sie hochziehen wollte, sackte sie zusammen. »Red, ich kann nicht. Das Baby kommt!«
Er öffnete die Wagentür und legte sie auf den Rücksitz. Die Fahrt ins Krankenhaus würde mindestens eine halbe Stunde dauern.
»Beeil dich«, keuchte Cat. Sie war sicher, daß der Kopf bereits austrat. Red ließ den Motor an.
Cat tastete zwischen ihren Beinen. »Red, ich spüre etwas«, flüsterte sie.
Red stellte den Motor wieder ab. »Cat, soll ich mal nachschauen?«

»Ach, du meine Güte«, stöhnte sie und nickte dann. »Es muß sein, Red. Es sieht ganz so aus, als müßtest du bei der Geburt deines Enkels helfen.«

Er zog ihr das Höschen herunter und stieß einen Pfiff aus. »Eindeutig der Kopf. Cat, du hast recht. Das Baby kommt.«

Red überlegte fieberhaft. Die Nabelschnur konnte er mit dem Taschenmesser durchtrennen. Solange es sich nicht um eine Steißlage handelte, würde er es schaffen. Schließlich hatte er schon unzählige Kälber und Ferkel ans Licht der Welt geholt. Doch diesmal klopfte ihm das Herz bis zum Hals.

Der Schmerz war so stark, daß Cat schwarz vor Augen wurde. Sie hörte ihre eigenen Schreie. *O mein Gott,* dachte sie, *laß das Baby gesund sein. Lieber Gott, mach, daß Scotts Baby nichts zustößt und daß ich das hier überlebe. Mach, daß diese Schmerzen endlich aufhören.*

»Du kannst schreien, soviel du willst«, sagte Red. »Und vergiß nicht zu pressen.«

Er war bei der Geburt seiner beiden Kinder dabeigewesen und hatte im Kreißsaal alles miterlebt. Aber vom unbeteiligten Beobachter zum Geburtshelfer war es ein großer Schritt. Er versuchte sich zu erinnern, wie es damals abgelaufen war. »Pressen!« meinte er wieder. »Halt dich an mir fest, Cat.«

Schweiß rann ihr übers Gesicht, als sie aus Leibeskräften preßte. Sanft zog Red seinen schreienden Enkel heraus und wickelte ihn in seine Wildlederjacke.

»Es ist ein Junge«, sagte er zu Cat. »Und offenbar kerngesund.« Stimmte das wirklich? Er legte das Kind auf

den Boden vor den Rücksitz. »Ruh dich aus, mein Schatz.«
»Halt ihn hoch, damit ich ihn ansehen kann. Mein Baby.« Sie fand es unbeschreiblich häßlich.
»Er ist wunderschön«, meinte Red und bettete ihn wieder auf den Boden.
Erschöpft schloß Cat die Augen. Wieder wurde sie von Schmerzen ergriffen. Red streckte den Arm aus. »Halt dich fest, Cat.«
Inzwischen war seine Angst verflogen. Er wußte genau, was zu tun war.
»Okay«, hörte Cat die Stimme ihres Schwiegervaters. »Es geht los. Pressen.«
»Zwillinge?« fragte sie mit schwacher Stimme.
»Nein, nur die Nachgeburt.«
Woher war er so gut informiert?
Red wischte sich die blutigen Hände an der Hose ab und überlegte, ob er sofort ins Krankenhaus oder erst nach Hause fahren sollte, um sich zu säubern. Cat und das Baby schienen alles gut überstanden zu haben. Das Kind stieß leise gurgelnde Geräusche aus. Vielleicht mußten sie ja gar nicht ins Krankenhaus. Er beschloß, umzukehren, Chazz anzurufen und ihm die Entscheidung zu überlassen. Red war stolz auf sich. Er hatte bei der Geburt seines Enkels geholfen, und anscheinend hatte er seine Sache gut gemacht.
Cat richtete sich auf und nahm ihren Sohn in die Arme, um ihn zu betrachten. Dann schloß sie die Augen und atmete tief durch. Ihr Gesicht und ihr Haar waren feucht vom Schweiß, ihre Kleider über und über mit

Blut verschmiert. Aber Red fand, daß sie noch nie so schön gewesen war.
Am besten fuhr er jetzt sofort nach Hause, um Chazz anzurufen.
Er beugte sich über Cat und küßte sie auf die Stirn.
»Ich liebe dich, Red«, sagte sie.
»Ich dich auch«, antwortete er. Die beiden Menschen auf dem Rücksitz seines Autos bedeuteten ihm mehr als alles auf der Welt.

DREIUNDZWANZIG

Chazz erklärte, daß kein Grund bestand, Mutter und Kind ins Krankenhaus einzuweisen, da sie zu Hause gute Pflege bekamen. Red hatte sich bei der Entbindung wacker geschlagen.

Cat verstand nicht, warum sie so erschöpft war. Es gelang ihr kaum, sich vom Bett ins Badezimmer zu schleppen. Während Thelma treppauf, treppab lief und Red das Baby badete, lag sie nur da und schlief. Sarah war trotz ihrer Begeisterung über Scotts Nachwuchs keine Hilfe.

Miss Jenny siedelte ins Haupthaus über und nahm die Dinge in die Hand. Auf ihrer Europareise hatte sie sich äußerlich sehr verändert, so daß Cat und Red sie anfangs kaum wiedererkannten. Sie war in Paris beim Friseur gewesen und trug nun statt Jeans maßgeschneiderte Hosen, in denen sie aussah wie aus einem Hollywood-Western. Außerdem hatte sie sich Ohrlöcher stechen lassen. Jedesmal, wenn sie den Kopf schüttelte, blitzten baumelnde Ohrringe auf.

Und sie schminkte sich die Augen.

»Komisch«, meinte sie zu Cat. »Früher dachte ich immer, es gäbe kein schöneres Land auf der Welt als Amerika. Die Leute, die anderswo leben müssen, haben mir

richtiggehend leid getan. Aber inzwischen weiß ich, daß ich mich geirrt habe.«
Miss Jenny hatte drei Wochen in England und zweieinhalb in Frankreich verbracht und konnte nicht sagen, wo es ihr besser gefallen hatte. Natürlich war Frankreich, was das Essen betraf, bei weitem vorzuziehen, wohingegen Großbritannien den Vorteil besaß, daß die Leute dort englisch sprachen.
Inzwischen fand auch Cat ihr Baby wunderschön. In den letzten vier Tagen hatten sich seine Gesichtszüge geglättet, und außerdem hatte es rotes Haar, was Red und Miss Jenny besonders begeisterte.
»Heute komme ich zum Abendessen hinunter«, verkündete Cat. »Ich bin lange genug im Bett gelegen und habe mich bedienen lassen.«
»Torie hat versprochen, mich übers Wochenende abzulösen. Verdirb ihr die Freude nicht. Sie möchte unbedingt mithelfen.«
Als Torie am Dienstag von Matts Geburt erfahren hatte, war sie sofort nach dem Unterricht nach Big Piney geeilt – beladen mit Geschenken für ihren kleinen Neffen. Darunter befand sich auch ein Kinderfahrrad, das Matt sicher noch lange nicht brauchen würde.
Miss Jenny hatte aus England winzige Pullover, Schneeanzüge und weiche Kaschmirdecken mitgebracht.
Red, der mächtig stolz auf seine Leistung als Geburtshelfer war, schaute mehrmals täglich bei Cat vorbei, um ihr vorzulesen. Seit dem Tod seines Sohnes fühlte er sich zum erstenmal wirklich glücklich.

Jason hatte Cat am Tag nach der Geburt einen Besuch abgestattet. Er brachte Cody mit, der das winzige Menschlein in der Wiege mit weit aufgerissenen Augen musterte.

»Glaubst du, er hätte gern einen kleinen Hund, um mit ihm zu spielen?« fragte er.

»Noch nicht«, meinte Cat.

Jason überreichte ihr einen riesigen Blumenstrauß, der in keine der vorhandenen Vasen paßte, so daß Miss Jenny gezwungen war, ihn aufzuteilen.

Sarah bedankte sich bei Jason, als ob die Blumen für sie gewesen wären. Sie saß in Cats Zimmer im Schaukelstuhl, sang Matthew etwas vor und ließ ihn nicht aus den Augen, wenngleich man nie sicher sein konnte, ob sie in Gedanken nicht anderswo war.

Chazz hatte Sarah vorgeschlagen, sich an die Anonymen Alkoholiker zu wenden, doch sie hatte ihn nur entgeistert angestarrt. »Wie kommen Sie denn auf diese Idee?« rief sie entrüstet aus. »Ein oder zwei Drinks vor dem Essen sind doch kein Verbrechen!« Allerdings trank sie seit Scotts Tod schon vor dem Frühstück – oder sie ließ das Frühstück ganz ausfallen. Wenn Thelma nicht ihre Kleider in Ordnung gehalten hätte, wäre sie wohl völlig verwahrlost. Am liebsten hätte Cat sie das Baby überhaupt nicht hochnehmen lassen. Allerdings tat Sarah es nur, wenn sie neben der Wiege im Schaukelstuhl saß. Dann schaukelte sie hin und her und sang ihrem Enkel etwas vor.

In den letzten anderthalb Jahren war mit Sarah eine Veränderung vorgegangen. Sie kleidete sich nicht

mehr elegant und vergaß häufig, sich zu schminken. Ihr Mund wirkte schlaff, und sie blickte meistens ins Leere.
Irgendwann konnte auch Red die Augen nicht mehr davor verschließen. »Wir können sie nicht zwingen, aufzuhören«, sagte er. »Sie muß es selbst wollen.«
Aber Sarah weigerte sich zuzugeben, daß sie ein Problem hatte.

Miss Jenny und Red ließen nicht zu, daß Cat sich mit dem Haushalt beschäftigte, als sie wieder kräftiger wurde. Sie brauchte sich nur um das Baby zu kümmern. Doch ihre Beteiligung an der Hausarbeit hatte sich bis jetzt ohnehin auf das Bettenmachen beschränkt, und sie vermutete, daß Sarah und Red nicht einmal das taten. Mit Miss Jenny, die in der Jagdhütte keine Hausangestellte beschäftigte, war es natürlich eine andere Sache. Nur im Frühjahr ließ sie eine Reinemachefrau kommen, um ihr beim Frühjahrsputz zu helfen.
In der ersten Woche nach Matts Geburt stattete Jason der jungen Mutter dreimal einen Besuch ab. Cat freute sich über seine Aufmerksamkeit. Inzwischen sah sie ihn mit anderen Augen.
Und dann erschien Sandy wieder in der Stadt, obwohl Jason ihr ausdrücklich mitgeteilt hatte, daß er nicht mehr mit ihr zusammenleben wollte. Sie fing Cody nach der Schule ab und bewirtete ihn und seine Freunde mit Keksen und Milch. Aber der Riß war nicht mehr zu kitten. »Ich mag sie«, sagte Cody zu seinem Vater.

»Aber meine Freunde gehen nicht gern zu ihr. Wir unternehmen lieber etwas anderes.«

»Kannst du ihr das nicht erklären?« fragte Jason.

Als der Junge den Kopf schüttelte, führte Jason ein ernstes Gespräch mit Sandy. Cody brauche mehr Freiraum. Er könne ja zweimal in der Woche bei ihr übernachten, aber sie dürfe ihn nicht so einengen.

»Das Kind wird immer der Mutter zugesprochen«, entgegnete Sandy. »Vielleicht sollte ich die Scheidung einreichen und das alleinige Sorgerecht beantragen.«

Jason musterte sie nachdenklich. »Offenbar willst du deine Probleme auf dem Rücken deines Sohnes austragen.«

»Davon verstehst du nichts.«

»Sandy, du hast keine Chance. Wenn du ihn als Schachfigur in einem Scheidungsprozeß mißbrauchen willst, wirst du die Verliererin sein. Weißt du, wie viele Menschen hier in der Stadt aussagen werden, daß ich ein guter Vater bin? Und dieselben Leute werden keinen Hehl daraus machen, was sie von Müttern halten, die ihre Kinder im Stich lassen. Aber was die Scheidung angeht, hast du recht. Schließlich leben wir schon seit einem Jahr getrennt.«

»Jason, können wir es nicht noch einmal miteinander versuchen?«

»Und wenn ich mit dir schlafen will, wirst du dir wünschen, ich wäre eine Frau.« Er schüttelte den Kopf. »Nein, du hast schon lange vor unserer Trennung alle Gefühle zerstört, die ich je für dich empfunden habe.«

»Das sagst du nur, weil diese McCullough dir den Kopf verdreht hat«, schleuderte sie ihm ins Gesicht.
»Mit uns beiden hat das nichts zu tun. Niemand kann mir einen Vorwurf daraus machen, daß ich mich in eine andere Frau verliebt habe, nachdem du mich verlassen hast. Meine Gefühle gehen dich nichts mehr an. Du hast sie lange genug mit Füßen getreten.«
»Ohne meinen Sohn ziehe ich nicht hier weg.«
»Ich verlange gar nicht, daß du wegziehst. Doch du darfst nicht von Cody erwarten, daß er jeden Tag nach der Schule zu dir kommt. Er will das nicht. Er braucht Zeit, um mit seinen Freunden zu spielen.«
»Weißt du, was dein Problem ist? Du hältst dich für den Allergrößten. Du glaubst, daß du auf alles eine Antwort weißt ...«
Jason unterbrach sie mit einer Handbewegung. »Das ist nicht wahr.«
»Dir fehlt jeglicher Ehrgeiz. Du willst den Rest deines Lebens in diesem Drecksnest verbringen und verhinderst dadurch, daß aus deinem Sohn etwas wird. Deinetwegen habe ich auf Freundschaften und auf eine Karriere verzichtet.«
»Das ist nicht der Grund, warum du in unserer Ehe unzufrieden warst. Du machst dir immer noch etwas vor. Du brauchst Hilfe, Sandy, und zwar mehr, als du hier in Cougar bekommen kannst.«
Sandy sank auf die Couch und brach in Tränen aus. Jason reichte ihr ein Papiertaschentuch. Er hatte Mitleid mit ihr.
»Eine Therapie kann ich mir nicht leisten«, schluchzte

sie. »Ich habe schon immer gewußt, daß ich anders bin, aber ich komme weder in der einen noch in der anderen Welt zurecht, weil ich die Schuldgefühle einfach nicht loswerde.«
»Du brauchst dich doch nicht schuldig zu fühlen«, sagte Jason, setzte sich neben sie und nahm ihre Hand. »Die Gesellschaft hat dir diese Schuldgefühle eingeimpft, und du hast das mit dir machen lassen, weil du mit dir selbst nicht im reinen bist. Sandy, du mußt dich annehmen, wie du bist, sonst wirst du nie glücklich werden.«
»Aber ich liebe Cody.«
»Das ist auch gut so. Ich habe nie begriffen, wie du einfach fortgehen konntest, ohne dich von ihm zu verabschieden.«
»Ach, verdammt, Jason«, meinte sie und tupfte sich die Augen ab. »Jetzt machst du wieder auf verständnisvoll. Warum wirst du nicht wütend, schlägst mich oder wirfst mit Geschirr? Warst du denn nicht zornig und gekränkt, als ich dir sagte, daß ich dich nicht liebe?«
Er überlegte. »Ich glaube, ich hatte schon vor vielen Jahren aufgehört, dich zu lieben, und meine Wut und Verzweiflung in mich hineingefressen.«
»Und jetzt?« stieß sie hervor.
»Jetzt habe ich wieder Freude am Leben.«
»Und wo befriedigst du deine sexuellen Bedürfnisse?«
»Nirgendwo. Genau wie während unserer Ehe. Außerdem geht dich das nichts mehr an, Sandy. Ich will nicht, daß du dich weiter in mein Leben einmischst.«
Wieder brach sie in Tränen aus. »Ich will geliebt werden. Was soll ich bloß tun?«

»Hast du mich je gefragt, wie es mir dabei ging?«
»Ich will keine Affären für eine Nacht«, jammerte sie. »Ich möchte keine fremde Frau in einer Bar aufreißen. Das genügt mir nicht.«
»Mit diesem Wunsch bist du nicht allein«, murmelte er und stand auf.
»Können Cody, du und ich nicht Weihnachten zusammen feiern, wenn ich bleibe?«
»Nein, wir haben schon andere Pläne. Wir sind wie letztes Jahr bei den McCulloughs eingeladen.«
»Mist.«
»Tut mir leid, Sandy, aber es ist vorbei. Such dir einen Job und zieh in eine Stadt, in der du dich zu Hause fühlst. Wenn man anders ist, hat man es in einer Kleinstadt nicht leicht. Ich verstehe das. Ich werde dich in der Übergangszeit unterstützen, soweit mein Gehalt es zuläßt, Sandy. Doch ich weigere mich, Unterhalt zu bezahlen, da ich diese Situation nicht verschuldet habe. Du weißt genau, daß ich kein Großverdiener bin.«
Sie wandte ihm den Rücken zu und starrte die Wand an. »O Jason, es tut mir so leid.«
»Das weiß ich. Aber du darfst es nicht auf Codys Rükken austragen. Einen Sorgerechtsprozeß würdest du hier in Cougar sowieso nicht gewinnen.«
»Du hast recht«, schluchzte sie.
»Wenn du noch diese Woche fortgehst, gebe ich dir tausend Dollar. Mehr kann ich im Moment nicht entbehren.«
Sie ließ die Schultern hängen. »Du kannst es wohl nicht erwarten, mich loszuwerden.«

»Wir werden in Verbindung bleiben, denn schließlich haben wir Cody. Ich bin nicht dein Feind, Sandy.«
»Mir ist klar, daß du nur Mitleid mit mir hast.«
Jason schwieg. »Die Bank ist schon geschlossen«, meinte er nach einer Weile. »Ich erledige das mit dem Geld gleich morgen früh.«
Als sie ihn ansah, malte sich Trauer auf ihrem Gesicht. »Ich will nicht wieder als Krankenschwester arbeiten. Ich hasse diesen Job.«
»Dann ist es besser, wenn du dich von Patienten fernhältst, Sandy. Ich kann dir nicht raten, welchen Beruf du ergreifen sollst. Seit Menschengedenken fragen sich die Leute, wie sie ihren Lebensunterhalt verdienen sollen. Und die meisten müssen Tätigkeiten ausüben, die ihnen keinen Spaß machen. Doch sie tun es trotzdem, um ein Dach über dem Kopf und etwas zu essen zu haben. Du mußt selbst eine Lösung finden. Schau dich doch mal auf dem Arbeitsmarkt um.«
»Ich kriege aber keinen Job.«
»Das kann ich mir nicht vorstellen. Du bist erst dreißig und Krankenschwester, und die werden nicht nur in Krankenhäusern gebraucht. Du mußt dich eben informieren. Ich kann nicht dein Leben für dich regeln.«
»Ich verabscheue dich, Jason.«
»Das ist mir schon immer klargewesen, Sandy. Und ich stelle mir seit vielen Jahren die Frage, woran das liegt. Wenigstens verstehe ich jetzt den Grund.«
»Es geht nicht nur ums Sexuelle«, zischte sie zornig. »Du bist so verständnisvoll, so vollkommen, so gut. Mit dir zusammenzuleben war die Hölle, auch wenn

du nicht versucht hast, mich anzufassen. Kein Mensch kann deinen Ansprüchen gerecht werden. Du kannst kochen, ich nicht. Du bügelst deine Hemden selbst. Du verlierst nie die Geduld. Und dazu bist du auch noch handwerklich geschickt und kannst vom verstopften Klo bis zum Vergaser deines Autos alles reparieren. Du kotzt mich an, Jason.«

Aber warum hatte sie dann wieder mit ihm zusammenleben wollen? fragte er sich. »Morgen früh bringe ich dir die tausend Dollar«, sagte er. »Am besten fängst du schon an zu packen.« Er ging zur Tür. »Außerdem werde ich die Scheidung einreichen. Schick mir deine neue Adresse.«

»Du bist eiskalt!« schrie sie ihm nach. »Grausam und eiskalt!«

Jason war unglaublich erleichtert, ein Gefühl, das er schon lange nicht mehr gehabt hatte.

Nun konnte er Cat als freier Mann gegenübertreten.

VIERUNDZWANZIG

In den ersten drei Monaten brachte Cat es nicht über sich, Matt auch nur einen Moment aus den Augen zu lassen. Doch als sie eines Morgens im Januar erwachte, fühlte sie auf einmal eine seltsame Unruhe. Seit der Geburt hatte sie abgesehen von Miss Jenny niemanden besucht und sogar die Weihnachtseinkäufe per Katalog erledigt.

Red hatte mit ihr ein Gespräch über die Finanzen geführt.

»Da du Miss Jenny mit den Büchern geholfen hast, weißt du, wie wohlhabend wir sind. Ich möchte, daß du Geld zu deiner eigenen Verfügung hast. Damit du nicht immer fragen mußt, wenn du dir etwas kaufen möchtest, werde ich ein Konto für dich eröffnen und jeden Monat tausend Dollar einzahlen. Falls du mehr brauchst, laß es auf meinen Namen anschreiben. Du kannst soviel ausgeben, wie du willst, Cat.«

»Aber das geht doch nicht«, widersprach Cat.

»Wenn Scott noch am Leben wäre, würdest du es selbstverständlich finden. Du gehörst zur Familie, Cat. Du bist eine McCullough und die Mutter meines einzigen Enkels.«

»Du bist sehr großzügig.«

Er lächelte. »Zum Glück kann ich mir das leisten. Aber wenn ich wirklich großzügig wäre, würde ich dir einen Porsche kaufen, oder einen Pelzmantel …«
Cat lachte. »Was soll ich denn damit? Trotzdem danke.«
»Außerdem denke ich, daß du mehr unter die Leute gehen solltest. Unternimm etwas. Und werde bloß nicht wie Sarah.« Zum erstenmal hörte sie ihn so etwas sagen. »Sie geht nie aus, hat überhaupt keine Freunde und ist vorzeitig alt geworden. Mach nicht denselben Fehler, Cat. Du solltest donnerstags wieder zum Frühstück mitkommen. Die anderen fragen schon nach dir.«
»Ich kann Matt nicht allein lassen.«
»Doch. Ziemlich bald wirst du dich wie im Gefängnis fühlen, wenn du immer zu Hause bleibst. Komm morgen mit in die Stadt. Das Leben geht weiter. Auch ich werde Scott immer vermissen, aber du darfst dich nicht so an Matt klammern. Wir werden Thelma fragen, ob ihre Nichte Lucy ein paarmal in der Woche auf ihn aufpassen kann. Bestimmt kann sie das Geld gut gebrauchen, denn ihr Mann ist ein Faulpelz, der sich vor jeder Arbeit drückt. Dann könntest du öfter etwas unternehmen und hättest ein bißchen mehr Zeit für dich.«
»Zeit für mich? Aber ich habe gar nicht das Gefühl …«
Er nickte. »Ich weiß, ich weiß.«
Cat umarmte ihren Stiefvater. »Du weißt so viel. Ich kann nicht begreifen, warum Sarah trinkt, obwohl sie mit dir verheiratet ist. Du bist der liebste Mensch auf der ganzen Welt.«

Als sie ihn auf die Wange küssen wollte, wandte er ihr das Gesicht zu, und ihre Lippen berührten sich flüchtig. Erschrocken fuhr sie zurück. So hatte sie es nicht gemeint. Dann aber tätschelte er ihr die Hand. Alles war in Ordnung. Nichts konnte ihr geschehen, solange Red auf sie achtgab.
»Ich würde gern morgen mit zum Frühstücken kommen. Ach, jetzt muß ich mir zum erstenmal seit Weihnachten überlegen, was ich anziehen soll.«
»Du siehst immer gut aus, ganz gleich, was du anhast.«

»Es macht mich nervös, wenn ich nicht in Matts Nähe bin«, sagte Cat am nächsten Morgen auf der Fahrt in die Stadt.
»Am Anfang ist das ganz normal. In einem Monat wirst du dich daran gewöhnt haben. Wenn du abends ausgehen möchtest, passe ich auf ihn auf. Was hältst du davon?« Anscheinend wollte er ihr damit zeigen, daß er ihre Freundschaft mit Jason billigte. »Du könntest auch wieder mit dem Skilaufen anfangen.«
Beim bloßen Gedanken an Schnee bekam Cat eine Gänsehaut. Sie haßte Schnee, denn er hatte ihr ihren Mann genommen. Nicht einmal den Anblick der schneebedeckten Berggipfel konnte sie mehr ertragen, und sie hatte ihr Schneemobil in der Scheune unter einem Heuhaufen versteckt. Wenn es draußen schneite, zog sie die Vorhänge zu. Doch sie konnte den Schnee trotzdem hören, die gedämpften Geräusche, das unendliche Schweigen.

»Am liebsten würde ich Jason, Torie und Joseph zum Essen einladen«, meinte sie. »Aber Sarah kann Joseph ja leider nicht ausstehen.«

»Cat«, erwiderte Red und tätschelte ihr den Arm, »über zwanzig Jahre lang habe ich Sarah jeden Wunsch von den Augen abgelesen. Ich habe immer nachgegeben, weil ich sie nicht verärgern wollte. Wenn sie betrunken war, bin ich auf Zehenspitzen durchs Haus geschlichen, um sie nicht zu wecken. Ich habe es satt. Seit ich dich kenne, habe ich den Mut, mich zu wehren. Ich darf nicht zulassen, daß eine Alkoholikerin das ganze Haus tyrannisiert. Auch ich habe ein Recht auf mein eigenes Leben, und ich habe viel zu lange nur verzichtet.«

Auch wenn seine Stimme ganz ruhig klang, sprach er in Gegenwart seiner Schwiegertochter Dinge aus, die er sich bis jetzt nicht einzugestehen gewagt hatte. »Ich kann nicht länger nach der Pfeife einer Frau tanzen, die nicht einmal weiß, was um sie herum geschieht. Das muß sich ändern. Ich hätte Lust auf eine kleine Dinnerparty. Wollen wir Chazz und Dodie auch einladen?«

»Lieber ein andermal.«

»Und wenn Sarah betrunken einschläft, hat sie eben Pech gehabt«, erklärte er trotzig. Jahrelang hatte er schon keine Gäste mehr eingeladen, aus Angst, daß Sarah sich danebenbenehmen könnte. Und seit dem Tod ihres Sohnes hatte sich ihr Zustand noch verschlimmert.

Als sie Rocky's Café betraten, sprang Jason so hastig auf, daß er dabei seinen Stuhl umwarf. »Was für eine schöne Überraschung!« begrüßte er Cat.
Red bemerkte das Leuchten in den Augen seines Freundes sehr wohl.
Cat setzte sich, und Ida schenkte ihr Kaffee ein. »Na, wie fühlt man sich so als Mutter?« fragte sie.
»Wunderbar. Doch ich freue mich sehr, euch alle wiederzusehen. Ich hätte gern das mexikanische Frühstück, aber nicht zu scharf bitte.«
»Wird gemacht.«
»Ich bin froh, daß du dich wieder in der Stadt blicken läßt«, meinte Jason.
»Red hat einen guten Einfluß auf mich.« Cat lächelte ihrem Schwiegervater zu. »Er meinte, ich müßte wieder unter die Leute.«
Jason musterte Red. »Das Leben ist viel schöner, wenn Cat dabei ist«, sagte er.
»Da muß ich dir recht geben.« Red hob seine Tasse.
»Wenn ihr beide so weitermacht, werde ich noch größenwahnsinnig.«
In diesem Augenblick betrat Norah Eddlington das Café. Cat dachte, daß sie mit ein wenig Make-up eine sehr attraktive Frau gewesen wäre. Ihr Haar war graumeliert, und unter den dichten, dunklen Wimpern blitzten blaue Augen hervor. Obwohl sie inzwischen ein wenig mollig wurde, tat das ihrem Aussehen keinen Abbruch. Cat fragte sich, wie Norah es wohl schaffte, immer so guter Dinge zu sein, denn ihr Mann war seit sechzehn Jahren an den

Rollstuhl gefesselt. Doch sie behandelte Stan nicht wie einen Behinderten. Norah verbrachte ihre Tage damit, den Klatsch des ganzen Tals zu sammeln, den ihr Mann dann an seinem Computer zu Artikeln verarbeitete.

»Hallo«, sagte Norah und setzte sich zu ihnen an den Tisch. »Störe ich?«

»Was gibt es denn Neues?« wollte Jason wissen.

»Simon Oliphant geht in den Ruhestand.«

»Ich werde ihn nicht vermissen.«

»Wer ist das?« erkundigte sich Cat.

»Du kennst ihn sicher. Er ist der Anwalt hier.« Jason bestrich ein Brötchen mit Erdbeermarmelade.

»Oh? Dann war er wohl auch auf der Hochzeit.«

»Alle waren auf Ihrer Hochzeit«, sagte Norah. »Simon ist schon seit über dreißig Jahren hier. Wahrscheinlich war er noch nie sehr fähig, doch nach dem Tod seiner Frau vor elf oder zwölf Jahren ist er endgültig übergeschnappt. Er versieht auch das Amt des Friedensrichters und traut die Paare, die nicht kirchlich heiraten wollen. Außerdem treibt er Bußgelder ein, kümmert sich um Grundbucheintragungen und Hypotheken und setzt Testamente auf. Ich glaube, er hat auch die Scheidung der Clarkes geregelt.« Hier im Landkreis gab es nicht viele Scheidungen.

»Wir brauchen einen neuen Anwalt«, meinte Red. »Natürlich kann man auch nach Baker fahren, aber es ist praktischer, einen in der Stadt zu haben.«

»Ganz richtig«, stimmte Norah zu.

Auch Jason war dieser Ansicht. »Für mich ist es wichtig, daß ich mich jederzeit an einen Juristen wenden kann.«

»Überlegen wir, was sich da machen läßt«, meinte Red. Er wußte ebenso gut wie Jason und die ganze Stadt, daß die wichtigen Entscheidungen in Cougar meistens am Donnerstag vormittag an einem Tisch in Rocky's Café getroffen wurden.

FÜNFUNDZWANZIG

Du warst noch nie hier?« Red und Cat saßen sich in dem dämmrigen Restaurant gegenüber. »Wir müssen öfter ausgehen. Ich empfehle dir die Hamburger vom Holzkohlengrill. Einfach ein Gedicht.«

Sie lächelte. »Ein schöner Tag. Ich glaube, ich nehme die Hamburger. Und ich hätte Lust auf Rotwein. Schließlich kann ich mich heute nachmittag hinlegen, falls ich davon müde werden sollte.«

Die Kellnerin nahm ihre Bestellung entgegen.

Cat beugte sich vor und stützte die Ellbogen auf den Tisch. »Was würdest du sagen, wenn ich Simon Oliphants Kanzlei übernehme?«

Red starrte sie verblüfft an. »Soll das heißen ...«

»Ich könnte die Anwältin von Cougar werden. Damals war ich sehr gut.«

Red musterte sie. »Die Prüfung der Anwaltskammer von Oregon würdest du sicher bestehen.«

»Da habe ich keine Sorge. Ich weiß, daß es mir eigentlich genügen sollte, Mutter zu sein. Aber ich bin nun mal keine amerikanische Durchschnittshausfrau. Ich habe einfach zu wenig zu tun und denke darüber nach, seit Norah uns erzählt hat, daß Mister Oliphant seine Kanzlei schließt. Sosehr ich meinen Sohn auch liebe,

die Mutterschaft füllt mich zuwenig aus. Und wenn es mir langweilig wird, könnte ich auf die Idee kommen, von hier wegzuziehen.« Sie lächelte ihn an. »Das möchtest du doch nicht, oder?«
»Bei der bloßen Vorstellung wird mir ganz schlecht.«
»Hör zu.« Geistesabwesend strich sie über seine Hand und sah ihm in die Augen. »Ich will auch nicht weg von hier. Aber ich bin erst siebenundzwanzig. Ich kann nicht den Rest meines Lebens damit verbringen, Windeln zu wechseln und zu warten, bis mein Sohn älter wird. Ich brauche eine geistige Herausforderung.«
»Gut«, meinte er, nachdem die Kellnerin Rotwein für Cat und Kaffee für ihn gebracht hatte. »Wenn du in Cougar etwas zu tun hast, steigen die Chancen, daß du hierbleibst. Und auch wenn du gar nicht fort möchtest, mußt du eine Aufgabe haben, die dich geistig in Anspruch nimmt.« Er grinste. »Natürlich ist die Tätigkeit eines Anwalts in Cougar lange nicht so aufregend wie in Boston. Aber die Stadt und die Schule haben einen Anwalt bitter nötig.«
»Ich könnte halbtags arbeiten und die restliche Zeit mit Matt verbringen.«
Red musterte sie.
»Wenn du dich dafür entscheidest, solltest du nicht Simons Büro über der Bank nehmen«, sagte er. »Die Räumlichkeiten sind viel zu eng und völlig heruntergekommen. Du würdest zwei Monate allein zum Ausmisten brauchen. Du kannst ihm ja seine Bücher abkaufen, aber es ist besser, wenn wir uns nach einem neuen Büro umsehen.«

»Wir?« Sie lächelte ihn an.
Die Hamburger wurden serviert. Cat goß Roquefortdressing über ihren Salat. Sie war aufgeregt. Zum erstenmal seit Scotts Tod nahm sie ihren Körper wieder wahr. Und sie wurde sich auch bewußt, daß ihr gegenüber der interessanteste, rücksichtsvollste Mann saß, dem sie je begegnet war.
»Ich hätte nie gedacht, daß ich mal meine eigene Kanzlei haben werde«, meinte sie nachdenklich.
»Hier kriegst du keine wichtigen Fälle, mit denen du berühmt wirst«, sagte Red zwischen zwei Bissen. »Die Hamburger hier sind sogar noch besser als die von Thelma.«
»Einfach köstlich.« Cat wischte sich den Ketchup vom Mund.
»Ich werde dafür sorgen, daß du dich in Cougar zu Hause fühlst, nicht nur auf der Ranch, sondern auch in der Stadt.«
»Ich könnte die Kanzlei ja nur vier oder fünf Stunden am Tag öffnen.«
»Ich wette, daß die Arbeit nicht einmal dazu reichen wird.«
»Dann muß ich mich erkundigen, wann die nächste Prüfung vor der Anwaltskammer stattfindet, und mir Lehrbücher besorgen.« Sie lehnte sich zurück und musterte ihren Schwiegervater. »Aber ich möchte nicht, daß du diese Unternehmung finanzierst.«
Er zog die Augenbrauen hoch.
»Ich will es allein schaffen. Ich könnte zehntausend Dollar investieren. Den Rest müßte ich mir von dir

oder von der Bank leihen. Aber ich möchte nur einen Kredit von dir. Ich will dich nicht ausnützen, Red.«
Sie konnte seinen Blick nicht deuten. »Ich verstehe dich. Doch von mir kriegst du einen besseren Zinssatz als von Bollie. Bitte, laß mich dir helfen.«
»Was werden Sarah und Miss Jenny dazu sagen? Bestimmt sind sie dagegen.«
Red seufzte. »Miss Jenny stellen wir einfach vor vollendete Tatsachen. Und Sarah bekommt sowieso nicht mit, was um sie herum geschieht. Sie denkt nur noch an ihren verstorbenen Sohn. Sonst interessiert sie nichts mehr.«
Cat schwieg. Erst als sie im Auto saßen, meinte sie: »Ich weiß, daß ich mich nicht einmischen sollte. Aber wie hast du das alles nur jahrelang ertragen?«
Red schwieg eine Weile. »Es passierte so schleichend, daß ich es zuerst nicht bemerkt habe. Und dann waren da die Kinder und Miss Jenny ...«
»Hast du jemals an Scheidung gedacht?«
»Damals schon. Doch inzwischen habe ich mich daran gewöhnt.«
»Bist du glücklich?«
»Glücklich?« Red blickte stur geradeaus.
Wortlos setzten sie die Heimfahrt fort.
»Möchtest du heute noch mit Oliphant sprechen?« fragte er schließlich.
Cat schüttelte den Kopf. »Für heute habe ich genug.«
Als sie vor dem Haus hielten, beugte Cat sich hinüber und küßte ihn auf die Wange. »Es ist so schön, daß ich mit dir über alles reden kann. Obwohl ich Scott verlo-

ren habe, empfinde ich es als ein großes Glück, dich zu kennen.«
Dann eilte sie die Stufen hinauf, um nach ihrem Sohn zu sehen.

Red fuhr den Wagen in die Scheune und ertappte sich dabei, daß er zu pfeifen angefangen hatte. Ob er glücklich oder nur aufgeregt war, wußte er nicht.

SECHSUNDZWANZIG

Jason wußte von einem Büro, das sich ausgezeichnet für Cat eignete und gleich neben seinem lag. Er deutete mit dem Finger aus dem Fenster von Rocky's Café. »Gleich da drüben ist es.«

Da es draußen schneite, war Cats Haar tropfnaß, und sie mußte sich mit dem Ärmel das Wasser aus den Augen wischen. Sie hatte Jason in seinem Büro besucht, um ihre Idee mit ihm zu besprechen. Weil es kurz nach der Mittagszeit war, saßen kaum Gäste im Café.

»Mein Gott, wenn ich gewußt hätte, daß es so schneit, hätte ich eine Mütze aufgesetzt«, schimpfte sie. Jason fand, daß sie so lebendig wirkte wie schon lange nicht mehr.

Jason trank Kaffee, Cat eine Cola mit Kirschgeschmack. Für Jason war es eine wunderbare Vorstellung, Cat nun täglich in der Stadt zu sehen. Allerdings wußte er nicht, was Cougar von einer Anwältin halten würde. Aber er behielt seine Zweifel für sich.

Wie Red war er der Ansicht, daß Cat das Büro über der Bank nicht nehmen sollte, in dem Simon Oliphant mehr als zwanzig Jahre lang gehaust hatte. Die Bank besaß auch das Gebäude gegenüber und würde ihr die Räumlichkeiten sicher gern vermieten. »Komm«, sagte

Jason. »Gehen wir uns bei Bollie den Schlüssel holen, damit du es besichtigen kannst.«

Bollie nickte zwar, doch Cat spürte deutlich, daß er ihr nicht zutraute, Oliphants Kanzlei weiterzuführen. »Lassen Sie sich Zeit«, meinte er und reichte Jason den Schlüssel.

Das Gebäude, ein ehemaliges Ladengeschäft, wirkte ziemlich schäbig und war unmöbliert.

»Die Wände würde ich weiß streichen«, verkündete Cat, nachdem sie alles in Augenschein genommen hatte. Im Augenblick waren sie nämlich noch senfgelb. Wenigstens lag kein Gerümpel herum. »Vorn könnte ich ein Wartezimmer einrichten. Und das große Zimmer dahinter wird mein Büro. Es gibt hier sogar offene Kamine.«

»Im Winter brauchst du nicht zu frieren, und sie erwecken einen gemütlichen Eindruck«, meinte Jason.

»Auf dem Holzboden würde sich ein bunter Fleckerlteppich gut machen.«

»Ich helfe dir, ihn abzuschleifen. Ich bin der geborene Handwerker«, erklärte er.

Der Laden verfügte auch über eine Kammer, wo man den Fotokopierer und Büromaterial unterbringen konnte. Die Toilette war klein und recht heruntergekommen. »Die müßte man dringend modernisieren«, stellte Cat fest.

»Kein Problem.«

Das neue Büro würde zwar nie so elegant und prächtig werden wie die großen Kanzleien in der Stadt, aber die Vorstellung, es gemütlich einzurichten, erfüllte Cat mit Freude.

Sie würde renovieren und gleichzeitig für die Prüfung lernen. Schon immer hatte sie sich die Zeit gewünscht, Räumlichkeiten nach ihrem Geschmack einzurichten. Und da sie die Kanzlei ohnehin erst in einigen Monaten würde eröffnen können, konnte sie in aller Ruhe darüber nachdenken, wie sie aussehen sollte.

Ihre eigene Kanzlei. Das hätte sich Cat nie träumen lassen. Sie war immer davon ausgegangen, daß sie in einer angesehenen, großen Firma Karriere machen und viel Geld verdienen würde.

Sie nahm sich vor, für das Wartezimmer ein Sofa, bequeme Sessel und einen Couchtisch anzuschaffen, damit die Mandanten sich wie zu Hause fühlten. Außerdem würden bunte Farbtupfer dazu beitragen, daß die weißen Wände nicht wirkten wie in einem Krankenhaus.

Cat bezweifelte, daß sie viel zu tun haben würde. Die Kanzlei würde von zehn bis zwei geöffnet sein. Oliphant war freudig überrascht gewesen, als sie ihm ein Angebot für seine Kanzlei machte. Er übergab ihr einfach den Schlüssel und stellte ihr alle seine Bücher und seine Mandantenkartei zur Verfügung. Ordnung in seine Büroräume zu bringen erschien Cat als unlösbare Aufgabe. Man mußte sich vorsichtig zwischen Papierstapeln und angehäuftem Krimskrams hindurchtasten, und sie fragte sich, wie er in diesem Chaos jemals etwas gefunden hatte.

»Ich habe nicht einmal gefragt, wie hoch die Miete ist«, sagte sie zu Jason.

»Spielt das eine Rolle?«

»Eigentlich nicht.«
»Bist du dir wirklich sicher, daß du die Prüfung schaffst?«
»Ein bißchen mehr Zutrauen könntest du schon zu mir haben. Aber ich glaube, es wird nicht so schlimm. Wahrscheinlich gibt es in Oregon ein paar Sonderregelungen wie in jedem Bundesstaat. Ich muß mich eben wieder einarbeiten. Wenn ich es schaffe, jeden Tag ein paar Stunden zu büffeln, sehe ich kein Problem.«
Sie kehrte in das Zimmer zurück, das sie sich als Büro ausgesucht hatte. »Ich möchte nicht, daß es zu nüchtern wirkt. Doch zu verspielt darf es auch nicht sein. Es soll gemütlich und nicht unpersönlich aussehen. Und ein Vermögen darf es auch nicht kosten.«
»Red kann es sich doch leisten.«
Ärgerlich funkelte sie ihn an. »Red hat nichts damit zu tun. Er unterstützt mich zwar moralisch, aber nicht finanziell. Diese Kanzlei gehört mir, nicht den McCulloughs.« Und dabei war sie eine McCullough. »Ich muß mir einen Fotokopierer und ein Fax kaufen. Außerdem hätte ich gern einen riesigen Schreibtisch. Und ich brauche eine Menge Regale, um Mister Oliphants Bücher unterzubringen.«
Jason berührte sie am Arm. »Ich freue mich, daß du dich dafür entschieden hast. Ich glaube, ich habe es gehofft, als ich erfuhr, daß Simon die Kanzlei aufgibt.«
»Wirklich?«
»Cat.« Er legte den Arm um sie und küßte sie. Selbst mit nassem, strähnigem Haar sah sie bezaubernd aus.
»Kommst du morgen abend zum Essen? Cody sagt, er

vermißt dich.« Als sie nicht antwortete, fügte er hinzu: »Und ich auch. Du kannst ja Matt mitbringen.«
Seit der Geburt war sie abends nicht mehr aus dem Haus gegangen.
»Klingt prima. Und jetzt frage ich Bollie, wieviel er für den Laden will.«
»Nimm ihn, egal, was es kostet.«
»Das habe ich auch vor«, sagte sie, schlüpfte an ihm vorbei und trat in den kalten, grauen Nachmittag hinaus.

»Ich finde es großartig, daß du in der Stadt eine Kanzlei aufmachst«, meinte Miss Jenny. »Wenn du mich fragst, gibt es hier in der Gegend viel zuwenig Geschäftsfrauen. Die nette Damenmodeboutique in Baker ist, soweit ich weiß, das einzige Unternehmen, das von einer Frau geführt wird. Du wirst es ihnen zeigen.«
Cat lächelte. »Ich glaube kaum, daß ich mit Grundbucheintragungen und Testamenten berühmt werde, aber so bin ich wenigstens beschäftigt.«
»Solange du nur bei uns bleibst. Seit Scotts Tod bist du der einzige Lichtblick im Leben meines Sohnes.«
»Das läßt er sich gar nicht anmerken.«
»Stimmt. So war er schon immer. Er frißt alles in sich hinein. Außer mir, dir und Torie hat er niemanden, mit dem er reden kann.«
»Denkst du, er liebt Sarah immer noch?«
Miss Jenny schüttelte den Kopf. »Wahrscheinlich ist das schon seit mehr als zwanzig Jahren vorbei. Sie hat sich verändert. Als er sie damals mitbrachte, hatte sie

gerade das College abgeschlossen. Sie war ein Energiebündel und hatte großen Spaß am Reiten, Jagen, Wandern und Skifahren. Wir hatten sie alle gern. Und dann, während ihrer zweiten Schwangerschaft, ist etwas mit ihr geschehen. Ich weiß nicht, ob es die Hormone waren. Sie benahm sich schon vor Tories Geburt, als hätte sie eine Wochenbettdepression. Seitdem habe ich sie nicht mehr lächeln gesehen. Für sie gibt es nur noch den Alkohol und Gott, obwohl sie eine ziemlich seltsame Vorstellung vom Glauben hat. Jahrelang hat Red ihren Alkohol weggeschüttet, aber vergebens. Sie versteckt die Flaschen und leugnet, ein Alkoholproblem zu haben. Sie behauptet, sie würde sich nur wie wir vor dem Essen ein oder zwei Drinks genehmigen. Selbst damit haben wir eine Weile aufgehört, doch auch das half nichts. Und wenn wir etwas tranken, wartete sie, bis alle hinausgegangen waren, um die Reste aus den Gläsern zu vertilgen. Torie hat sie von Anfang an mit Nichtachtung gestraft. Ich habe sie mit Thelmas Hilfe großgezogen. Und natürlich mit Hilfe von Red. Er war der beste Vater, den man sich wünschen kann. Jock hätte nur über seine Leiche eine Windel gewechselt, aber Red fiel dabei kein Zacken aus der Krone. Er badete und fütterte die Kinder und versorgte sie, wann immer er zu Hause war. Er hat ihnen auch das Reiten beigebracht. Als Torie in die Schule kam, lernte sie die Claypools kennen und verbrachte bald den ganzen Tag bei ihnen. Mister Claypool hat ihr gezeigt, wie man ohne Sattel reitet, und seitdem war sie nicht mehr zu halten. Sie kannte keine

Angst und hat ein Rodeo nach dem anderen gewonnen.«
»Warum hat sie es aufgegeben?«
»Vermutlich hatte sie diese Phase abgeschlossen. Jetzt rettet sie die Jugend. Ich habe sie zwar noch nie im Unterricht erlebt, aber ich weiß, daß sie zu der seltenen Sorte von Lehrern gehört, die bei ihren Schülern etwas bewirken. Ich finde, sie sollte sich sterilisieren lassen. Dann könnte Samuel nichts mehr dagegen sagen, wenn sie und Joseph heiraten. Mit diesem Getue um Josephs Kinder wäre endlich Schluß. Oder er läßt sich sterilisieren.«
»Aber Miss Jenny!«
»Merkst du denn nicht, wie die beiden leiden? Bestimmt schlafen sie zusammen, und sie werden beide nicht jünger. Torie ist schon dreiundzwanzig. Sie sollten entweder heiraten oder sich endgültig trennen.«
»So leicht ist es nicht. Das hast du selbst gesagt.«
»Die wichtigen Dinge im Leben sind nie leicht. Das ist eben meine Meinung, obwohl es immer einfacher ist, anderen Leuten gute Ratschläge zu geben, als selbst etwas zu verändern.«
Cat trank einen Schluck Kaffee und blickte aus dem Fenster. An den Ästen der Bäume zeigten sich die ersten grüngoldenen Knospen. Endlich Frühling.
»Eigentlich wollte ich dich fragen, ob du mit mir einkaufen gehst. Red hat mir angeboten, mich nach Portland zu fliegen, damit ich Büromöbel besorgen kann. Ich habe gehofft, du berätst mich.«
Miss Jennys Augen leuchteten auf. »Sehr gern!«

»Was hältst du von morgen oder Donnerstag?«
»Nimmst du Matt mit?«
Cat nickte. »Ja. Red hat versprochen, sich um ihn zu kümmern, während wir beide die Stadt unsicher machen.«
»Da ist er in guten Händen.« Miss Jenny nickte nachdenklich. »Und du auch.«
»Daran habe ich nie auch nur eine Minute gezweifelt.«
Nach dem Abendessen saß Cat mit ihrem Schwiegervater auf der Veranda. Die Gipfel der Wallowas ragten in den dämmrigen Himmel, an dem sich die ersten Sterne zeigten. Nur das Knirschen von Cats Schaukelstuhl und das Quaken der Frösche am Bach durchbrachen die Stille. Obwohl Cat sich mit einer Zeitschrift Kühlung zufächelte, rann ihr der Schweiß in Strömen herunter.
»Du meine Güte, ist das heiß!«
»Als die Kinder noch klein waren, sind wir oft im Bach geschwommen; natürlich nicht nachts.«
»Ein Königreich für einen Swimmingpool. Da drüben würde er gut hinpassen.« Sie wies auf den Rasen vor dem Haus.
»Schau dir die Sterne an«, fügte sie nach einer Weile hinzu.
»Soll ich dir einen vom Himmel holen?«
»Ich dachte, ich könnte nie mehr glücklich sein, doch das hat sich geändert. Ich trauere zwar immer noch, aber ich sehe wieder einen Sinn im Leben.«
Red nickte. »Machst du dir Sorgen wegen der Prüfung vor der Anwaltskammer?« fragte er nach einer Weile.

»Eigentlich nicht. Ich bin sicher, daß ich sie geschafft habe. Bestimmt bekomme ich bald Bescheid.«
»Hast du Lust, dieses Wochenende zum Fischen zu gehen? Wir könnten zelten und Matt mitnehmen. Oben in den Bergen gibt es ein paar hübsche Bäche.«
»Eine gute Idee.«
»Die Vorbereitungen überlaß nur mir.« Red klang aufgeregt. »Ich bitte Thelma, etwas Eßbares zusammenzupacken. Einen Angelschein besorge ich dir auch. Du brauchst dich nur um Matt zu kümmern.«
Cat hatte Matt inzwischen abgestillt. Nun konnte er an den Mahlzeiten teilnehmen und war der Liebling der ganzen Familie.

Am Samstag morgen brachen sie auf. Sie wollten am Sonntag abend zurücksein.
Red nahm den Weg durch das Grande Ronde Valley in die Berge und bog schließlich in eine unbefestigte Straße ein. Auf den Berggipfeln lag noch Schnee.
»Ich fühle mich, als wären wir ganz allein auf der Welt«, sagte Cat.
»Schön, wenn das wirklich so wäre.«
Als Cat ihn ansah, blickte er starr geradeaus. Matt schlief in seinem Kindersitz.
»Ich weiß nicht, wie ich das letzte Jahr ohne dich durchgehalten hätte«, meinte sie schließlich.
»Mir geht es genauso.«
»Hast du nie Lust, einfach wegzufahren?«
»Das machen wir doch gerade.«
»Nein, ich meine weiter weg. Wenigstens für eine Weile.«

Er schüttelte den Kopf. »Nie.«
»Du arbeitest sehr hart.« Jetzt, im Frühjahr, verließ Red vor Morgengrauen das Haus und kehrte erst zum Abendessen zurück. Einzige Ausnahme war der Donnerstag.
Seit Cat mit dem Einrichten ihrer Kanzlei beschäftigt war, fuhr sie täglich in die Stadt. Wenn Jason Zeit hatte, traf sie sich um zehn mit ihm zum Kaffee. Thelmas Nichte Lucy Carpenter war als Kindermädchen für Matt eingestellt worden. Lucy war ein sehr stilles Mädchen. Mädchen? Sie mußte Anfang Dreißig sein, also zwei Jahre älter als Cat. Sie fuhr einen verbeulten Pick-up, ihr sechsjähriger Sohn nahm den Bus zur Schule.
»Lucys Mann war schon immer ein Mistkerl«, erzählte Red. »Bestimmt hat sie es nicht leicht mit ihm. Thelma hat Lucy und ihren Bruder großgezogen. Jetzt arbeitet er als Geschäftsführer im Ace-Baumarkt in Baker und ist ein tüchtiger junger Mann. Lucy ist ebenfalls sehr zuverlässig, doch wenn Matt älter wird, sollten wir uns umgehend nach einer Nachfolgerin für sie umsehen. Sie ist so verschüchtert, daß das einen schlechten Einfluß auf ihn haben könnte.«
Red hielt am Ufer eines kleinen Wildbachs, der munter über die Felsen plätscherte. »Von hier aus müssen wir zu Fuß weitergehen.«
»Mir gefällt es hier.«
»Wart's ab. Es kommt noch viel besser.«
Red half ihr beim Umschnallen von Matts Trageruck-sack. Dann schulterte er das Gepäck und die Angelaus-

rüstung und richtete sich mühsam auf. »Ich werde langsam alt«, keuchte er.
»Einundfünfzig ist doch noch kein Alter«, beruhigte ihn Cat.
Sie folgte ihm einen steilen Bergpfad hinauf. Nach einer Dreiviertelstunde klopfte ihr das Herz bis zum Halse, und sie hatte heftiges Seitenstechen, so daß sie immer wieder stehenbleiben mußte.
»Junge, Junge, ich habe überhaupt keine Kondition mehr.«
Als sie den Gipfel der Anhöhe erreichten, bot sich ihnen ein atemberaubender Anblick. Inmitten einer Lichtung lag ein kleiner See, der im Sonnenlicht glitzerte. Der Himmel war nahezu wolkenlos.
Red sah Cat an. »Hier schlagen wir unser Zelt auf. Aber angeln werden wir im Bach.« Er half Cat, den Tragerucksack abzunehmen.
»Endlich«, japste sie. »Der Kleine ist ganz schön schwer.«
»Wenn wir öfter so etwas unternehmen, bist du bald wieder in Form.«
Matt fing an zu quengeln. Die Schönheit der Landschaft schien ihn nicht sonderlich zu beeindrucken.
»Während du ihn fütterst, baue ich das Zelt auf.«
Das Zelt stand, noch bevor Matt seine Mahlzeit beendet hatte. Red breitete das Picknick aus, das Thelma ihnen eingepackt hatte.
»Um diese Tageszeit beißen die Fische nicht an. Wir können bis dahin ein wenig spazierengehen. Am besten angelt man abends und am frühen Morgen.«

Cat war nur einmal im Leben beim Angeln gewesen, und zwar mit Scott. Nun saß sie neben Red am Bachufer. Der kleine Matt lag auf seiner Decke und beobachtete jubelnd die raschelnden Blätter.
»So mußt du die Angelrute halten.« Red machte es ihr vor.
Cat versuchte es.
»Nein, nicht so.« Er zeigte ihr noch einmal, wie man die Leine ins Wasser warf. »Mit ein bißchen Technik ist es ganz einfach.«
Aber Cat stellte sich immer noch ungeschickt an.
Red trat hinter sie und führte ihr die Hände.
Cat erschrak, als ihr klar wurde, wie deutlich sie sich seiner körperlichen Nähe bewußt war.
Fast zwei Jahre lang war sie ihm um den Hals gefallen und hatte ihn auf die Wange geküßt. Er hatte ihr bei der Geburt ihres Kindes geholfen und gesehen, wie sie es stillte. Unzählige vertraute Momente hatten sie miteinander geteilt. An seiner Brust hatte sie um Scott getrauert. Doch als er nun hinter ihr stand und die Arme um sie legte, bemerkte sie seinen Atem in ihrem Haar. Noch nie hatte sie in seiner Gegenwart so empfunden. Er redete immer weiter, erklärte ihr, wie sie die Leine werfen mußte und wie es sich anfühlte, wenn ein Fisch daran hing. Aber sie verstand kaum ein Wort. Sie spürte seinen Herzschlag. Und obwohl er für sie in erster Linie Geborgenheit ausstrahlte, nahm sie ihn immer mehr als Mann war.
»Du kapierst es einfach nicht«, sagte er.
Unvermittelt trat er zurück und ließ sie los. Als sie ihn

ansah, erkannte sie an seinem Blick, daß es ihm nicht anders ging als ihr.

»Versuch es weiter«, meinte er und griff nach seiner eigenen Angelrute.

Das Herz klopfte ihr bis zum Halse. Er schlenderte ein wenig weiter den Bach hinauf und warf seine Leine ins Wasser.

Cat bemühte sich, ihre Gedanken zu ordnen. Sie mußte diesen Augenblick vergessen, der so rasch wieder verflogen war.

Sie fing drei Fische, Red nur zwei. »Anfängerglück«, neckte er sie.

Aber etwas hatte sich verändert.

Und sie war ziemlich sicher, daß Red es auch wußte.

SIEBENUNDZWANZIG

Red briet die Fische am Lagerfeuer. Nach dem Essen spülte Cat das Geschirr, und dann saßen sie in der Dunkelheit beieinander und starrten in die Flammen. Als Matt einschlief, trug Red ihn ins Zelt. Er hatte für Cat eine Luftmatratze aufgeblasen.

»Ich glaube, ich schlafe draußen«, sagte er.

Obwohl Cat noch nicht müde war, stand sie auf und streckte sich. »Es war ein langer Tag. Ich lege mich besser hin.«

»Hast du Angst?«

»Wovor?« lachte sie. »Glaubst du, ich fürchte mich vor wilden Tieren, nur weil ich in der Stadt aufgewachsen bin? Keine Sorge, ich bin ganz ruhig.«

»Ich lasse das Feuer noch eine Weile brennen.« Er entrollte seinen Schlafsack und breitete ihn aus. »Bevor ich einschlafe, sehe ich mir noch ein wenig die Sterne an.«

»Es war ein wunderschöner Tag.« Cat ging zum Zelt. Sie legte sich voll bekleidet auf ihre Luftmatratze, verschränkte die Arme vor der Brust und blickte in die Dunkelheit.

Ob sie es sich nur einbildete? Vielleicht hatte Red überhaupt keine Veränderung wahrgenommen. Was sie in

diesem Moment empfunden hatte, war möglicherweise nichts weiter als ein Hirngespinst.
Schließlich war er ihr Schwiegervater und außerdem verheiratet. Verheiratete Männer hatten zwar Affären, aber so etwas paßte nicht zu Red. Warum war er sofort zurückgewichen, als es zwischen ihnen geknistert hatte? Gut, er war verheiratet, doch seine Ehe war nicht glücklich – und das schon seit über zwanzig Jahren. Nun lag sie da, nur von ihm getrennt durch eine dünne Zeltwand. Sie wußte, daß sie sich nach ihm sehnte, nach dem Körper ihres Schwiegervaters. Sie wollte seine Arme um sich spüren, seine Hände auf ihren Brüsten, seine Lippen an ihren.
Sie stöhnte leise auf. Doch schon im nächsten Moment schämte sie sich. Das war doch praktisch Inzest. Oder? Würde er ihre Phantasien abstoßend finden? Oder dachte er dasselbe, während er zu den Sternen emporblickte?

Am Morgen wurde sie von Kaffeeduft und dem Geruch gebratenen Specks geweckt. Sie schreckte aus einem Traum hoch, an den sie sich nicht mehr erinnern konnte. Cat wußte nur noch, daß er sehr schmerzlich gewesen war.
Matt stieß ein Gurgeln aus. Sie nahm ihren Sohn und kroch mit ihm aus dem Zelt.
»Guten Morgen!« rief Red. »Das Frühstück ist gleich fertig.« Er streckte die Arme nach seinem Enkel aus.
Sie richtete sich auf. »Ich muß mir erst die Zähne putzen, damit ich mich wieder als Mensch fühle.«

»Ich habe eine Wasserflasche mitgebracht. Laß dir Zeit für deine Morgentoilette. Ich kümmere mich um den Kleinen.«
Als Cat aus dem Wald zurückkam, sagte Red: »Wenn du jetzt essen möchtest, schlage ich die Eier auf.«
»Ich wußte gar nicht, daß du kochen kannst.«
»Daß wir seit zwei Jahren unter einem Dach leben, heißt noch lange nicht, daß du alles über mich weißt.«
Matt spielte mit einem Speckstreifen und drehte ihn zwischen den Fingern.
»Das riecht ja köstlich«, meinte Cat.
»Wahrscheinlich hast du noch nie ein so gutes Frühstück gegessen. Die Haare kannst du dir ja später kämmen.« Er schnitt Löcher in die Mitte der in der Pfanne brutzelnden Brotscheiben und ließ das Ei hineingleiten. »Hoffentlich reichen dir zwei Eier. Mehr gibt es nicht.«
Cat ließ sich im Schneidersitz nieder und goß Kaffee in die Tasse, die Red ihr hinhielt. »Wenn ich das getrunken habe, brauche ich mich nicht mehr zu kämmen. Die Haare stehen dann nämlich von selbst«, witzelte sie.
Red schüttelte lächelnd den Kopf. »Falls das klappt, melde ich das Gebräu als Patent an.«
»Wieviel Uhr ist es?«
»Was spielt das für eine Rolle? Die Sonne ist aufgegangen, und die Fische beißen. Vielleicht schaffen wir es, noch welche zu fangen und nach Hause mitzunehmen. Thelma kennt Rezepte, daß einem das Wasser im Munde zusammenläuft.«
»Dazu genügt es schon, wenn ich dir beim Kochen zuschaue.«

Geschickt legte Red die Brotscheiben mit den Eiern auf einen Blechteller, garnierte das Ganze mit vier Speckstreifen und reichte es Cat. Nachdem er sich selbst bedient hatte, setzte er sich auf einen umgestürzten Baumstamm. »Ist das Leben nicht schön?«
»Warum gehst du eigentlich nicht auf die Jagd, wenn du so gern draußen in der Natur bist?« fragte Cat.
Red kaute und schluckte. »Als junger Bursche habe ich gejagt«, sagte er schließlich. »Doch dann war plötzlich ein neues Wort in aller Munde: Ökologie. Wir fingen an, über die Umwelt und das natürliche Gleichgewicht nachzudenken. Und ich hatte es nicht nötig, auf Tiere zu schießen, um mich zu ernähren.«
»Also tötest du keine Tiere mehr?«
»Das stimmt nicht ganz. Schließlich züchte ich Schafe und Rinder. Aber inzwischen macht mir die Jagd keine Freude mehr. Ich bin noch ein paarmal mitgegangen, weil ich Spaß daran hatte, etwas mit anderen Männern zu unternehmen. Doch seit ich beschlossen hatte, nicht mehr zu jagen, hat es mir nichts mehr gebracht.«
An diesem Morgen erwischte Cat keinen einzigen Fisch, während Red fünf fing. Cat mußte schmunzeln, als sie bemerkte, wie sehr ihn das befriedigte. Typisch Mann eben.
Als sie um halb fünf nach Hause kamen, war Sarah völlig aufgelöst. »Jason versucht schon den ganzen Tag, euch zu erreichen. Ich habe mir schreckliche Sorgen gemacht. Wo wart ihr denn? Thelma ist auch nicht erschienen.«

»Es ist doch Sonntag. Außerdem habe ich dir gesagt, daß wir zum Angeln gehen.«
»Wirklich?« Sarah wirkte verwirrt.
Red und Cat war klar, daß sie es in ihrem Zustand wahrscheinlich vergessen hatte.
»Ich habe kein Frühstück bekommen. Ich verhungere«, jammerte Sarah weiter.
»Wenn du einen Moment wartest, mache ich dir etwas zurecht«, bot Cat an.
»Das ist aber nett von dir. Und ruf Jason zurück.«
Cat ging zuerst zum Telefon.
»Cody und ich wollen nach La Grande ins Kino. Möchtest du mitkommen? Wir könnten vorher eine Pizza essen gehen.«
Cat war müde. »Verschieben wir es auf ein andermal, Jason. Wir sind gerade vom Camping in den Wallowas zurück. Ich bin total erledigt.«
»Okay.« Sie hörte ihm die Enttäuschung deutlich an. »Wann?«
»Auf Kino habe ich eigentlich keine große Lust. Aber vielleicht können wir irgendwann diese Woche zusammen zu Abend essen. Sag Cody, es tut mir leid. Wir treffen uns am ...«
»Was hältst du von Dienstag?«
»Einverstanden.«
»Soll ich Torie und Joseph auch einladen?«
»Wie du willst.« Cat überlegte fieberhaft, was sie für Sarah kochen sollte, die den ganzen Tag noch nichts gegessen hatte.
»Gut, dann nur wir beide.«

Nachdem Cat das Telefonat beendet hatte, ging sie in die Küche. Thelma hatte ein Brathuhn vorbereitet, das Sarah sich mühelos hätte aufwärmen können. Außerdem standen Kartoffelsalat und grüner Salat bereit, bei letzterem fehlte lediglich das Dressing. Auch der Bohnenauflauf war fertig und mußte nur noch ins Backrohr geschoben werden. Aber Sarah war offenbar nicht in der Lage, sich selbst zu versorgen. Allmählich verlor Cat die Geduld mit ihrer Schwiegermutter, die so beharrlich die Hilflose spielte.

»War es was Wichtiges?« Red steckte den Kopf in die Küche.

»Nein, er wollte mich nur ins Kino einladen.«

»Hast du Lust, mitzugehen? Ich kann ja auf Matt aufpassen.«

Cat schüttelte den Kopf. »Ich bin hundemüde.« Sie stellte das Essen auf ein Tablett und brachte es Sarah.

»Ach, es ist ja schon nach fünf«, verkündete diese. »Zeit für einen Drink.« Sie schenkte sich einen Scotch ein.

Cat und Red wechselten einen Blick.

»Möchtest du Eis?« fragte Cat.

»Das wäre sehr lieb von dir, mein Kind.«

Cat kehrte in die Küche zurück, um Eiswürfel zu holen.

»Ich bin vor Sorge fast verrückt geworden«, klagte Sarah, als Cat wieder hereinkam.

»Du hättest Ma anrufen können«, meinte Red.

»Ich glaube, das habe ich sogar. Aber es ist niemand rangegangen. Oder war das gestern? Wie lange wart ihr denn weg?«

»Nur einen Tag.« Red schenkte sich einen Drink ein.
Cat genehmigte sich ein Glas Cabernet Sauvignon.
»Das sieht aber köstlich aus«, sagte Red mit einem Blick auf Sarahs Tablett.
»Was wollte Jason?« erkundigte sich Sarah.
»Mit mir ins Kino«, entgegnete Cat.
Sarah machte ein entsetztes Gesicht. »Hoffentlich hast du abgesagt«, meinte sie entrüstet. »Was bildet dieser Mensch sich eigentlich ein?«
Red warf Cat einen Blick zu und wandte sich dann an seine Frau: »Sarah, Scott ist seit anderthalb Jahren tot.«
Sarah brach in Tränen aus. »Das brauchst du nicht extra zu betonen. Hört Gott denn niemals auf, uns für unsere Sünden zu bestrafen?«
Kopfschüttelnd erhob sich Red und ging hinaus auf die Veranda.
Cat badete Matt, zog ihm seinen Pyjama an und fütterte ihn. Während Sarah sich einen Fernsehkrimi anschaute, trat sie zu Red auf die Veranda hinaus.
Red blickte über das Tal hinaus. »Laß dir von Sarah keine Vorschriften machen«, meinte er zu Cat. »Es wird langsam Zeit, daß du wieder einmal mit einem Mann ausgehst. Und du wirst in der ganzen Gegend keinen Besseren finden als Jason.«
»Ich weiß«, entgegnete sie und fügte zu ihrer Überraschung hinzu: »Er hat mir gesagt, daß er mich liebt.«
Red nickte. Dann lief er die Stufen hinunter und verschwand um die Ecke.
Cat wartete noch eine halbe Stunde, doch Red ließ sich nicht wieder blicken.

Also kehrte sie in die Küche zurück, breitete rotweiß karierte Platzdeckchen auf dem Eichentisch aus und stellte die Salatschüsseln darauf. Dann erhitzte sie den Bohnenauflauf in der Mikrowelle und entdeckte auch das Ingwerbrot, das Thelma am Vortag gebacken hatte. Als sie ins Wohnzimmer kam, bemerkte sie, daß Sarah ihr Essen nicht angerührt hatte. »Komm und iß mit uns in der Küche«, sagte sie.

Sarahs Augen waren glasig. »In der Küche?« wiederholte sie.

»Genau.« Sie half ihrer Schwiegermutter beim Aufstehen. Diese folgte ihr, ohne ihr Glas mitzunehmen. Cat stellte fest, daß sie sich heute anscheinend noch nicht gekämmt hatte. *Offenbar hat sie seit Scotts Tod nicht mehr in den Spiegel gesehen,* dachte sie. Sie mußte etwas dagegen unternehmen, daß Sarah sich so gehenließ. Vielleicht sollte sie ihr bei der Morgentoilette helfen und dafür sorgen, daß sie nicht den ganzen Tag im Bademantel herumlief. Wie konnte eine attraktive Frau sich so vernachlässigen?

Red erschien nicht zum Essen. Als Cat ihn suchen ging, konnte sie ihn nirgends finden.

Er war immer noch nicht zurück, als sie sich schlafen legte. Matt schlummerte in seiner Wiege neben ihrem Bett.

Die Arme hinter dem Kopf verschränkt, lag sie da und überlegte. Sie wußte genau, warum Red sich nicht blikken ließ.

ACHTUNDZWANZIG

Am Montag morgen nach dem Frühstück – Red hatte bereits gegessen und war schon aufgebrochen – wartete Cat auf Lucy und fuhr dann in die Stadt. Zuerst sah sie in ihrem Büro vorbei. Was sollte sie bloß tun, wenn sie die Prüfung der Anwaltskammer wider alle Erwartung nicht bestanden hatte?

Zwar war das recht unwahrscheinlich, aber man konnte ja nie wissen …

Da es fast zehn Uhr war, ging sie in Rocky's Café. Sie hoffte, Jason dort zu treffen, doch er war nicht da.

Auf dem Rückweg zum Büro stattete sie Bollie einen Besuch in der Bank ab. Wie immer stand die Tür seines Büros offen. In Hemdsärmeln thronte er hinter seinem ehrfurchtgebietenden, mit Papieren übersäten Schreibtisch. Als er Cat bemerkte, bat er sie mit einer Handbewegung herein, ohne den Telefonhörer vom Ohr zu nehmen. Während er sein Gespräch fortsetzte, wies er auf die Kaffeekanne.

Cat schüttelte den Kopf. Bei dieser Hitze hatte sie keine Lust auf Kaffee.

»Was für ein Lichtblick in meiner armseligen Hütte«, meinte er, nachdem er sein Telefonat beendet hatte. »Ich habe Sie ja schon seit Wochen nicht mehr gesehen.

Wissen Sie inzwischen, ob Sie Cougars neue Anwältin werden können?«
»Wahrscheinlich werde ich in den nächsten Tagen Bescheid bekommen.«
»Hoffentlich machen Sie sich keine Sorgen.« Er zog eine Zigarre hervor und knipste die Enden ab.
»Ein bißchen aufgeregt bin ich schon. Außerdem habe ich bereits eine Mandantin.«
Bollie zog die Augenbrauen hoch.
»Thelma«, erklärte Cat. »Sie möchte, daß ich ihr Testament aufsetze. Ich habe ihr angeboten, das zu Hause zu erledigen, aber sie will unbedingt als meine erste Mandantin in die Geschichte eingehen.«
Bollie nickte und zündete seine Zigarre an. Cat fand, daß er sehr freundliche, braune Augen hatte. »Ich glaube, Sie sind kein typischer Banker«, sagte sie.
»Wer ist schon typisch? So etwas gibt es nur in Statistiken. Oder sind Sie etwa ein typischer Anwalt?«
»Weil ich eine Frau bin?«
»Nicht nur das. Mit Simon Oliphant haben Sie jedenfalls überhaupt nichts gemeinsam.«
»Ist das ein Vorteil?«
Bollie schmunzelte. »Das wird sich noch herausstellen.«

Als Cat Jasons Auto vor seinem Büro entdeckte, ging sie hinein.
»Ich habe deinen Wagen gesehen«, meinte Jason. »Schön, daß du mich besuchst. Hast du schon gegessen?«

Cat blickte auf die Uhr: kurz vor eins. »Nein.«
»Ich lade dich ein.«
»Das Angebot nehme ich gern an. Ich wollte sowieso mit dir reden.«
Jasons Augen funkelten. »Da bin ich aber neugierig.«
»Wart's ab.«
»Du machst es aber spannend. Wann habe ich dir zum letztenmal gesagt, daß du einfach zum Anbeißen aussiehst?«
»Paß auf«, neckte sie ihn. »Sonst nehme ich dich noch beim Wort.«
Verdutzt starrte er sie an. »Klingt vielversprechend.«
Cat mußte schmunzeln. Es war lange her, daß sie mit einem Mann geflirtet hatte.
Sie setzten ihr Geplänkel beim Mittagessen fort, und Cat ließ sogar zu, daß ihre Knie sich unter dem Tisch berührten.
Jason strahlte übers ganze Gesicht, und seine Augen blitzten fröhlich.
Cat sagte sich, daß sie nicht für den Rest ihrer Tage die trauernde Witwe spielen durfte. Scott war tot. Im Herbst würde sie ihren achtundzwanzigsten Geburtstag feiern. Ihr Leben – und auch die Zeit, in der sie Kinder bekommen konnte – war noch nicht vorbei.
Außerdem war Jason einer der sympathischsten Männer, die sie je kennengelernt hatte. Er sah gut aus und war humorvoll, hilfsbereit und sensibel. Es machte ihm schwer zu schaffen, wenn er jemandem eine schlechte Nachricht überbringen mußte. Letzten Monat war Jake Clement mit dem Wagen gegen einen Telefonmast

geprallt und sofort tot gewesen. Jason war hinaus zu Clements Farm gefahren und hatte seiner Frau gesagt, daß sie nun mit ihren Kindern allein war.
Am besten gefiel ihm, daß es in Cougar keine Kriminalität im eigentlichen Sinne gab. Selbstverständlich lebten auch hier viele Menschen, die kaum ihren Lebensunterhalt verdienen konnten – alleinerziehende Mütter, die Sozialhilfe bezogen, und junge Männer, die von staatlicher Unterstützung abhängig waren, denn Arbeitsplätze waren hier auf dem Land rar gesät.
Im Frühling und im Herbst trainierte Jason die Schüler-Baseballmannschaft. Cody fieberte seinem neunten Geburtstag entgegen, denn dann würde er auch mit dabeisein dürfen. Die Mannschaft am Ort war von Scott und Jason gegründet worden, und nun war Joseph als Hilfstrainer eingesprungen.
Cat seufzte. Sie wußte, daß sie nicht offen mit Jason war. Denn während sie unter dem Tisch sein Bein berührte, war ihr klar, daß sie sich damit nur von den Gedanken an Red ablenken wollte.
Seit einigen Wochen sehnte sie sich immer mehr nach den Küssen und den liebevollen Blicken eines Mannes. Noch vor drei Monaten hätte sie nie geglaubt, daß sie sich noch einmal für einen anderen Mann interessieren würde, doch nun wünschte sie sich Zärtlichkeit. Sie hoffte, daß Jason morgen abend beim Essen den ersten Schritt machen würde.
Sie hatte versprochen, etwas zum Nachtisch mitzubringen. Seit Ewigkeiten hatte sie schon keinen Kuchen mehr gebacken. Cat nahm sich vor, Thelma zu

bitten, ihr die Küche zu überlassen. Sie wollte einen Walnußkuchen nach dem Rezept ihrer Mutter backen, der immer ein großer Erfolg gewesen war. Jason würde beeindruckt sein. Am besten war es, wenn sie gleich einen zweiten für die Familie buk – um Red ebenfalls zu beeindrucken?

»So darf das nicht weitergehen«, sagte sie sich auf dem Heimweg. Als das Haus in Sicht kam, sah sie Red mit ihrem Sohn auf der Veranda stehen. Ihr Herz fing an zu klopfen.

Es ist nur wegen Matt, redete sie sich ein. Schließlich war sie viereinhalb Stunden von ihrem Sohn getrennt gewesen.

Red hatte sie seit gestern abend um sieben nicht zu Gesicht bekommen.

Sie stieg aus dem Wagen. Red hielt ihr den kleinen Jungen hin, der seiner Mutter sofort die Arme entgegenstreckte.

»Du bist aber früh zurück«, meinte sie zu Red.

»Ich mußte etwas erledigen. Ich bin nach Baker gefahren und habe unterwegs dein Auto in der Stadt gesehen. Hattest du einen erfolgreichen Tag?« Er benahm sich, als wäre nichts gewesen.

Cat konnte wieder ruhig durchatmen.

Sie bildete sich das alles nur ein. Doch wie sollte sie sich das Knistern erklären, das sie durchzuckte, als er ihr ihren Sohn reichte und ihre Hände sich berührten?

NEUNUNDZWANZIG

»Mannomann, ein Kuchen!« jubelte Cody.
»Backen ist nicht gerade meine Stärke«, gab Jason zu.
»Dafür kann sich dein Huhn in Tomatensauce sehen lassen.«
»Das Rezept ist einfacher, als man denkt.«
»Du wolltest wohl Eindruck bei mir schinden?«
Jason grinste. »Ich habe mit Katie vereinbart, daß ich koche, wenn sie morgen den Abwasch macht.«
»Ich finde es spitze.« Cody hatte seinen Teller leergegessen. »Spielst du mit mir Backgammon?«
Cat wechselte einen Blick mit Jason, der sich gerade ein zweites Stück Walnußkuchen nahm. »Und du hast das gebacken, um mich zu beeindrucken, richtig?« meinte er.
»Ach, weißt du …«
»Das ist dir geglückt, obwohl du dir dazu nicht diese Mühe hättest machen müssen.«
»Wenn du so weiterredest, werde ich noch größenwahnsinnig.«
»Was bedeutet größenwahnsinnig?« wollte Cody wissen.
»Sie wollte nur sagen, daß sie sich wohl bei uns fühlt.«

Er tätschelte Cats Hand. »Stimmt's?«
Cat nickte.
Sie hatte Jason gern. Wirklich sehr gern. Und Cody auch. Außerdem gefiel es ihr, daß Jason sie anziehend fand, und sie genoß seine Gegenwart. Außerdem war es schön gewesen, ihn zu küssen.
Nach einer Stunde – Cody hatte drei Partien gewonnen, Cat nur eine – sagte Jason: »Jetzt ist es aber genug für heute.«
»Ich bin aus der Übung«, meinte Cat zu Cody. »Ich habe schon seit Jahren nicht mehr Backgammon gespielt. Beim nächstenmal bin ich bestimmt besser.«
Es war erst halb acht.
»Möchtest du dir das Video anschauen, das ich heute ausgeliehen habe?« fragte Jason seinen Sohn.
»Klar. Du auch?« wandte sich Cody an Cat.
»Lieber nicht. Danke.«
»Sieh es dir in deinem Zimmer an, damit Cat und ich uns unterhalten können«, schlug Jason vor.
Cody verschwand mit der Kassette.
»Hoffentlich wird Matt auch einmal ein so netter Junge wie dein Sohn.«
Jason nickte. Er wußte, daß er Glück gehabt hatte.
»Vermißt er seine Mutter?«
»Er redet nicht darüber. Inzwischen lebt sie in San Francisco und will, daß er sie im August besucht, wenn sie Urlaub hat. Aber mir ist es nicht so ganz recht, ihn allein in ein Flugzeug zu setzen. Wenn ich ihn nach Portland fahre, müßte er wenigstens nicht umsteigen. Doch er freut sich schon sehr auf den Flug.«

Sie gingen hinaus auf die Veranda des kleinen Hauses und setzten sich auf Plastikstühle, die bequemer waren, als sie aussahen.
Es dämmerte. Erst in einer Stunde würde es völlig dunkel sein.
Sie nickten Don Christiansen zu, der im Vorbeigehen die Baseballkappe zog.
»Morgen weiß die ganze Stadt, daß du mit mir auf der Veranda gesessen hast.«
»Haben die Leute denn keine interessanteren Gesprächsthemen?«
»Kommt drauf an, ob sie sich schon die Mäuler über Luann Michaels zerreißen.«
»Was ist denn mit ihr los?«
»Sie hat kürzlich ein Baby gekriegt.«
»Nie von ihr gehört.«
»Sie ist Cissy Sorensons Tochter.«
»Cissy ist doch noch viel zu jung, um Großmutter zu werden.«
»Cissy ist zweiunddreißig, ihre Tochter fünfzehn.«
Cat zog die Augenbrauen hoch.
»Niemand hatte eine Ahnung, daß Luann überhaupt schwanger war. Und dann hat sich herausgestellt, daß Cissys Mann der Vater ist. Nun wollen Cissy und ihr Mann das Kind adoptieren und als Luanns Schwester aufziehen.«
»Ach du meine Güte.«
Sie schwiegen eine Weile. Aus der Ferne klangen Hundegebell und das Johlen spielender Kinder zu ihnen herüber. Cat genoß die friedliche Stimmung.

»Bist du bereit?« fragte Jason schließlich.
»Wofür?«
»Für eine neue Beziehung.«
Cat lächelte ihn an. »Damit meinst du wohl eine Beziehung mit dir.«
»Wahrscheinlich wartest du darauf, daß ich den ersten Schritt mache.«
»Und?« Sie wußte, daß sie mit ihm spielte.
»Inzwischen denke ich Tag und Nacht an dich. Wenn ich im Auto unterwegs bin, wenn ich in einer Besprechung sitze und wenn ich versuche, einen Streit zu schlichten. Ständig bemühe ich mich, dich nicht vor mir zu sehen. Und wenn wir uns treffen, muß ich mich beherrschen, um dich nicht zu berühren. Selbst wenn ich abends ins Bett gehe, bist du bei mir. Ist dir denn noch nicht aufgefallen, daß ich dir am liebsten die Kleider vom Leibe reißen würde?«
»Ich habe mich schon gefragt, was dieser Gesichtsausdruck zu bedeuten hat.«
Er lachte.
»Offenbar bist du ein äußerst beherrschter Mensch.«
»Damit ist es jetzt vorbei, Cat.« Er stand auf, zog sie an sich und preßte seine Lippen auf ihre.
»Was werden die Nachbarn dazu sagen?« murmelte sie.
»Daß es allmählich Zeit wird.«
Seine Lippen fühlten sich unbeschreiblich warm an. Er umfaßte sie fester.
»Gehen wir hinein«, schlug er vor. »Wir brauchen keine Zuschauer.«
Als er Cody auffordern wollte, den Fernseher abzu-

schalten, stellte er fest, daß der Junge schon eingeschlafen war. Leise schloß Jason die Kinderzimmertür.
»Wir sind allein«, sagte er zu Cat.
»Der Kuß war wunderschön«, meinte sie.
Wieder küßte er sie, und sie schlang die Arme um seinen Hals. Als er ihre Brust umfaßte, stöhnte sie leise auf.
»Es ist lange her«, flüsterte sie.
»Bei mir auch«, hauchte er ihr ins Ohr.
Er hob sie hoch und trug sie den Flur entlang ins Schlafzimmer. Sie fing an, sich die Bluse aufzuknöpfen.
»Laß mich das machen«, sagte er.
Er knipste die Nachttischlampe an. »Sandy konnte es nicht ausstehen, wenn Licht brannte.«
»Dabei ist es doch am schönsten, wenn man etwas sieht.« Cat öffnete sein Hemd.
»Weißt du, wie lange ich mich schon danach sehne, dich nackt zu betrachten?« murmelte er.
Er streifte ihr die Hose ab und zog sich ebenfalls aus. Dann standen sie nackt voreinander.
Wieder hob er sie hoch und legte sie aufs Bett, um sie zu betrachten. »Du bist so schön, wie ich es mir vorgestellt habe.«
Er legte sich zu ihr und schmiegte sich an sie. »Ich bin so verliebt in dich.« Er küßte sie.

»Du bist ja kaum noch zu bändigen«, sagte er später.
»Und dabei habe ich mich noch zurückgehalten.« Cat grinste. »Ich wollte Cody nicht wecken.«

»Wow!«
»Das kannst du laut sagen. Wow!«
»Glaubst du, die Leute in der Stadt ahnen, daß wir zusammen im Bett waren?«
»Wahrscheinlich schon. Schließlich sind sie nicht von gestern. Noch nie im Leben habe ich mich so gut gefühlt.«
Cat sah auf die Uhr. »Ich muß nach Hause. Es ist schon elf.«
»Bitte bleib. Geh nicht weg.«
Sie lachte. »Wir können es jederzeit wiederholen.«
»Heirate mich, Cat.«
»Hör zu, Jason. Daß wir miteinander geschlafen haben, heißt nicht, daß ich bereit für eine feste Beziehung bin. Mach nicht alles kaputt, indem du mich unter Druck setzt. Ich möchte nichts überstürzen, okay?«
Sie stand auf, um ihre Kleidung vom Boden aufzuheben.
»Lassen wir es ein wenig lockerer angehen. Ich habe heute zum erstenmal seit einer Ewigkeit wieder mit einem Mann geschlafen, und es hat mir großen Spaß gemacht. Wir können es wieder tun, aber bitte dräng mich nicht, Jason. Das heute war alles neu für mich. Ich fand es wirklich sehr schön. Sandy muß an Geschmacksverirrung leiden. Oder vielleicht interessiert sie sich einfach nicht für Männer. Denn für mich war es einfach wunderbar.«
»Das liegt nur an dir. Du ahnst ja gar nicht, was diese Nacht für mich bedeutet.«
Sie schlüpfte in ihren Büstenhalter und in ihre grüne

Seidenbluse, die enganliegende, die sie angezogen hatte, um Jason zu gefallen. Sie hatte gewußt, daß es heute nacht geschehen würde, und die nötigen Vorsichtsmaßnahmen getroffen. Cat beschloß, sich von Chazz die Pille verschreiben zu lassen. Würde er schockiert sein? Vielleicht war es doch besser, nach Baker in die Klinik zu fahren, damit nicht gleich die ganze Stadt davon erfuhr.

DREISSIG

»Willst du heute in die Stadt?« fragte Red am nächsten Morgen beim Frühstück.

»Seit ich dort einen Briefkasten habe und auf Nachricht von der Anwaltskammer warte, fahre ich jeden Tag hin.«

»Ich passe auf Matt auf«, meinte Thelma, die in der Tür stand. »Lucy fühlt sich nicht wohl.«

»Oh?« Cat blickte auf. »Macht es Ihnen wirklich nicht zuviel Mühe? Ich kann ihn ja mit ins Büro nehmen.«

»Er stört mich nicht«, sagte Thelma.

Matt grapschte sich eine Handvoll Frühstücksflocken und warf sie nach Cat. »Na großartig«, stöhnte sie. »Ich hätte mich besser erst nach dem Frühstück anziehen sollen.«

»Ich kümmere mich wirklich gern um ihn«, wiederholte Thelma. »Heute habe ich nicht viel zu tun.« Das hieß, daß sie weder einen Kuchen backen noch Kompott einkochen wollte. »Außerdem kommt Roseann zum Saubermachen.«

»Ich bin zum Mittagessen zu Hause«, meinte Red. Das kam bei ihm selten vor.

»Einverstanden. Ich ziehe ihn rasch an.«

Cat wußte, daß sie verwöhnt wurde. Keine Hausarbeit.

Allzeit bereite Babysitter. Aber auch kein Ehemann, was nicht bedeutete, daß sie jeden x-beliebigen genommen hätte. Sosehr sie die letzte Nacht auch genossen hatte, sie mußte Jason unmißverständlich klarmachen, daß sie ihre Freiheit brauchte. Sie war im Begriff, eine Kanzlei zu eröffnen. Die Vorstellung einer sexuellen Beziehung ohne Verpflichtungen sagte ihr sehr zu, obwohl ihr klar war, daß dieser Zustand nicht von Dauer sein konnte. Sex führte früher oder später immer zu Verpflichtungen. Wenigstens in den meisten Fällen.

Sie nahm sich vor, nach dem Mittagessen zu Chazz zu gehen, um sich die Pille verschreiben zu lassen. Er würde es bestimmt niemandem weitererzählen. Vermutlich würde er erraten, daß es Jason war. Und wahrscheinlich würde er sich für sie beide freuen.

Sie fühlte sich großartig. Offenbar hatte Sex tatsächlich eine anregende Wirkung. Warum also konnte sie Red nicht in die Augen sehen? Und das, obwohl sie sicher war, daß er ihre Verbindung mit Jason billigen würde – eine Meinung, die vermutlich die ganze Stadt teilte.

Eigentlich hatte sie damit gerechnet, daß Jason sie in ihrem Büro besuchen würde, aber er ließ sich nicht blicken. Nur ein Maler war schon da und brachte an einem der Fenster goldene Buchstaben an.

CATHERINE MCCULLOUGH
RECHTSANWÄLTIN

»Ach du meine Güte!« rief sie aus und trat zurück, um die Schrift zu bewundern. »Wer hat Ihnen den Auftrag erteilt?«

Doch der junge Mann zuckte nur die Achseln und pinselte weiter.

Als Jason um zehn noch nicht erschienen war, ging Cat in Rocky's Café. Aber auch dort war er nicht. Sie unterhielt sich mit einigen Stammgästen und mit Ida, trank einen Kaffee und warf dann einen Blick in das Büro des Sheriffs: kein Jason.

Erst kurz vor zwölf kam er, den Sheriffhut aus der Stirn geschoben, in ihr Büro und ließ sich erschöpft in einen Stuhl sinken.

Cat war froh, ihn zu sehen. »Du siehst müde aus«, sagte sie.

»Ich war den ganzen Vormittag in der alten Mühlenstraße. Ein totes Baby. Sieht nach eingeschlagenem Schädel aus.«

»Um Himmels willen!«

»Eine Tragödie. So etwas ist noch nie in dieser Gegend passiert. Nicht in Cougar Valley.«

»Wie alt war das Kind?«

»Ein Neugeborenes, vermutlich erst vor einem Tag auf die Welt gekommen. Wie kann ein Mensch so etwas tun?« fragte er fassungslos.

Doch Cat wußte eine Erklärung. »Vielleicht hat sich die Fra wegen ihrer Schwangerschaft geschämt. Vielleicht war sie nicht bereit, die Verantwortung zu übernehmen, und hätte abtreiben lassen sollen, bevor es zu spät war.«

Jason starrte sie an. »Du solltest in die Politik gehen.«

»Ich habe Mitleid mit der Mutter, die das getan hat.«

»Woher weißt du, daß es die Mutter war?«

»Wer sonst?«
»Keine Ahnung. Aber da der Mord in meinem Zuständigkeitsbereich stattgefunden hat, muß ich den Fall aufklären.«
Cat sah ihn eindringlich an. »Ich denke, du solltest dir dabei keine so große Mühe geben, Jason.«
Er stand auf und ging zu Tür. »Man könnte meinen, daß es mir den Appetit verschlagen hätte, aber ich hatte noch nicht einmal Zeit zum Frühstücken. Kommst du mit?«
Sie nickte. Gemeinsam gingen sie in Rocky's Café. Da es Mittagszeit war, war nur noch ein Tisch neben der Küchentür frei, wo man sich wegen des Geschirrklapperns kaum unterhalten konnte.
»Eigentlich hatte ich vor, einen Blumenstrauß für dich zu pflücken, damit du weißt, was gestern nacht für mich bedeutet«, sagte er.
Cat lächelte. »Mir hat es auch gut gefallen.«
»Gefallen ist wohl ein wenig untertrieben.«
»Ich freue mich schon auf das nächste Mal.«
»Mein Büro? Dein Büro? Bei mir zu Hause? Im Auto? Im Wald? Du kannst es dir aussuchen.«
Ida servierte die Roastbeef-Sandwiches mit hausgemachten Dillgurken.
Lachend bestrich Cat ihr Brot mit Senf und Meerrettich und wechselte rasch das Thema.
Nach dem Mittagessen büffelte sie ein paar Stunden lang das Steuerrecht von Oregon. Wer hätte gedacht, daß eine Anwältin aus Boston einmal mit derartigen Dingen enden würde?

Enden? Sie sah sich in ihrem Büro um. Sie fing doch gerade erst an.
Als sie um halb drei Uhr nach Hause kam, entdeckte sie Baufahrzeuge auf dem Rasen. Ein Bagger hob ein großes Loch aus.
Noch ehe sie nah genug war, um die Aufschrift auf dem staubigen, blauen Laster zu lesen, wußte sie, worum es sich handelte.
Ein Swimmingpool! Ihr Herzenswunsch ging in Erfüllung.
Red stand da und sah den Arbeitern beim Graben zu. Bei Cats Anblick strahlte er übers ganze Gesicht. »Warum bin ich nicht schon früher auf diese Idee gekommen?«
»Das nächste Mal sollte ich vorsichtiger sein, wenn ich dich um etwas bitte.«
»Der Pool ist nicht nur für dich«, entgegnete er ein wenig zu rasch. »Matt kann darin Schwimmen lernen, und mir macht es bestimmt auch Spaß. Mir ist es einfach zu mühsam, jedesmal zum Badesee zu fahren. Ich war schon seit Jahren nicht mehr dort.«
»Schon gut«, meinte sie und küßte ihn auf die Wange wie in alten Zeiten. Er legte den Arm um sie und lächelte, als er ihre erfreute Miene bemerkte.
»Ich wette, *du* hast den Mann beauftragt, mein Fenster zu beschriften«, meinte sie.
Er schüttelte den Kopf. »Welchen Mann? Welches Fenster?«
Cat sollte nie herausfinden, wer den Auftrag erteilt hatte.

Als sie am nächsten Morgen zum Postamt ging, erhielt sie die offizielle Bestätigung, daß sie nun berechtigt war, ihren Beruf im Staat Oregon auszuüben. Sofort rief sie Thelma an und bat sie, noch heute in die Stadt zu kommen, wenn sie ihre erste Mandantin werden wollte.
»Wenn Sie um die Mittagszeit hier sind, lade ich Sie zum Essen in Rocky's Café ein«, sagte sie der Köchin.
»Vielen Dank«, erwiderte Thelma. »Aber eines möchte ich klarstellen. Ich bezahle Sie dafür, daß Sie mein Testament aufsetzen.«
»Aber natürlich«, antwortete Cat und beschloß, Thelma zwanzig Dollar zu berechnen.

Am nächsten Morgen fuhr ein Transporter vom Blumenladen in Baker vor und lieferte eine Reihe von Sträußen ab. Einen von der Bank, die ihr viel Erfolg wünschte, einen von Vlahov's Apotheke, einen von Jason und Cody, einen von Chazz und Dodie (sie hatte vergessen, sich von Chazz die Pille verschreiben zu lassen, und nahm sich vor, das noch heute zu erledigen), einen von Davis' Bekleidungsgeschäft und einen von der Landwirtschaftlichen Genossenschaft. Offenbar war es hier Sitte, neue Unternehmen in der Stadt willkommen zu heißen.
Außerdem war noch eine rote Rose mit einer Karte dabei, auf der stand:
Für Cat, die mich so glücklich macht, wie ich noch nie zuvor war, und auf die ich sehr stolz bin. Red.
Als sie Chazz den Grund ihres Besuchs mitteilte, lächelte der Arzt.

»Das freut mich.«
»Mich auch.«
Während er das Rezept ausstellte, sagte sie: »Ich wäre beinahe nicht zu Ihnen gekommen.«
»Weil Ihr Sexualleben mich nichts angeht?«
»Genau.«
»Kann sein, aber Ihr seelisches Wohlbefinden geht mich durchaus etwas an. Außerdem ist Ihr Geheimnis bei mir sicher.«
»Was denken Sie? Wird man mich in der Stadt als Anwältin akzeptieren?«
Chazz überlegte. »Ich weiß nicht. Die Leute werden sich mit Kleinigkeiten an Sie wenden. Mit Testamenten zum Beispiel ...«
»Etwas anderes habe ich auch nicht erwartet.«
»Außerdem werden Sie die Interessen der Stadt und der Schule vertreten. Vielleicht wird es ein Weilchen dauern, aber die Leute werden sich an Sie gewöhnen. Wenn Sie Ärztin wären, sähe die Sache ein wenig anders aus. Die meisten würden lieber nach Baker oder nach La Grande fahren, als sich von einer Frau untersuchen zu lassen. Das gilt auch für die Frauen.«
Cat schüttelte den Kopf. »Leben wir hier noch im Mittelalter?«
»Ha!« schnaubte Chazz. »Sie brauchen sich bloß anzuschauen, wie Hillary Clinton durch den Kakao gezogen wurde, nur weil sie eine gebildete, unabhängige Frau ist. Eleanor Roosevelt war die letzte First Lady von ihrem Format, und damals hat man sich über ihr Aussehen lustig gemacht, obwohl sie eine herausragen-

de Persönlichkeit war. Die Menschen in Kleinstädten haben etwas gegen Veränderungen und werden mißtrauisch, wenn sie die Sitten ihrer Großväter aufgeben sollen. Deshalb wollen die jungen Leute so schnell wie möglich weg von hier. Wenn Sie sich entschlossen hätten, eine Kanzlei zu eröffnen, als Scott noch lebte, hätten Sie keinen einzigen Mandanten bekommen. Man wäre der Ansicht gewesen, daß Sie als Frau und Mutter ins Haus gehören, und damit basta.«

»Warum fühle ich mich dann hier so wohl? Ich vermisse Boston oder die Ostküste nicht einmal.«

Der Arzt schüttelte nachdenklich den Kopf. »Wahrscheinlich werden Sie sich als Anwältin hier zu Tode langweilen. Nichts als Kleinkram.«

»Aber ist das nicht einer der Gründe, warum es uns hier so gut gefällt? Keine Kriminalität!«

Chazz nickte. »Am besten fahren Sie mit Ihrem Rezept in die Apotheke nach Baker, wenn Sie nicht wollen, daß die ganze Stadt über Sie tratscht.«

Cat steckte das Papier ein. »Gute Idee.«

»Wir veranstalten am Sonntag um drei eine Grillparty. Möchten Sie mit Matt kommen?«

»Gern.«

»Red und Sarah sind auch eingeladen – falls Sarah Lust hat.«

»Ich glaube nicht, Chazz. Sie ist die meiste Zeit sturzbetrunken. Aber ich frage sie trotzdem.«

»Dann bringen Sie wenigstens Red mit. Wir sehen ihn viel zu selten.«

EINUNDDREISSIG

Am Samstag waren Red und Cat bei Bankdirektor Bollinger zum Essen eingeladen gewesen, und Red hatte den Abend sehr genossen. Hoffentlich hat Cat sich auch amüsiert, überlegte er, denn die Bollingers hätten ihre Eltern sein können. Doch sie hatte sich anscheinend gut amüsiert und angeregt mit Nan Bollinger geplaudert.

Nan war zwar in Pendleton aufgewachsen, strahlte jedoch großstädtische Weltläufigkeit aus. Und dabei flog sie nur einmal im Jahr nach New York, um sich mit ihrem Mann die neuesten Broadway-Shows anzusehen. Ihren Kleidern merkte man nicht an, daß sie sie per Katalog bestellte, denn sie war schlank und wirkte unbeschreiblich elegant. Das blonde Haar fiel ihr in weichen Wellen bis auf die Schultern. Cat vermutete, daß sie sogar morgens beim Aufwachen gut aussah.

Außerdem schienen sie und Bollie eine glückliche Ehe zu führen. Bollie, Nan und Red kannten sich schon seit ihrer Jugend. Bollie und Nan waren sich bei einem Footballspiel ihrer Schulmannschaft begegnet.

Während ihrer Ehe war Nan immer aktiv geblieben. Sie hatte sich im Elternbeirat der Schule und als Gruppenleiterin bei den Pfadfindern engagiert und sogar einen

Autoreparaturkurs an der Volkshochschule belegt. Nun konnte sie fast jedes Modell auseinandernehmen. Sie begleitete ihren Mann zu Kongressen, und Red und Cat waren sicher, daß sie die anderen Bankiers dort um den Finger wickelte. In den siebenundzwanzig Jahren ihrer Ehe hatten sie und Bollie außerdem regelmäßig Urlaubsreisen unternommen.

»Du paßt sehr gut nach Cougar«, stellte Red auf der Heimfahrt fest.
»Das möchte ich auch.« Cat sah aus dem Fenster und betrachtete die Sterne.
»In dieser Woche wird der Swimmingpool voraussichtlich fertig«, sagte Red nach einer Weile. »Möchtest du eine Einweihungsparty geben?«
»Wird es nicht allmählich zuviel? Heute bei den Bollingers, morgen bei den Whitleys. Hast du übrigens gestern Lucy gesehen?« fügte sie hinzu.
»Nein. Warum?«
»Ihr Gesicht war ganz geschwollen.«
Red pfiff durch die Zähne. »Wieder mal ihr Mann.«
»Warum läßt sie sich das gefallen?«
Er schüttelte den Kopf. »Keine Ahnung.«
Sie hatten die Ranch erreicht. »Es war ein wunderschöner Abend, Cat«, sagte Red. »Endlich habe ich jemanden, mit dem ich etwas unternehmen kann. Bis jetzt war ich immer nur allein.«
Er griff nach ihrer Hand und sah ihr in die Augen.
»Mir hat es auch Spaß gemacht«, erwiderte Cat. Sie sprang aus dem Auto und rannte die Stufen hinauf.

Nachdem sie sich vergewissert hatte, daß Matt schlief, ging sie in ihr Zimmer.
»Ich muß verrückt sein«, schalt sie sich. »Vollkommen übergeschnappt.«

Zur allgemeinen Überraschung nahm Sarah Chazz' Einladung an. Miss Jenny war auch mit von der Partie, und so fuhren sie am folgenden Nachmittag zu fünft in die Stadt.
»Was für ein wunderschöner Tag!« rief Sarah aus.
Sarah hatte den ganzen Tag noch nichts getrunken, und Chazz hatte Cat versprochen, daß es auf der Grillparty keinen Alkohol geben würde.
Außerdem hatte Chazz seiner Frau vorgeschlagen, Torie und Joseph Sarah zuliebe besser nicht einzuladen.
»Unsinn«, widersprach Dodie. »Sarah muß sich daran gewöhnen. Schließlich sind die beiden schon seit Jahren ein Paar. Sie sollten einfach heiraten und sich anderswo einen Job suchen. Wen interessiert es, ob ihre Kinder Schamanen werden können?«
»Es geht uns nichts an ...«
»Dich vielleicht nicht, aber mich. Torie und Joseph sind zwei so nette junge Leute und sollen endlich glücklich werden.«
»Vielleicht sind sie es ja.«
»Zwei, die sich lieben, sollen heiraten und Kinder kriegen.«
»Geh nicht immer von dir aus. Es gibt auch Leute, die keine Kinder wollen.«
»Joseph und Torie wären wunderbare Eltern.«

Chazz verschwieg seiner Frau, daß Torie schon seit Jahren die Pille nahm.

»Ab Herbst habe ich wahrscheinlich eine Stelle an einer Schule in Kalifornien«, verkündete Torie einige Tage später vor dem Abendessen.

Cat, die gerade den Tisch deckte, hätte fast einen Teller fallen gelassen.

»Joseph und ich stecken in einer Sackgasse, und wir haben uns überlegt, ob wir es mal mit einer vorübergehenden Trennung versuchen sollten. Ich habe mich in verschiedenen Kleinstädten rings um San Francisco beworben, und eine Schule hat meine Bewerbungsunterlagen angefordert. Ich soll mich nächste Woche in Walnut Creek vorstellen.«

»O Torie!«

Torie tätschelte ihrer Schwägerin den Arm. »Bitte, reg dicht nicht auf. Mir genügt es, daß Daddy vermutlich einen Anfall kriegen wird. Er meint nämlich, daß Joseph und ich einfach heiraten sollten. Hoffentlich hat er Verständnis dafür, daß wir das unverantwortlich finden.«

Cat nickte. »Er wünscht sich nur, daß ihr glücklich werdet.«

»Wenn du nicht hier wärst, würde ich es nicht über mich bringen, wegzugehen.«

»Es ist nicht deine Aufgabe, deinen Vater glücklich zu machen.«

»Das weiß ich sehr gut. Schließlich habe ich es jahrelang bei Mutter versucht. Ich glaubte, ich wäre schuld an ihrem Zustand. Erst nach der High-School wurde mir klar, daß sie ein Alkoholproblem hat. Und dabei hatte ich mir jahrelang Vorwürfe gemacht.«

»O Torie.«

»Manchmal dachte ich, sie wäre eifersüchtig, weil ich mich mit Daddy so gut verstehe. Wir standen uns immer sehr nah. Er hat mir das Angeln und das Reiten und auch das Lesen beigebracht, bevor ich in die Schule kam. Immer hatte er für Scott und mich Zeit. Wir konnten uns mit allen Problemen an ihn wenden. Er hat mir auch gesagt, daß es in Ordnung ist, wenn ich mit Joseph ins Bett gehe.« Torie kicherte. »Obwohl sein Okay ein wenig spät kam«, fügte sie hinzu.

»Wie wollt ihr ohne einander auskommen?«

»Joseph und ich? Wir haben darüber gesprochen und sind zu dem Schluß gelangt, daß wir es versuchen müssen. So kann es jedenfalls nicht weitergehen.«

»Vielleicht wird Joseph durch die Trennung erkennen, daß du wichtiger bist als sein Stamm.«

»Wer weiß?« Torie zuckte die Achseln, sie wirkte erstaunlich gelassen. »Jetzt muß ich es Daddy erzählen. Kommst du bitte mit?«

Cat umarmte ihre Schwägerin. »Wenn es dir hilft.«

»Seit du bei uns bist, ist unser Leben viel einfacher geworden. Was würden wir nur ohne dich anfangen?«

»Jetzt übertreib mal nicht. Ich finde, daß *ich* Grund zur Dankbarkeit habe.«

»Also beruht es auf Gegenseitigkeit«, stellte Torie fest. »Jedenfalls gibst du Daddy, mir und manchmal auch Mutter sehr viel Kraft. Du hast es uns erleichtert, Scotts Tod zu verwinden. Deinetwegen kann Daddy wieder lachen. Du spielst mit ihm Schach ...«
»Obwohl ich wahrscheinlich kein ernstzunehmender Gegner für ihn bin.«
»Du wolltest einen Swimmingpool, und Daddy hat Freude daran, dir diesen Wunsch zu erfüllen.«
»Das nächstemal werde ich ganz beiläufig einen Hermelinmantel erwähnen.«
Torie lachte. »Den würdest du sicher auch noch kriegen. Durch dich lebt Daddy richtig auf.«
»Ich liebe deinen Vater«, sagte Cat.
»Er ist ein wunderbarer Mensch.« Torie nickte.
Aber Cat hörte gar nicht richtig hin, denn ihre Worte hallten in ihren Ohren wider.
»Apropos Liebe«, fuhr Torie fort. »Ich glaube, Jason hat es auch ganz schön erwischt. Auf der Grillparty bei den Whitleys hat er dich ständig angestarrt.«
»Ich habe Jason sehr gern.«
»Mehr nicht?«
Cat schüttelte den Kopf. »Ich weiß nicht. Ich bin einfach noch nicht bereit für eine neue Beziehung, so nett Jason auch sein mag.«
»Stimmt, doch es ist schwer, in die Fußstapfen eines McCullough zu treten.«
»Richtig, das schafft nur ein anderer McCullough.«
Was sagte sie da? Cat hätte sich ohrfeigen können.
Torie musterte sie erstaunt, ging aber nicht weiter dar-

auf ein. Sie nahm zwei Vorlegeplatten und brachte sie hinaus ins Eßzimmer.

Cat mußte sich am Küchentisch festhalten. Es dauerte eine Weile, bis der Raum um sie herum aufhörte, sich zu drehen.

ZWEIUNDDREISSIG

Lucy kann nicht mehr bei uns arbeiten«, sagte Thelma an einem Samstagmorgen zu Cat.

»Hat es was mit ihrem Mann zu tun?«

Thelma wandte den Blick ab.

»Hat er ihr verboten, weiter zu uns zu kommen?«

Thelma nickte. »Er findet, daß wir ihr Flausen in den Kopf setzen.«

Doch Cat genügte diese Erklärung nicht. »Hat er sie wieder geschlagen?« fragte sie.

Tränen stiegen Thelma in die Augen. »Er hat ihr den Arm gebrochen und ihr verboten, zum Arzt zu gehen. Ich weiß nicht, was passiert wäre, wenn ich nicht zufällig vorbeigeschaut hätte. Ich habe Doc Whitley angerufen und sie ins Krankenhaus bringen lassen. Sie haben den Arm eingegipst, und dann habe ich sie mit zu mir genommen. Doch anschließend ist Pete aufgetaucht, hat sich vor ihr auf die Knie geworfen und sie angefleht, ihr zu verzeihen. Er hat ihr hoch und heilig versprochen, so etwas nie wieder zu tun. Also ist sie mit ihm gegangen.«

»Das ist ja entsetzlich, Thelma! Können wir ihr irgendwie helfen?«

Thelma zuckte die Achseln. »Wie soll man jemandem helfen, der sich nicht helfen lassen will?«

»Was ist mit ihrem Kind?« Lucy hatte einen siebenjährigen Sohn, den ihre Mutter beaufsichtigte, wenn sie bei den McCulloughs arbeitete.
»Sie wissen ja, daß der Junge nicht von Pete ist.«
Cat nickte. Bei Lucys und Petes Hochzeit war das Kind anderthalb Jahre alt gewesen.
»Besteht Gefahr für ihn?«
»Er hat zwar eine Todesangst vor seinem Stiefvater, doch der hat ihn bis jetzt noch nicht angerührt.«
»Kennen Sie jemanden, den wir als Ersatz für Lucy einstellen können?«
»Zufällig ja. Myrna Lee mußte kündigen, weil sie schwanger geworden ist. Doch sie wird froh sein, wenn sie sich bis zur Geburt etwas dazuverdienen kann, denn sie und ihr Mann haben nicht viel Geld. Sie könnte ihr Kind später zur Arbeit mitbringen.«
»Wer ist sie?«
»Eine Kusine zweiten Grades von meinem Mann.«
Cat sparte sich die Mühe, Thelmas komplizierte Verwandtschaftsverhältnisse zu entschlüsseln.
»Wenn sie in der Stadt wohnt, könnte ich sie ja besuchen, um sie kennenzulernen.«
»Sie lebt acht Kilometer nördlich von hier. Aber sie hat einen Pick-up und ist mobil. Ihr Baby kommt erst in vier Monaten, aber der Ladenbesitzer wollte sie mit ihrem dicken Bauch nicht mehr beschäftigen.«
»Damit würde kein Unternehmer in Boston oder New York durchkommen.«
»Aber wir sind hier in Cougar Valley«, entgegnete Thelma. »Wenn Sie mit ihr reden wollen, können wir ja

gleich zu ihr fahren. Oder ich bitte sie, zu uns zu kommen.«
»Rufen Sie sie an und fragen Sie sie, ob sie mit einem Besuch einverstanden ist«, meinte Cat.
»Myrna liebt Babys«, sagte Thelma. »Schon als Kind hatte sie Hunderte von Puppen und hat sich immer gewünscht, Mutter zu werden.«
»Klingt vielversprechend. Übrigens bin ich zum Abendessen nicht zu Hause.«
»Der Sheriff?« Thelma grinste.
»Hm«, brummte Cat. »Wir wollen Bridge spielen. Das habe ich seit dem College nicht mehr gemacht.«
Und miteinander schlafen, fügte sie im Geiste hinzu. *Wir werden uns so leidenschaftlich lieben, daß ich nicht mehr ständig an Red denken muß. Jason und ich werden uns dabei näherkommen, und ich werde nicht vergessen, daß Red nicht nur mein Schwiegervater, sondern auch ein verheirateter Mann und über zwanzig Jahre älter ist als ich.*

Cat schlüpfte in eine hellgrüne Hose und eine dunkelgrüne Bluse und steckte sich die baumelnden Goldohrringe an, die Scott ihr geschenkt hatte. In letzter Zeit hatte sie ein Faible für Birkenstocksandalen entwickelt und schlüpfte in ein jadegrünes Modell.
Red klopfte an die Schlafzimmertür. »Du kannst Matt hierlassen«, sagte er. »Ich füttere ihn und bringe ihn ins Bett. Du mußt auch hin und wieder einen Abend für dich haben. Viel Spaß.«
»Macht es dir wirklich nichts aus?«
Er lächelte. »Natürlich nicht. Ich habe am Samstag-

abend sowieso nichts Besseres zu tun. Außerdem bin ich gern mit Matt zusammen, auch wenn er noch nicht sprechen kann.«

»Ich dachte, du wärst zu müde. Schließlich hast du den ganzen Tag gearbeitet und bist seit dem Frühstück unterwegs.«

»Wir haben Sommer.« Er trank einen Schluck aus der Kaffeetasse in seiner Hand. »Ich weiß nicht, warum mir der Sommer soviel lieber ist als der Winter, obwohl es in dieser Jahreszeit die meiste Arbeit gibt.«

»Wahrscheinlich liegt das an der Wärme und daran, daß du deine Arbeit gern hast.« Cat musterte ihn. Sie fragte sich, ob er wußte, was für ein attraktiver Mann er war.

»Warum lädst du Jason und Cody nicht für morgen zu uns ein? Wir könnten einen Brunch am Pool veranstalten. Schließlich müssen wir das teure Ding richtig ausnützen.«

»Einverstanden, ich backe Brötchen.«

»Mit Himbeermarmelade. Thelma hat gerade ein paar Gläser eingeweckt.«

»Dieses Angebot können sie einfach nicht ablehnen.«

»Also um halb elf.«

Cat zögerte. »Du hast wirklich nichts dagegen, daß ich mich mit ihm treffe?«

»Ich habe kein Recht, dir Vorschriften zu machen.«

»Schließlich gehöre ich zur Familie.«

Als Red schwieg, fragte sie: »Oder etwa nicht?«

Er betrachtete sie lange. »Ja, du gehörst zur Familie«, antwortete er schließlich. »Und wenn ich einen Mann für dich aussuchen sollte, könnte ich keinen besseren

finden als Jason. Niemand verdient mehr als er, daß du ihn glücklich machst.«
Sie fragte sich, ob er befürchtete, sie könne Jason heiraten und mit Matt zu ihm in die Stadt ziehen. Möglicherweise hatte er auch Angst, daß sie Cougar verlassen und wieder an die Ostküste zurückkehren würde. Dachte er ebensoviel an sie wie sie an ihn, oder bildete sie sich das alles nur ein?

Red stand auf der Veranda und blickte ihr nach, als sie, eine Staubwolke aufwirbelnd, davonfuhr. Er sah zu, wie das Auto immer kleiner wurde und schließlich in der Ferne verschwand.
Den ganzen Tag hatte er auf den Heuwiesen gearbeitet. Es war die zweite Heuernte des Jahres, und er hatte alle drei Wiesen nach dem Frühstück in Augenschein genommen. Diese Alltagspflichten überließ er meistens Glenn, seinem Vorarbeiter, doch hin und wieder sah er selbst nach dem Rechten. Es war, wie meistens im August, ein strahlender Sommertag mit fast dreißig Grad. Die großen Erntemaschinen liefen bereits, als er aus seinem Pick-up stieg.
An der dritten Wiese hatte er die Ärmel hochgekrempelt und sich an die Arbeit gemacht. Den restlichen Tag verbrachte er mit seinen Männern, die ihre Verpflegung mit ihm teilten. Er hatte gearbeitet, bis sein Rücken schmerzte und ihm der Schweiß von der Stirn in die Augen tropfte. Er hatte gehofft, nicht mehr an Cat denken zu müssen, wenn er sich bis zur Erschöpfung abrackerte.

Er mußte sie sich aus dem Kopf schlagen. Aber auch die Arbeit hatte nicht geholfen.
Gab es überhaupt ein Gegenmittel?

»Ich habe dir doch gesagt, daß ich seit dem College nicht mehr gespielt habe.«
»Es war nicht dein Fehler. Erstens ist es sowieso kein Fehler, wenn man verliert, und zweitens war ich geistesabwesend.«
»Warum? Stimmt etwas nicht?«
»Ganz im Gegenteil.« Auf der Fahrt zu Jasons Haus hielt er ihre Hand. »Ich habe nur daran gedacht, wie du nackt in meinem Bett liegst. Es hat mich äußerste Selbstbeherrschung gekostet, mich nicht sofort auf dich zu stürzen. Den ganzen Abend lang will ich dich schon küssen.«
Cat drückte seine Hand an die Lippen. »Ich habe mich auch darauf gefreut, mit dir zu schlafen.«
»Ich kann mich auf nichts anderes mehr konzentrieren. Heute war ich bei den Millers, um ihnen zu sagen, daß sie das Schaf, das ihr Hund gerissen hat, ersetzen müssen. Als Mistress Miller die Tür öffnete, habe ich nur dein Gesicht gesehen. Dann war ich im Rocky's, um einen Kaffee zu trinken, und statt Ida hast plötzlich du vor mir gestanden. Jede Frau, der ich begegne, erinnert mich an dich. Und auch wenn ich allein bin, bist du immer bei mir.«
Sie leckte seine Handfläche.
»Wenn du nicht aufhörst, kommen wir noch von der Straße ab«, sagte Jason.

Sie nahm seine Hand und legte sie auf ihre Brust. Unvermittelt hielt er den Wagen an, drückte sie an sich und küßte sie.
»Ein Glück, daß dein Auto keine Schalensitze hat«, murmelte sie.
»Wenn du nicht aufpaßt, reiße ich dir hier auf der Stelle die Kleider vom Leibe.«
»Alles nur leere Versprechungen.«
Lachend nahm er den Fuß von der Bremse und fuhr weiter. Das Licht auf der Veranda brannte.
Katie Thompson sah CNN. »Sonst läuft nichts Interessantes«, meinte sie. »Und diese Sendung wird schon zum drittenmal wiederholt.« Sie streckte sich und rieb sich die Augen. Nachdem sie sich verabschiedet hatte, ging sie in ihr Zimmer über der Garage.
Jason knipste die Lichter aus und nahm Cats Hand. »Komm mit«, sagte er. »Ich habe mit dir noch etwas vor.«
Cat folgte ihm. »Normalerweise sind es doch die Frauen, die finstere Pläne schmieden.«
»Weißt du, wie sehr es mich erregt, wenn eine Frau mich anziehend findet?«
»Anziehend ist noch untertrieben.«
Er küßte sie, hob sie hoch und trug sie ins Schlafzimmer. Dort ließ er sich auf der Bettkante nieder, drückte sie an sich und begann ihre Bluse aufzuknöpfen.
»Vielleicht bin ich ja doch Nymphomanin«, flüsterte sie. »Ich finde es wunderschön.« Als seine Lippen ihre Brust berührten, erbebte sie am ganzen Leibe. Er liebkoste ihre Schenkel.

»Hilf mir beim Ausziehen«, sagte sie. »Aber schnell.«
»Dann steh auf.« Er küßte ihren Bauch.
Nachdem er sich entkleidet hatte, legte er sich aufs Bett und zog sie zu sich herunter.
In der nächsten Stunde mußte sie nicht an Red denken. Erst auf der Heimfahrt fiel er ihr wieder ein.
Sie blickte zum nachtschwarzen Himmel empor. Nach dieser Liebesnacht fühlte sie sich glücklich und entspannt.
»Heirate mich«, hatte Jason gegen zwei Uhr gesagt. Doch sie hatte rasch das Thema gewechselt.
Sie hoffte, daß Red schon schlief, denn sie wollte ihm heute nacht nicht mehr begegnen. Nicht, nachdem sie mit Jason geschlafen hatte. Sie wollte ins Bett gehen, nackt im Mondlicht liegen und an Jason Kilpatrick denken, daran, wie er sie erregte. Mit aller Macht versuchte sie sich einzureden, daß sich die Liebe schon noch entwickeln würde. Schließlich war ein erfülltes Sexualleben wichtig für eine Ehe. Sie und Jason würden ein schönes Paar abgeben, und die ganze Stadt würde sich über die Hochzeit freuen. Da war Cat sich ganz sicher.
Allerdings kam ihr Jason nur selten in den Sinn, wenn sie nicht mit ihm zusammen war.
Das Mondlicht spielte in den Blättern des großen Baumes vor dem Fenster und glitt über ihren Körper. Cat seufzte auf, als sie sich auf dem Bett rekelte. Sie sehnte sich danach, Reds Körper neben sich zu spüren, und auch, wenn sie die Augen schloß, sah sie sein Gesicht deutlich vor sich.

DREIUNDDREISSIG

»Torie fehlt mir«, stellte Cat beim Abendessen fest.
»Mir auch.«

Red war zu Hause, ein seltenes Ereignis in den letzten Wochen. Jeden Tag war er schon vor Morgengrauen mit seinen Männern ausgeritten, um das Vieh zusammenzutreiben. Jetzt, im September, mußten die Rinder, die verkauft werden sollten, von den Tieren getrennt werden, die man zu Zuchtzwecken oder zum Mästen behalten wollte. Früher hatte Scott als Vorarbeiter die Aufsicht über den Viehtrieb geführt, doch nun hatte Red diese Aufgabe wieder übernommen. Obwohl Glenn sein vollstes Vertrauen genoß, hatte er Freude an der harten Arbeit und der Gesellschaft seiner Männer.

Deshalb hatten Cat und Sarah fast die ganze Woche lang allein zu Abend gegessen.

»Bestimmt wird sie sich in Kalifornien großartig amüsieren«, meinte Sarah. »In San Francisco gibt es ein großes kulturelles Angebot, Ballett, Oper, Symphoniekonzerte, Theater ...« Ihre Stimme erstarb.

Cat und Red wechselten einen Blick. Wußte Sarah überhaupt, warum Torie fortgegangen war?

»Mir würde das großen Spaß machen«, fuhr Sarah fort.

»Doch statt dessen sitze ich hier in der Einöde fest, wo Kultur ein Fremdwort ist. Nicht einmal ein Kino haben wir.«
»Ich hatte heute fünf Mandanten«, wechselte Cat das Thema. Das war seit Eröffnung ihrer Kanzlei der absolute Rekord.
»Bald wirst du soviel verdienen, daß du nicht mehr weißt, wohin mit dem Geld«, meinte Red. Sein Gesicht war gebräunt und wettergegerbt. Cat beugte sich über den Tisch, um ihn anzusehen. Inzwischen trug er seine Brille ständig.
Red hatte ihren Blick bemerkt. »Mittlerweile brauche ich das Ding. Schließlich werde ich in drei Wochen fünfzig.«
»Soll das ein Wink mit dem Zaunpfahl sein?« witzelte Cat. »Keine Angst, dein Geschenk habe ich schon besorgt.«
Er grinste. »Und was für Fälle hast du an Land gezogen?«
»Ein Mandant möchte sein Testament machen. Außerdem war ein Mann aus Billings, Montana, da, der das Haus der Trevelayans kaufen will. Ich soll die Grundbucheintragung und den ganzen Papierkram regeln. Das heißt, daß ich morgen nach Baker aufs Gericht muß.«
»Ist das nicht schrecklich langweilig?« fragte Sarah.
»Aufregend würde ich es nicht gerade nennen, aber es macht mir Freude. Vielleicht ist das nicht die Karriere, die ich mir erträumt habe ...«
»Was hast du dir denn erträumt?« wollte Red wissen.
»Oh.« Cat zuckte die Achseln. »Ich wollte nach Wa-

shington in den Kongreß, denn ich fand schon immer, daß es dort viel zuwenig Frauen gibt.«

»In den Senat oder ins Repräsentantenhaus?«

»Ich hatte hohe Ziele: in den Senat. Aber nachdem ich mir die Senatoren ein wenig näher angesehen hatte, fand ich, daß ich mit solchen Leuten lieber nichts zu tun haben möchte. Wahrscheinlich bin ich hier im guten, alten Cougar Valley besser aufgehoben.«

»Du könntest frischen Wind in den Laden bringen.«

»Ich glaube nicht, daß ich das schaffen würde. Die meisten Männer, die sich um politische Ämter bewerben, sind am Anfang ihrer Laufbahn noch ziemlich idealistisch. Sie wollen etwas bewirken, das System verändern und die Korruption bekämpfen. Doch nach ein paar Jahren kommt es ihnen eher darauf an, ihren Posten zu behalten, und bald werden sie bestechlich. Wenn sie sich nicht mit Geld kaufen lassen, dann mit der Garantie, daß sie bis ans Ende ihrer Tage in Washington bleiben und Macht ausüben können.«

»Schade, daß du so eine Einstellung hast«, meinte Red. »Findest du wirklich, daß der amerikanische Traum gescheitert ist?«

»Auf jeden Fall. Drogen. Kriminalität in den Großstädten. Ich möchte nicht für viel Geld Bürgermeisterin sein.«

»Zum Glück gibt es noch Leute, die anders denken.«

»Allerdings zweifle ich an ihren Motiven.«

»Cat, du bist eine Zynikerin.«

»Ich möchte nur sagen, daß mir die reine Luft hier draußen besser gefällt ...«

»Einer unserer Senatoren aus Oregon hatte auch keine weiße Weste.«
»Ich weiß. Ich fand ihn prima, bis seine Frauengeschichten herauskamen.«
»Vielleicht hat es auch sein Gutes, daß du so illusionslos bist. Es wäre ein Jammer, wenn du nach Washington gehen würdest. Senatoren kehren nämlich in den seltensten Fällen in ihren Heimatstaat zurück.«
»Anscheinend halten sie nichts vom Landleben.«
Red und Cat lachten.
»Außerdem werde ich vermutlich einen Scheidungsfall übernehmen«, fuhr Cat fort.
»In Cougar?«
»Ich sagte ›vielleicht‹. Natürlich darf ich dir nicht verraten, um wen es sich handelt. Das Ehepaar hat mich um ein Gespräch gebeten, um zu vermitteln. Ich habe ihnen zwar erklärt, daß ich keine Spezialistin für Scheidungsrecht bin, aber sie brauchen jemanden, der ihnen zuhört. Um sechs Uhr am Dienstag habe ich einen Termin mit ihnen. Könntest du auf Matt aufpassen?«
»Gern. Wir sind mit dem Aussondern und Brennen fast fertig. Ich brauche nicht die ganze Zeit dabei zu sein.«
»Dann habe ich noch eine Frau, die ihren Nachbarn verklagen will. Der Nachbarshund hat nämlich ihren Hund angegriffen, und als sie sich dazwischengeworfen hat, ist sie ziemlich übel zugerichtet worden. Ich habe mich umgehört. Der Hund gilt als aggressiv und hat schon einige andere Hunde getötet, allerdings noch

nie einen Menschen gebissen. Jetzt verlangt die Verletzte Schmerzensgeld und eine Entschädigung für die ausgestandenen Ängste.«

»Ich muß schon sagen, deine Kanzlei läßt sich prima an. Anscheinend bist du sehr erfolgreich.«

»Ich könnte mich und Matt von meinem Einkommen noch nicht ernähren.«

»Darüber brauchst du dir keine Gedanken zu machen.«

Cat schüttelte den Kopf. »Du bist sehr großzügig. Aber ich will meinen Lebensunterhalt selbst verdienen. Schließlich kann ich nicht für immer von dir abhängig sein.«

»Natürlich kannst du«, sagte er leise.

»Torie sollte heiraten und Kinder bekommen, damit du einen Enkel hast, der die Ranch weiterführt, falls Matt keine Lust dazu hat.«

Sarah fuhr hoch. »Ich will keine Enkel mehr.«

Keiner ging darauf ein.

Red sah Cat an und schüttelte fast unmerklich den Kopf.

Cat entschuldigte sich und spazierte hinüber zur Scheune. Die Tage wurden schon kürzer. In ein paar Wochen würde es um diese Uhrzeit bereits dunkel sein. Am noch blauen Himmel funkelte der erste Stern. Die schmale Mondsichel ging im Osten über den Bergen auf.

In der Scheune roch es nach Heu und nach Pferden. Cat schlenderte weiter. Die Pferde waren noch draußen auf den Weiden und würden die Nächte erst hier verbringen, wenn es kälter wurde.

Als sie sich zum Gehen anschickte, erblickte sie Red auf der Schwelle.

»Alles in Ordnung?«

Cat nickte. Das Herz klopfte ihr bis zum Halse.

»Jason hat angerufen. Er sagt, es ist sehr wichtig.«

Red schaltete das Licht aus und begleitete sie zum Haus. »Ein Notfall«, fuhr er fort.

»Ist etwas mit Cody?«

Red schüttelte den Kopf. »Das hätte er mir sicher erzählt. Er meinte, es sei dienstlich.«

»Dienstlich?«

Red zuckte die Achseln. »Du sollst ihn im Büro anrufen.«

Cat griff zum Küchentelefon.

»Cat, es geht um einen Mordfall«, sagte Jason.

»Einen Mordfall?«

»Dein Kindermädchen Lucy hat ihren Mann erstochen. Zwölf Stiche. Zuerst hat sie ihm die Halsschlagader durchtrennt und ihm dann das Messer in die Brust gebohrt. So ein Blutbad habe ich noch nie gesehen.«

»Um Himmels willen!«

»Anscheinend weiß sie gar nicht, was passiert ist. Sie wiederholt nur ständig, daß sie dich sehen will. Ich versuche sie wenigstens über Nacht hierzubehalten, damit sie nicht ins Kreisgefängnis muß. Sie fragt dauernd nach dir und Thelma.«

»Ich komme sofort.«

»Ein Mord?« fragte Red.

Cat erklärte ihm rasch die Zusammenhänge und lief

dann nach oben, um ihre Autoschlüssel zu holen und nach Matt zu sehen.
»Ich rufe Thelma an«, sagte Red.
»Gut«, meinte Cat, die die Treppe heruntergerannt kam. Sie eilte zum Auto, ließ den Motor an und fuhr davon. Mord. Der zweite, seit sie hier lebte – obwohl sie vermutete, daß es sich bei Lucy eher um Notwehr handelte. Cat war sicher, daß sie die ständigen Mißhandlungen nicht länger ertragen hatte.
Neunzehn Minuten später – eine Rekordzeit – traf sie im Büro des Sheriffs ein.
Lucy saß auf einem Stuhl gegenüber von Jasons Schreibtisch. Ihr Haar war zerzaust, und ihre Miene wirkte verwirrt. Ausdruckslos starrte sie ins Leere. Als Cat hereinkam, blickte sie kaum auf.
»Du bleibst bei ihr. Ich bin am Tatort mit Chazz verabredet«, sagte Jason. »Wir müssen uns um die Leiche kümmern.«
»Er kann nicht tot sein«, sagte Lucy mit schleppender Stimme. »Ich habe ihn geliebt.«
Cat fragte sich, wie man jemanden lieben konnte, den man fürchtete und dem es Vergnügen bereitete, einem weh zu tun. Wie konnte sich unter solchen Bedingungen Liebe entwickeln?
Sie kniete neben Lucy nieder und legte die Arme um die benommene Frau. Ihr eines Auge schwoll bereits zu und verfärbte sich grünlich.
Ich brauche einen Fotografen, sagte Cat zu sich. Der Ärmel von Lucys Bluse war abgerissen, ihre Schuhe und ihr Rock waren blutverschmiert. Auch ihre Lip-

pen waren geschwollen, und von der Oberlippe aus verlief eine klaffende Wunde bis hinauf zur Wange.

Cat griff zum Telefon. »Ruf sofort Norah an«, bat sie Red. »Wenn sie keine Zeit hat, komm bitte selbst her und bring eine Kamera mit.«

Ohne Fragen zu stellen, legte Red auf. Cat wußte, daß in kürzester Zeit jemand hiersein würde, um Lucys Zustand für die Geschworenen zu dokumentieren. Denn sie war sicher, daß Lucy eine Gerichtsverhandlung bevorstand.

VIERUNDDREISSIG

Lucy kauerte zusammengekrümmt da, hatte die Knie hochgezogen und umschlang sie mit den Armen.

Cat war froh, daß Jason gegangen war. Die junge Frau war im Augenblick völlig durcheinander und nicht ansprechbar.

Aus der einzigen Arrestzelle holte Cat eine dunkelblaue Wolldecke, in die sie Lucy hüllte. Sie war ziemlich ratlos.

In diesem Moment kam Thelma herein.

»Sie hat ihn umgebracht«, erklärte Cat. »Erstochen.«

Thelma schlug die Hand vor den Mund. Dann sah sie Cat an. »Wird man sie festnehmen?«

»Ich fürchte schon.«

Thelma ließ sich auf die Holzbank sinken, die entlang der Wand verlief, und seufzte tief. »Ich habe nicht viel Geld, Cat, aber ich gebe Ihnen alles, was ich besitze. Bitte, verteidigen Sie sie?«

Cat wandte sich zu Thelma um.

»Bitte«, flehte die Köchin. »Bitte. Sie hat es nie leichtgehabt. Seit mehr als sechs Jahren ist sie schon mit ihm verheiratet, und er hat sie sehr schlecht behandelt.«

»Fragen wir sie zuerst, was sie will«, meinte Cat.

»Ich weiß, was sie will«, entgegnete Thelma. »Wahrscheinlich haßt sie sich selbst so sehr, daß sie sich umbringen möchte.«
»Hoffentlich war es Notwehr«, murmelte Cat.
Thelma fuhr hoch. »Was denn sonst? Sie glauben doch nicht etwa, daß sie es geplant hat!«
»Warten wir erst mal ab ...«
»Nein.« Thelma kramte in ihrer Handtasche und zog einen zerknitterten Zehn-Dollar-Schein heraus. »Das hier ist eine Anzahlung. Nehmen Sie das Geld. Dann müssen Sie sie verteidigen.«
Cat musterte Thelma und nahm dann den Schein entgegen. »Einverstanden. Ihre Nichte hat eine Anwältin.«
Frauen, die ihre Männer umbringen, kommen ins Gefängnis. Für viele Jahre, vielleicht sogar lebenslänglich, selbst wenn sie getötet haben, um ihre Kinder zu schützen, schoß es Cat durch den Kopf.
Red und Norah kamen herein. Norah trug eine Kamera über der Schulter.
»Ich möchte Fotos von diesen Verletzungen«, sagte Cat.
Red kniete vor der völlig abwesenden Lucy nieder, während Norah einige Fotos machte.
»Sie hat ihren Mann erstochen«, erklärte Cat. Norah erschauerte.
»Diese zierliche Person«, wunderte sich Red.
»Sie braucht saubere Sachen«, stellte Thelma fest. »Soll ich ihr welche holen gehen?«
»Gute Idee.« Wieder betrachtete Cat die blutbeschmierte junge Frau.

Als Thelma fort war, hielt Cat den Zehn-Dollar-Schein hoch. »Ein Mordfall.«
Red nickte. »Und das ausgerechnet in Cougar Valley. Glaubst du, sie muß vor Gericht?«
»Ich hoffe nicht, aber wahrscheinlich schon. Frauen, die ihre Männer umbringen, stoßen nur selten auf Verständnis. Weißt du, daß über siebzig Prozent aller Frauen, die wegen Mordes im Gefängnis sitzen, ihre prügelnden Ehemänner getötet haben?«
»Soll das heißen, daß Lucys Chancen schlecht stehen?« fragte Norah.
Cat schüttelte den Kopf. »Ich bin mir nicht sicher. Ich weiß nur, daß Frauen, die ihre Männer töten, meistens hart bestraft werden, selbst wenn es sich um Notwehr handelt und sie schon seit Jahren geschlagen werden. Männer, die ihre Frauen wegen angeblicher Untreue oder einer bevorstehenden Trennung umbringen, kommen häufig mit einer geringeren Strafe davon.«
Red lächelte gezwungen. »Paß auf, sonst werde ich noch zum Feministen.«
»Ich hoffe für dich, daß du schon einer bist, auch wenn du es selbst nicht weißt«, meinte Norah. »Für gewöhnlich töten Männer aus Wut und Frauen, um sich selbst oder ihre Kinder zu schützen.«
»Du urteilst aber hart über meine Geschlechtsgenossen.«
»Wir reden hier nicht über Männer im allgemeinen«, wandte Cat ein. Sie tätschelte Red die Schulter. »Und vor allem nicht über dich. Da ich Männer liebe, erkläre ich mir die Sache biologisch. Das Testosteron. Darum

gehen Männer zu Boxkämpfen, auf die Jagd und vielleicht sogar in den Krieg. Es liegt in ihrer Natur.«
Jason kam herein. Er hatte den Hut in den Nacken geschoben. Seine Miene wirkte besorgt.
»Jason, hat Lucy Sie je angerufen, weil sie sich von Pete bedroht fühlte?« fragte Norah.
»Einmal. Ein paarmal wurde ich auch von den Nachbarn verständigt. Ich war in den letzten Jahren mindestens zwölfmal bei Lucy und ihrem Mann. Und bestimmt kam es noch häufiger zu gewalttätigen Übergriffen, ohne daß ich geholt wurde.«
»Und was haben Sie unternommen?«
»Mir waren die Hände gebunden. Entweder erstattete Lucy gar nicht erst Anzeige, oder sie zog sie am nächsten Tag zurück.«
Cat warf ihm einen bittenden Blick zu. »Dürfen Thelma oder ich Lucy mit nach Hause nehmen?«
Jason warf seinen Hut auf den Schreibtisch und sah Red und Norah hilfesuchend an. »Ich fürchte nein, Cat.«
»Ach, komm schon, Jason. Oder glaubst du, daß sie fliehen könnte?«
»Tut mir leid.«
»Ich übernehme die Verantwortung«, sagte Red. »Schau dir doch an, in welchem Zustand sie ist. Sie braucht jemanden zum Reden, wenn sie wieder zu sich kommt.«
»Und ich will dabeisein«, sagte Jason.
»Nein«, widersprach Cat. »Als ihre Anwältin werde ich ihr raten, kein Wort zu sagen.«
»Du bist ihre Anwältin?« fragte Jason. »Seit wann?«

»Seit einer Viertelstunde. Thelma hat eine Anzahlung geleistet. Sie ist losgefahren, um Lucy saubere Kleider zu besorgen.«

»Verdammt!« Jason griff nach seinem Hut. »Ich will nicht, daß jemand das Haus betritt. Nichts darf angerührt werden.« Er stürmte hinaus, und Cat hörte, wie der Motor seines Wagens ansprang.

Fünf Minuten später kehrten Thelma und Jason gemeinsam zurück. Sie waren sich unterwegs begegnet. Thelmas Augen waren gerötet. »Der Anblick war so entsetzlich, daß ich mich übergeben mußte«, keuchte sie. »Überall Blut.« Sie hatte frische Kleider für Lucy mitgebracht und betrachtete ihre schlafende Nichte. »Helfen Sie mir, ihr eine saubere Bluse anzuziehen, Cat. Wenn sie zu sich kommt, soll sie nicht als erstes sein Blut sehen.«

Lucy ließ das Umkleiden über sich ergehen, als hätte man ihr ein Betäubungsmittel verabreicht.

»Jason, ich mache dir einen Vorschlag«, sagte Red. »Wenn du sie unbedingt in Haft nehmen willst, komm doch mit nach Big Piney. Wir geben dir das Zimmer neben ihrem, damit du sichergehen kannst, daß sie sich nicht aus dem Staub macht.«

»Das ist nicht nötig, Red. Ich will nur dabeisein, wenn sie zu reden anfängt.«

»Nein«, entgegnete Cat. »Wenn ich der Ansicht bin, daß sie mit dir sprechen sollte, gebe ich dir Bescheid. Du darfst sie nur in meiner Anwesenheit befragen.«

Jason preßte die Lippen zusammen. »Du bist ganz schön hart, wenn du die Anwältin spielst, Cat.«

»Da kannst du Gift drauf nehmen.« Sie stemmte die Hände in die Hüften.

Die beiden starrten einander an.

Red hob Lucy vom Stuhl. »Ich nehme sie mit nach Hause, Jason. Du kannst morgen früh jederzeit vorbeikommen.«

»Solange sie in diesem Zustand ist, bringt das nichts«, widersprach Cat. »Ich rufe dich an, wenn sie vernehmungsfähig ist.«

Jason warf ihr einen zweifelnden Blick zu. »Okay«, meinte er dann zu Red.

Red war schon mit Lucy zur Tür gegangen, ohne Jasons Erlaubnis abzuwarten. Cat eilte ihm nach.

»Am besten legst du sie auf den Rücksitz von meinem Auto. Das ist bequemer als dein Pick-up.« Sie öffnete die Wagentür.

»Ich gehe nach Hause«, sagte Norah. »Morgen früh melde ich mich bei euch.«

In Kolonne fuhren sie los. Reds Pick-up an der Spitze, gefolgt von Cat, den Schluß bildete Thelma in ihrem grauen Honda Civic.

Zu Hause angekommen, brachte Red Lucy sofort nach oben in eines der Gästezimmer.

Unterdessen rief Thelma von der Küche aus ihren Mann an. »Ich übernachte hier«, sagte sie und erklärte ihm rasch, was vorgefallen war. Dann überlegte sie, ob sie bei ihrer Nichte im Zimmer oder nebenan schlafen sollte. Reds Einverständnis setzte sie voraus. »Ich glaube, ich bleibe doch bei ihr«, meinte sie schließlich. »Wenn sie morgen früh aufwacht, weiß sie sicher nicht, wo sie ist.«

»Dann nehmen wir das Zimmer mit den zwei Betten.« Wieder hob Red Lucy hoch und trug sie den Gang entlang zu einem Raum, der neben Cats Wohnung lag.

Thelma musterte Red. »Sie sehen aus, als könnten Sie einen heißen Kakao vertragen«, meinte sie.

»Klingt gut.« Red legte Lucy aufs Bett. Thelma deckte sie zu.

»Ich mache den Kakao, damit Thelma sich um Lucy kümmern kann«, schlug Cat vor.

Thelma zwang sich zu einem Lächeln. Aber sie widersprach nicht.

»Ich helfe dir.« Red folgte Cat in die Küche.

Doch statt sich an der Zubereitung des Kakaos zu beteiligen, nahm er an dem großen Eichentisch Platz, während Cat Milch und Kakaopulver in Tassen füllte und in die Mikrowelle stellte. Dann legte sie ein Marshmallow in jede Tasse und erhitzte das Ganze noch einmal dreißig Sekunden.

»Ich bringe Thelma ihre Tasse«, sagte Red und stand auf. »Bin gleich wieder da. Fang nicht ohne mich an.«

»Allmählich traue ich mich nicht mehr, überhaupt etwas ohne dich anzufangen«, meinte sie, als er zurück war.

»Ich denke, ich fahre morgen früh mit Norah zum Haus und mache Fotos.«

Cat nickte. »Aber Jason sollte besser dabeisein. Er soll zuerst zu uns kommen. Vielleicht ist Lucy bis dahin wieder ansprechbar, doch garantieren kann ich es nicht.«

Red lehnte sich zurück. »Eine schlimme Sache.«

Cat seufzte. »Ich glaube, uns steht noch einiges bevor.«
»Was soll das heißen?«
»Es wird schwierig werden, Geschworene zu finden, die Verständnis mit einer Gattenmörderin haben. Auch wenn es sich um Notwehr handelt.«
»Oregon ist nicht so rückständig, wie du glaubst. Neunzehnhundertachtundsiebzig hat eine gewisse Greta Soundso ihren Mann wegen Vergewaltigung angezeigt. Es war der erste derartige Fall in den Vereinigten Staaten.«
»Und?«
»Sie hat den Prozeß verloren und ist sogar zu ihm zurückgekehrt. Doch es war wenigstens ein Anfang.«
Cat runzelte die Stirn. »Von dieser Sache habe ich schon mal gehört, obwohl sie sich lange vor meinem Jurastudium zugetragen hat. Es war ein Präzedenzfall, richtig?«
»So gut kenne ich mich nicht mit der Juristerei aus«, meinte Red. »Aber der Fall beweist, daß Oregon ziemlich fortschrittlich ist. Immerhin waren wir einer der ersten Staaten, in denen eine Frau zum Senator und zum Gouverneur gewählt worden ist.«
»Und dennoch bekommt ein Senator, der die Abtreibung mit dem Holocaust vergleicht, immer wieder die meisten Stimmen.«
»Woher weißt du denn das?«
»Damals, als der Abtreibungsparagraph verschärft werden sollte, habe ich an Senator Hatfield geschrieben. Er hat mir mit einem langen Brief geantwortet, in dem es wörtlich hieß, er lehne die Entscheidungsfreiheit der

Frau ab und setze die Abtreibung mit dem Holocaust gleich.«
Red brauchte eine Weile, um das zu verdauen. »Ich habe ihn auch gewählt. Ich hatte keine Ahnung. Er wirkte immer sehr integer. Ich bin ihm ein paarmal begegnet, und er hat einen guten Eindruck auf mich gemacht.«
»Weil du keine Frau bist«, wandte Cat ein.
»Ich wollte eigentlich nur sagen, daß Geschworene in Oregon vermutlich liberaler sind als in anderen Bundesstaaten.«
»In Eugene oder in Portland vielleicht, aber nicht in Cougar Valley oder Grants Pass.«
»Du wirst überrascht sein, Cat. Wir sind keine Hinterwäldler.«
»O doch, Red. Du hast dein ganzes Leben hier verbracht und ahnst gar nicht, wie anders es in der Großstadt zugeht. Dort ist es zwar nicht so schön wie in Cougar, aber die Menschen sind sensibler für gesellschaftliche Mißstände.«
Red preßte die Lippen zusammen. »Hoffentlich irrst du dich, Cat. Das würde ich mir wünschen.«
Sie beugte sich vor. »Du weißt ja gar nicht, was Rassismus bedeutet. In Cougar gibt es nicht einmal Afroamerikaner.«
Er zog die Augenbrauen hoch. »Cat, ich glaube, wir reden aneinander vorbei. Ich möchte dir doch nur Mut machen und dir sagen, daß du trotz deiner Statistiken in Cougar Valley die Chance auf einen fairen Prozeß hast.«

Sie stand auf. Jetzt hatte sie sich zum erstenmal mit Red gestritten. Obwohl sie nun schon seit zwei Jahren hier lebte, klang sie noch wie eine Städterin – und er wie ein hinterwäldlerischer Farmer.
Als sie ihre Tasse zum Spülbecken bringen wollte, packte er sie am Handgelenk. »Cat, wir stehen auf derselben Seite.«
Sie beugte sich über ihn, um ihn auf den Scheitel zu küssen. Sein Griff um ihr Handgelenk wurde fester. Kurz fragte sie sich, ob er sie küssen würde, aber er tat es nicht. Er ließ sie los und blieb am Tisch sitzen, als sie hinauf in ihr Zimmer ging.

FÜNFUNDDREISSIG

Als Lucy aufwachte, krümmte sie sich wie unter Schmerzen. »O Gott, ich werde ihn nie wiedersehen.« Sie brach in Tränen aus.

Jason traf ein, und sie setzten sich in die Küche. Lucy, die ins Leere starrte und ab und zu nach Thelmas Hand griff, erzählte mit stockender Stimme, was geschehen war.

»Ich habe alles getan, um ihn zufriedenzustellen. Als wir heirateten, liebte ich ihn so sehr. Er war der attraktivste Mann, den ich je kennengelernt habe.«

Cat verzog das Gesicht. Sie erinnerte sich an den gedrungenen Mann mit dem vorspringenden Kinn, dem sie einmal flüchtig begegnet war.

»Mir wurden die Knie weich, wenn ich ihn ansah«, fuhr Lucy fort.

Jason und Cat wechselten einen Blick.

»Als er gestern abend nach Hause kam, wußte ich genau, was die Stunde geschlagen hatte. Nach sechs Jahren erkannte ich alle seine Launen schon beim kleinsten Anzeichen. Auf dem Heimweg war er in einer Kneipe gewesen und hatte ein paar Bier getrunken. Also hätte ich eigentlich gewarnt sein müssen, obwohl er manchmal auch sehr friedlich sein konnte. Doch in der letzten Zeit konnte ich ihm nichts mehr recht machen. Natürlich habe ich mein Bestes versucht, da ich ja wußte, was mir sonst blühte.« Sie sah Red und Cat an. »Zum Beispiel, als ich bei Ihnen gekündigt habe. Er fand, ich würde hochnäsig werden, wenn ich soviel mit reichen Leuten zusammen bin. Ich würde mir Dinge wünschen, die wir uns nicht leisten können, und mich ständig bei ihm darüber beklagen. Doch das stimmte gar nicht. Ich wollte gar nicht reich sein. Wozu brauche ich ein Haus mit so vielen Zimmern? Nur einmal habe ich gesagt, daß ich gern eine Mikrowelle hätte, und dann war die Hölle los. Nachdem er mich ein paarmal geschlagen hatte, habe ich gekündigt – auch das half nichts. In all den Jahren bin ich nie dahintergekommen, was ihn so in Wut brachte.«

»Jason, ich denke, das hier fällt unter das Anwaltsgeheimnis«, meinte Cat. »Du mußt draußen warten.«

Er zögerte.

»Ich erkläre dir nachher alles, was du wissen mußt«, fügte sie hinzu.

Jason nahm seinen Hut und ging hinaus. Cat schloß die Tür hinter ihm und setzte sich Lucy gegenüber.

»Ich weiß, wie schwer es Ihnen fällt, aber Sie müssen mir alles erzählen, was gestern passiert ist. Alles, woran Sie sich noch erinnern. Über die Mißhandlungen sprechen wir später, aber zuerst muß ich alles über den gestrigen Abend erfahren.«

Lucy seufzte gepreßt auf. »Ich wußte, daß ich es tun würde.«

Diese Antwort gefiel Cat gar nicht.

Lucy wies auf ihr verletztes Gesicht. »Das hier ist nicht gestern passiert, sondern vorgestern. Da wußte ich, daß ich ihn töten würde.«
Cat legte Lucy die Hand auf den Arm. »Erzählen Sie.«
»Als ich vorgestern schlafen ging, war er nicht zu Hause. Mitten in der Nacht wachte ich auf, weil ich etwas Kaltes am Hals spürte. Pete kauerte auf mir und hielt mir ein Messer an die Kehle. ›Ich habe dich träumen gehört‹, flüsterte er so leise, daß ich ihn kaum verstehen konnte. ›Du hast davon geträumt, dich von mir zu trennen.‹ Dann zog er mir das Messer über die Kehle. Ich hatte solche Angst, daß ich ins Bett gemacht habe. In diesem Moment wurde mir klar, daß er mich umbringen würde, wenn ich ihm nicht zuvorkam. Vielleicht wußte ich es schon, als er Ricky aus Boise nach Hause holte. Ich sah einfach keinen Ausweg mehr. Ein Leben hinter Gittern erschien mir weniger schlimm als die Hölle mit Pete, auch wenn man im Gefängnis vergewaltigt wird, wie die Leute sagen. Natürlich war er nicht jeden Tag so. Ab und zu fuhr er mit Ricky und mir nach Pendleton zu McDonald's und ins Kino. Er lachte, war nett und meinte, wir wären doch eine tolle Familie. Aber wenn er mit mir schlafen wollte, war er nie zärtlich und liebevoll. Manchmal konnte er nicht. Und einmal, o Gott« – sie brach in Tränen aus –, »nahm er einen Maiskolben und vergewaltigte mich damit. Dabei redete er ganz zärtlich auf mich ein. Er machte immer weiter, bis ich kam. Ich habe mich so geschämt, ich wäre am liebsten gestorben. Und wenn er solche Sachen machte, prügelte er mich danach immer win-

delweich. Mit der Zeit wurde es so schlimm, daß er nur noch konnte, wenn er mir wehtat. Ab und zu verlangte er, daß ich mich auf den Bauch lege, und machte es von hinten, bis ich blutete. Ich weiß nicht, wie es in der Hölle ist, doch schlimmer als in meiner Ehe kann es dort nicht sein. Vorgestern nacht hat er mich zwar nicht getötet, aber mir stundenlang das Messer an den Hals gehalten. Mir war klar, daß ich ihn umbringen mußte. Und gestern morgen wußte ich, daß heute der Tag ist. Als ich sah, wie er mit seinem Auto im Zickzack die Straße entlangfuhr, habe ich Ricky durch die Hintertür zu den Nachbarn geschickt. Pete hatte getrunken, lallte aber noch nicht. Ich wußte, was mir blühte, als er zur Tür hereinkam. Sicher haben die Nachbarn mitgekriegt, was sich bei uns tat, schließlich habe ich oft genug um Hilfe geschrien. Aber sie haben nie nachgefragt, nur einmal vor vielen Jahren. Damals hat Pete sie angeblafft, sie sollten sich nicht einmischen. Ich habe mich nach einer Waffe umgesehen und ein paar Colaflaschen im Kühlschrank entdeckt. Eine habe ich, so schnell ich konnte, ausgekippt und den Flaschenhals am Spülbecken abgebrochen. Ich wollte die Falsche in der Hand behalten oder in Reichweite abstellen. Und wenn Pete mich anrührte oder mich schlug, wollte ich mit dem gezackten Ende zustoßen. Er kam rein, und ich begann, das Abendessen zu machen, als wäre nichts passiert. Er holte sich ein Bier und stellte sich dann neben mich, während ich Kartoffeln schälte.

›Bekomme ich heute keinen Kuß?‹ fragte er.

›Nein‹, antwortete ich und schälte weiter meine Kartoffeln. Die abgebrochene Colaflasche hat er gar nicht bemerkt.
Er packte mich an den Haaren – ich wundere mich, daß ich überhaupt noch ein Haar auf dem Kopf habe –, drehte mir den Kopf herum, daß er mir fast das Genick brach, und küßte mich ganz fest auf die Lippen. Dann marschierte er ins Wohnzimmer und stellte den Fernseher auf volle Lautstärke. Ich kochte das Abendessen, aber ich wußte, daß es noch nicht ausgestanden war. Es war die schreckliche Ruhe, bevor er total durchdrehte. Ich überlegte, ob ich einfach durch die Hintertür fliehen sollte, doch dann beschloß ich, mich endlich zu wehren. Es war unerträglich geworden.«
»Hatten Sie Angst um Ihr Leben?« fragte Cat.
»Nein. Gestern nicht, obwohl ich schon öfter gefürchtet habe, daß er mich umbringt. Ich wartete nur darauf, daß er den ersten Schritt machte. Ich wollte es. Verstehen Sie, was ich meine? Er mußte anfangen. Ich konnte ja schlecht ins Wohnzimmer spazieren und ihn mit der Flasche erstechen. Er mußte zuerst zuschlagen.«
Cats Atem ging schneller. Sie schloß die Augen. Es war entsetzlich, so etwas mit anzuhören.
»Nach zehn Minuten rief er: ›Ist das Essen endlich fertig?‹ Selbstverständlich war es das nicht. Die Kartoffeln waren noch nicht gar, mit den Hot dogs hatte ich noch gar nicht angefangen. Ich schwieg. Vielleicht wollte ich ihn provozieren. Ein paar Minuten später stand er in der Tür. ›Verdammt, antworte, wenn ich mit dir rede.‹
Ich sagte immer noch nichts, blickte auf die Colafla-

sche und machte mich bereit, danach zu greifen. Doch noch ehe ich reagieren konnte, schlug er mir mit dem Handrücken ins Gesicht. Ich fiel gegen die Anrichte. Die Flasche war hinter mir. Er hatte eine brennende Zigarette in der Hand, und ich konnte mir denken, was er vorhatte. Schließlich hatte er so was schon öfter gemacht.

›Wenn ich dir was befehle, springst du. Kapiert?‹ Sein Gesicht war ganz dicht an meinem, und die glühende Zigarettenspitze kam immer näher und näher. Ich tastete hinter mich und kriegte die Flasche zu fassen. ›Das war einmal zuviel, Pete. Einmal zuviel‹, sagte ich. Und dann stieß ich ihm die abgebrochene Flasche in den Hals.«

Lucy erzählte das alles so ruhig, als wäre sie nur eine unbeteiligte Zeugin gewesen. Ihre Stimme klang monoton, und sie starrte ins Leere.

»Er riß die Augen auf, ließ die Zigarette fallen und sackte gegen mich. In diesem Moment fiel mein Blick auf die Messer im Messerblock. Ich griff nach einem und stach immer wieder auf ihn ein, bis er von oben bis unten mit Blut bedeckt war. Ich konnte einfach nicht mehr aufhören. Er lag blutend auf dem Boden. Als ich an mir herunterschaute, bemerkte ich, daß ich auch voller Blut war. Und dann bin ich ganz automatisch zum Telefon gegangen und habe den Sheriff angerufen. Er war so schnell da, als wäre er geflogen. Wissen Sie was? Ich habe Pete wirklich geliebt, und ich werde ihn noch lange vermissen. Ich habe keine Ahnung, wie ich jetzt finanziell klarkommen soll, aber ich bereue meine Tat nicht, auch wenn ich deshalb ins Gefängnis muß.«

Cat seufzte auf. Wie sie befürchtet hatte, konnte sie sich nicht auf Notwehr berufen. Sie überlegte fieberhaft. »Wahrscheinlich müssen Sie wirklich ein oder zwei Nächte im Gefängnis verbringen«, sagte sie zu Lucy. »Doch wir werden Sie da wieder rausholen.«

Würde ihr das tatsächlich gelingen?

Cat berichtete Jason, daß Lucy völlig verzweifelt gewesen sei. Sie habe ständig Angst um ihr Leben und um das ihres Sohnes gehabt. Mehr verriet sie ihm nicht.

»Jason, sonst darf ich dir nichts sagen.«

»Dir ist sicher klar, daß ich nicht die geringste Lust habe, sie einzusperren.«

»Ja, Jason. Aber deine Gefühle und das Gesetz sind eben zweierlei. Du wirst sie festnehmen müssen.«

»Richtig, Cat. Das weißt du ganz genau.«

»Ich werde die Kaution stellen«, schlug Red vor. »Oder glaubst du etwa, daß Lucy fliehen will?«

»Natürlich nicht. Allerdings ist der Richter da sicherlich anderer Ansicht. Wenn es um Mord geht, wird die Kaution meistens ziemlich hoch angesetzt.«

Red verließ das Zimmer und kam mit seinem Scheckheft zurück.

»Ich kann nicht sagen, wie hoch«, fuhr Jason fort. »Diese Entscheidung liegt nicht bei mir, sondern beim Richter.« Bittend sah er Cat an. »Ich habe keine andere Wahl.«

»Schon gut, Jason. Aber kannst du sie nicht bei dir auf

dem Revier einsperren, bis ich das mit der Kaution geregelt habe?«
Er nickte beklommen.
»Tut mir leid«, meinte Cat zu Lucy. »Sie dürfen jetzt kein Wort mehr sagen. Weder zu Jason noch zu sonst jemandem. Nicht über die Tat und auch nicht über Ihre Ehe. Ich hole Sie aus dem Gefängnis ...«
»Was wird aus Ricky?«
»Ich kümmere mich um ihn«, warf Thelma ein. »Alles wird gut, Liebes. Cat läßt nicht zu, daß dir etwas passiert.«
»Mit wem muß ich wegen der Kaution sprechen, Jason?« fragte Cat.
»Ich vereinbare einen Termin für dich. Und ich werde ein gutes Wort für Lucy einlegen, Cat.« Jason tat alles, um ihr zu beweisen, daß er auf ihrer Seite stand.
»Ich komme mit«, sagte Red.
»Mir wäre es lieber, wenn du auf Matt aufpaßt«, widersprach Cat. »Thelma muß zu Lucys Mutter und ...«
Red nickte. »Geht in Ordnung. Ich gebe dir einen Blankoscheck mit.«
»Ich erkundige mich zuerst, wieviel es ist.«
»Die Summe spielt keine Rolle.«
»Du kriegst das Geld zurück.«
»Ich weiß.«
In diesem Moment rauschte Sarah ins Zimmer. Beim Anblick der Versammlung machte sie ein überraschtes Gesicht. Sie war noch immer im Morgenmantel.
»Ach, du meine Güte!« rief sie aus. »Was ist denn hier los?«

»Wir haben ein kleines Problem«, erwiderte Red.
Lächelnd reichte Sarah Jason die Hand. »Ist das Frühstück schon fertig?« wollte sie dann von Thelma wissen.
»Nein.« Thelma schüttelte den Kopf. »Heute müssen Sie sich selbst versorgen.«
Entgeistert sah Sarah sie an. »Um Himmels willen! Anscheinend ist etwas Schreckliches passiert.«
Lucy schwieg. Ihre Augen waren blutunterlaufen. Thelma legte den Arm um sie. »Darf ich sie in die Stadt bringen?« fragte sie Jason. »Sie können uns nachfahren.«
Jason nickte.
»Zwei Morde in zwei Jahren«, murmelte er.
Fassungslos blickte Sarah sich im Raum um. »Könnte mir bitte jemand erklären, worum es hier geht?«
Red tätschelte ihr die Schulter. »Später.«
»Ich komme zu Ihnen, sobald ich die Kaution vereinbart habe«, meinte Cat zu Lucy.
»Kaution?« wiederholte Sarah.
Während Thelma, gefolgt von Jason, Lucy zur Tür führte, sagte Red: »Lucy hat ihren Mann umgebracht.«
Sarah schlug die Hand vor den Mund.
»Wenn ich nur begriffen hätte, was er von mir erwartet!« jammerte Lucy.
»Wie stehen ihre Chancen«, erkundigte sich Red bei Cat.
»Hängt von den Geschworenen ab. Wenn eine Frau ihren Mann betrügt und der sie deshalb umbringt, wird er in neun von zehn Fällen freigesprochen. Mißhan-

delt ein Mann hingegen seine Frau, bis sie schließlich die Beherrschung verliert, kriegt sie in neun Komma fünf von zehn Fällen lebenslänglich oder zumindest eine lange Freiheitsstrafe.«
»O Red.« Mit schreckgeweiteten Augen sank Sarah in einen Sessel. »Sorge dafür, daß sie einen guten Anwalt bekommt.«
»Sie hat schon einen«, entgegnete Red und ging in sein Büro.
»So schnell? Wer ist es denn? Kennen wir jemanden, der sie in einem Mordprozeß verteidigen könnte?«
»Ich werde es tun«, erwiderte Cat.
»Du? Ach du meine Güte.« Sarah streckte die Hand nach Cat aus. »Damit wollte ich nicht sagen, daß du keine gute Anwältin bist, mein Kind. Nimm es mir nicht übel. Aber ein Mordprozeß ...«
»Ich habe einmal jemanden freigekriegt, der wegen vorsätzlichen Mordes angeklagt war«, meinte Cat. Sie wollte sich ihre Zweifel nicht anmerken lassen.
Dann ging Cat nach oben, um sich umzukleiden. Wenn sie beim Richter einen vertrauenswürdigen Eindruck erwecken wollte, mußte sie seriös wirken.
Sie entschied sich für ein hellgraues Kostüm und eine Hemdbluse aus weißer Seide, streng geschnitten, aber dennoch feminin. Der Rock war so eng geworden, daß sie den Taillenknopf nicht schließen konnte. Sie brauchte dringend neue Sachen. Außer ein paar Jeans hatte sie sich – abgesehen von Umstandskleidung – seit Ewigkeiten nichts mehr zum Anziehen gekauft. Selbst im Büro trug sie nur Hosen. Wenn sie im Gerichtssaal

eine gute Figur machen wollte, mußte sie dringend ein paar Kostüme anschaffen.
Als Cat die Treppe herunterkam, musterte Red sie anerkennend.
»Du hattest wohl vergessen, daß ich eine Frau bin?« neckte sie ihn.
»Ich glaube, das kann man nicht vergessen.« Er lächelte sie an. »Hast du Angst?«
»Ein bißchen aufgeregt bin ich schon. Anscheinend sind wir Anwälte ziemlich von uns selbst eingenommen. Das Leben eines Menschen liegt in meiner Hand, und ich denke nur an meine neue Aufgabe. Ich bin ein gefühlloses Ungeheuer.«
»Wahrscheinlich liegt es daran, daß du ihr helfen willst.«
Am liebsten hätte sie ihn auf die Wange geküßt. Und dann fiel ihr auf, daß sie es in letzter Zeit vermied, ihm nahe zu kommen.

»Man könnte glauben, wir hätten es mit einer Serienmörderin zu tun, die eine Gefahr für die Öffentlichkeit ist. Der Richter hat sich wegen der Kaution ganz schön angestellt«, sagte Cat am Abend beim Essen.
»Als Frau ist sie eben nicht Herrin ihrer Gefühle«, meinte Sarah.
Cat blieb der Mund offen stehen, und Red zuckte sichtlich zusammen. Ärgerlich starrte er das Lammkotelett auf seinem Teller an.
Schweigend verzehrten sie ihre Mahlzeit, bis Red schließlich fragte: »Wann ist die Verhandlung?«

»Der Richter hat den Termin noch nicht angesetzt. Wahrscheinlich in drei oder vier Monaten.«

»Warum so spät?« Thelma streckte den Kopf aus der Küche herein.

»Es dauert, die Verteidigung vorzubereiten«, erklärte Cat. »Und die Staatsanwaltschaft braucht auch ihre Zeit.«

»Ich hätte gedacht, daß sie den Fall rasch vom Tisch haben wollen«, meinte Red.

»Da das Gericht in diesem Landkreis nicht gerade mit Strafsachen überlastet ist, könnte es schneller gehen«, erwiderte Cat. »Allerdings habe ich noch einiges zu erledigen. Vielleicht muß ich nach Eugene oder nach Portland in die Juristische Bibliothek, um ein paar Dinge nachzuschlagen. Kannst du dich um Matt kümmern? Bis Weihnachten bin ich sicher fertig.«

»Kein Problem«, meinte Red.

»Lucy hat erzählt, daß Pete sie schon seit Jahren mißhandelt«, fuhr Cat fort.

»Warum bleiben Frauen bei Männern, die sie schlagen?« Red verstand die Welt nicht mehr.

»Darauf weiß offenbar niemand eine Antwort.« Cat schüttelte den Kopf. »Vielleicht haben sie Angst, es nicht allein zu schaffen, da ihnen ihre Peiniger auch noch den letzten Rest Selbstvertrauen ausgetrieben haben. Und wenn eine Frau sich doch durchringt, einen Schlußstrich zu ziehen, spürt der Mann sie meistens auf, fleht sie an, zurückzukommen, verspricht, sie nie wieder zu schlagen, und schwört ihr ewige Liebe. Oder er droht ihr, sie selbst oder ihre Kinder umzubringen, wenn sie ihn verläßt. Selbst geschiedene Frauen werden häufig von ihren Ex-Ehemännern oder Ex-Freunden verfolgt. Noch jahrelang nach der Trennung reagieren solche Männer mit Gewalt, wenn ihre frühere Frau unabhängig wird oder eine neue Beziehung beginnt. Wahrscheinlich kehren die meisten Frauen zurück, weil sie Angst vor den Folgen haben.«

Red legte die Gabel weg. »Und ist immer Alkohol im Spiel?«

»Häufig. Und ob du es glaubst oder nicht: In acht von zehn Fällen wird die betroffene Frau in ihrer neuen Beziehung wieder geschlagen.«

»Und warum verhalten Männer sich so? Aggression? Arbeitslosigkeit? Minderwertigkeitskomplexe?«

Cat zuckte die Achseln. »Ich habe nicht die leiseste Ahnung, Red. Warum gibt es Männer, die ihre Kinder sexuell mißbrauchen oder Frauen vergewaltigen? Es übersteigt meine Vorstellungskraft.«

»Immer sind es die Männer«, ließ sich Sarah vernehmen. »Das Leben ist ungerecht. Männer benutzen ihre Macht, um uns kleinzuhalten.«

Cat sah Red an, der fassungslos den Kopf schüttelte.

»Du weißt genau, daß das nicht für alle Männer gilt«, widersprach Cat. »Schau dir doch die Männer an, die wir kennen. Keine Frau in unserem Bekanntenkreis wird mißhandelt.«

»Vielleicht nicht körperlich«, sagte Sarah. »Aber psychisch.«

Nach über zwei Jahren auf Big Piney war Cat sicher,

daß damit nicht Red gemeint sein konnte. Er war der sanfteste und rücksichtsvollste Mann, dem sie je begegnet war. Oft hatte sie sich gefragt, wie er es schaffte, bei einer Frau wie Sarah nicht die Beherrschung zu verlieren, denn sie war den Großteil des Tages betrunken und bekam nicht mit, was um sie herum geschah.

Als Sarah sich noch ein Glas Wein einschenkte, landete ein Teil davon auf dem weißen Leinentischtuch.

Dann stand sie auf, breitete die Arme aus und erhob ihr Glas. »Ich wünsche euch eine gute Nacht.« Mit diesen Worten rauschte sie majestätisch aus dem Zimmer.

Red schob seinen Stuhl zurück. »Trinken wir den Kaffee in meinem Arbeitszimmer. Ich habe zum erstenmal in diesem Jahr den Kamin angemacht.«

Cat faltete ihre Serviette zusammen. »Ich komme gleich nach.«

Sie ging in die Küche zu Thelma, bat sie, Kaffee zu kochen, und erkundigte sich nach Lucy.

»Ihr Geld reicht nicht, um die Miete zu bezahlen. Also haben wir sie bei uns aufgenommen.«

»Ihr Haus ist doch auch nicht sehr groß.«

»Es war Toms Vorschlag.«

»Wir haben soviel Platz hier. Sie könnte in einem unserer Gästezimmer wohnen und ab und zu babysitten.«

Thelma schüttelte nachdrücklich den Kopf. »Damit kann sie wieder anfangen, wenn Myrna ihr Kind bekommt. Im Augenblick finde ich es besser, wenn sie ihre Angehörigen um sich hat. Wir sitzen abends zusammen, plaudern, und sie erlebt, daß es auch nette

Männer gibt. Allerdings ist sie ab und zu immer noch ein bißchen durcheinander.«

»Wir trinken den Kaffee im Arbeitszimmer«, sagte Cat.

»Sie sind das Beste, was dieser Familie passieren konnte«, meinte Thelma, als Cat sich zum Gehen anschickte.

»Das Kompliment kann ich nur zurückgeben.«

»Eins muß ich Ihnen noch erklären, falls Sie Zweifel haben sollten.«

»Was?«

»Mister Red hat sich Miss Sarah gegenüber immer wie ein vollendeter Gentleman benommen. Ich bin länger hier im Haus als sie. Nie hat er ein unfreundliches Wort zu ihr gesagt oder die Hand gegen sie erhoben …«

»Ich weiß«, versicherte ihr Cat.

»Das wollte ich nur klarstellen. Ich habe keine Ahnung, welcher Teufel sie reitet, aber sie macht Mister Red das Leben zur Hölle. Er trägt es mit Fassung. Sie hat einen Mann wie ihn nicht verdient. Auch seine Mutter hat allen Grund, stolz auf ihn zu sein, und seinen Kindern war er immer ein guter Vater …«

»Das brauchen Sie nicht zu betonen, Thelma.«

»Sie sollten nur nicht glauben, daß es bei dieser Familie irgendwelche Leichen im Keller gibt. Nun, was Miss Sarah betrifft, bin ich mir da nicht sicher, aber auf Mister Red und Miss Jenny lasse ich nichts kommen, die beiden sind die wertvollsten Menschen, die ich kenne. Und Mister Red hat seit Miss Jennys Umzug in die Jagdhütte so wenig Unterstützung.«

»Er hat mich.«

»Sie sind jung und werden irgendwann weggehen und Jason oder einen anderen Mann heiraten.«
»Vielleicht begegnet Red einmal der Richtigen.«
Thelma kniff die Augen zusammen. »Er würde sich nie scheiden lassen, denn er betrachtet es als seine Pflicht, für Miss Sarah zu sorgen, da bin ich ganz sicher. Er ist sich bewußt, daß sie krank ist und draußen in der Welt nicht allein überleben könnte.«

Als Cat in Reds Arbeitszimmer trat, legte dieser gerade neue Scheite ins Kaminfeuer.
»Wunderbar warm«, sagte sie und rieb die Hände aneinander. »Obwohl es einen leider daran erinnert, daß der Winter vor der Tür steht.«
»Ich mag den Wechsel der Jahreszeiten«, meinte Red. Er trug ein schwarz-rot kariertes Wollhemd und sah aus, als sei er einer Bergsteigerzeitschrift entsprungen.
Thelma stellte ein Tablett mit zwei Kaffeetassen auf den Schreibtisch.
»Ich schalte noch die Geschirrspülmaschine an und fahre dann nach Hause«, verkündete sie.
Cat und Red nickten. Red griff nach seiner Tasse.
Cat starrte durch die Glastüren hinaus in die Dunkelheit.
»Laß deinen Kaffee nicht kalt werden«, murmelte Red.
Sie wußte, daß er sie beobachtete.
»Red« – sie hatte beschlossen, den Stier bei den Hörnern zu packen –, »findest du nicht, daß Sarah zum Psychiater gehen sollte?«
Red schwieg eine Weile.

»Cat, dieser Gedanke ist mir schon vor Jahren gekommen«, sagte er schließlich. »Aber solange sie selbst nicht wahrhaben will, daß mit ihr etwas im argen liegt, wird sie nichts unternehmen. Sie bestreitet, daß sie eine Alkoholikerin ist. Wir haben schon so oft über dieses Thema gesprochen.«

»Du kannst es dir leisten, einen guten Therapeuten kommen zu lassen, der sich Sarah einmal ansieht, ohne daß sie merkt, mit wem sie es zu tun hat.«

»Du würdest diesen Vorschlag nicht machen, wenn du glauben würdest, daß ich sie seelisch mißhandelt habe. Und das habe ich auch nicht. Du kennst mich so gut wie sonst kaum jemand. Mehr als zwanzig Jahre lang versuche ich nun schon, ihr das Leben zu erleichtern, und ...« Er seufzte.

Als Cat sich umdrehte, stand er dicht hinter ihr. Ohne nachzudenken, schlang sie die Arme um ihn und schmiegte den Kopf an seine Brust. Nach einer Weile erwiderte er die Umarmung und drückte sie fest an sich.

Sie schloß die Augen. Eigentlich hatte sie ihn nur trösten wollen, doch nun wurde sie von ihren Gefühlen überwältigt. Tränen traten ihr in die Augen. »O Red«, sagte sie leise.

»O Cat. Meine liebe, gute Cat.« Sie spürte das Klopfen seines Herzens. »Du hast mich so glücklich gemacht, daß ich es nicht in Worte fassen kann.«

Sie löste sich aus seiner Umarmung, trat zurück und sah ihm ins Gesicht. Den Ausdruck in seinen Augen konnte sie nicht deuten.

SECHSUNDDREISSIG

Meiner Ansicht nach haben die Männer die Ehe erfunden, und zwar aus einer ganzen Reihe von Gründen«, verkündete Miss Jenny.

»Ich dachte immer, das wären die Frauen gewesen«, wunderte sich Cat.

»Unsinn.« Grinsend stellte Miss Jenny das Geschirr in die Spüle. »Die meisten Männer würden völlig vereinsamen, wenn ihre Frauen nicht den Bekanntenkreis pflegen würden. Die meisten Männer können weder Hemden bügeln noch kochen. Die meisten Männer wollen, daß man ihnen ständig zuhört und sie bedient. Und die meisten Männer kommen sich gern wichtig vor.«

»Letzteres gilt doch wohl für alle Menschen.«

»Die meisten Männer brauchen jemanden, der ihnen sagt, was sie tun sollen«, fuhr Miss Jenny fort, ohne auf Cats Einwand einzugehen. »Ohne eine Frau fangen sie an, sich zu verzetteln. Im Gegensatz zu uns fehlt ihnen eine innere Struktur. Nach der Rente wissen sie häufig nichts mit sich anzufangen. Wir hingegen sind an die vielen Kleinigkeiten des Alltags gewöhnt. Wir stricken, lesen, machen Gartenarbeit, backen Kuchen und finden immer etwas zu tun, das uns körperlich und geistig aktiv hält. Ohne ihren Beruf sind Männer völlig verloren, während mir nie langweilig ist. Ich kann tun und lassen, was ich will, die Vögel und die Hirsche beobachten, nach Portland zum Einkaufen fahren oder nach New York fliegen, um ins Theater zu gehen. Wenn ich keine Lust zum Kochen habe, gibt es eben Cracker mit Erdnußbutter und eine Suppe.«

Sie setzte sich Cat gegenüber an den Küchentisch und schenkte noch einmal Kaffee ein. »Versteh mich nicht falsch. Ich mag Männer, aber ich bin zu alt, um mich noch einmal mit einem einzulassen und mein Leben nach ihm zu planen. Ich bleibe lieber allein, weil ich dann keine Verantwortung übernehmen muß. Wenn ich in deinem Alter wäre, würde ich allerdings anders denken. Ich hätte gern weitere Kinder.« Sie trank einen Schluck Kaffee. »Und was ist mit dir?«

»Das habe ich dir doch schon erzählt. Ich habe zwei Fälle, die beide vor Gericht kommen. Jedenfalls der von Lucy. Wahrscheinlich Ende Februar.«

»Du redest nicht von dir, sondern nur von deinem Job. Was ist mit dir und Jason?«

Cat holte Luft. »Ich weiß nicht.«

»Was weißt du nicht?«

Cat hatte sich Mühe gegeben, nicht an ihr Verhältnis zu Jason zu denken und einfach abzuwarten. »Ich mag ihn, Miss Jenny. Ich mag ihn wirklich sehr. Wir verstehen uns gut und haben auch im Bett viel Spaß.«

»Klingt ziemlich lauwarm.«

Cat zuckte die Achseln. »Ich glaube, genau das ist der

springende Punkt. Ich habe versucht, dahinterzukommen, warum ich mich für einen netten, wunderbaren Mann wie Jason nicht mehr begeistern kann. Vielleicht liegt es daran, daß niemand dem Vergleich mit Scott standhält.«

»Scott ist seit fast zwei Jahren tot.«

Ratlos schüttelte Cat den Kopf. »Wir verabreden uns einen Abend in der Woche. Hin und wieder lädt er mich zu sich zum Abendessen ein. Cody und er würden mich am liebsten noch öfter sehen. Im Sommer war ich bei Codys sämtlichen Baseballspielen. Ich bin gern mit Jason zusammen, und wir sind gute Freunde. Jeden Tag gehe ich mit ihm in Rocky's Café. Und mindestens einmal täglich schaut er bei mir im Büro vorbei. Aber irgendwas fehlt.«

»Das Knistern. Du bist einfach nicht in ihn verliebt.« Miss Jenny stützte die Ellbogen auf den Tisch. »Erzähl mir von Red und Sarah.«

»Miss Jenny, ich finde, es wird immer schlimmer mit ihr. Ich wäre froh, wenn sie zu einem Therapeuten ginge.«

»Am Anfang, als sie noch auf dem College war, und auch zu Beginn ihrer Ehe dachten wir alle, daß ihr das Leben auf einer Ranch Freude macht und daß sie sich in Cougar wohl fühlt so wie du. Wir waren der Meinung, daß sie für Red genau die Richtige ist. Sie lernte reiten, ging auf die Jagd und war der Mittelpunkt auf jeder Party. Sie gab Gesellschaften auf der Ranch, einmal sogar ein Kostümfest zu Halloween. So etwas hatte Cougar Valley noch nie erlebt. Sie verbreitete gute Laune, und Red war unbeschreiblich glücklich. Und dann veränderte sie sich. Red und ich haben schon oft darüber gesprochen, aber wir wissen einfach nicht, was geschehen ist. Nach Scotts Geburt hatte sie eine leichte Wochenbettdepression, doch das dauerte nur etwa sechs Wochen. Als sie mit Torie schwanger war, benahm sie sich immer merkwürdiger. Je näher der Geburtstermin rückte, desto schlimmer wurde ihr Verhalten. Sie streifte zu Fuß durch die Wälder, und wenn sie zurückkam, war ihr Haar zerzaust und in ihren Augen lag ein unsteter Blick. Aber sie war Scott noch immer eine gute Mutter und vergötterte ihn. Nur wenn sie ihre Spaziergänge unternahm, ließ sie ihn allein, und das auch bloß, wenn er schlief. Ich habe Red gefragt, ob sie vielleicht ein eigenes Haus haben wollten. Wir hätten ja jederzeit eines bauen können. Ich neige eben dazu, die Schuld bei mir selbst zu suchen. Also überlegte ich, ob sie vielleicht lieber allein mit Red wohnen wollte. Doch er glaubte das nicht. Als ich Sarah darauf ansprach, umklammerte sie meine Hand und sah aus, als würde sie gleich in Tränen ausbrechen. Sie flehte mich an, sie nicht wegzuschicken. Torie kam auf die Welt, und Sarah hat das Kind von Anfang an abgelehnt, sie weigerte sich, es zu stillen, blieb tagelang im Bett, starrte ins Leere und würdigte ihr Baby keines Blickes. Red hat Torie gefüttert, gebadet und gewickelt. In ihrem ersten Lebensjahr war er für sie Vater und Mutter zugleich. Sarah hatte sich völlig verändert. Ich habe Red zwar nie danach gefragt, doch ich bezweifle, daß sie danach je wieder im gleichen Bett geschlafen haben. Wie du sicher weißt, ist mein Sohn ein Genußmensch. Mich würde interessieren, wie er dieses Mönchsleben aushält.«

Die Schokoladenkekse waren fertig, und Miss Jenny holte sie aus dem Ofen. »Am besten sind sie, wenn die Schokolade noch weich ist.«

Cat schloß die Augen. »Meine Mutter hat früher auch Schokoladenkekse gebacken. So gute habe ich später nie wieder bekommen.«

»Hast du noch Kontakt zu deinem Vater?« wollte Miss Jenny wissen.

»Ja. Er ruft mich einmal im Monat an. Aber eigentlich interessiert er sich nur noch für seine zweite Familie. Um mich hat er sich sowieso nie viel gekümmert. Jetzt hat seine Frau das vierte Kind bekommen, es ist sogar jünger als Matt.«

»Und dir tut das weh, richtig?«

Cat zog die Augenbrauen hoch. »Ich belächle es als seinen zweiten Frühling. Er ist dreiundfünfzig. Ist das nicht ein bißchen spät für ein Baby?«

»Warum?« Miss Jenny musterte Cat. »Ich glaube, du bist nur eifersüchtig, weil du dich vernachlässigt fühlst.«

»Ist das ein Wunder? Er hat mich ins Internat geschickt, und ich durfte ihn nur manchmal in den Ferien sehen. Aber meistens hat er mich in ein Ferienlager gesteckt, während seine Frau ein Kind nach dem andern gekriegt hat.«

»Und sie ist so jung, daß sie deine Schwester sein könnte, nicht deine Stiefmutter?«

Cat nickte und spürte zu ihrer Überraschung, daß ihr Tränen in die Augen stiegen.

Miss Jenny streichelte ihren Arm. »Nach all den Jahren noch?«
Cat durchwühlte ihre Taschen nach einem Taschentuch und wischte sich die Augen. »Vielleicht fand ich, daß er in diesem Alter kein Recht mehr auf Glück hat.«
Miss Jenny legte zwei Kekse auf einen Teller und stellte ihn vor Cat hin. »Du bist also der Ansicht, daß man in diesem Alter keinen Neuanfang mehr versuchen sollte?«
»Spielst du damit auf Red an?« Cat war einen Moment verdattert.
Miss Jenny knabberte an ihrem Keks. »Ich muß sagen, diese Kekse sind einfach ein Gedicht, auch wenn ich weiß, daß Eigenlob stinkt. Ja, ich meine Red. Ich will, daß er glücklich wird, ganz unabhängig vom Alter.«
»Ach, Miss Jenny.«
Und dann brach sie in Tränen aus.

SIEBENUNDDREISSIG

Zum Geburtstag hatte Cat von Red eine trächtige Appaloosa-Stute bekommen. Sie war begeistert, denn Matt würde so ein eigenes Fohlen haben. Als die Tage im Dezember kürzer wurden, sah man Felicia schon deutlich an, daß sie bald Mutter werden würde.

»Im März ist das Fohlen sicher schon da«, meinte Red. Es war Samstagnachmittag, und sie waren draußen in der Scheune. Matt, der einen Schneeanzug trug, tobte herum und steckte lachend den Kopf in die Pferdeboxen.

»Weißt du, was ich mir zu Weihnachten wünsche?« fragte Cat.

Red sah sie an. »Raus mit der Sprache.«

»Ein Gewächshaus.«

»Ein Gewächshaus?«

»Genau. Wir hätten das ganze Jahr über frisches Gemüse, und ich könnte Saatgut ansetzen. Außerdem würde ich den Bereich südlich des Hauses gern einzäunen, Rosen pflanzen und einen Garten mit Immergrün anlegen.«

»Das wünschst du dir?«

»Oder hast du etwas dagegen? So wäre ich wenigstens beschäftigt ...«

»Als ob du nicht schon genug zu tun hättest.«

»Ich muß mit den Händen arbeiten, um mich von diesem Prozeß abzulenken. Er fängt Ende Februar an. Außerdem mußt du gerade reden. Du kannst auch keinen Moment stillsitzen. Wir beide können die Untätigkeit eben nicht ertragen.«

Red lachte auf.

»Seit ich zwölf bin, hatte ich kein richtiges Zuhause mehr. Erst hier habe ich wieder eines gefunden. Ich möchte einen richtig altmodischen Garten mit winterharten Pflanzen und Kräuterbeete im Gewächshaus und ...«

»Wie ich dich kenne, hast du sicher schon Kataloge bestellt.«

»Nun ...« Sie lächelte. »Bestellt schon, aber sie sind noch nicht alle gekommen.«

»Bring sie nach dem Essen in mein Arbeitszimmer. Dann können wir sie uns zusammen ansehen, und du erklärst mir, wie du es haben willst.«

Sie umarmte ihn. »Ich wußte, daß dir die Idee gefallen würde.«

»Cat, mir gefallen alle deine Ideen.«

»Das liegt nur daran, daß du mich liebhast.«

Red, der gerade eine Gabel Heu in eine Pferdebox warf, erstarrte.

Von der anderen Seite der Scheune drang Matts Johlen zu ihnen hinüber.

Cat kam näher. »Oder nicht? Schließlich mache ich dich glücklich.«

Er zögerte und hatte ihr immer noch den Rücken zugewandt. »Ja, das ist richtig.«

Cat drehte sich um, nahm ihren Sohn hoch und hüpfte ausgelassen auf die Tür zu.
Matt schlang kichernd die Arme um ihren Hals. Cat küßte seine geröteten, kalten Wangen. »Komm, wir machen heißen Apfelwein«, sagte sie. »Opa hätte bestimmt auch gern welchen.«
Doch Red ließ sich erst zum Abendessen wieder blikken. Inzwischen war es schon seit zwei Stunden dunkel. Cat hatte Matt gefüttert, gebadet und in seinen Pyjama gesteckt. Nun spielte er vor dem Kamin im Wohnzimmer. Kurz darauf war auch Sarah hereingerauscht.
»Noch keine Drinks?« waren ihre ersten Worte.
Cat schüttelte den Kopf. »Wir hatten gerade Apfelwein.«
Sarah holte aus der Küche einen Krug Eis, gab vier Würfel in ein hohes Glas und füllte es mit Whiskey.
Cat erschauderte. Der Anblick allein genügte, um einem das Trinken auszutreiben. Doch als Red eine Viertelstunde später hereinkam, ließ sie sich von ihm ein Glas Rotwein einschenken.
»Die Luft riecht nach Schnee«, sagte er.
Sarah lallte bereits. »Ich hasse die Dunkelheit und die Kälte.«
»Torie hat geschrieben«, erzählte Red. »Sie kommt Weihnachten nicht nach Hause.«
»Weihnachten? Ist das schon so bald?«
»Ich habe Joseph gestern in der Stadt getroffen«, berichtete Cat. »Er sagt, er fährt über die Ferien zu ihr. Er nimmt die Woche zwischen Weihnachten und Neujahr frei.«

»Ich dachte, sie hätten sich getrennt«, meinte Sarah.
»Wer redet denn von Trennung? Sie wollten nur ein wenig Abstand gewinnen«, entgegnete Red.
Cat stand auf. »Ich bringe Matt ins Bett, und dann gibt es Essen.«
Sie hatte Thelma gesagt, daß sie das Abendessen für Samstag nicht mehr vorzubereiten brauchte. Schließlich hatte Thelma mit Lucy und deren Sohn alle Hände voll zu tun. Außerdem war es an der Zeit, daß die Familie McCullough lernte, wenigstens anderthalb Tage in der Woche ohne Haushaltshilfe zurechtzukommen.
Cat hatte das übriggebliebene Brathuhn von gestern zu Kroketten verarbeitet, dazu wollte sie neue Kartoffeln, frische Brötchen und einen gemischten Salat servieren. Zu den Kroketten hatte sie eine Senfsauce gemacht. Hoffentlich würde es Red schmecken.
Sie hatte Freude daran, am Wochenende in der Küche zu wirtschaften. Ihre wöchentliche Verabredung zum Abendessen mit Jason hatte sie deshalb auf den Freitag verlegt. In der vergangenen Woche hatte sie ihn und Cody zum Essen eingeladen. Danach hatten sie Karten gespielt, während Red sich in sein Arbeitszimmer zurückzog. Sarah war nach oben gegangen und wie meistens vor dem Fernseher eingeschlafen. Häufig lief der Apparat noch, wenn Thelma am Morgen zur Arbeit kam.

Cat gab sich redliche Mühe, daß das Tischgespräch nicht erlahmte. »Gestern war eine sehr sympathische

Frau bei mir im Büro. Sie ist etwa Mitte Dreißig und ausgesprochen elegant. Ihr Kostüm paßte eher nach New York als nach Cougar, und ihre Handtasche war ein Traum. Sie hatte zwei halbwüchsige Jungen dabei, dreizehn und elf, wie sie mir erzählte. Ihr dritter Sohn ist sechzehn. Sie hat Mister Joslins Haus gekauft.«

»Dafür habe ich mich auch interessiert«, meinte Red. »Aber er hat zuviel dafür verlangt.«

»Die Frau heißt April Martin, ist das nicht ein hübscher Name? Sie ist seit einem Jahr geschieden und hat beschlossen, aus New Jersey wegzuziehen. Ihre Söhne wollten unbedingt in den Westen auf eine Ranch, weil sie gern reiten und jagen. Mich hat sie beauftragt, den Papierkram und die Grundbucheintragung zu erledigen. Ich denke, sie wird frischen Wind in die Stadt bringen. Sie wollte wissen, was man in Cougar unternehmen kann, und als ich sage, daß es hier nicht einmal ein Kino gibt, antwortete sie: ›So habe ich es nicht gemeint. Schließlich ziehen wir um, weil wir das Stadtleben satt haben. Ich würde gern einem Volkstanzverein oder irgendeinem Club beitreten, Leute kennenlernen und dazugehören. Und kann ich irgendwo einen Kurs besuchen, in dem ich etwas über die Landwirtschaft lerne?‹«

Red lachte auf.

»Ich mußte mich schwer beherrschen«, fuhr Cat fort. »Sie war so begeistert und aufgeregt. Einfach furchtbar nett. Mir hat sie sehr gut gefallen, vielleicht nehme ich sie nächste Woche mit zu Dodie zum Kaffeetrinken. Im Moment wohnen sie in einem Motel in

Baker. Sie hofft, bis Weihnachten einziehen zu können.«
»In zwei Wochen?«
»Ich habe mir gedacht, daß ich mit ihr zu Mister Joslin fahre. Vielleicht zieht er ja aus, bevor die Papiere fertig sind.«
»Pete Joslin?« Red schüttelte den Kopf. »Ich weiß zwar, wozu zwei entschlossene Frauen in der Lage sind, aber es wird bestimmt nicht leicht.«
»Hättest du was dagegen ... sie kennt nämlich niemanden hier ... wenn ich sie zu Weihnachten einlade? Jason und Cody sind sowieso dabei wie jedes Jahr. Und Chazz und Dodie auch.«
Red lehnte sich zurück. »Kein Problem, Cat. Die Senfsauce ist übrigens köstlich.«
Cat klatschte in die Hände. »Ach, es wird sicher wunderschön! Ein Weihnachtsfest mit einer großen Familie war schon immer mein Traum.«
Sie stand auf, um den Tisch abzuräumen. »Was ist mit Thelma, ihrem Mann und Lucy mit ihrem Sohn? Wenigstens zum Essen?« meinte sie.
Red stand auf und begann, die Teller zusammenzustapeln. »So viele Gäste haben wir schon seit über zwanzig Jahren nicht im Haus gehabt.«
»Dazu ist ein großes Haus doch da.«
Gemeinsam stellten sie das Geschirr in die Spülmaschine und kehrten ins Wohnzimmer zurück.
»Möchtest du dir die Kataloge lieber hier oder in meinem Arbeitszimmer ansehen? Beide Kaminfeuer brennen.«

»Bei dir ist es gemütlicher.« Cat nahm sich vor, irgendwann das Wohnzimmer umzugestalten, denn sie fand die augenblickliche Möblierung im Winter zu düster und deprimierend. Sie bevorzugte helle, zarte Farben wie Pastellblau, Malve und Beige, Blumenmuster und Blätterranken.

»Ich muß noch mal raus in die Scheune. Also in einer halben Stunde in meinem Arbeitszimmer.«

Cat ging hinauf in ihr Zimmer, um die Kataloge zu holen. Als sie wieder herunterkam, stellte sie fest, daß Red im Wohnzimmer alle Lampen außer einer ausgeknipst hatte. Bis auf den Lichtschimmer aus seinem Arbeitszimmer war es dunkel im Haus.

Sie trat vor die Tür, um die Sterne zu betrachten, und fand sich plötzlich vor der Scheune wieder.

Da nur eine Glühbirne einen dämmrigen Schein verbreitete, konnte sie Red zuerst nicht sehen. Sie trat ein. Die Pferde verzehrten geräuschvoll ihre abendliche Mahlzeit, und der angenehme Duft des Heus stieg Cat in die Nase.

Red machte sich im hinteren Teil der Scheune an einer Maschine zu schaffen. Seine Hände waren mit Öl verschmiert. Als sie näher kam, hob er den Kopf. Cat lehnte sich an einen Pfeiler, betrachtete seine gebeugten, breiten Schultern und sah ihm bei der Reparaturarbeit zu.

»Ich habe Ma von deiner Idee mit dem Gewächshaus erzählt. Sie ist Feuer und Flamme. Ich soll dir nur ausrichten, du möchtest Löwenmäulchen bestellen, damit sie den ganzen Winter etwas Grünes hat«, meinte Red.

Wortlos kam sie näher.
Obwohl sie noch ein knapper Meter voneinander trennte, konnte sie spüren, welche Wärme er ausstrahlte. Der Zitrusduft seines Rasierwassers mischte sich mit dem Geruch von Heu und Motoröl. Seine riesigen Hände wirkten anmutig wie die eines Chirurgen. Nachdem er die Zange gesäubert hatte, sagte er: »Das reicht für heute.«
Er wandte sich zum Gehen um, doch plötzlich blieb sein Blick an Cat hängen, die ihn unverwandt anstarrte.
Cat stellte fest, daß sie kaum noch Luft bekam. Das Herz klopfte ihr bis zum Halse.
»Cat?« fragte er.
Sie stand da wie angewurzelt, war unfähig, sich zu rühren.
Er musterte sie eindringlich, als sei er nicht sicher, wie er ihre Miene deuten sollte.
Dann trat er einen Schritt näher, bis sie einander berührten. Ein Geräusch entrang sich ihrer Kehle, sie wußte nicht, ob es ein Stöhnen oder ein Aufschrei war. Plötzlich schlang er die Arme um sie, zog sie an sich und bog ihr den Kopf in den Nacken, um ihr in die Augen zu sehen. Seine Lippen preßten sich auf ihre. Sie küßten sich leidenschaftlich, und er liebkoste ihre Wangen, ihre Augen und ihren Hals mit den Lippen. »O Gott, Cat«, murmelte er. »Catherine.« Wieder küßte er sie. Sie schmiegte sich so eng an ihn, daß sie kaum noch Luft bekam.
Auf einmal riß sie sich los und rannte durch den leise

fallenden Schnee davon. Auf der Treppe nahm sie zwei Stufen auf einmal, stürzte in ihr Zimmer und schloß die Tür hinter sich. Keuchend lehnte sie sich gegen das Holz.

»O Gott«, flüsterte sie atemlos. »Was haben wir getan?«

ACHTUNDDREISSIG

Cat setzte sich in den Sessel am Fenster und betrachtete die rieselnden Schneeflocken. Zitternd schlang sie die Arme um den Leib und schloß die Augen. Red war ihr Schwiegervater. Red war verheiratet. Red war alt genug, um ihr Vater sein zu können. Red war ... Sie schluchzte auf. Red hatte ein Feuer in ihr entfacht. Eine Leidenschaft, die nur darauf gewartet hatte, entfesselt zu werden. Cat hatte gehofft, die Sehnsucht vertreiben zu können, indem sie mit Jason ins Bett ging. Doch das hatte nichts genützt.

Red war ein Ehrenmann. Nie und nimmer würde er sich von körperlichen Begierden beherrschen lassen. Und sie wußte, daß er ihr nie weh tun würde. Er hatte ihr geholfen, ihren Sohn, seinen Enkel, zur Welt zu bringen. Er war gut zu ihr gewesen und tat alles, um sie glücklich zu machen, damit sie auf Big Piney blieb. Nie hätte er sich gedankenlos verhalten und aus einer Laune des Augenblicks heraus gehandelt.

Cat stand auf, öffnete die Tür und spähte in den leeren Flur hinaus. Dann ging sie zu Matts Zimmer und lauschte, auf der Schwelle stehend, seinem regelmäßigen Atmen.

Sie wollte mit Red sprechen und ihm sagen, daß sie vergessen mußten, was geschehen war. Außerdem mußte sie mit Matt hier ausziehen.

So tun, als wäre nichts geschehen?

Wie gerne hätte sie ihm gestanden, daß sie ihn liebte.

Mit einem Seufzer ging sie weiter. War er überhaupt schon aus der Scheune zurück?

Sie hörte das Kaminfeuer in seinem Arbeitszimmer knistern. Er kehrte ihr den Rücken zu und legte Scheite nach. Die züngelnden Flammen warfen tanzende Schatten an die Wand.

»Red?«

Er fuhr so hastig herum, daß er fast das Gleichgewicht verloren hätte, schaffte es aber dennoch, anmutig aufzustehen. Cat merkte ihm an, daß er nicht wußte, was er sagen und wie er sich verhalten sollte, was bei ihm sicher selten vorkam. Ein Holzscheit in der Hand, stand er da und sah sie fragend an.

»Möchtest du etwas trinken?«

Ohne auf seine Antwort zu warten, ging Cat in die Küche, gab Apfelwein und eine Zimtstange in einen Topf und stellte ihn auf den Herd. Dann starrte sie blicklos in die Flüssigkeit, bis diese zu kochen begann.

Cat goß das würzige Getränk in zwei Tassen und kehrte ins Arbeitszimmer zurück. Er stand noch vor dem Kamin und blickte unverwandt in die Flammen. Sie stellte seine Tasse auf den Couchtisch und ließ sich in einem Ledersessel gegenüber dem Sofa nieder.

Ihr Gehirn war wie leergefegt. Er hatte ihr noch immer den Rücken zugekehrt. »Es tut mir leid«, meinte er.

Sie schnappte nach Luft und blickte ihn an. Nachdem

er auf dem Sofa Platz genommen hatte, griff er nach seiner Tasse.

»Ich will nichts tun, was dich traurig macht. Und ich möchte dich nicht verlieren.«

»Vielleicht sollten Matt und ich besser fortgehen«, sagte sie leise.

»Um Himmels willen. Das würde ich nie zulassen. Cat, ich habe die Beherrschung verloren. Mein ganzes Leben lang habe ich mich noch nie unehrenhaft verhalten. Ich weiß nicht, was über mich gekommen ist. Wenn ich könnte, würde ich es ungeschehen machen, Cat. Ich möchte nicht, daß etwas zwischen uns steht.«

»O Red.« Cat seufzte auf. »Möglicherweise liegt es nur daran, daß du und Sarah ...«

»Sarah und ich führen schon seit über zwanzig Jahren keine Ehe mehr. Aber ich bin ein normaler Mann und habe Bedürfnisse. Deshalb sind Norah und ich ...«

»Norah?« Cat starrte ihn entgeistert an. »Norah Eddlington?«

Er nickte. »Ich schäme mich dafür nicht, Cat. Norah und ich kennen uns seit unserer Kindheit. Und als Stan vor über sechzehn Jahren den Unfall hatte ... Norah liebt ihn immer noch, aber auch sie wollte kein Klosterleben führen.«

»Norah Eddlington?«

»Bist du jetzt schockiert?«

Cat schüttelte den Kopf. »Nein, ich finde es wunderbar.«

Sie zwang sich zu einem Lächeln. »Für euch beide. Und ich habe mir schon Sorgen gemacht, daß du ...«

»Doch wir lieben uns nicht, Cat. Nur gute Freunde, die einander achten und brauchen. Auf diese Weise werden unsere Ehen für uns erträglich.«
»Weiß Stan davon?«
»Ich glaube, er ahnt es. Vielleicht hat sie es ihm auch erzählt. Anscheinend hat er nichts dagegen einzuwenden, da seine Ehe nicht darunter leidet.«
Als sie nichts darauf erwiderte, fuhr Red fort: »Also liegt es nicht daran, daß ich in all den Jahren zur Keuschheit verdammt war, Cat. Das ist nicht der Grund.«
Cat umfaßte ihre Tasse mit beiden Händen. Sie zitterte am ganzen Leib und brachte es nicht über sich, ihn anzusehen. Dann stand sie auf, ging zum Fenster und blickte in die Dunkelheit hinaus. Winzige weiße Flokken schwebten vom Himmel.
»Offenbar müssen wir einiges zwischen uns klären«, meinte Red leise.
»Können wir nicht so tun, als wäre nichts gewesen?«
Er trat hinter sie. Obwohl er sie nicht berührte, spürte sie seine Wärme. Ihre Nackenhaare sträubten sich.
Sie starrten einander an. Schließlich drehte Cat sich um, verließ das Zimmer und stieg die Treppe hinauf, Sie legte sich ins Bett, ohne sich auszuziehen. Noch stundenlang starrte sie in die Dunkelheit.

Als Cat am nächsten Morgen Brötchenteig nach Miss Jennys Rezept anrührte und Red Rühreier mit Zwiebeln und rotem Paprika machte, war Sarah noch nicht heruntergekommen.

Red und Cat wechselten kaum ein Wort miteinander, und auch der Vorfall des gestrigen Abends wurde mit keiner Silbe erwähnt.
»Heute muß ich alle anrufen, die wir zu Weihnachten einladen wollen«, sagte Cat schließlich. Ihre Augen waren vom Schlafmangel gerötet. »Ich habe eine Menge zu tun ...«
Cat hatte die Sonntagvormittage zu Hause immer genossen. Sie füllte Gläser mit Orangensaft und stellte sie auf die gelb-blau gemusterten Platzdeckchen, die sie auf dem Eichentisch ausgebreitet hatte.
Matt saß auf seinem Schaukelpferd.
Die Brötchen waren fertig. Cat nahm das goldgelbe Gebäck aus dem Ofen und setzte sich. Red brachte die Teller mit dem Rührei.
Als Cat ihn ansah, stellte sie fest, daß er anscheinend auch nicht viel geschlafen hatte. Er biß in ein Brötchen. »Sie sind so gut wie die von Miss Jenny«, stellte er fest.
In diesem Moment erschien Sarah in der Tür. Sie hatte sich zwar gekämmt, war aber ungeschminkt. »Warum eßt ihr in der Küche?« fragte sie.
Cat erhob sich, um für ihre Schwiegermutter ein Gedeck aufzulegen, und reichte Sarah ein Glas Saft.
»Seit wann essen wir in der Küche wie das Personal?« wiederholte Sarah, nachdem sie Platz genommen hatte.
»Cat und ich sitzen gern am Sonntagmorgen hier«, antwortete Red. »Übrigens halten wir das schon seit fast einem Jahr so, Sarah.«
»Oh.« Sarah sah sich um und entdeckte die Brötchen. »War Miss Jenny hier?«

»Nein«, antwortete Cat. »Ich habe sie nach ihrem Rezept gebacken. Möchtest du eins versuchen?«
Sarah schüttelte den Kopf. »Nein. Seit wann kannst du denn kochen? Offenbar gibt es nichts, was du nicht kannst«, fügte sie hinzu, ohne Cats Antwort abzuwarten.
Cat wußte nicht, ob Sarah verärgert war oder ihr ein Kompliment machen wollte.
»Ich tue mein Bestes.«
Red schenkte Sarah eine Tasse heißen Kaffee ein. Dabei trafen sich sein und Cats Blick.
»Es schneit«, sprach Sarah weiter. »Der Schnee hat Scott umgebracht.«
»Ich hole nachher Matts Schlitten aus der Scheune und gehe mit ihm Schlitten fahren«, sagte Cat, obwohl auch sie ihren Widerwillen gegen Schnee noch nicht überwunden hatte.
»Warum ziehen wir nicht nach Florida oder nach Tahiti?« meinte Sarah zu Red. »Dort gibt es keinen Schnee, der mich ständig daran erinnert.« Sie trank einen Schluck Kaffee und bestrich ein Brötchen mit Marmelade.
Schweigend verzehrten die drei ihr Frühstück, während Matt von seinem Schaukelpferd kletterte und nach oben rannte.
»Ich hasse den Winter«, fuhr Sarah fort. »Ich fühle mich wie im Gefängnis, und den Rest meines Lebens werde ich hier eingesperrt sein.«
»Du kannst doch tun und lassen, was du willst, kommen und gehen … Du bist nicht eingesperrt«, wandte Cat ein.

»Was weißt du schon?«
Red nahm seine Winterjacke vom Haken an der Küchentür. »Ich gehe in die Scheune«, verkündete er.
Nachdem er fort war, teilte Sarah Cat mit, daß sie in diesem Jahr keine Lust auf Weihnachten hatte.
»Aber wir haben ein großes Fest geplant«, erwiderte Cat. »Ich habe vor, Jason, Cody, Chazz und Dodie einzuladen. Und dann noch eine Frau, die neu in der Stadt ist. Sie hat drei Kinder. Außerdem Thelma, Tom, Lucy ...«
»O Cat, so viele Menschen halte ich nicht aus.«
»Das schaffst du schon, Sarah. Thelma und ich kümmern uns um den Truthahn und backen Kuchen und und ...«
»... alle werden sehen, wie tüchtig du im Gegensatz zu mir bist. O Cat.« Sie fing an zu weinen. »Ich bringe einfach nichts zustande.«
Cat stellte fest, daß Sarahs Tränen sie nicht rührten. Sie erhob sich und begann, den Tisch abzuräumen. »Soll ich für dich ein Geschenk besorgen, das du Torie schicken kannst?«
Sarah schüttelte den Kopf und blickte hinaus auf die Berge. »Ist dir noch nicht aufgefallen, daß ich dieses Haus nicht länger ertrage? Was hält dich eigentlich hier? An deiner Stelle würde ich mich aus dem Staub machen, solange du noch kannst.«
»Ich bin glücklich.« Cat räumte das Geschirr in die Spülmaschine. »Matt und ich gehören hierher.«
»Glücklich! Wann bin ich das letztemal glücklich gewesen? Ich weiß es noch ganz genau, und das ist der

Preis, den Gott von mir dafür fordert. Ich habe ihm meine Seele verkauft.«

Die Tasse in der Hand, verließ sie den Raum. Cat stand am Spülbecken und betrachtete die Föhren auf den Berghängen.

Dann rief sie Matt und zog ihm Schneeanzug und Stiefel an. Nachdem sie sich ebenfalls warm eingemummt hatte, ging sie in die Scheune, um Matts Schlitten zu holen.

Zu ihrer Erleichterung und Enttäuschung war Red nirgendwo zu sehen. Während sie den Schlitten vom Haken nahm, tanzte Matt aufgeregt um sie herum.

»Nur immer mit der Ruhe, junger Mann.« Sie lächelte ihn an. »Kannst du dich überhaupt noch an deine letzte Schlittenfahrt erinnern?« Sobald sie den Schlitten abgestellt hatte, kletterte der kleine Junge darauf und sah sie erwartungsvoll an. Cat küßte ihn auf die gerötete Wange. »Weißt du, wie sehr ich dich liebe?« fragte sie, griff nach der Schnur und fing an zu ziehen. Matt fuchtelte lachend mit den Armen.

»Was hältst du davon, wenn wir zuerst zum Briefkasten gehen?« sagte sie. Der knapp einen Kilometer lange Spaziergang würde ihr guttun und sie von ihren Grübeleien ablenken.

Cat bemerkte nicht, daß Red in der Scheunentür stand und sie beobachtete. Er sah ihr schon seit einer Weile zu. Die Kehle war ihm wie zugeschnürt. Diese beiden Menschen und Torie waren ihm das Wichtigste auf der Welt. Hatte er Cat wegen seines unbesonnenen Verhaltens von gestern für immer verloren? So lange schon unterdrückte er sein Bedürfnis, sie zu küssen, und er hatte einfach nicht mehr an sich halten können, als sie so dicht vor ihm stand. Ihr Blick, ihr Geruch, ihre Nähe …

Und sie hatte es offenbar genossen, die Arme um ihn geschlungen und seinen Kuß leidenschaftlich erwidert. Doch der Augenblick war rasch verflogen. Fand sie ihn abstoßend? Er kam nicht dahinter, was in ihr vorging, und dabei hatte er geglaubt, sie so gut zu kennen. Und heute morgen hatte sie ihm die kalte Schulter gezeigt. Hatte er sie gekränkt, sie, die Frau, die er von ganzem Herzen liebte? Hatte er ihre Freundschaft zerstört? Warum hatte er sich nicht damit zufriedengeben können, alles beim alten zu lassen? Bis jetzt waren sie unbefangen und vertraut miteinander umgegangen. Und nun würde wegen seiner Unbesonnenheit nichts mehr so sein wie zuvor.

Er hatte in seinem Leben nur selten spontan gehandelt und – soweit er wußte – niemandem geschadet. Nur dieses eine Mal hatte er zugelassen, daß sein Herz die Oberhand über den Verstand gewann, und damit vielleicht die einzige Beziehung beendet, die ihm etwas bedeutete und ihn glücklich machte.

Er bedauerte, daß er nicht gläubig war und Trost im Gebet finden konnte.

Als Cat ihn entdeckte, winkte sie ihm zu. Matt sprang vom Schlitten. Er rannte seinem Großvater entgegen. Red bückte sich und warf eine Handvoll Schnee in Matts Richtung. Die weißen Flocken schwebten auf den kleinen Jungen herab.

Kichernd streckte Matt die Hände aus und versuchte sie aufzufangen.

»Soll ich auf ihn aufpassen, damit du in Ruhe telefonieren kannst?« fragte Red. Er sah Cat in die Augen. Um nichts in der Welt würde er sich seine Unsicherheit anmerken lassen.

Sie erwiderte seinen Blick. »Red, was geschehen ist, ist geschehen. Wir können es nicht mehr rückgängig machen.«

Was sollte das nun wieder heißen?

Sie reichte ihm die Schlittenschnur. »Kümmerst du dich bitte um den Schlitten? Ich lade die Gäste zum Weihnachtsessen ein.«

Als er ihr nachrief, drehte sie sich nicht um, sondern ging einfach weiter.

Wir können es nicht mehr rückgängig machen. Was hatte sie bloß damit gemeint?

NEUNUNDDREISSIG

Obwohl Cat das ganze Wochenende lang schlecht geschlafen und sich nachts mit Schuldgefühlen gequält hatte, stand sie am Montag vor Morgengrauen auf. Zu ihrer Enttäuschung hatte Red schon gefrühstückt und war bereits fort.

Thelma stellte einen Bratapfel mit braunem Zucker vor sie hin und setzte sich mit ihrer Kaffeetasse an den Tisch.

»Wie viele sind wir beim Weihnachtsessen?« fragte sie.

Cat hatte ihr erklärt, daß sie das Essen mit ihr gemeinsam zubereiten wollte. Thelma sollte sich an diesem Abend als Gast und Familienmitglied fühlen, anstatt die anderen zu bedienen. Doch Thelma betrachtete die Küche trotzdem als ihr Reich.

Cat zählte an den Fingern ab. »Wir drei, Sie drei, die Whitleys, Jason und Cody, Miss Jenny und die vier Martins.«

»Wer ist denn das?«

»Mistress Martin ist neu in der Stadt. Sie hat das Haus von Mister Joslin gekauft. Sie hat drei halbwüchsige Söhne und kennt niemanden hier.«

»Die Wohltäterin der Menschheit«, war da eine Stimme von der Tür zu vernehmen.

»Miss Jenny, was machst du denn so früh hier?« Cat küßte die alte Dame auf die Wange.
»Ich dachte, so kriege ich noch was von Thelmas Frühstück ab.«
»Setzen Sie sich. Ich mache Ihnen etwas zurecht. Es gibt Bratäpfel und Bananenbrot.«
»Eine seltsame Kombination, aber mir schmeckt es bei Ihnen immer ausgezeichnet.« Miss Jenny hatte sich über dreißig Jahre lang von Thelma bekochen lassen.
»Du hast dich ja so fein gemacht«, stellte Cat fest.
»Ich wollte in Boise Weihnachtseinkäufe erledigen. Da du dieses Jahr nicht genug Zeit hast, mit mir nach Portland zu fahren, muß ich mich eben selbst darum kümmern. Ich dachte, ich lasse mir Zeit und übernachte dort.«
»Ich bestellte diesmal fast alles per Katalog.«
»Am schwierigsten ist es, ein passendes Geschenk für einen Mann zu finden. Was schenkt man einem Mann, der alles hat?«
»Red kriegt von mir eine Cappuccinomaschine.«
Miss Jenny lachte, während Thelma ihr Orangensaft und Kaffee servierte. »Ich weiß noch, wie Jock mir einmal einen Rasenmähertraktor zum Geburtstag geschenkt hat, weil er das Mähen satt hatte. Das war, bevor wir so viele Hausangestellte hatten.«
Cat lächelte. »Du hast recht, eine Cappuccinomaschine ist etwas, das mir auch gefallen würde. Jeden Sonntagmorgen sehne ich mich nach einem Cappuccino.«
»Ich finde deine Idee mit dem Gewächshaus großartig.

Wie findest du nur die Zeit, so viele Dinge gleichzeitig zu tun?«

»Wenn man etwas wirklich will, hat man auch die Zeit dafür«, entgegnete Cat. »Es würde mir solchen Spaß machen, das ganze Jahr über frische Blumen und Gemüse zu haben. Und wenn ich aus der Kanzlei komme, ist Gartenarbeit ein guter Ausgleich.«

»Hat Red dir erzählt, daß ich eine Schwäche für Löwenmäulchen habe?«

Cat nickte. »Natürlich pflanze ich welche für dich an. Übrigens wüßte ich etwas, das du mir schenken kannst: so viele Bücher über Pflanzenaufzucht im Gewächshaus wie möglich.«

»Ich glaube nicht, daß die Auswahl in Boise so groß ist.« Miss Jenny runzelte die Stirn. »Vielleicht können sie welche für mich bestellen.«

Cat berichtete Miss Jenny von ihren Weihnachtsplänen.

»Ich backe die Kuchen«, schlug Miss Jenny vor.

»Damit habe ich auch fest gerechnet.«

Cat war gerade in ihre Kanzlei gekommen und hatte den Mantel noch nicht ausgezogen, als Jason erschien. Er küßte sie auf die Wange. »Von dir sieht und hört man ja gar nichts mehr.«

»Ach Jason, ich habe so viel zu tun.«

»Zu viel zu tun für einen Kuß?«

Sie lächelte ihn an und streifte seinen Mund leicht mit den Lippen. »Ich habe das Gefühl, daß ich nur noch der Zeit hinterherhetze.«

»Wegen Lucys Prozeß?«
»Richtig. Ich bin Tag und Nacht damit beschäftigt.« Wenigstens würde es bald so sein.
»Zu beschäftigt, um am Samstag mit mir in La Grande ins Kino zu gehen?«
»Jason, mir schwirrt der Kopf. Die Weihnachtsvorbereitungen, der Prozeß. Verschieben wir es auf ein andermal.«
»Hab ich was falsch gemacht?«
Sie zwang sich zu einem beschwichtigenden Lächeln. »Wenn es dir paßt, kannst du mich heute zum Mittagessen einladen.«
»Gern, falls nichts Unvorhergesehenes dazwischenkommt. Aber das passiert Gott sei Dank nur selten. Weißt du, was das Schlimmste an meinem Job ist? Den Leuten schlechte Nachrichten zu überbringen. Zum Glück war das in letzter Zeit nicht nötig.«
»Treffen wir uns um halb eins in Rocky's Café?«
»Für heute werde ich mich damit zufriedengeben. Aber nicht mehr lange, liebe Cat.«
Nachdem er fort war, rief Cat April Martin in ihrem Motel an. Gestern hatte sie sie nicht erreichen können. April hob nach dem ersten Läuten ab.
»Ich wollte Sie und Ihre Söhne zum Weihnachtsessen auf die Ranch einladen«, sagte Cat.
»Wie nett von Ihnen. Ich hätte mir nie träumen lassen, daß wir unser erstes Weihnachtsfest hier bei jemandem zu Hause verbringen. Mit unserem Einzug wird es ja vermutlich nicht rechtzeitig klappen.«
»Wahrscheinlich nicht. Könnten Sie heute zu Mister

Joslin kommen? Ich erkundige mich, ob er Zeit für uns hat.«

»Aber natürlich.«

»Gut. Ich rufe Sie gleich zurück.«

Während Cat Mr. Joslins Nummer wählte, fragte sie sich, ob Aprils Kinder wegen des Umzugs wohl viel Unterricht versäumen würden.

Mr. Joslin war mit einem Treffen einverstanden.

Knapp eine Stunde später fuhr April in ihrem dunkelgrünen Dodge vor.

»Wo sind Ihre Kinder?« fragte Cat.

»Davey fährt sie jeden Tag nach Cougar zur Schule«, erklärte April. Sie war zwar keine schöne Frau, hatte aber eine enorme Ausstrahlung. Ihr schulterlanges glattes Haar verriet einen ausgezeichneten Friseur. In Cougar würde sie sicher Schwierigkeiten haben, einen Ersatz zu finden.

»Sie finden die Schule altmodisch.«

»Altmodisch?« Cat verstand, was sie damit meinte.

»Aber Donny ist schon in die Basketballmannschaft aufgenommen worden. Darrell hat ein Mädchen kennengelernt, und am besten gefällt mir, daß es hier keine Drogen gibt ...«

»Darauf würde ich nicht wetten.«

»Oh.« Erschrocken sah April Cat an. »Verflixt! Davon bin ich selbstverständlich ausgegangen. Wissen Sie, was ich ihnen zu Weihnachten schenken werde? Vielleicht kann ich sie durch Bestechung dazu bringen, die Finger davon zu lassen.«

»Was haben Sie vor?«

»Alle drei dürfen sich ein Pferd aussuchen.«
»Das Reiten gehört zu den ersten Dingen, die ich hier gelernt habe. Allerdings habe ich kaum noch Zeit dazu.«
»Sie reiten? Ich sollte mir auch ein Pferd kaufen. Dann können Sie es mir im Frühling beibringen.«
»Ich glaube nicht, daß ich eine gute Lehrerin wäre.«
Sie fuhren durch gefrorene Stoppelfelder. Eiszapfen glitzerten an den verdorrten Strohhalmen.
»Wenigstens ist es nicht feucht hier. In New Jersey dringt einem die Kälte in sämtliche Knochen.«
Mr. Joslins Haus stand hinter einer Gruppe von Weiden, die um diese Jahreszeit kahl waren.
»Ich habe es gründlich satt, im Motel zu wohnen«, meinte April.
»Das Haus muß dringend gestrichen werden«, sagte Cat.
»Wozu habe ich drei kräftige Söhne«, scherzte April.
»Wie wird Ihr Exmann das erste Weihnachtsfest ohne die Kinder verkraften?«
»Ach, wahrscheinlich verbringt er es auf Barbados mit seiner Sekretärin. Oder mit seiner Anwältin. Oder mit seiner Steuerberaterin.«
»Ich verstehe.«
Sie hielten vor dem zweistöckigen viktorianischen Haus. »Der Erbauer muß ziemlich vermögend gewesen sein. In einem Jahr werden Sie es nicht wiedererkennen.«
»Die Scheune ist in ausgezeichnetem Zustand.«
»Sehr gut. Ich lasse Boxen für unsere Pferde einbauen. Für alle vier«, fügte sie lachend hinzu.

Mr. Joslin öffnete, bevor sie angeklopft hatten. »Der Kaffee ist schon fertig«, sagte er. Er trug einen altmodischen Arbeitsoverall.

Er führte sie durch den Flur in die Küche. Links davon lag das Wohnzimmer, wo sich die Umzugskartons türmten. »Wie Sie sehen, bin ich schon am Packen. Am ersten Januar ziehe ich aus.«

Cat und April wechselte einen Blick.

»Eigentlich wollten wir mit Ihnen darüber sprechen, ob Sie vielleicht schon vor Weihnachten ausziehen könnten«, meinte Cat, als sie am Küchentisch saßen.

»Unmöglich.« Der alte Mann schüttelte den Kopf und schenkte Kaffee in weiße Porzellantassen ein. »Über Weihnachten fahre ich zu meiner Tochter nach Montana. Ich schaffe es nicht, vorher alles einzupacken.«

»Meine Jungs und ich könnten Ihnen helfen«, schlug April vor.

»Mistress Martin, was wollen Sie ohne Mann überhaupt mit einer Ranch?«

»Ich werde sie führen«, antwortete sie.

»Sie müssen ziemlich viel Geld haben, wenn Sie es so zum Fenster rauswerfen können.«

»Ich habe nicht vor, mein Geld zum Fenster rauszuwerfen«, entgegnete sie. »Aber wenn wir noch vor Weihnachten einziehen können, bekommen Sie zweitausend Dollar extra.«

Seufzend betrachtete er sie und wandte sich dann an Cat: »Können Sie die Papiere bis dahin fertigmachen?«

»Klar, nächste Woche sind sie da. Oder auch schon am Freitag, wenn Sie wollen.«

Als er einen Schluck Kaffee trank, hing sein Schnurrbart in die Tasse. »Zweitausend also?« brummte er.
»Und unsere Hilfe, falls Sie möchten.«
»Wenn ich am Dreiundzwanzigsten ausziehe, haben Sie ja gar keine Möbel.«
»Die Spedition hat mir zugesagt, daß meine rechtzeitig hier sind.« April lächelte.
»Wie könnte man einer Frau wie Ihnen etwas abschlagen? Okay. Schicken Sie Ihre Jungs zu mir.«
»Was halten Sie von morgen nach der Schule? Sie können in der nächsten Woche jeden Tag zu Ihnen kommen.«
Er nickte. »Meine Tochter wird ihren Ohren nicht trauen. Sie sagt, ich würde es nie schaffen, mein ganzes Zeug auszusortieren. In vierzig Jahren hat sich eine Menge angesammelt.«
»Möchten Sie die Sachen verkaufen? Sicher kann April das für Sie übernehmen«, schlug Cat vor.
April warf Cat einen ärgerlichen Blick zu.
»Nein, nein. Was ich nicht mit nach Montana nehmen kann, verschenke ich. Vor allem, wenn ich jetzt noch zweitausend Dollar extra kriege. Das Werkzeug aus der Scheune können Sie auch haben.« Darauf hatten sie sich zwar schon geeinigt, aber das hatte er offenbar vergessen.
Nachdem sie ihren Kaffee ausgetrunken hatten, stand Cat auf. »Ich danke Ihnen im Namen der Familie Martin«, sagte Cat.
April reichte ihm die Hand. »Ich freue mich darauf, hier zu wohnen, nur schade, daß ich so keine Gelegenheit habe, Sie besser kennenzulernen.«

Mr. Joslin errötete.
»Junge, Junge, Sie haben ihm aber ganz schön Honig um den Mund geschmiert«, lachte Cat, als sie wieder im Auto saßen.
April schmunzelte nur.
»Haben Sie Lust, mit mir zu Mittag zu essen?« fragte Cat. »Ich bin um halb eins mit dem Sheriff in Rocky's Café verabredet. Sie sollten ihn unbedingt kennenlernen.«
»Den Sheriff?«
»Jason Kilpatrick, der beliebteste Mann der Stadt. Ihre Kinder mögen ihn sicher auch. Er ist im Westen aufgewachsen.«
»Gern«, antwortete April. »Ich müßte nur vorher von Ihrem Büro aus die Telefongesellschaft und die Stadtwerke wegen der neuen Anschlüsse anrufen.«
»Mit Vergnügen.«

Jason benahm sich April gegenüber zwar höflich, schien aber nicht sonderlich von ihr beeindruckt. Als die beiden Frauen nach dem Mittagessen wieder in Cats Kanzlei saßen, meinte April: »Ein toller Typ. Verheiratet?«
»Geschieden. Er wohnt mit seinem neunjährigen Sohn ein paar Straßen weiter.«
»Ich habe mir zwar geschworen, in Zukunft die Finger von Männern zu lassen, aber er ist wirklich attraktiv.«
»Er ist auch zum Weihnachtsfest eingeladen.«
»Haben Sie was mit ihm?«

»Wir sind gute Freunde. Eigentlich ist er mein bester Freund, seit ich hierhergezogen bin.«
»Gute Freunde? Soso.«
Cat mußte sich abwenden, damit April ihr Schmunzeln nicht bemerkte.

VIERZIG

Nachdem sich April um zwei verabschiedet hatte, schickte sich auch Cat zum Gehen an. Sie hatte sich zum Ziel gesetzt, die Kanzlei um halb drei zu schließen, und nahm nach eins keine Termine mehr an. In einer Stadt mit neunzehnhundert Einwohnern gab es sowieso nicht viel zu tun. Allerdings hatten sich in letzter Zeit einige Leute erkundigt, ob sie sich auch mit Steuerrecht auskannte. Das war leider nicht der Fall, doch Cat hatte vor, sich nach Lucys Prozeß in die Materie einzuarbeiten.

Ein Gefühl der Beklommenheit überkam sie. Bis jetzt hatte sie sich immer darauf gefreut, wieder zu Hause auf Big Piney zu sein. Red war entweder schon da oder kehrte zwischen fünf und halb sechs von der Arbeit zurück. Dann nahmen sie einen Drink vor dem Kamin und tauschten die Neuigkeiten des Tages aus. Nach dem Abendessen sahen sie fern oder plauderten in seinem Arbeitszimmer. Sie waren Freunde, leisteten einander Gesellschaft und hatten sich gern.

Seltsam, wie Sex eine Freundschaft zerstören konnte. Ein einziger Kuß veränderte alles. Plötzlich wurde man sich bewußt, daß man ein Mann und eine Frau war. Ein Kuß, und alles war anders. Die Unbefangenheit von

früher war einer gespannten Atmosphäre gewichen. Und dabei hatte die Freundschaft mit Red ihr so viel bedeutet.
Ihr Schwiegervater!

Auf dem Heimweg wurde Cat klar, daß sie und Red seit dem Kuß kein persönliches Gespräch mehr geführt hatten. Sie fragte sich, was in ihm vorging. Vielleicht konnten sie und Red einfach so weiterleben wie bisher. Diese Verlegenheit war sicher nur eine Phase, die wieder vorbeigehen würde. Es war doch nur ein kurzer Moment gewesen, weiter nichts. Konnte nicht alles wieder so werden wie zuvor?
Cat hatte Angst. Sie wollte alles vermeiden, was die Freundschaft weiter gefährden würde. Sollte sie ausziehen? Aber vor dem Prozeß hatte sie überhaupt keine Zeit, daran auch nur zu denken. Weihnachten stand vor der Tür, sie erwarteten Gäste, und sie mußte sich auf den Prozeß konzentrieren. Sie durfte nicht zulassen, daß persönliche Probleme ihren Blick trübten. Lucys Leben lag in ihrer Hand, und nichts anderes zählte.
Es war eine Gratwanderung. Big Piney würde eines Tages Matt und Tories zukünftigen Kindern gehören. Doch im Moment hatte es den Anschein, als ob ihre Schwägerin kinderlos bleiben würde.
Cat wollte ein Teil der Familie sein und mit Red unter einem Dach leben – nur daß es ihr inzwischen peinlich war, ihm in die Augen zu sehen.
Sie sehnte sich danach, daß Red sie wieder küßte, nach

seinen Berührungen, seinen Zärtlichkeiten, seinen Händen, die ihren nackten Körper liebkosten …

»Mist!« rief sie aus. Fast hätte sie die Abzweigung zur Ranch verpaßt.

Als sie ins Haus kam, stieg ihr ein köstlicher Duft in die Nase, der sie magisch anzog.

»Was riecht denn da so gut?«

»Ich backe Weihnachtsplätzchen«, antwortete Thelma. Ihre Hände und ihre Schürze waren mehlbestäubt. »Bei all den Gästen brauchen wir wahrscheinlich eine Tonne davon.«

»Vor allem, wenn drei halbwüchsige Jungs dabei sind«, meinte Cat. »Kriege ich was auf die Finger, wenn ich eines stibitze?«

Thelma grinste. Es blieb nicht bei dem einen Plätzchen: am Ende hatte Cat drei verdrückt.

»Sie kochen einfach ausgezeichnet. Das ist ein Grund, warum ich so gern hier wohne.«

»Reden Sie weiter.« Thelma lachte zufrieden.

»Ich weiß nicht, was wir ohne Sie anfangen sollten.«

»Hoffentlich ergibt sich dieses Problem noch lange nicht.«

Cat schätzte, daß Thelma ein paar Jahre älter als Red war. Schon vor Reds und Sarahs Hochzeit hatte sie über die Küche von Big Piney geherrscht und war öfter hier als in ihrem drei Kilometer entfernten kleinen Haus. Sie und Tom hatten drei erwachsene Kinder, eines war in der Army, das zweite lebte in Florida, das dritte in La Grande.

Cat beschloß, Mr. Claypool anzurufen und sich zu erkundigen, wo April Pferde für ihre Söhne bekommen konnte. Möglicherweise konnte sie ihn ja überreden, den Jungen am Samstagvormittag Reitunterricht zu erteilen. Niemand in der Gegend kannte sich besser mit Pferden aus als er.

Als sie an die Claypools dachte, fiel ihr ein, daß sie Joseph seit Tories Abreise kaum noch gesehen hatte. Sie nahm sich vor, sich mit ihm zum Mittagessen zu verabreden, denn in der Stadt begegnete sie ihm nur selten. Das mochte daran liegen, daß er sein Büro in Baker hatte, aber früher hatte das doch auch keine Rolle gespielt.

Cat ging nach oben. Sie grübelte über Lucys Prozeß nach. Die Ergebnisse ihrer Recherchen waren nicht sehr ermutigend gewesen. Sie war nur auf drei Fälle gestoßen, in denen eine Frau, die ihren prügelnden Ehemann getötet hatte, nicht zu einer langen Gefängnisstrafe verurteilt worden war. Vor nicht allzu langer Zeit hatten die Gerichte einem Mann, der seine untreue Ehefrau ermordete, meistens Verständnis entgegengebracht. Ein Mann, der seine Frau schlug, verstieß nach damaligen Recht nicht einmal gegen das Gesetz, denn er hatte absolute Macht über sie. Er durfte auf die Erfüllung der ehelichen Pflichten bestehen und seiner Frau sogar verbieten, das Haus zu verlassen.

Eine Frau, die ihren Mann betrog, wurde hingegen aus der Gesellschaft ausgestoßen und an den Pranger gestellt. Bei einem Mann war eine Affäre nur ein Kavaliersdelikt. Und auch heute noch rüttelte eine Frau, die ihren Herrn und Meister umbrachte, an den Grundfesten des Patriarchats.

Hatte Lucy überhaupt eine Chance?

Zum Abendessen gab es Schinken mit Pfirsichglasur, Süßkartoffeln und Thelmas berühmten Krautsalat.

»Jeder hier in der Stadt geht zu einem Steuerberater in Baker oder La Grande«, sagte Cat.

Reds Gabel blieb in der Luft stehen. »Stimmt. Ich wette, du brütest schon wieder etwas aus.«

»Nun, ich kenne mich mit dem Steuerrecht nicht so gut aus und schaffe es gerade, meine eigene Steuererklärung auszufüllen. Aber es muß doch eine Frau in der Stadt geben, die vor ihrer Ehe Buchhalterin war. In letzter Zeit waren drei Leute bei mir, die Fragen zu ihrer Steuererklärung hatten. Ich habe mir gedacht, ich könnte das nach Lucys Prozeß einmal in Angriff nehmen. Es kann nicht schaden, wenn ich für diese Dinge eine Buchhalterin auf Teilzeitbasis einstelle. War Lois nicht früher Buchhalterin?«

»Meinst du die Frau von Ed, dem Apotheker?«

»Genau.«

»Ich glaube schon. Sie führt auch seine Bücher.«

Sarah blickte zwischen Red und Cat hin und her, als verfolge sie ein Tennisspiel.

»Ich habe mich gefragt, ob sie das nicht ausbauen möchte«, fuhr Cat fort. »Ich könnte einen zweiten Computer anschaffen. Wenn ihre Kinder in der Schule sind, hätte sie Zeit. Es wäre nur ein Zusatzgeschäft, von dem sie nicht leben könnte, aber es reicht für einen

Urlaub und ein bißchen Luxus. Die Bürokosten würde ich übernehmen und ...«

»Warum macht sie nicht ihr eigenes Büro auf, anstatt sich von dir bezahlen zu lassen?« ließ sich Sarah plötzlich vernehmen.

»Das weiß ich nicht«, antwortete Cat. »Ich habe mich auch schon gewundert, warum noch niemand auf diese Idee gekommen ist.«

Zum erstenmal seit Tagen sah Red Cat in die Augen.

Sarah stürzte ihren Wein hinunter. »Cat, du bist zwar meine Schwiegertochter, aber ich rate dir, so schnell wie möglich von hier zu verschwinden. Laß dich nicht tiefer hineinziehen. Darin ist er Spezialist ...« Sie wies mit dem Kopf auf Red. »So machen es die Männer in Cougar Valley. Sie binden dich an sich, bis es für dich kein Entrinnen mehr gibt. Geh weg, bevor du dich verlierst.«

»O Sarah.« Cat bemühte sich, sich ihre Gereiztheit nicht anmerken zu lassen. »Ich habe keine Angst, mich zu verlieren. Ich glaube eher, daß ich in Cougar Valley besser zu mir selbst finde als in einer Großstadt.« Doch ihre Antwort galt eher Red als Sarah.

»Was ich am liebsten an dir mag«, meinte Red, als ob Sarah nicht vorhanden wäre, »ist dein Selbstbewußtsein. Du zweifelst nie an dir.«

»Ich schaffe alles, wozu ich mich entschlossen habe«, entgegnete Cat. »Und wenn es schiefgeht, habe ich wenigstens etwas dabei gelernt.«

»So ein Quatsch.« Sarah stand auf. »Ihr beide redet nur übers Geschäft. Entweder über die Ranch, über Lucy oder darüber, ein neues Büro aufzumachen. Du hättest sie heiraten sollen!« zischte sie Red zu, als sie an ihm vorbeirauschte. »Ich gehe nach oben.«

Red und Cat wechselten einen Blick.

»Möchtest du Kaffee?« fragte Cat schließlich.

Er nickte. »Ich zünde den Kamin im Arbeitszimmer an.«

Am liebsten hätte sie ihm gestanden, welches Feuer er in ihr entfacht hatte.

Als Cat in die Küche kam, stellte sie fest, daß Thelma einen Apfelkuchen gebacken hatte. Sie gab Kaffeebohnen mit Vanillearoma in die Kaffeemühle, und während die Kaffeemaschine lief, wärmte sie den Kuchen in der Mikrowelle auf.

Dann trug Cat die Teller in Reds Arbeitszimmer.

»Ich hab dir etwas Gutes mitgebracht«, sagte sie. »Ich gehe nur noch den Kaffee holen.«

Red hatte in seinem Lieblingssessel Platz genommen. Im Kamin flackerte das Feuer. Cat saß ihm gegenüber auf dem Sofa.

Schweigend verzehrten sie den Kuchen. Cat lauschte dem Knistern der Flammen.

»In einer Woche ist Weihnachten«, meinte sie, obwohl diese Feststellung eigentlich überflüssig war.

Er leckte sich die Finger ab und stellte den Teller weg. Dann trat er ans Fenster und blickte in die Dunkelheit hinaus.

Cat wartete ab.

Schließlich drehte er sich um, doch er sah sie nicht an. »Gib mir Bescheid, wenn du Hilfe bei deiner Steuerkanzlei brauchst«, sagte er.

»Später vielleicht.« Sie war enttäuscht, daß er offenbar nur über dieses Thema reden wollte. »Zur Zeit muß ich mich voll und ganz auf den Prozeß konzentrieren und kann keine Ablenkung brauchen.«

»Ich verstehe.«

Sosehr sie auch wünschte, daß er sie ansehen würde – er tat es nicht. Statt dessen nahm er seine Kaffeetasse und fragte: »Kommt heute etwas im Fernsehen, das dich interessiert?«

Sie seufzte auf. Er benahm sich wie ein Fremder. Zum erstenmal seit zweieinhalb Jahren fühlte sie sich in seiner Anwesenheit nicht geborgen. »Nein«, antwortete sie. »Ich glaube, ich gehe nach oben und packe Weihnachtsgeschenke ein.«

»Gute Nacht«, meinte er, noch ehe sie aufgestanden war.

Verdammt!

EINUNDVIERZIG

Zwei Tage vor Weihnachten fuhr Cat mit April Martin zu den Claypools. Sie hatte mit Mr. Claypool telefonisch eine Verabredung getroffen.

»Ich bin noch nie einem echten Indianer begegnet«, sagte April.

Cat lachte. »Mister Claypool ist zwar ein interessanter Mann, aber leider nicht sehr gesprächig. Seine Pferdezucht ist weltberühmt, und er hat Kunden in Texas und Virginia. Außerdem gilt er hier in der Gegend als Schamane.«

»Das hat doch irgendwas mit New Age zu tun, oder?«

»New Age bezieht sich in vieler Hinsicht auf alte Traditionen. Mister Claypool besitzt übersinnliche Kräfte, und sein Sohn Joseph hat seine Fähigkeiten geerbt. Er ist in der Lage, einen Menschen von Dämonen zu befreien, die ihn krank machen oder ihm seelisches Leid verursachen.«

»Ach du meine Güte. Der Mann könnte schon längst Millionär sein.«

Cat schüttelte den Kopf. »Er tut es nicht des Geldes wegen, und es funktioniert nur, wenn man wirklich daran glaubt. Außerdem redet er nicht gern darüber. Jedenfalls sind diese übersinnlichen Kräfte der Grund, warum sein Sohn und meine Schwägerin nicht heiraten können.« Cat erläuterte April Tories und Josephs Problem. Sie war noch kaum fertig, als schon das kleine Ranchhaus am Fuß der Berge in Sicht kam.

Auf verschiedenen Koppeln weideten einige Pferde. Samuel führte ein Fohlen an der Longe und ließ es im Kreis herumtraben.

Cat bremste vor dem Gatter. Eine Weile saßen sie da und sahen Samuel bei der Arbeit zu.

»Für Einsteiger sind seine Pferde ziemlich teuer«, meinte Cat zu April. »Aber ich dachte, er könnte Ihnen vielleicht ein paar Tips geben, wo Sie für Ihre Jungs geeignete Tiere finden.«

»Wieviel verlangt er für ein Pferd?«

»Ab zehntausend Dollar aufwärts.«

»Ach du meine Güte. Ich glaube, das kann ich mir nicht leisten. Ich dachte immer, Pferde kosten so zwischen fünfhundert und sechshundert Dollar.«

»Er kann Ihnen sicher sagen, wo Sie welche zu diesem Preis kriegen«, antwortete Cat. »Kommen Sie.«

Samuel unterbrach seine Arbeit und ging ihnen entgegen. Cat stellte ihm ihre neue Freundin vor.

»Ich habe Joseph seit Ewigkeiten nicht gesehen«, meinte sie.

»Normalerweise besucht er uns am Sonntag zum Abendessen«, erwiderte Samuel. Bewundernd betrachtete Cat sein wettergegerbtes Gesicht mit den hohen Wangenknochen und den unergründlichen schwarzen Augen, denen man nie anmerkte, was er gerade dachte. Samuel Claypool lächelte nur selten, doch man fühlte sich in seiner Gegenwart geborgen. Cat konnte sich gut vorstellen, warum seine Patienten ihm vertrauten. Allerdings hätte sie ihn noch sympathischer gefunden, wenn er Tories Glück nicht im Wege gestanden hätte. Andererseits waren Torie und Joseph selbst schuld daran, wenn sie nach seiner Pfeife tanzten. An Tories Stelle hätte sie schon vor langer Zeit aufbegehrt und Joseph geheiratet.

»Ich hätte nichts dagegen, drei jungen Burschen das Reiten beizubringen«, sagte Samuel.

»Macht Ihnen das nicht zuviel Umstände?« fragte April.

»Im Winter gibt es nicht viel zu tun. Ich könnte am Samstagvormittag zu Ihnen kommen. Natürlich könnten wir uns auch hier treffen, wenn Sie einen Pferdetransporter haben. Ich kenne verschiedene Züchter, bei denen Sie geeignete Pferde finden. Die Jungs sollen sich ihr Tier sorgfältig aussuchen und nicht gleich das erstbeste nehmen.«

»Ich würde ihnen die Pferde gern zu Weihnachten schenken«, meinte April.

Samuel nickte. »Cat hat erzählt, Sie haben das Haus von Mister Joslin gekauft.«

»Morgen ziehen wir ein.« Der Lastwagen der Spedition war schon eingetroffen. Die Fahrer wohnten auf Aprils Kosten im Motel, bis das Haus frei wurde.

»Wenn Sie möchten, hole ich die Jungs einen Tag nach Weihnachten ab und gehe mit ihnen die Pferde aussuchen«, schlug Samuel vor.

April sah Cat an. »Ich werde wahrscheinlich vollkommen erledigt sein, aber die drei sind ja nicht totzukriegen. Danke, Mister Claypool. Das wäre wirklich sehr nett von Ihnen.« Mr. Claypool kratzte sich am Ohr. »Irgendwann später können Sie für mich ein freundliches, sanftmütiges Pferd besorgen, aber im Augenblick habe ich keine Zeit, mich darum zu kümmern«, fuhr April fort »Eins schwöre ich Ihnen: Ich ziehe nie wieder um!«

Samuel nickte. »Dann also um halb elf«, sagte er.

»Was hat dieser Mann nur an sich?« meinte April, als sie wieder im Auto saßen. »Ich würde ihm jederzeit meine Kinder und sogar mein Leben anvertrauen. Es ist so eine gewisse Ausstrahlung.«

»Sie sind nicht die erste, der es so geht.«

»Es ist mir fast unheimlich, und ich kann es mir nicht erklären. Wenn die Jungs hören, daß ein echter Indianer sie zum Pferdekaufen begleitet, werden sie ganz aus dem Häuschen sein.« April grinste. »Und ich finde es so schön, den dreien eine Freude zu machen.«

»Ich bin überrascht, daß Mister Claypool sich erboten hat, ihnen das Reiten beizubringen. Aber er kann gut mit jungen Menschen umgehen. Sie werden ihn vergöttern. Und er wird genau wissen, welches Pferd das richtige für jeden von ihnen ist.«

»Er sieht aus wie aus einem John-Wayne-Film.«

»Und er wird hier in der Gegend hoch geachtet.«

»Ich habe unwahrscheinliches Glück gehabt. Erst Mister Joslins Haus, und dann lerne ich auch noch Sie kennen, Cat.«

»Ich finde Sie auch sehr sympathisch.«

Cat wußte schon genau, was sie April zu Weihnachten schenken wollte: Jason.

Red und Glenn, der Vorarbeiter, hatten schon den drei Meter hohen Christbaum im Wohnzimmer aufgebaut und mit unsichtbaren Drähten an Wand und Decke befestigt. Red hatte sechs Wochen in den Wäldern nach dem richtigen Baum gesucht.

Cat hatte den ganzen Tag damit verbracht, die Weihnachtsgeschenke einzupacken, die sie per Katalog bestellt hatte. Am schwersten war ihr die Entscheidung gefallen, was sie Jason schenken sollte – es durfte kein bescheideneres Geschenk als in den vergangenen Jahren und auch nicht zu persönlich sein. Seit mehr als drei Wochen war sie nicht mehr mit ihm allein gewesen. Er rief sie zwar jeden Abend an, und sie telefonierten eine halbe Stunde miteinander, aber Cat hatte es geschafft, ihm aus dem Weg zu gehen, ohne ihn zu kränken.

Als Sarah die Treppe heruntergerauscht kam, traute Cat ihren Augen nicht. So elegant hatte sie ihre Schwiegermutter seit Scotts Tod nicht mehr gesehen. Sie trug eine weinrote Gabardinehose und eine enganliegende graue Seidenbluse, die gut zur Geltung brachte, daß sie mit Fünfzig noch eine ausgezeichnete Figur hatte. Auch ihr schwarzes Haar, dem die grauen Strähnen das gewisse Etwas gaben, war formvollendet frisiert. Cat fand Sarah so wunderschön wie bei ihrer ersten Begegnung.

Wenn sie nur nicht wieder zu trinken anfängt und dum-

mes Zeug redet, dachte Cat. Doch inzwischen nahm sie sich an Red und Miss Jenny ein Beispiel und ließ sich von Sarahs manchmal peinlichem Verhalten nicht mehr aus der Ruhe bringen.

Zum Glück verlief das Weihnachtsfest ohne Zwischenfälle. Cat mußte zugeben, daß es ihr Spaß machte, die Gastgeberin in diesem Haus zu spielen, das inzwischen ihr Heim geworden war. Sie war damit beschäftigt, alle zu bewirten, und lief ständig zwischen Wohnzimmer und Küche hin und her, so daß sie die Spannung zwischen sich und Red fast vergaß.

Red überreichte ihr einen kleinen Karton. Die rote Schleife darum war fast sechsmal so groß wie die Schachtel selbst, die Samentütchen enthielt. Doch Cat konnte nur daran denken, ob sie überhaupt noch hier sein würde, wenn die Saat aufging. »Man hat mir zugesagt, daß das Gewächshaus morgen geliefert wird«, meinte Red. »Neujahr kannst du es schon benutzen.«

Als er seine Cappuccinomaschine auspackte, galt seine Aufmerksamkeit mehr der beiliegenden Karte als dem Geschenk selbst. Er blickte Cat quer über den Raum hinweg an und nickte. Auf der Karte stand: »Ich wünsche mir noch viele gemeinsame Frühstücke am Sonntagmorgen.«

Dennoch gingen sie sich den ganzen Tag lang aus dem Weg. Sie machten einen Bogen umeinander und achteten darauf, einander nicht zu berühren, nicht nebeneinander zu sitzen und sich nicht gemeinsam an einem Gespräch zu beteiligen. Cat fragte sich, ob sich Red dessen genauso bewußt war wie sie.

Die drei Martin-Söhne hatten tadellose Manieren und schienen sich nicht zu langweilen. Red zeigte ihnen die Schneemobile in der Scheune und versprach ihnen, damit eine gemeinsame Ausfahrt in die Berge zu unternehmen. Cat lächelte. Wahrscheinlich fühlten sich die Jungen wie im Wilden Westen. April hatte ihr gesagt, sie könnten es kaum erwarten, Mr. Claypool kennenzulernen, und freuten sich schon riesig auf die Pferde.

»Sie werden Heu brauchen«, meinte Red, der das Gespräch mit angehört hatte. »Und Ihre Scheune muß ausgeräumt werden. Wenn Sie möchten, schicke ich Ihnen nächste Woche ein paar meiner Arbeiter vorbei. Da im Winter nicht viel zu tun ist, würden sie sich bestimmt gern etwas dazuverdienen. Außerdem gebe ich Ihnen etwas von meinem Heu ab. Ich will mich zwar nicht selbst loben, aber unser Heu ist das beste hier in der Gegend.«

»Vielen Dank. Ich würde Ihnen gern ein wenig Heu abkaufen.«

Ihre Söhne halfen Cody, sein Baukastenset zusammenzusetzen.

»Nette Jungs«, sagte Red.

April strahlte. »Ich weiß.«

Cat hatte sie am Tisch neben Jason plaziert. Sie freute sich, daß ihre Söhne und Cody trotz des Altersunterschieds zusammen spielten. April trug ihr Haar heute offen, und der hellblaue Pullover paßte großartig zu ihren Augen. Er war zwar ziemlich weit, konnte aber ihre weibliche Figur nicht verbergen. April war molliger als

Cat, hatte eine rauchige Stimme und einen eindringlichen Blick. Cat hoffte, daß Jason ihre Reize bemerken würde.

Später, nachdem alle zu Bett gegangen waren, räumte Cat das Geschirr in die Spülmaschine. Auf der Anrichte standen weitere Stapel bereit.

Dann öffnete sie die Küchentür und trat auf die hintere Veranda hinaus. Mondlicht beschien den gefrorenen Boden. Cat blickte zum Himmel hinauf und schlang die Arme um den Leib, um sich zu wärmen. Während sie den Mond betrachtete, der noch nicht voll war und durch die kahlen Äste der Bäume schimmerte, erschauerte sie. Ob das an der Schönheit des Augenblicks oder an der Kälte lag, wußte sie nicht.

»Bist du das, Cat?« Red tauchte aus der Dunkelheit auf. Er klopfte sich den Schnee von den Stiefeln. »Du wirst dich noch erkälten.«

Er bückte sich, um die Stiefel auszuziehen.

»Mein Vater hat angerufen«, sagte sie. »Er wünscht mir frohe Weihnachten.«

»Das freut mich.«

»Er und seine Familie wollen im nächsten Juli an der Westküste Camping machen. Er hat gefragt, ob sie ein paar Tage bei uns wohnen können.« Sie lachte auf. »Er hat keine Ahnung, wie viele Gästezimmer wir haben. Sein Vorschlag war, draußen auf dem Rasen zu zelten.«

Red zögerte. »Möchtest du das gern?«

»Ich weiß nicht so recht. Ich würde ihm gern dieses Haus zeigen. Außerdem haben wir uns seit über drei

Jahren nicht mehr gesehen, sein kleinster Sohn ist jünger als Matt.«
»Wie alt ist dein Vater?«
»Dreiundfünfzig.«
»Nur drei Jahre älter als ich.«
Er kam die Stufen herauf, blickte kurz auf sie hinunter und ging dann in die Küche. Cats Herz klopfte so laut, daß sie sich fragte, ob er es wohl gehört hatte.
Vielleicht würde sie nächsten Sommer ja gar nicht mehr hier sein, um ihrem Vater Big Piney zu zeigen. Matt und sie würden in einem kleinen Haus in der Stadt wohnen oder Cougar längst verlassen haben.
Cat nahm sich fest vor, nicht an die Komplikationen zu denken, die dieser eine Kuß hervorgerufen hatte. Das mußte bis nach dem Prozeß warten. Und eines mußte sie zugeben: Seit jener Nacht verlor sie viel leichter die Geduld mit Sarah, auch wenn sie es sich nicht anmerken ließ.
Fröstelnd kehrte Cat in die Küche zurück.
Sie liebte Red, obwohl sie es sich nicht einzugestehen wagte. Und sie wußte nicht, was sie tun sollte, um die Kluft zwischen ihnen zu überbrücken.

ZWEIUNDVIERZIG

Da Cat und Red nur selten allein waren, gelang es ihnen, den Schein zu wahren. Nur sie beide wußten, daß ihre Freundschaft nicht mehr so war wie früher.

Obwohl Cat es kaum erwarten konnte, bis Red um halb sechs von der Arbeit zurückkehrte und sie sich im Wohnzimmer zu einem Drink versammelten, fürchtete sie sich gleichzeitig davor. Wenn sie die Treppe herunterkam, hatte sie Herzklopfen und hoffte, daß er schon dasein würde. Allerdings waren das wunderschöne Gefühl, zur Familie zu gehören, die Geborgenheit und die Nähe, die sie so genossen hatte, nicht mehr vorhanden. Cat fühlte sich, als spielte sie nur eine Rolle in einem Theaterstück. Sie wußte, daß es nicht so weitergehen konnte. Aber sie hielt sich vor Augen, daß ein Umzug vor dem Prozeß ausgeschlossen war. Vielleicht im Frühling.

Sie fing an, auf die Schilder mit der Aufschrift »Zu verkaufen« zu achten, die vor einigen kleinen Häusern in der Stadt standen. Dann wieder überlegte sie, ob es nicht klüger war, die Gegend ganz und gar zu verlassen, um der Versuchung zu entfliehen.

Sie hatte keine Ahnung, was Red empfand. Früher hat-

te sie ihm jeden Gedanken vom Gesicht ablesen können.
Jeden Abend beim Essen erkundigte sich Red, ob die Prozeßvorbereitungen Fortschritte machten. Sie merkte ihm an, daß er sich aufrichtig dafür interessierte und wissen wollte, womit sie den Tag verbrachte. Außerdem hatten sie so ein unverfängliches Gesprächsthema.
Cat wußte genau, warum sie nicht mehr über ihr Verhältnis zu Red nachdenken wollte. Es gab keine Lösung. Es blieb ihr nur ein einziger Ausweg, gegen den sich jedoch alles in ihr sträubte. Denn sie wollte nicht auf dieses Leben und auf diese Familie verzichten. Und am schlimmsten war, daß sie mit niemandem über ihr Dilemma sprechen durfte, am allerwenigsten mit Red.

»Ich werde auf geistige Unzurechnungsfähigkeit plädieren müssen«, erklärte Cat.
»Lucy ist doch nicht geisteskrank«, entgegnete Red.
»Ich werde darlegen, daß sie wegen seiner Gewalttätigkeit vorübergehend nicht bei Verstand war. Notwehr wird man mir nicht abnehmen, weil sie am Tag der Tat keine Angst um ihr Leben hatte, obwohl sie schon öfter befürchtet hat, daß er sie umbringt. Du weißt ja, daß seine Gewaltausbrüche keine Rechtfertigung für einen Mord darstellen – zumindest nicht nach dem Gesetz.«
Red musterte Cat. »Du machst dir Sorgen, daß du verlieren könntest und daß sie ins Gefängnis muß.«
»Das Gesetz stand schon immer auf seiten der Ehemänner. Ein Mann kann seiner Frau ungestraft alles

mögliche antun. Erinnere dich nur an die Filme aus den dreißiger und vierziger Jahren, in denen die Männer widerspenstigen Frauen den Hintern versohlt haben! Nein, ich muß beweisen, daß Lucys Tat das Ergebnis jahrelanger Mißhandlungen war. Er hat sie so lange geschlagen, bis sie durchgedreht ist.«
Red trommelte mit den Fingern auf den Tisch.
»Zum Glück hat die Staatsanwaltschaft Verständnis und gibt mir soviel Freiraum wie möglich.«
»Woher weißt du das?«
Cat schmunzelte. »Der Fall wurde einer Staatsanwältin zugeteilt, die ich von früher kenne. Anders als die meisten ihrer männlichen Kollegen wird sie nicht versuchen, Lucy als unglaubwürdig darzustellen. Sie wird sich streng an das Gesetz halten.«
»Also siehst du Chancen?«
»Ich bin stinksauer. Je mehr Lucy mir erzählt, desto wütender werde ich. Und die vielen Bücher, die ich seitdem zum Thema Gewalt in der Ehe gelesen habe, tragen das Ihre dazu bei.« Cats Stimme klang eisig.
»Warum verlassen diese Frauen ihre Männer nicht?«
»Weil sie das nicht können, Red. Solange sie nicht alles aufgeben, ihre Kinder aus der gewohnten Umgebung reißen, in eine fremde Stadt ziehen und einen anderen Namen annehmen, schweben sie in Gefahr. Gewalttätige Männer betrachten Frauen als ihren Besitz, und wenn sie verlassen werden, ist ihnen alles zuzutrauen.«
»Was passiert am Anfang der Beziehung?« fragte Red. »Spüren die Frauen denn nicht, daß sie es mit Schlägern zu tun haben?«

»Den Berichten zufolge beginnen diese Beziehungen meist sehr romantisch und sogar zärtlich. Die Frauen mißverstehen die Sexbesessenheit ihrer Männer als Zuneigung. Sämtliche Fachliteratur weist darauf hin, daß Lucy der klassische Fall einer geschlagenen Ehefrau ist. Die prügelnden Ehemänner leugnen alles, streiten ihre Gewalttätigkeit entweder ab oder rechtfertigen sie: Die Frau war untreu und eine Hure, eine schlechte Hausfrau oder was ihnen eben so einfällt. Auf diese Weise bestehen die Täter sogar Lügendetektortests, weil sie sich selbst etwas vormachen. Ihr Gewissen belastet sie nicht weiter, denn sie sind durch die wiederholten Gewalttaten abgestumpft. Vielleicht fühlen sie sich nach dem ersten Übergriff noch schuldig oder haben Mitleid mit dem Opfer, doch je öfter sie es tun, desto mehr verlieren sie die Fähigkeit, etwas für ihre Mitmenschen zu empfinden. Sie sind nur noch daran interessiert, die Tat vor sich selbst zu rechtfertigen. Häufig ergeht es den Frauen sogar noch schlechter als Lucy. Allmählich glaube ich, daß es so etwas wie eine Opferpersönlichkeit gibt.«

Red lächelte, und zum erstenmal seit langem begegneten sich ihre Blicke. »Du hast ganz sicher keine.«

Cat lachte. »Ich denke, das ist offensichtlich.«

Sie sah ihn an und dachte über seine Bemerkung nach. Sie war zwar kein Opfer, aber dennoch unfrei, da sie sich aus Liebe zu ihm in diese ausweglose Situation verstrickt hatte. Sie war absolut ratlos. Vielleicht war es das beste, Jason zu heiraten, ihn noch heute abend anzurufen und ihm anzubieten, sofort nach dem Prozeß mit Matt zu ihm und Cody zu ziehen, eine Familie mit ihm zu gründen. Es gab sicher schlechtere Zukunftsperspektiven.

Aber durfte sie Jason das antun?

Bevor Cat sich schlafen legte, rief sie ihn an. »Ich wollte mich nur einmal melden und dir sagen, daß ich dich vermisse.«

Sie hörte ihm die Freude deutlich an.

»Ich hatte die Hoffnung schon fast aufgegeben. Möchtest du nachmittags vorbeikommen und mit mir ins Heu gehen, um es mal so auszudrücken? Mein Gott, ich vermisse dich so.«

»Morgen würde es mir gut passen.« Cat wünschte sich, die Stunde mit Jason würde die Sehnsucht vertreiben, die sie verzehrte.

DREIUNDVIERZIG

Hey, so warst du ja noch nie!« rief Jason aus. »Du bist eine richtige Wildkatze. Das Warten hat sich anscheinend gelohnt.«

Sie lag neben ihm und starrte an die Decke.

Als er sich von ihr rollte, setzte sie sich auf und tastete auf dem Boden nach ihrem Höschen.

»Mußt du wirklich sofort weg?«

»Dein Sohn kommt jeden Moment von der Schule.«

»Du gibst einem nicht einmal die Zeit, den Augenblick zu genießen!«

Sie lächelte ihn an. »Jetzt übertreib mal nicht.«

Er streckte die Hand nach ihr aus. Doch sie angelte schon ihre Hose und ihren Pullover unter dem Bett hervor.

»Es war sehr schön, Jason«, sagte sie.

Und das stimmte. Während sie zusammen im Bett gewesen waren, hatte sie überhaupt nicht an Red denken müssen. Jasons Küsse waren Jasons Küsse, und sie hatte sie leidenschaftlich erwidert. So wild hatten Jason und sie sich bis jetzt noch nie geliebt.

Vielleicht konnte sie Red nun endlich in die Augen sehen.

»Ich fühle mich großartig«, meinte sie zu Jason. »Du

wirkst wahre Wunder, was meinen Gemütszustand angeht.«
Er lag da und lächelte zu ihr hinauf.
Cat betrachtete ihn. Es war sehr befriedigend gewesen, mit ihm zu schlafen, aber sie liebte ihn nicht. Allerdings war es für sie durchaus vorstellbar, den Rest ihres Lebens mit einem Mann zu verbringen, mit dem sie so gern ins Bett ging. Außerdem war er einer der nettesten Menschen, die sie kannte. Einen Moment spielte sie mit dem Gedanken, ihm zu sagen, daß sie ihn heiraten würde, um alle Probleme mit einem Schlag aus der Welt zu schaffen. Eine Ehe mit Jason würde sicher sehr harmonisch verlaufen. Außerdem hatte er ihr angeboten, Matt den Vater zu ersetzen, und sie hatte Cody sehr gern. Auch weiteren gemeinsamen Kindern stand nichts im Wege. Und am wichtigsten war, daß sie und Jason sich in Cougar Valley heimisch fühlten.
Jason drückte sie an sich und küßte sie. »Ich könnte süchtig danach werden.«
»Es war wirklich schön«, antwortete sie ausweichend, machte sich von ihm los und ging zur Tür.

VIERUNDVIERZIG

»Erzählen Sie uns bitte von den Ereignissen, die dazu führten, daß Sie Ihren Mann getötet haben. Lassen Sie sich ruhig Zeit und beginnen Sie mit dem ersten Zwischenfall, an den Sie sich erinnern können.«
»Das war vor fünf Jahren«, entgegnete Lucy.
Die Staatsanwältin erhob sich. »Euer Ehren, Ereignisse, die bereits fünf Jahre zurückliegen, stehen in keinem Zusammenhang mit einem Verbrechen, das vor fünf Monaten stattfand.«
»Das wird sich herausstellen«, erwiderte der Richter. Er war ein zierlicher, hagerer, glatzköpfiger Mann in den Sechzigern, der immer einen schläfrigen Eindruck machte. Obwohl er nachmittags meist mit geschlossenen Augen im Gerichtssaal saß, war er jedoch offenbar hellwach und verfügte zudem über ein fotografisches Gedächtnis und einen messerscharfen Verstand, denn er konnte die Zeugenaussagen stets wortwörtlich wiederholen.
Die Staatsanwältin nahm wieder Platz. Sie wirkte nicht enttäuscht.
»Erzählen Sie weiter«, forderte Cat die Angeklagte auf.
»Anfangs war er so lieb. Und auch sehr nett zu Ricky. Als wir begannen, miteinander zu gehen, versprach er

mir, Ricky wie seinen eigenen Sohn zu behandeln. Gleich nach unserer Hochzeit hat er ihn adoptiert. Früher hat er mir auch häufig Blumen mitgebracht, auch wenn es gar keinen Anlaß dafür gab.«

Der Anflug eines Lächelns huschte über Lucys Gesicht.

»Daß er trank, wußte ich schon vor unserer Hochzeit, aber schließlich taten das alle Männer, die ich kannte. Ich habe mir keine großen Gedanken darüber gemacht. Und dann, als wir ein halbes Jahr verheiratet waren, passierte es. Wir waren in Copperton in einer Bar, er spielte Billard, und ich tanzte. Pete tanzte nicht gern, wahrscheinlich, weil er es nicht sehr gut konnte. Von mir wollte er es sich aber nicht beibringen lassen, denn er mußte immer derjenige sein, der alles besser wußte. Mich störte das nicht weiter. Während er Billard spielte, habe ich getanzt, bis mir die Füße weh taten. Es war ein Typ da, den ich nicht kannte und den ich seitdem nicht wiedergesehen habe. Wir haben fast die ganze Zeit miteinander getanzt. Ich hatte einen Riesenspaß. Auf dem Heimweg war Pete ziemlich schweigsam, aber das ist mir nicht weiter aufgefallen, denn ich war so erschöpft, daß ich eingenickt bin. Als wir zu Hause ankamen und ich ausgestiegen war, baute Pete sich vor mir auf und schaute mich ganz komisch an. Dann holte er aus, und ehe ich mich's versah, verpaßte er mir eine solche Ohrfeige, daß ich hinfiel. Ich lag da und wußte zuerst nicht, was passiert war. Er ging einfach ins Haus. Ich rappelte mich auf. Meine Wange tat höllisch weh. Ich folgte ihm und fragte: ›Was soll denn das?‹ Doch er antwortete nicht, sondern marschierte schnurstracks in die Küche, holte sich ein Bier aus dem Kühlschrank und machte es mit den Zähnen auf. Ich stand in der Tür und dachte, daß er bestimmt betrunken ist. Aber beim Autofahren hatte ich gar nichts davon bemerkt. Auf einmal sah er mich an, so wütend, daß ich richtig zusammengezuckt bin.

›Wenn du dich noch mal einem fremden Mann an den Hals wirfst, bring ich dich um.‹

Ich war wie erstarrt und konnte es nicht fassen, daß er das so falsch verstanden hatte.

›Ich habe doch bloß getanzt‹, sagte ich. Inzwischen ist mir klar, daß ich den Mund hätte halten sollen.

Er sprang quer durchs Zimmer auf mich zu, packte mich und drehte mir so fest den Arm um, daß ich aufschrie.

›Wer's glaubt, wird selig.‹ Sein Gesicht war ganz nah an meinem. ›Ich weiß, was du bei einem Mann anrichten kannst. Und ich habe euch knutschen gesehen. Du hältst dich wohl für so hübsch, daß du jeden Mann haben kannst. Aber nichts da, Kleine. Du bist mit mir verheiratet, und einen anderen Mann wird's für dich nicht geben. Also zier dich nicht so.‹

Er riß mir das Kleid vom Leibe, mein schönes, neues Kleid, das ich erst einmal zu Jean Louises Hochzeit angehabt hatte. Dann schubste er mich gegen die Wand, stieß mir das Knie zwischen die Beine und sagte: ›Jetzt zeig ich's dir.‹

Aber ich machte mich los und wollte zur Treppe rennen. Da ist er endgültig durchgedreht. Er packte mich von hinten, daß ich umfiel, ließ mich nicht mehr aufstehen und stellte mir den Fuß auf den Rücken. ›Du warst doch so scharf auf einen Mann, Baby.‹ Er zog die Hose aus, zerrte mir das Höschen weg und drang heftig von hinten in mich ein. Ich habe geschrien wie am Spieß. So brutal war er, daß es sich gar nicht wie Sex anfühlte, sondern eher wie eine Art Strafe. Als ich die Zähne zusammengebissen habe, ist er noch wütender geworden. ›Verdammt, sag endlich, daß es dir weh tut!‹ hat er gebrüllt.

Vor lauter Tränen bekam ich kaum einen Ton heraus. ›Los, sag, daß du es nie mit einem anderen Mann treiben wirst!‹

Ich versprach es ihm.

Als er endlich von mir abließ, war mein Unterrock voller Blut. Ich hatte solche Schmerzen, daß ich kaum gerade stehen konnte. Er ging wortlos nach oben ins Bett. Ich saß unten auf der Treppe und konnte nicht mehr zu weinen aufhören. Später schleppte ich mich ins Bad und wusch mich. In dieser Nacht schlief ich im Wohnzimmer auf dem Sofa.

Am Morgen benahm er sich, als wäre nichts geschehen. Beim Frühstück sagte ich kein Wort. Er grinste mich an und meinte: ›Hast du schlechte Laune?‹

Bevor er zur Arbeit ging, küßte er mich auf die Wange. ›Machst du heut abend Hackbraten, Baby?‹ fragte er.

Ich hatte solche Schmerzen, daß jede Bewegung eine Qual war und daß ich es kaum schaffte, mich um Ricky zu kümmern.

Wir sprachen nie über diesen Vorfall. Ich dachte, es

wäre ein einmaliger Ausrutscher gewesen. Eine Woche später hatte ich es fast vergessen, aber Sie können Gift drauf nehmen, daß ich nie wieder mit einem anderen Mann getanzt habe.

Nach ein paar Monaten kam er spät von der Arbeit nach Hause. Ich hatte das Abendessen pünktlich fertig gehabt und sogar Blumen auf den Tisch gestellt. Doch als Pete endlich auftauchte, war natürlich alles kalt geworden. Ich merkte auf Anhieb, daß er getrunken hatte; also erkundigte ich mich lieber nicht, wo er so lange gewesen war. Zum Glück hatte ich Ricky schon ins Bett geschickt. Aber ich ahnte nicht, daß gleich etwas Schreckliches passieren würde. An Petes Schweigen erkannte ich, daß er sich über etwas geärgert hatte. Deshalb habe ich kein Wort über die Verspätung verloren, sondern ihm nur angeboten, das Abendessen aufzuwärmen.

Er stand in der Küchentür und schwieg weiter, während ich das Essen aus dem Kühlschrank nahm, in Töpfchen füllte und auf den Herd stellte. ›Mit einer Mikrowelle würde es nur ein paar Minuten dauern‹, meinte ich.

Vielleicht hätte sein Schweigen mir eine Warnung sein sollen. Aber ich war so mit dem Gasherd beschäftigt, der beim Anzünden immer Fisimatenten machte. Die drei Töpfchen bestanden aus feuerfestem Glas. Ehe ich mich's versah, packte er mich am Arm, drehte mich zu sich um und starrte mich an, als wolle er mich umbringen. Dann schleuderte er mich gegen den Kühlschrank und prügelte auf mich ein, daß mein Kopf immer wieder an die Kühlschranktür gestoßen wurde. Ich konnte nur noch verschwommen sehen und war so verdattert, daß ich keinen Mucks von mir gab. Als er mich losließ, rutschte ich auf den Boden. Ich hatte Angst, etwas könnte mit meinen Augen nicht stimmen, denn alles drehte sich um mich. Mein Kopf tat so weh, daß ich keinen klaren Gedanken mehr fassen konnte.

Ich hörte, daß das Wasser auf dem Herd kochte, und schleppte mich hin, um das Gas abzudrehen. Doch er packte mich wieder, diesmal an den Haaren, und riß mir den Kopf zurück, daß ich dachte, er würde mir das Genick brechen.

Und dann spürte ich einen schrecklichen Schmerz und merkte, daß er mich biß. Ich schrie wie am Spieß. Ich fühlte, wie mir das Blut herunterlief.

›Du kapierst es wohl nie?‹ zischte er leise. Aber seine Stimme gellte mir trotzdem in den Ohren.

Ich wußte nicht, was ich denn hätte kapieren sollen, doch ich fragte nicht nach, sondern wimmerte nur. Er hielt mich immer noch an den Haaren fest, und es tat so weh, daß ich nicht mehr richtig sehen konnte. ›Bitte, Pete, bitte laß mich los!‹ bettelte ich.

Er riß mich herum. ›Auf die Knie!‹ befahl er.

Und dann schubste er mich, daß ich vor ihm auf den Knien lag.

›Okay‹, sagte er und machte seinen Reißverschluß auf. ›Das ist dein Abendessen.‹

Ich weinte. Er wußte genau, daß ich das eklig finde, richtig abstoßend. Doch er hat mich gezwungen und ist in meinem Mund gekommen. Als er meine Haare

losließ, habe ich das Sperma ausgespuckt, und er höhnte: ›Bist dir wohl zu fein zum Runterschlucken.‹ Und dann hat er gelacht.
›Ich brauch kein Abendessen. Ich hab schon gegessen‹, sagte er und schaltete den Fernseher an. Ich ging ins Bad und erbrach mich. Ich blieb sehr lange drin, wusch mich und nahm ein Aspirin gegen die Kopfschmerzen. Irgendwann rief Pete, was ich denn so lange im Bad machen würde. ›Komm und schau dir mit mir einen Film an, Baby.‹ So, als wäre nichts passiert.
Aber ich ging ins Bett. Ein wenig später kam er nach. Ich war noch wach. Er legte sich neben mich, fing an, mich überall anzufassen, und war sehr zärtlich. Dann schlief er mit mir. Den Vorfall von eben hatte er anscheinend völlig vergessen. Doch obwohl er ganz lieb zu mir war, lag ich einfach nur da und war total verkrampft. Ich wollte nicht von ihm berührt werden. Außerdem hatte ich höllische Kopfschmerzen.
Ein paar Monate lang passierte nichts. Eines Tages kam er nach Hause und sagte: ›Ich habe dir einen Job besorgt.‹
›Einen Job?‹ Ich war überrascht. Nach unserer Hochzeit hatte er von mir verlangt, daß ich meine Arbeit in der Schulcafeteria aufgab.
›Ja, Mister Bollinger braucht jemanden, der nachts die Bank und die Büros putzt. Von acht bis Mitternacht.‹
Gleichzeitig nörgelte er ständig an mir herum, daß ich das Haus nicht richtig sauberhielt. Deshalb wunderte es mich, daß ich jetzt plötzlich die Bank putzen sollte. Außerdem hasse ich Putzen, und das wußte er ganz

genau. Ich war bei der Hausarbeit nur so gründlich, weil ich sonst Schläge bekam. Und ich wollte nachts nicht außer Haus sein, sondern lieber bei Ricky bleiben. Natürlich wagte ich nicht, ihm zu widersprechen. Jeden Abend fuhr Pete mich zur Bank, obwohl es nur ein paar Minuten Fußweg sind. Um Mitternacht holte er mich wieder ab. Es gefiel mir gar nicht, daß er dazu Ricky allein ließ, aber ihm war das egal.
Als ich eines Nachts aus der Bank kam, war Pete nicht da. Also ging ich zu Fuß nach Hause. Ich hatte keine Angst, denn in Cougar ist noch nie jemand überfallen worden. Ich war schon fast zu Hause, als ich den Motor seines Wagens aufheulen hörte. Schon am Geräusch merkte ich, daß er in der Kneipe gewesen war und Rikky alleingelassen hatte. Er beugte sich aus dem Fenster und brüllte so laut, daß die ganze Nachbarschaft es mitkriegte: ›Wie bist du so weit gekommen? Hat dich der Typ schon früher aussteigen lassen, damit ich ihn nicht sehe?‹ Ich ging einfach weiter, er fuhr mir nach und beschimpfte mich. Als ich in unsere Auffahrt einbog, krampfte sich mir der Magen zusammen. Ich wußte, er würde mich schlagen. Am liebsten wäre ich davongelaufen.
Er sprang aus dem Auto und ließ die Autotür offen. Dann zerrte er mich an den Haaren, daß ich glaubte, er würde mir das Genick brechen, und boxte mich dann in den Bauch. Ich kippte um. Doch er riß mich an den Schultern hoch, schüttelte mich und stieß meinen Kopf gegen die Wand, daß ich Sternchen sah. Und dann bückte er sich und biß mich durch das Kleid in die

Brust. Später bemerkte ich Blut auf meinem Kleid. Die Narbe habe ich heute noch.

Er schlug mich immer wieder ins Gesicht, bis ich das Bewußtsein verlor.

Als ich wieder zu mir kam, war er verschwunden. Ich hoffte schon, er wäre weggefahren, aber er lag oben im Bett. Ich schaffte es kaum, mich ins Bad zu schleppen. Im Spiegel sah ich, daß ich grün und blau im Gesicht war. Das Blut war getrocknet, und der BH klebte an meiner Brust fest. Ich hing über der Badewanne und weinte und weinte, bis ich keine Tränen mehr hatte.«

Der Richter ordnete eine Unterbrechung von zehn Minuten an. Ein Geschworener mußte zur Toilette. Cat vermutete, daß ihm übel geworden war.

»Können wir nicht einen Teil überspringen und nur die schlimmsten Übergriffe behandeln?« flüsterte die Staatsanwältin Cat zu. »Wahrscheinlich hat sie noch eine Menge zu erzählen.«

»Allerdings.«

»Waren Sie je beim Arzt?« fragte Cat die Angeklagte nach der Pause.

»Pete hat es nicht erlaubt. Weil ich nicht aufstehen und zur Arbeit gehen konnte, sagte er Mister Bollinger, ich wäre krank und würde die Stelle aufgeben. Sicher wollte er nicht, daß die Leute mich in diesem Zustand sahen. Ich muß irgendwelche inneren Verletzungen gehabt haben, denn ich konnte tagelang kaum einen Fuß vor den anderen setzen, und ich bekam meine Periode nicht mehr. Nach etwa einer Woche fing Pete an, mich zu beschimpfen, weil ich nur noch im Bett lag und ihm

kein Essen kochte. Also schleppte ich mich wieder in die Küche.
Als Pete eines Morgens in der Arbeit war, rief ich meine Tante Thelma an. Sie verständigte Doktor Whitley, er kam vorbei und wollte mich gleich ins Krankenhaus schicken. Und dabei hatte Pete mir sogar verboten, einen Arzt aufzusuchen. Ich sagte ihm, er dürfe mich nicht verbinden, damit Pete nichts merkt.«
Chazz würde später als Zeuge aussagen.
Cat erkannte an den Gesichtern der Geschworenen, daß Lucys Bericht seine Wirkung nicht verfehlte.
Sie bat Lucy zu schildern, was Pete ihr im Laufe der Jahre sonst noch angetan hatte.
»Nach einer Weile bekam er nur noch eine Erektion, wenn er mir Schmerzen zufügte. Er hat mich vergewaltigt, und zwar mit Zucchinis und Karotten. Außerdem hat er mir Gegenstände in den Hintern gerammt, bis ich vor Schmerzen schrie.
Einmal habe ich ihn verlassen und bin zu meiner Mutter nach Idaho geflohen. Aber er ist mir gefolgt. Er sagte, er habe Ricky in seiner Gewalt, und er würde dafür sorgen, daß ich mein Kind nie wiedersehe. Er drohte, ihn zu töten, denn er sei sowieso nur der Sohn einer Hure und unehelich geboren. Einmal hat er ihn mit einer Zigarette verbrannt. Er hat ihm die Hose runtergezogen und die Zigarette auf seinem Hintern ausgedrückt. Ich schäme mich so, denn ich stand einfach nur daneben, während mein Kleiner um Hilfe schrie. Ich weiß nicht, warum ich nicht damals schon etwas unternommen habe, sondern es einfach geschehen ließ.

Aber seit diesem Tag war mir endgültig klar, daß ich es nicht länger ertragen konnte.
Zuerst plante ich, Selbstmord zu begehen, denn ein anderer Ausweg fiel mir einfach nicht ein. Da ich Ricky auf keinen Fall mit Pete allein lassen wollte, habe ich sogar daran gedacht, mein eigenes Kind mit in den Tod zu nehmen. Ich überlegte mir verschiedene Methoden, doch ich schaffte es einfach nicht, Ricky etwas anzutun.
Nachdem Pete mich wieder einmal verprügelt hatte, rief ich den Sheriff an. Ich wäre ja lieber zu ihm ins Büro gegangen, aber ich konnte vor Schmerzen nicht laufen. Jason, der Sheriff, erwirkte eine einstweilige Verfügung gegen Pete und drohte, ihn einzusperren, wenn er Ricky und mir noch einmal zu nahe käme. Pete verbrachte tatsächlich ein paar Tage im Gefängnis. Er war außer sich, weil ich ihn aus seinem eigenen Haus geworfen hatte, und schwor, mich und Ricky zu töten, wenn ich die Anzeige nicht zurückzog. Ich gehorchte.
Dann flüchtete ich mit Ricky nach Pendleton, denn ich hatte gehört, daß es dort ein Frauenhaus gibt. Leider konnten wir nur sechs Wochen bleiben, und danach wußte ich nicht, wohin. Schließlich fand uns Pete und brachte uns nach Hause. Eine Weile war er sehr nett, aber ich ahnte, daß das nicht von Dauer sein würde. Ich versuchte, Ricky zu meiner Mutter schicken, und setzte ihn in den Bus. Pete hat den Bus auf dem Weg nach Boise abgefangen und Ricky zurückgeholt. Dann hat er ihn blutig geschlagen. Mich hat er nicht ange-

rührt. Sicher war ihm klar, daß er mir am meisten weh tun konnte, wenn er mein Kind mißhandelte.
Als ich eines Nachts aufwachte, spürte ich etwas Kaltes an meinem Hals. Pete kauerte auf mir und hielt mir ein Messer an die Kehle. ›Ich habe dich träumen gehört‹, flüsterte er so leise, daß ich ihn kaum verstehen konnte. ›Du hast davon geträumt, dich von mir zu trennen.‹
Dann zog er das Messer ganz leicht über meinen Hals.
Beim Sex wurde er immer brutaler. Er befahl mir, mich auf den Bauch zu legen, und machte es von hinten, bis ich blutete. Dabei beschimpfte er mich. Ich weiß zwar nicht, wie es in der Hölle ist, aber viel schlimmer als in meiner Ehe mit Pete kann das auch nicht sein.«
»Erzählen Sie uns von dem Tag, an dem Sie ihn umgebracht haben«, forderte Cat die Angeklagte mit ruhiger Stimme auf.

FÜNFUNDVIERZIG

Cat trieb ein gefährliches Spiel.

Schließlich hatte Lucy ihr gestanden, daß sie geplant hatte, Pete zu töten. Doch wenn Cat es geschickt anstellte, würde die Staatsanwaltschaft nichts davon ahnen und es als Tat im Affekt einstufen. Vielleicht sogar als einen Akt der Notwehr, nicht als vorsätzlichen Mord.

Während Lucy antwortete, blickte sie Cat direkt in die Augen.

»Ich sah seinen Wagen die Straße herunterkommen. Er fuhr Zickzack, und ich kriegte mächtige Angst. Ich wußte, daß er wieder gewalttätig werden würde.«

Cat hatte sie erzählt, sie habe in diesem Moment beschlossen, ihn zu töten, da sie wieder mit Prügel rechnete.

»Er hatte getrunken, lallte zwar nicht, war aber wütend, obwohl es gar keinen Grund dazu gab. Mir war klar, was mir blühte.«

»Waren Sie allein?« fragte Cat.

Lucy berichtete, sie habe Ricky durch die Hintertür zu den Nachbarn geschickt und ihn angewiesen, dort auf sie zu warten. »Als Pete hereinkam, war sonst niemand da. Ich habe Kartoffeln fürs Abendessen geschält.«

Gut, daß sie sich noch daran erinnerte. Außerdem hatte sie Cat berichtet, sie habe sich nach einer Waffe umgeschaut, die Colaflaschen im Kühlschrank entdeckt, eine davon ausgeschüttet, den Hals abgebrochen und die Flasche in Reichweite gestellt. »Falls er mich anfaßte, wollte ich mit der Flasche nach ihm stoßen«, hatte sie Cat erklärt. Cat hielt den Atem an. Lucy durfte das auf keinen Fall im Gerichtssaal wiederholen.

»Fahren Sie fort«, forderte sie ihre Mandantin auf.

»Pete kam in die Küche. Meine Hand zitterte so, daß ich die Kartoffeln kaum schälen konnte.«

»Warum zitterten Sie?«

»Weil mir klar war, daß er mich heute wieder schlagen würde. Und ich wußte, daß ich es nicht mehr ertragen konnte. Ich dachte an die Schmerzen und fragte mich, was er wohl diesmal machen würde.«

Cat nickte. »Und was geschah dann?«

»Er kam also in die Küche und sagte kein Wort, sondern holte sich nur ein Bier aus dem Kühlschrank. Dann stellte er sich neben mich, sah mir beim Kartoffelschälen zu und meinte: ›Krieg ich heute keinen Kuß?‹

›Nein‹, antwortete ich und arbeitete weiter.«

Cat hatte sie erzählt, sie habe darauf gewartet, daß er die zerbrochene Colaflasche bemerkte.

»Pete packte mich an den Haaren – es wundert mich, daß ich überhaupt noch welche habe –, drehte mir mit einem Ruck den Kopf herum und küßte mich brutal auf die Lippen. Dann ging er ins Wohnzimmer und drehte den Fernseher auf volle Lautstärke. Einen Moment hoffte ich, ich hätte es ausgestanden. Ich beschäftigte mich weiter mit dem Abendessen, aber ich ahnte, daß es noch nicht vorbei war.«

»Was meinen Sie damit?«

»Nach all den Jahren hatte ich einen sechsten Sinn dafür entwickelt, wann er wieder zuschlagen würde. Es war die Ruhe vor dem Sturm, ein schreckliches Schweigen, bevor er völlig ausrastete. Ich stand da und dachte, das halte ich nicht mehr aus. Alles in mir sträubte sich gegen die Schmerzen, die Gegenstände, die er in mich hineinrammte, die Schläge auf die Augen und ins Gesicht und die Tritte in den Bauch.«

»Fürchteten Sie um Ihr Leben?«

»Es war eher so, daß ich mich *vor* dem Leben fürchtete.«

Lucy hatte Cat gesagt, sie sei sich in diesem Moment sicher gewesen, daß sie ihn umbringen würde. Vielleicht war dieser Plan in ihr gereift, seit er Ricky aus Boise zurückgeholt hatte.

»Ich spürte, wie er überlegte, was er mir jetzt antun sollte. Und als ich aufblickte, sah ich ihn drohend in der Küchentür stehen. Sein Gesichtsausdruck …«

»Was für ein Gesichtsausdruck?«

Lucy schwieg eine Weile und starrte ins Leere.

»Wie soll ich das beschreiben? Aber ich kannte diesen Blick und wußte, was mir blühte. Die Colaflasche stand auf der Anrichte …«

… und wartete nur darauf, benutzt zu werden, dachte Cat. *Doch die Geschworenen dürfen das um Himmels willen nicht erfahren.*

»Ich wußte, daß ich die Flasche benutzen würde, wenn er mich anfaßte.

Er kam auf mich zu, und ich sagte: ›Nein, Pete. Schlag mich nicht wieder.‹

Aber er packte mich an den Haaren, das machte er fast immer. Und dann schleuderte er mich gegen den Kühlschrank, daß mir das Messer aus der Hand fiel. Sonst hätte ich damit zugestoßen. Er trat mich in den Bauch und brüllte etwas. Doch ich hatte solche Schmerzen, daß ich kein Wort verstand.

Ich rappelte mich auf. Er war wieder ins Wohnzimmer gegangen. Ich nahm die Colaflasche und brach den Hals am Waschbecken ab.«

Die zeitliche Reihenfolge stimmt nicht ganz, dachte Cat. *Sie hatte kein schlechtes Gewissen.*

»Ich stand nur da und wartete. Ich schaltete nicht einmal die Gasflamme unter dem Kartoffeltopf ein.«

»Worauf haben Sie gewartet?«

»Darauf, daß er zurückkam. Mir war klar, daß er zurückkommen würde.«

»Befürchteten Sie, er könnte Sie umbringen?«

Lucy schüttelte den Kopf.

»Ich hatte oft Angst davor, und manchmal habe ich mich sogar danach gesehnt. Doch an diesem Abend war es anders. Ich wartete darauf, daß er mir wieder etwas antat, damit ich einen Grund hatte, ihn mit der Flasche zu schlagen.

Und ich brauchte nicht lange zu warten. Ehe ich mich's versah, stürzte er sich auf mich. Ich fühlte, wie mir das Blut aus dem Mund lief. Von dem Tritt tat mir immer noch der Bauch weh. Ich sagte: ›Du Mistkerl, jetzt bist du dran.‹

Als ich ausholte und ihm die Colaflasche in den Hals stieß, starrte er mich entsetzt an. Er kippte um, und das Blut spritzte in alle Richtungen. Ich hatte solche Angst, er könnte noch leben und sich an mir rächen. Also nahm ich das Kartoffelschälmesser und stach auf ihn ein.
Er blutete. Und je stärker er blutete, desto öfter stach ich zu. Der ganze Boden war voller Blut ...«
»Ist Ihnen klar, daß Sie zwölfmal auf ihn eingestochen haben?«
»Ich erinnere mich nicht mehr. Ich wollte nur sichergehen, daß er wirklich tot war.«
»Was geschah dann?«
Lucy wirkte verwirrt.
»Ich weiß nicht mehr.«
»Erinnern Sie sich, daß Sie den Sheriff angerufen haben?«
»Ich weiß nicht mehr.«
»Erinnern Sie sich, daß Sheriff Kilpatrick kam und Sie ins Gefängnis brachte?«
Lucy schüttelte den Kopf.
»Woran erinnern Sie sich als nächstes?«
Lucy sah Cat an.
»Daran, daß der Sheriff Ihnen erklärt hat, ich hätte Pete getötet.«
»Und bis zu diesem Zeitpunkt hatten Sie keine Ahnung, was geschehen war? Wie haben Sie sich gefühlt, als Sie es erfuhren?«
Wieder schüttelte Lucy den Kopf.
»Ich konnte nicht fassen, daß ich das wirklich getan

habe, denn ich habe ihn geliebt. Und Frauen, die ihre Männer lieben, bringen sie doch nicht um.«
Cat sah die Geschworenen an. »Wirklich nicht?« fragte sie.

»Ein Farmer ist dabei, der könnte ein Problem werden«, meinte Cat am nächsten Tag beim Frühstück. »Er sitzt hinten links und kaut ständig auf einem Zahnstocher herum.«
»Wie kommst du darauf?« Red verzehrte genüßlich sein Omelett mit Thelmas hausgemachter Tomatensauce.
»Ich habe den Eindruck, er denkt, daß Frauen im Gerichtssaal fehl am Platze sind.«
»Und was hat das mit der Wahrheitsfindung zu tun?«
Achselzuckend trank Cat einen Schluck Tee. Sie hatte nur eine Scheibe Toast hinuntergebracht. »Die Entscheidung der Geschworenen wird durch alle möglichen Faktoren beeinflußt. Ich gebe mir größte Mühe, diplomatisch zu wirken, obwohl ich innerlich vor Wut koche. Wenn ein Mann aggressiv auftritt, gilt das als ein Zeichen von Durchsetzungsvermögen. Bei Frauen wird es eher negativ gewertet. Jedenfalls will ich die Geschworenen nicht gegen mich aufbringen. Keinen einzigen von ihnen. Außerdem wird Lucys Aussage vermutlich genügen, um unseren Standpunkt darzustellen. Ich würde Gift darauf nehmen, daß dieser Farmer seine Frau schlägt.«
Red legte die Gabel weg und starrte sie entsetzt an. »Was macht dich so sicher?«

»Es ist nur ein Gefühl. Entweder wird er auf stur schalten, weil er Gewalt in der Ehe für ein Kavaliersdelikt hält. Oder lernt etwas aus diesem Prozeß und läßt seine Frau in Zukunft in Ruhe.«

»Jetzt mach mal 'nen Punkt, Cat!«

»Warten wir's ab.«

»Wann hältst du dein Schlußplädoyer?«

»Kommt darauf an, wie lange die Staatsanwaltschaft für ihres braucht. Ich hätte gern einen Tag Zeit, um die Gegenrede vorzubereiten, aber ich befürchte, den wird man mir nicht geben. Kannst du den Richter einschätzen?«

»Nein«, erwiderte Red. »Aus den Geschworenen werde ich auch nicht schlau, mit Ausnahme von dem einen, dem bei Lucys Aussage schlecht geworden ist. Wußtest du übrigens, daß Reporter vom *Portland Oregonian* und vom *Seattle Intelligencer* den Prozeß beobachten?«

Cat lächelte. »Ed, der Apotheker, hebt mir die Ausgaben auf. Ich hole sie mir immer auf dem Weg zum Gericht. Die Artikel stehen normalerweise am Ende des ersten Teils.«

»Es ist außergewöhnlich, daß Journalisten aus Portland und Seattle über einen Prozeß in einer Kleinstadt berichten.«

»Schauen Sie mal. Da kommt etwas über Sie im Fernsehen!« rief Thelma.

Cat und Red wechselten einen Blick, erhoben sich und gingen in die Küche. Thelma verzehrte ihr Frühstück vor dem Fernseher, wo gerade Cat im Gespräch mit einem Reporter zu sehen war. Allerdings war der Bericht im nächsten Moment zu Ende, und eine Meldung über eine Überschwemmungskatastrophe in Indien wurde eingeblendet.

»Das ist ein Sender aus Portland«, sagte Thelma. Nachdem sie das Geschirr gespült hatte, würde sie Lucy abholen und zum Gericht fahren.

Obwohl Miss Jenny den Prozeß gern miterlebt hätte, hatte sie sich erboten, Matt zu beaufsichtigen. »Was tut man nicht alles für seinen Urenkel«, schmunzelte sie.

»Du brauchst wirklich nicht jeden Tag dabeizusein«, meinte Cat zu Red.

Er blickte sie an. »Glaubst du, ich lasse mir diese Gelegenheit entgehen, dich in Aktion zu sehen? Ich wollte dir vorschlagen, zusammen hinzufahren.«

»Vielleicht dauert es heute länger. Es wird sicher langweilig für dich.«

»Das bezweifle ich. Und wenn schon, ein bißchen Langeweile bringt mich nicht um. Außerdem würde mich die Hin- und Rückfahrt mit dir dafür entschädigen.«

Cat lächelte ihm zu. Offenbar ahnte er nicht, was seine Worte für sie bedeuteten. Sie stand auf. »Ich bin in zwanzig Minuten fertig.«

Red wußte anscheinend nicht, welcher Kampf in ihr tobte. Tagsüber mußte sie sich voll und ganz auf den Prozeß konzentrieren, nachts lag sie wach und wehrte sich gegen den Drang, zu ihm in sein Zimmer zu gehen. Sie wollte seine Hände auf ihrer nackten Haut und seine Küsse spüren. Doch sie durfte ihren Gefühlen nicht nachgeben. Er war verheiratet, ihr Schwiegervater

und ein Ehrenmann. Dennoch kostete es sie ungeheure Willenskraft, nicht ständig an ihn zu denken und seine Nähe zu suchen.
Lag Red nachts ebenfalls wach und sehnte sich nach ihr? Hatte er das Bedürfnis, sie zu berühren?

SECHSUNDVIERZIG

Die Geschworenen hatten sich drei Tage und zehn Stunden lang beraten.

Zwar hatten Jasons und Chazz' Aussagen Lucy sehr genutzt, doch das Faktum blieb bestehen, daß sie am Tag der Tat nicht um ihr Leben gefürchtet hatte. Würden die Geschworenen glauben, daß Lucy nach fünf Jahren voller Mißhandlungen schließlich durchgedreht war und ihren Mann in einem Anfall geistiger Unzurechnungsfähigkeit getötet hatte?

Cat hatte die Staatsanwältin richtig eingeschätzt. Carol Matthews hatte sich buchstabengetreu ans Gesetz gehalten, aber der Verteidigung die Arbeit nicht unnötig erschwert. Cat hielt Miss Matthews für eine fähige Kollegin, die sie gern näher kennengelernt hätte, denn sie hatten viele Gemeinsamkeiten.

Natürlich war die Voraussetzung dafür, daß sie, Cat, in Cougar Valley blieb.

Zu Cats Erstaunen hatten nicht nur die großen Zeitungen aus Portland und Seattle Reporter geschickt, sondern auch *CNN* und das *Time Magazine.* »Vielleicht werden wir zum viertenmal erleben, daß eine Frau in den Vereinigten Staaten ihren prügelnden Ehemann tötet und nicht dafür ins Gefängnis muß«, hatte es in dem Bericht von *CNN* geheißen. Dann folgte ein Loblied auf Cat als fähige Juristin und attraktive und sympathische Frau.

Cat war ehrlich überrascht. Weniger von der Prognose, was Lucys Prozeß anging, sondern von der Bewertung ihrer Person.

»Sympathisch.« Miss Jenny lächelte. »Da haben sie ganz recht.«

»Mit so einem Fall hätte ich in Boston nie diese Medienresonanz bekommen«, meinte Cat.

Lucys Aussage hatte die amerikanische Öffentlichkeit stark beeindruckt. Doch würde die drastische Schilderung der Mißhandlungen und Vergewaltigungen für einen Freispruch genügen?

Als Jason um acht anrief, saß Cat noch beim Frühstück. »Die Geschworenen haben ihre Beratung beendet«, sagte er.

Cat krampfte sich der Magen zusammen.

Red fuhr sie in die Stadt.

Als der Gerichtsdiener Lucy hereinbrachte, griff Cat nach ihrer Hand.

Die Geschworenen betraten den Gerichtssaal. Alle bis auf den Farmer, dem Cat von Anfang an mißtraut hatte, sahen Lucy an – ein vielversprechendes Zeichen, obwohl man nie sicher sein konnte.

Der Sprecher der Geschworenen reichte dem Gerichtsdiener ein Stück Papier, das dieser dem Richter weitergab. Dieser warf einen kurzen Blick darauf und nickte den Geschworenen zu.

»Die Angeklagte möge sich bitte erheben.« Lucy folgte der Aufforderung. »Wie lautet Ihr Urteil?« fragte der Richter den Sprecher der Geschworenen, obwohl er die Anwort kannte.

»Wir sind einstimmig zu dem Schluß gelangt, daß die Angeklagte nicht schuldig ist, und zwar aus Gründen der vorübergehenden geistigen Unzurechnungsfähigkeit.«

Die Zuschauer in dem kleinen Gerichtssaal applaudierten.

Der Richter schlug mit dem Hammer auf den Tisch.

»Frau Verteidigerin«, wandte er sich an Cat. »Es ist die Ansicht dieses Gerichts, daß Ihre Mandantin therapeutische Hilfe braucht. Ansonsten ist der Gerechtigkeit Genüge getan.«

Der Prozeß war vorbei.

Benommen ließ Lucy Cats Umarmung über sich ergehen. Die Reporter eilten zu den Telefonen.

»Was meint er mit therapeutischer Hilfe? Muß ich in eine psychiatrische Klinik?«

»Um Himmels willen, nein.« Cat konnte sich ein Schmunzeln nicht verkneifen. »Das heißt nur, daß Sie das Trauma besser verarbeiten werden, wenn Sie sich an einen Therapeuten wenden. Wir können später darüber sprechen. Nein, Lucy, Sie sind frei.«

Carol Matthews schüttelte Cat die Hand. »Gratuliere«, sagte sie. »Wir sollten einmal zusammen essen.«

»Sehr gern«, antwortete Cat.

»Bestimmt haben wir eine Menge zu bereden.«

Die beiden Frauen lächelten einander zu. Dann sammelte Carol ihre Papiere ein und steckte sie in den Aktenkoffer.

Als Cat sich umdrehte, sah sie, wie Thelma Lucy unter Tränen in die Arme schloß.
»Das muß gefeiert werden«, verkündete Red. »Ich lade euch alle zum Mittagessen ein.«
»In das nette Restaurant, wo es die guten Hamburger gibt?« fragte Cat.
»Aber heute bestellen wir Steak. Wenn du möchtest, gehe ich mit dir auch ins Top of the Mark.«
»Du würdest zum Mittagessen auch nach San Francisco fliegen?« Cat mußte lachen.
»Also los«, sagte Red. Es war zwar noch nicht zwölf, doch das Restaurant würde bald öffnen. »Aber zuerst müssen wir Ma anrufen, sonst ist sie uns ernstlich böse.«
Auf der Ranch meldete sich niemand.
Als sie aus dem Gerichtsgebäude kamen, wußten sie, warum, denn Miss Jenny und Matt erwarteten sie auf der Straße.
»Habt ihr etwa geglaubt, ich halte die Spannung so lange aus?« meinte Miss Jenny.
»Wir gehen zur Feier des Tages Mittag essen.«
»Du hast gewonnen!« Miss Jenny fiel Cat um den Hals.

Am nächsten Tag flog Red nach Portland, wo er dringende Geschäfte zu erledigen hatte. Er wollte erst am folgenden Tag zurücksein.
Cat verbrachte den ganzen Tag mit Grübeleien. Nun, da der Prozeß vorbei war, mußte sie sich endlich mit ihren Gefühlen auseinandersetzen.
Am Nachmittag fuhr sie mit Matt zu Miss Jenny. Die beiden Frauen hatten sich seit kurz vor Weihnachten

nicht mehr unter vier Augen unterhalten. Im Haus roch es nach Lebkuchen.
»Schön, daß ihr da seid.« Miss Jenny kam aus der Küche und strahlte übers ganze Gesicht.
»Hast du Zeit für einen Kaffee und ein Gespräch? Matt kann ja inzwischen seinen Mittagsschlaf halten.«
»Eine gute Idee. Leg ihn in mein Bett oder aufs Sofa und komm in die Küche. Ich setze gleich den Kaffee auf. Die Lebkuchen sind bald fertig.«
Nachdem Matt, einen angebissenen Lebkuchen in der Hand, auf dem Sofa eingeschlafen war, ging Cat in die Küche. Die Lebkuchen waren auf Wachspapier auf der Anrichte ausgebreitet. »Hast du die nur für dich gebacken?«
»Ich dachte, ich bringe euch ein paar vorbei«, antwortete Miss Jenny. »Wie fühlst du dich? Sicher bist du nach dem Prozeß völlig erledigt.«
»Wahrscheinlich geht es mir ähnlich wie einem Schauspieler nach der letzten Vorstellung. Man fällt irgendwie in ein Loch, ist zwar zufrieden, aber die Aufregung ist mit einemmal weg. Heute brauche ich mir über nichts mehr Gedanken zu machen. Ich bin nicht mehr für das Leben eines anderen Menschen verantwortlich.«
Miss Jenny schenkte Kaffee ein und umarmte Cat, bevor sie ihr die Tasse hinstellte. »Wir alle sind so stolz auf dich.«
Cat seufzte. Am liebsten hätte sie Miss Jenny gestanden, daß sie Red, ihren Schwiegervater, liebte. Aber sie tat es nicht.
Nachdem Cat eine Weile schweigend dagesessen hatte,

wedelte Miss Jenny ihr mit der Hand vor den Augen herum. »Hallo, schläfst du schon?«
Blinzelnd schüttelte Cat den Kopf und sah Miss Jenny an.
»Ich hatte den Eindruck, als wärst du ganz weit weg.« Miss Jenny stützte die Ellbogen auf den Tisch und musterte Cat. »Liegt das am Prozeß, oder hast du in letzter Zeit Sorgen?«
»Ich weiß nicht, was du meinst.«
»Verschone mich mit diesem Unsinn. Du kannst mir ruhig eine ehrliche Antwort geben.«
»Wochenlang habe ich mir den Kopf über den Prozeß zerbrochen und hatte Angst, daß Lucy ins Gefängnis muß ...«
Miss Jenny nickte. »Das ist mir klar. Aber auf mich hat dein Blick eher traurig gewirkt.«
Cat konnte die Tränen nicht mehr zurückhalten. »Der Druck ...«, schluchzte sie.
»Cat, belüge dich meinetwegen selbst, doch mir kannst du nichts vormachen. Es liegt nicht am Prozeß. Du brauchst nicht darüber zu sprechen, wenn du nicht willst. Ich liebe dich, und ich möchte dir sagen, daß ich für alles, was du tust oder empfindest, Verständnis habe.«
Cat schneuzte sich die Nase.
Miss Jenny ergriff Cats Handgelenk. »Hast du mir überhaupt zugehört?«
Cat starrte sie benommen an.
»Mir ist klar, daß du Jason nicht heiraten willst. Weiß er es schon?«

Cat schüttelte den Kopf.
Miss Jenny senkte die Stimme, obwohl niemand da war, der sie hätte belauschen können. »Manchmal muß man gesellschaftliche Konventionen eben in den Wind schlagen und seinem Herzen folgen, anstatt zu tun, was von einem erwartet wird.«
»Was meinst du damit?«
Miss Jenny stöhnte auf. »Du meine Güte, Cat. Wahrscheinlich hätte ich diesen Vortrag lieber meinem Sohn halten sollen.«
»Ach, Miss Jenny ...«
Miss Jenny unterbrach Cat mit einer Handbewegung. »Tut mir leid, daß ich es angesprochen habe. Ich liebe dich, und ich werde immer zu dir stehen.«
Sie erhob sich und holte das nächste Blech mit Lebkuchen aus dem Herd.
»Ich habe mir überlegt, ob ich ausziehen soll.«
Vor lauter Schreck ließ Miss Jenny das Blech fallen, so daß sich die Lebkuchen auf dem Boden verteilten. Sie steckte den Daumen in den Mund. »Mist, jetzt habe ich mich verbrannt!«
Gemeinsam hoben sie das Gebäck auf.
»Verflixt, sie sind alle zerbrochen«, schimpfte Miss Jenny. Sie sah Cat erst wieder an, nachdem sie alles saubergemacht und ihren Finger mit kaltem Wasser gekühlt hatte. Dann drehte sie sich zu Cat um und stemmte die Hände in die Hüften. »Du bist eine Idiotin!«
»Ich habe mir ein paar kleine Häuser angeschaut, die zu verkaufen sind.«

»Und was hoffst du damit zu lösen?«
»Wenn das nichts bringt, ziehe ich eben noch weiter weg.«
»Damit du ihm nicht jeden Tag begegnen mußt? Um Himmels willen, Mädchen, diese Entscheidung kannst du doch nicht allein treffen.«
»Was soll das heißen?«
»Habt ihr beide schon darüber geredet?«
»Natürlich nicht!«
»Catherine McCullough, sieh mich an. Weißt du überhaupt, was er empfindet?«
»Er ist ein Ehrenmann, er …«
»Vor allem hat er es verdient, endlich glücklich zu werden. Sprich mit ihm, bevor du etwas Überstürztes tust. Ihr müßt das miteinander klären.«
»O Miss Jenny …«
»Was ist? Hast du etwa Angst, daß deine Gefühle nicht auf Gegenseitigkeit beruhen?« Miss Jenny legte Cat die Hand auf die Schulter. »Findest du nicht, daß du es dir selbst schuldig bist, das zu erfahren? Wahrscheinlich hat er eine Heidenangst davor, daß du seine Liebe nicht erwidern könntest. Und deshalb haltet ihr beide den Mund und schiebt moralische Gründe vor, obwohl ihr euch eigentlich nur vor Zurückweisung fürchtet.«
Cat starrte Miss Jenny an. »Ein Gespräch würde auch keine Lösung bringen.«
Miss Jenny nahm Cats Hand. »Das bedeutet nur, daß dir allein keine Lösung einfällt. Vielleicht kommt euch ja gemeinsam die zündende Idee.«
Cat umarmte Miss Jenny. Sie hatte einen Kloß im Hals

und brachte kein Wort heraus. Miss Jenny drückte sie an sich und tätschelte ihr beruhigend den Rücken.

Als Cat sich eine halbe Stunde später verabschiedete, meinte Miss Jenny: »Versprich mir, daß du nicht ausziehst und keine Entscheidung fällst, die nicht mehr rückgängig zu machen ist, bevor ihr beide euch nicht ausgesprochen habt. Möglicherweise mußt du wirklich fort, doch du darfst das nicht allein für dich beschließen, Cat. Ich flehe dich an.«

SIEBENUNDVIERZIG

Cat und Sarah verzehrten ihr Abendessen. Sarah summte einen alten Schlager vor sich hin, dessen Text sie leider vergessen hatte. Cat fand ihre Stimme ziemlich hübsch.

Schon vor Monaten hatte Cat Thelma überredet, nach Hause zu gehen, wenn das Abendessen auf dem Tisch stand. Schließlich sollte sie auch noch Zeit für ihren Mann haben. Cat störte es nicht, den Nachtisch zu servieren und die Spülmaschine einzuräumen. Allerdings hätte Thelma nichts dagegen gehabt, wenn nötig auch bis Mitternacht zu bleiben. Sie wäre bereit gewesen, alles für Cat zu tun.

Ein Glas in der Hand, rauschte Sarah nach dem Essen in ihr Zimmer und schloß die Tür hinter sich. Cat legte Matt schlafen und ging dann ins Gewächshaus. Das helle Licht dort versetzte sie wieder in bessere Stimmung. Im letzten Monat hatte sie sich kaum mit ihren Pflanzen beschäftigt.

Sie siebte Erde, mischte sie nach Anleitung und füllte sie in die Blumenkästen, die Red für sie bestellt hatte. Dann säte sie Fleischtomaten, Dill, Basilikum, Estragon, Rosmarin, Kornblumen, Astern, Löwenmaul und Petunien.

Nachdem sie die Kästen beschriftet hatte, machte sie sich daran, alles zu gießen.
Miss Jenny hatte recht. Sie mußte mit Red sprechen. Aber wenn sie ihm die Wahrheit sagte und ihm gestand, daß sie ausziehen mußte, weil sie ihn liebte, würde er sich wahrscheinlich selbst anklagen. Er würde sich vorwerfen, ihr mit dem Kuß falsche Hoffnungen gemacht zu haben. Außerdem würde es ihn gewiß schmerzen, seinen Enkel nicht mehr täglich zu sehen. Und mit den gemeinsamen Abenden, dem Schachspielen und den vertrauten Gesprächen würde es dann ein für allemal vorbei sein. Red würde sich diese Störung des Familienfriedens nie verzeihen, das wußte Cat ganz genau. Und deshalb war es ihre Pflicht, mit ihren Gefühlen hinter dem Berg zu halten und sie zu unterdrücken. Wahrscheinlich war es das beste, wenn sie sich öfter mit Jason traf und dieser Beziehung eine Chance gab, sich zu entwickeln. Sie hoffte, sie würde doch noch lernen, ihn zu lieben, denn er hatte eine Frau verdient, die mit ihm durch dick und dünn ging.
Cat wünschte, jemand hätte ihr einen Rat geben können.

Am nächsten Tag blieb sie bis um drei in ihrer Kanzlei. In den beiden Wochen seit dem Prozeß hatte sich die Anzahl ihrer Mandanten verzehnfacht, und nicht alle von ihnen wohnten in Cougar.
Eine Abgesandte vom Kreisverband der Republikanischen Partei stattete Cat einen Besuch ab, um sich nach ihrer politischen Haltung zu erkundigen. Offensicht-

lich enttäuscht nahm die Frau zur Kenntnis, daß Cat sich lieber unabhängig von einer Parteilinie ihre Meinung bildete und eher liberal eingestellt war.
Seit dem Prozeß hatte Cat zweimal mit Jason geschlafen. Sie besuchte ihn, wenn die Sehnsucht nach Red sie fast um den Verstand brachte, obwohl sie wußte, daß sie Jason damit nur benutzte.
Als sie um halb vier nach Hause fuhr, stand die Sonne noch hoch am Himmel. In einer Woche würden die Uhren auf Sommerzeit umgestellt werden. Cat liebte die lauen Sommerabende, an denen es lange hell blieb. Beim Einbiegen in die Auffahrt stellte sie fest, daß vor der Veranda schon die ersten Tulpen die Köpfe aus dem Boden steckten. Frühlingsboten. Im nächsten Monat würden die Osterglocken folgen.
Neben der Scheune bemerkte sie Reds Jeep, er war schon von seiner Reise nach Portland zurück. Cat wurde klar, daß sie seine Abwesenheit als Erleichterung empfunden hatte. Endlich einmal hatte sie kein Herzklopfen gehabt, wenn sie morgens zum Frühstück herunterkam. Jetzt fing es wieder an.
Als sie ins Haus ging, stürmte Matt freudig auf sie zu. Sie hob ihren Sohn hoch, küßte ihn und bedachte Thelma mit einem Lächeln.
Thelma scharrte mit den Füßen. »Haben Sie einen Moment Zeit, Cat?«
»Wenn der Kaffee schon fertig ist.«
»Selbstverständlich. Dazu gibt es Plätzchen mit saurer Sahne.«
»Ich ziehe mich nur rasch um.« Cat sehnte sich danach,

Kostüm und Stöckelschuhe mit Jeans und einem Sweatshirt zu vertauschen.

Als sie in die Küche trat, stieg ihr Kaffeeduft in die Nase. Thelma weigerte sich immer noch, die Cappuccinomaschine zu benützen.

Die ofenfrischen Plätzchen türmten sich auf einem Teller. Cat setzte sich und nahm Matt auf den Schoß. Der kleine Junge machte sich sofort über das Gebäck her.

Thelma holte ihm eine Tasse Milch.

»Es geht um Lucy«, sagte sie dann. Ihr Tonfall klang, als wolle sie sich entschuldigen.

»Was ist los?«

»Sie möchte ja nicht undankbar sein, unsere Familie steht ewig in Ihrer Schuld, weil Sie so viel für uns getan haben. Aber jetzt braucht Lucy einen festen Job. Fünf Stunden am Tag sind einfach nicht genug. Außerdem möchten Tom und ich endlich wieder allein sein. Lucy muß sich eine eigene Bleibe suchen.«

»Das heißt, daß ich eine andere Babysitterin finden muß.«

»Sind Sie böse?«

»Nicht, solange Sie da sind und darauf achten, daß die neue Kraft Matt auch gut betreut.«

»Vielen Dank.« Thelma atmete erleichtert auf. »Lucy hat sich nicht getraut, es Ihnen zu sagen. Sie möchte nach Boise ziehen, weil es dort mehr Arbeit gibt. Vielleicht bekommt sie etwas bei Hewlett Packard. Jedenfalls will sie in einer Stadt wohnen, wo niemand sie kennt.«

Cat nickte. »Eine gute Idee. Wissen Sie denn eine Babysitterin für uns?«
»Myrna könnte wieder anfangen, wenn sie ihr Kind mitbringen darf. Ich werde mich mal erkundigen. Lucy wird sich morgen in Boise nach einer Wohnung und einem Job umsehen und Ricky bei mir lassen. Ich kann mich um Matt kümmern, bis wir eine Nachfolgerin für sie finden. Sie hatte nur Angst, daß Sie sie für undankbar halten.«
»Sie soll mir nur versprechen, daß sie eine Therapie macht.«
»Therapien kosten Geld.«
»Ich weiß. Dann eben, nachdem sie Arbeit hat.«
»Vielleicht.«
Thelma klang nicht sehr überzeugt. Die meisten Menschen in dieser Gegend waren der Ansicht, daß sie ihre Probleme selbst lösen mußten. Die einzige Ausnahme war Arbeitslosigkeit, wenn Uncle Sam in die Pflicht genommen wurde. Wer einen Psychotherapeuten aufsuchte, wurde in Cougar leicht als verrückt abgestempelt.
Cat fragte sich, ob Lucy es je verarbeiten würde, daß sie Pete getötet hatte. Würde Ricky seine Mutter verurteilen, wenn er von ihrer Tat erfuhr? Und was war, wenn Lucy wieder einen Mann kennenlernte? Würde er um sein Leben fürchten, wenn er von Lucys Vergangenheit hörte? War Lucy zu einem Leben in Einsamkeit verdammt?
»Lucy braucht kein schlechtes Gewissen zu haben«, sagte sie. »Wir finden schon ein neues Kindermädchen

für Matt. Warum gibt es in Cougar eigentlich keinen Kindergarten?«
Thelma lachte. »Der hätte sicherlich nicht viel Zulauf. Hier wohnen kaum Frauen mit kleinen Kindern, die berufstätig sind.«
In diesem Moment ging die Hintertür auf. Red kam herein, und Cat stellte wieder einmal fest, daß sie noch nie einem so gutaussehenden Mann begegnet war. Seine Schläfen waren zwar in den letzten Jahren grauer geworden, doch sein Haar und sein Schnurrbart leuchteten immer noch rot. Seine Augen waren so blau wie ein klarer Sommerhimmel, und seine gewaltige Gestalt füllte fast den Türrahmen aus. Offenbar hatte er sich seit seiner Rückkehr umgezogen, denn er trug ein rot-schwarz kariertes Wollhemd und wie immer Stiefel.
»Riecht köstlich«, sagte er.
Thelma holte Reds Lieblingstasse aus dem Regal und schenkte ihm Kaffee mit Milch ein. »Bitte sehr.« Sie stellte die Tasse auf den Tisch.
Als Red Cat ansah, konnten sie die Blicke nicht voneinander abwenden. Selbst Thelma fiel es auf, und sie hüstelte, um sich bemerkbar zu machen. Wortlos nahm Red Platz.
Zu Cats Erstaunen grinste er sie an. »In Portland und in Pendleton fordern Frauengruppen, daß du ins Repräsentantenhaus einziehst«, verkündete er.
»Wie bitte?«
»Du hast dir einen Namen gemacht, bist jung und unverbraucht, trittst für die Rechte der Frau ein ...«

»Wenn ich für die Demokratische Partei kandidiere, würde ich bei den Hinterwäldlern in Cougar keinen Blumentopf gewinnen.«
»Vergiß Al Ullman nicht.«
»Nie von ihm gehört.«
»Das war wahrscheinlich vor deiner Zeit. Nach jahrelanger Amtszeit wurde er in den Achtzigern abgewählt. Ich dachte nicht, daß das schon so lange her ist.«
»Geht mir genauso«, meinte Thelma.
Nach Washington? Cat glaubte zwar nicht, daß sie genügend Stimmen bekommen würde, aber vielleicht war das ja die Lösung ihres Problems mit Red. Fünftausend Kilometer würden zwischen ihnen liegen. »Es war schon immer mein Traum«, sagte sie leise. »Aber ich habe noch viel zuwenig Erfahrung.«
»Diese Gegend ist dünn besiedelt, was es einfacher macht, bekannt zu werden. Eigentlich wollte ich dir nur sagen, daß man in politischen Kreisen von Catherine McCullough begeistert ist.«
»Woher wußten sie, mit welcher Partei ich sympathisiere?«
»Das ist doch offensichtlich, wenn man sich deine Einstellung zur Emanzipation anschaut. Und inzwischen ist allgemein bekannt, wie du zum Thema Frausein denkst.«
»Und wie denke ich zum Thema Frausein?«
Red antwortete nicht darauf. Thelma hob den Deckel des Topfes, in dem ein Rinderbraten vor sich hinschmorte. »Wehe, wenn Sie sich mit den Keksen den Appetit fürs Abendessen verderben.«

Cat stand auf. »Ich gehe mit Matt in die Scheune und zeige ihm die kleinen Kätzchen«, sagte sie.
Auch Red erhob sich, allerdings nicht, um Cat nach draußen zu folgen.

Zum erstenmal seit Anfang Dezember waren Red und Cat wieder miteinander allein. Sarah saß in ihrem Zimmer vor dem Fernseher. Matt schlief schon.
»Ich würde gern mit dir sprechen«, sagte Red.
Cat schnappte nach Luft. Ihr Magen krampfte sich zusammen. Jetzt war der Augenblick gekommen.
Im Arbeitszimmer brannte der Kamin.
Red stand mitten im Raum vor seinem Schreibtisch.
»Cat«, sagte er und wies auf den Lehnsessel vor dem Kamin. »Bitte setz dich. Ich möchte einiges mit dir bereden.«
Sie ertrug es nicht mehr, unter einem Dach mit ihm zu leben, so sehr sehnte sie sich nach ihm.
»Laß mich anfangen«, meinte sie, nachdem sie Platz genommen hatte.
Überrascht sah er sie an und lehnte sich dann mit verschränkten Armen an seinen Schreibtisch.
»Red, ich denke, ich sollte besser ausziehen.«
Sein Adamsapfel zuckte, und er runzelte die Stirn. Dann ließ er sich gegenüber von ihr nieder, so daß sich ihre Knie fast berührten. Er griff nach ihrer Hand.
»Cat, ich wollte dich nicht vertreiben.«
»O Red.« Sie schloß die Augen und genoß es, seine Hand auf ihrer zu spüren. »Das ist nicht der Grund. Eher das Gegenteil.«

»Sieh mich an«, sagte er leise. Der Griff um ihre Hand wurde fester.
Sie schlug die Augen auf.
»Cat, ich liebe dich so sehr, daß ich es kaum noch aushalte. Ich liebe dich so sehr, daß es mir manchmal körperlich weh tut. Ich liebe dich so sehr, wie ich noch nie einen Menschen geliebt habe.«
Was redete er da?
»Zuerst hielt ich mich für pervers«, fuhr er fort. »Meine Schwiegertochter. Die Frau meines Sohnes. Jung genug, um meine Tochter sein zu können. Dein Sohn ist mein Enkel. Ich habe dagegen angekämpft. Gott weiß, wie ich mich gesträubt habe. Doch mit jedem Tag bist du mir noch mehr ans Herz gewachsen. Du gehörst hierher. Und deinem Sohn bin ich inzwischen eher ein Vater als ein Großvater.«
»Ich weiß«, flüsterte sie.
»Cat, ich sehne mich nach dir. Ich will dich täglich in meiner Nähe haben. Ich glaube, du liebst mich auch und hast anfangs ebenso dagegen angekämpft wie ich. Sicher hast du mit Jason geschlafen, um mich zu vergessen. So eitel bin ich nun mal. Nein, laß mich erst ausreden. Bitte. Ich habe eine Lösung gesucht. Cat, ich werde mich von Sarah scheiden lassen.«
Er brachte sie mit einer Handbewegung zum Schweigen. »Sie bekommt sowieso nicht mehr mit, was um sie herum vorgeht, und verläßt ihr Zimmer nur noch, wenn es Essen gibt. Ich werde ihr ein Haus kaufen und eine Pflegekraft und eine Köchin für sie einstellen. Es wird ihr an nichts fehlen. Und ich besorge ihr den

größten Fernseher, den man für Geld kriegen kann. Mehr Gesellschaft braucht sie anscheinend nicht. Cat, ich habe mich lange genug von ihr tyrannisieren lassen. Ich muß endlich einen Schlußstrich ziehen, auch wenn es ihr weh tut. Den Rest meines Lebens will ich mit dir verbringen. Ich liebe dich, Cat, und ich bitte dich, meine Frau zu werden.«

Ungläubig starrte Cat ihn an.

»Ich weiß, daß du hier glücklich bist«, fuhr er fort, als müsse er sich selbst überzeugen. »Du hängst an deinem Gewächshaus und am Garten, und du hast ein Händchen fürs Finanzielle. Dank deiner Investitionen hat sich mein Vermögen vervielfacht. In dieser Familie sind es offenbar die Frauen, nämlich du und Ma, die den richtigen Blick für Geldangelegenheiten haben. Ich liebe dich nicht nur, Cat, ich brauche dich. Deinen Verstand, deine Wärme, deine Gegenwart, deine Liebe – und auch deinen Körper.«

»O Red!«

Er stand auf und zog sie an sich. »Sag mir, daß du mich auch liebst.«

Sie schlang die Arme um ihn. »Red, ich liebe dich so sehr, daß ich schon dachte, ich müßte fortgehen, weil ich es nicht aushalte, im selben Raum mit dir zu sein. Ich liebe dich, Red. Ich liebe dich, ich ...«

Er preßte die Lippen auf ihre und umarmte sie, daß sie das Pochen seines Herzens hören konnte. Sie schmeckte den Kaffee auf seiner Zunge und roch seinen warmen Atem.

ACHTUNDVIERZIG

Wir sprechen morgen darüber«, flüsterte sie ihm ins Ohr. Dann legte sie lächelnd den Kopf in den Nacken und blickte zu ihm auf. »Ich dachte, der Kuß wäre nur eine Entgleisung gewesen, und glaubte, ich müßte ausziehen.«

»Zum erstenmal im Leben habe ich die Beherrschung verloren. Aber ich war machtlos dagegen, Cat. Ich liebe dich schon so lange und liege nachts wach, weil ich an dich denken muß. Ich sehe dich, wenn ich zum Mond emporblicke, und ich rieche dein Parfum, schon bevor du ins Zimmer kommst. Ständig träume ich davon, dich zu berühren.«

Wieder küßte er sie leidenschaftlich.

»Kann man diese Tür abschließen?« fragte sie. »Hoffentlich.« Sie knöpfte ihren Pullover auf.

Er drehte den Schlüssel um und sah zu, wie sie aus dem Pullover schlüpfte, ihren Büstenhalter öffnete und ihn zu Boden fallen ließ.

»Mein Gott«, sagte er und kam näher. »Cat, ich begehre dich, wie ich noch nie eine Frau begehrt habe. Ich sehne mich so nach dir.«

Red streifte sein Hemd ab und küßte ihre Brüste. Dann nahm er sie in die Arme, trug sie zum Sofa und half ihr

aus der Jeans. Er kniete sich neben das Sofa und küßte und liebkoste sie.
»Komm«, stöhnte sie und öffnete seinen Gürtel. »Ich will dich so sehr. Ich finde dich wunderschön.«
»Männer sind nicht schön.«
Sie grinste. »Für mich bist du der schönste Mann, den ich je gesehen habe.«
»Ich glaube, ich habe mein ganzes Leben lang nur auf dich gewartet.«
»Und jetzt gehöre ich für den Rest deines Lebens nur dir.«
Sie weigerte sich, daran zu denken, wie sie die praktischen Probleme meistern sollten. Die ganze Stadt würde schockiert sein. Doch als er sich zu ihr legte, waren alle Sorgen wie weggeblasen.
»Meine Liebste. Meine allerliebste Catherine.«
Und dann sagte er nichts mehr.

Um drei ging Cat, die Kleider in der Hand, splitternackt nach oben. Red stand am Fuße der Treppe und blickte ihr lächelnd nach.
Überglücklich schlüpfte sie zwischen die Laken. Red liebte sie. Sie hatten miteinander geschlafen, und es war wunderbar gewesen. Sie hatte mit ihm eine Leidenschaft erlebt, die sie weder mit Jason noch mit Scott kennengelernt hatte.
Morgen würden sie sich gemeinsam der Zukunft stellen. Jetzt aber wollte sie sich diese Nacht nicht von den Gedanken daran verderben lassen. Als sie einschlief, spürte sie noch seine Berührungen auf ihrer Haut.

Vier Stunden später wurde Cat von Matts Juchzen geweckt. Trotz wenigen Schlafs fühlte sie sich erfrischt, als sie in ihren Bademantel schlüpfte, um in das Zimmer ihres Sohnes zu gehen.
Eine halbe Stunde später hatte sie Matt gebadet und angezogen und kam, immer noch im Bademantel, nach unten. Sie hörte Thelma in der Küche, und wieder setzte das vertraute Herzklopfen ein. Doch diesmal pochte ihr Herz nicht vor Anspannung, sondern vor Glückseligkeit.
Red sah aus, als hätte er acht Stunden durchgeschlafen. Die Kaffeetasse in der Hand, las er die Zeitung. Als sie hereinkam, blickte er sofort auf, und ein ganz neuer Ausdruck malte sich auf seinem Gesicht. Ach, Liebling, hätte sie so gern gesagt, und es kostete sie Überwindung, ihn nicht zu küssen.
»Guten Morgen«, meinte er und lächelte ihr zu.
»Du bist aber früh auf.«
»Ich habe zu tun.«
Matt kletterte auf den Schoß seines Großvaters. Red bestrich ein Stück Toast mit Marmelade, gab es seinem Enkel und küßte ihn auf den Scheitel.
Cat setzte sich. Es war wunderschön, Red und Matt so zusammen zu sehen.
»Ich dachte, wir könnten heute beide früher zu arbeiten aufhören«, meinte er. »Und ich habe dir einen Vorschlag zu machen, über den sich auch Thelma freuen wird.«
»Schieß los«, antwortete sie lächelnd. Thelma brachte den Orangensaft.

»Ich liebe dich«, flüsterte Red, als die Köchin wieder draußen war.
»Ich dich auch«, erwiderte sie leise. Als Thelma mit Cats Haferbrei zurückkam, sagte Cat: »Lucy verläßt uns nächste Woche.« Sie erklärte Red Lucys Zukunftspläne.
Während Cat sich für die Arbeit anzog und gerade die Kragenschleife ihrer grünen Bluse zuband, sah sie Red in der Schlafzimmertür stehen. Seit Matts Geburt war er nicht mehr in ihrem Zimmer gewesen. Als sich ihre Blicke im Spiegel trafen, kam er herein, nahm sie in die Arme und küßte sie, bis sie leise aufstöhnte.
»Um zwei bin ich spätestens zu Hause.«
»Gut. Ich muß etwas mit dir besprechen.«
Sie küßte seinen Hals. »O Red, ich bin so glücklich. Mir ist es egal, was passiert, solange ich nur weiß, daß du mich liebst ...«
»Ich wollte dir noch erzählen, daß ich mein Verhältnis mit Norah vor Weihnachten beendet habe. Seitdem ist nichts mehr zwischen uns gewesen.«
»Weiß sie den Grund?«
»Ja.«
»Haßt sie mich jetzt?«
»Sie hat dich immer noch gern. Ich möchte es auch Ma erzählen.«
Cat nickte.
»Ich glaube, sie wird nicht überrascht sein. Und sie hat sicher nichts dagegen. Was jedoch die Leute in der Stadt angeht ...« Er grinste. »Aber ein kleiner Skandal wird Leben in unser schläfriges Nest bringen. Und wir beide

werden es schon überstehen. Außerdem bin ich sicher, daß du ihnen sympathischer bist, als Sarah es jemals war.«

»Ich muß mich schon den ganzen Morgen zwicken, um mich zu vergewissern, daß ich nicht träume.«

Red beugte sich vor und kniff sie in den Hintern. »Warte, ich helfe dir dabei.«

»Wissen Sie was, Mister McCullough? Ich glaube, wir beide werden eine Menge Spaß haben.«

Nach ihrer Ankunft in der Stadt sagte Cat zuerst ihre nachmittägliche Verabredung mit Jason ab. Und die für den Samstagabend auch. Sie mußte einen Weg finden, die Beziehung zu beenden, ohne Jason zu kränken und die Freundschaft zu zerstören.

Die beste Methode war, ihn anderweitig zu verkuppeln, und April kam ihr dabei gerade recht. Cat würde etwas unternehmen, um die beiden zusammenzubringen, und zwar schnell.

Obwohl Cat wußte, daß ihr noch einige Schwierigkeiten bevorstanden, gab es in ihren Augen kein Problem, das sie und Red nicht lösen konnten. Sarah war schon längst nicht mehr zurechnungsfähig und nicht in der Lage, sich ihrem Glück in den Weg zu stellen. Doch wie würde Cougar reagieren, wenn sich einer seiner angesehensten Bürger nach fast dreißig Jahren scheiden ließ, um seine Schwiegertochter zu heiraten? Cat hoffte, daß Red Miss Jenny bald die Wahrheit eröffnen würde. Denn Miss Jennys Rat konnte sie im Augenblick gut gebrauchen.

Und was würde Torie sagen?
Und Jason?
Aber es war zwecklos, jetzt über Fragen nachzugrübeln. Sie würde am Nachmittag mit Red darüber reden. Und sie würden sich küssen und einander umarmen. Cat wußte nur, daß sie überglücklich war. Kurz spielte sie mit dem Gedanken, ihre Liebe vor dem Rest der Stadt zu verheimlichen. Dann konnte sie Tag und Nacht mit Red zusammensein, ohne daß er sich von Sarah scheiden lassen mußte. Sarah würde sie nicht stören. Sie schloß sich sowieso den Großteil der Zeit in ihrem Zimmer ein.
Aber das kam nicht in Frage. Red würde ihr niemals ein solches Leben zumuten.

Vergeblich versuchte Cat, sich auf ihre Arbeit zu konzentrieren. Während sie tagträumend an ihrem Schreibtisch saß, kam Jason herein, um sie zum Mittagessen einzuladen.
Cat schüttelte den Kopf. »Ich habe zur Zeit keine Babysitterin. Thelma paßt auf Matt auf, und ich habe versprochen, zum Mittagessen zu Hause zu sein.«
Das war zwar eine Lüge, aber wahrscheinlich war es ohnehin das beste, wenn sie sofort losfuhr. Sie konnte heute ihre Gedanken einfach nicht ordnen.
Sie traf pünktlich zum Essen zu Hause ein. Red war nicht da, doch sein Jeep stand vor der Scheune. Nachdem Cat Matt zum Mittagsschlaf hingelegt hatte, sah sie aus dem Fenster. Red kam auf seinem Lieblingspferd angeritten.

Sie lief die Treppe hinunter. Anstatt den Weg durch die Küche zu nehmen, eilte sie durch die Vordertür, rannte ums Haus herum und hüpfte mit ausgebreiteten Armen auf Red zu.
Red nahm seinem Pferd gerade den Sattel ab, als Cat in die Scheune gestürmt kam.
»Ich konnte es nicht mehr erwarten«, keuchte sie und küßte ihn dann auf die Lippen.
Er hielt sie fest, als wollte er sie nie wieder loslassen.
»Den ganzen Tag lang mußte ich an gestern nacht denken«, meinte er.
»Sag es mir noch einmal.«
Er sah sie an. »Ich liebe dich. Ich werde dich immer lieben. Ich glaube, ich habe dich immer geliebt.«
Sie beobachtete ihn, während er sein Pferd abrieb.
»Schlafen wir heute nacht wieder miteinander?«
»Ich weiß nicht, ob ich es noch so lange aushalte.«
Cat rannte in die Gerätekammer und kam mit einer Pferdedecke zurück, die sie über einen Heuhaufen warf.
»Ich nehme dich beim Wort.« Sie öffnete ihre Jacke.
»Ich bringe rasch das Pferd nach draußen«, antwortete er strahlend.
In Windeseile schlüpfte Cat aus den Kleidern.
»Du meine Güte!« Kopfschüttelnd stand Red da, aber sie merkte ihm an, daß er sich in Wirklichkeit freute.
»Du hast doch gesagt, daß du es nicht mehr erwarten kannst.« Sie legte sich auf die Decke. »Ich will dir nur eine Freude machen.«
»Ach, das ist also der Grund?« Er sah sie an. »Cat McCullough, du bist die schönste Frau, die ich kenne.«

gern dort.
»Ich muß mit dir reden«, erwiderte Red. »Ich zünde den Kamin an.«
Matt saß bereits im Wohnzimmer, als Cat mit den Kaffeetassen eintrat. Thelma hatte Zitronenkuchen gebacken.
Ein Stück Kuchen in der Hand, wippte der kleine Junge auf seinem Schaukelpferd hin und her.
»Cat, ich würde Ma gern heute abend von uns erzählen«, meinte Red.
Sie nickte.
»Und ich denke, ich sollte mit einem Psychiater besprechen, wie ich Sarah am besten anderswo unterbringen kann, ohne daß sie allzusehr darunter leidet. Am einfachsten wäre es, ein Haus auf der Ranch für sie herzurichten, aber ich möchte nicht, daß du …«

»Komm.«
Er ließ sich neben ihr nieder. »Für mich ist das eine völlig neue Erfahrung. Du hier im Heu. Als ich das letztemal nackt in einer Scheune war, war ich siebzehn«, lachte er.
Er küßte sie und strich mit der Hand über ihren Bauch.
»Hast du dir je ausgemalt, wie es wäre, wenn wir miteinander schlafen?« fragte sie.
Er küßte ihre Brüste. »Ich habe davon geträumt, aber ich hätte nie gedacht, daß es so schön sein könnte.«

Als Cat etwas erwidern wollte, unterbrach er sie mit einer Handbewegung. »Das ist meine Entscheidung. Sarah und ich wechseln tagelang kein Wort miteinander. Seit über zwanzig Jahren schlafen wir in getrennten Zimmern. Sie wird immer merkwürdiger und …«
»Das weiß ich, Red. Und mir ist klar, daß du ihr nicht weh tun willst. Mich würde es nicht stören, wenn sie in der Nähe wohnt.«
»Doch die Leute in der Stadt würden es reichlich seltsam finden.«
Red hatte sein ganzes Leben hier verbracht. Selbstverständlich war es ihm wichtig, was man in der Stadt von ihm hielt. »Das soll heißen, daß ich noch nicht genau weiß, wie es ablaufen soll. Aber es wird passieren, und ich werde mir deswegen kein schlechtes Gewissen machen lassen.«
Unvermittelt sah er Cat an. »Du bist jung genug, um meine Tochter zu sein.«
»Das ist uns beiden klar, und dennoch lieben wir uns.«
»Ich werde ein alter Mann sein, wenn du erst …«
»Hör auf damit«, protestierte Cat. »Das wissen wir ebenfalls. Nur die Zeit, die wir zusammen verbringen können, ist von Bedeutung. Letztens hast du erzählt, daß einige Frauengruppen bereit wären, meine Kandidatur für den Kongreß zu unterstützen. Das war immer mein Traum. Mein Ziel. Aber all diese Dinge sind mir auf einmal unwichtig geworden. Ich will hier bei dir bleiben.«
»Bist du …«

»Falls ich meine Meinung ändere, habe ich noch viele Jahre Zeit, um zu kandidieren.«
»Wird es Matt schaden, als Sohn seines Großvaters aufzuwachsen?«
Cat stand auf und betrachtete durch das Fenster die Rinderherden, die auf den grünen Weiden grasten. Dahinter erhoben sich die Berge. Da näherte sich aus der Ferne plötzlich ein Auto.
»Wir bekommen Besuch«, sagte sie. Red trat ans Fenster. Gemeinsam beobachteten sie den Wagen.
»Mein Gott!« rief Red aus. »Das ist doch Torie.«
Das Sonnenlicht spiegelte sich auf dem Wagendach. Es war tatsächlich Tories Auto.
»Mitten in der Woche?« wunderte sich Red. Torie war seit ihrer Abreise Ende August nicht mehr zu Hause gewesen.
Normalerweise legte Torie ein ziemliches Tempo vor. Diesmal jedoch ließ sie sich Zeit und parkte in einigem Abstand zum Haus unter dem großen Baum, nicht wie gewöhnlich vor der Veranda.
Red eilte zur Vordertür, öffnete sie und blieb zögernd stehen, während Torie ausstieg und sich schützend die Hand vor Augen hielt. Dann ging Red mit langen Schritten seiner Tochter entgegen.
Cat war ihm bis zur Tür gefolgt. Wie seltsam, daß Torie an einem Aprilnachmittag mitten in der Woche ihre Eltern besuchte. Sie sah zu, wie Vater und Tochter einander begrüßten. Er küßte sie und drückte sie an sich. Dann schlenderten sie Arm in Arm auf das Haus zu.

Cat küßte ihre Schwägerin zur Begrüßung auf die Wange. »Wo ist Mama?« fragte Torie.
Red schüttelte den Kopf. »In ihrem Zimmer. Wo sonst?«
»Schön, denn ich habe euch etwas zu sagen. Und ich möchte, daß du es zuerst erfährst.«
Cat ahnte, daß etwas im argen lag. »Komm rein. Willst du etwas trinken?«
Torie schüttelte den Kopf. »Moment, ich möchte euch mit jemandem bekannt machen.«
Sie kehrte zurück zum Auto.
»Ich habe niemanden gesehen«, meinte Red und blickte seiner Tochter nach. Sie beobachteten, wie Torie die rückwärtige Wagentür öffnete, ein Bündel herausholte und es auf den Armen zum Haus trug.
»Mein Gott!« rief Cat aus. »Das ist ja ein Baby.«
»Daddy, bitte, sei nicht böse«, flehte Torie. »Wir wußten einfach nicht, wie wir es sonst anstellen sollten.«
Sie blickte ihrem Vater, der wie erstarrt dastand, in die Augen. »Das ist dein Enkel«, sagte sie.
Red sah nicht das Baby, sondern seine Tochter an. »Joseph weiß natürlich davon«, meinte er schließlich.
»Selbstverständlich, Daddy. Wir haben entschieden, daß es eben Pech ist, wenn Joseph nicht Schamane werden und seine Fähigkeiten einsetzen kann. Denn wir halten es ohne einander nicht aus. Wir haben dieses Kind mit Absicht gezeugt, und dann bin ich weggegangen, damit niemand uns aufhalten kann. Joseph hat mich an den Wochenenden besucht. Bei der Geburt des Babys vor zwei Wochen war er dabei. Und jetzt kön-

nen wir seinem Vater sagen, daß es zu spät ist. Wir können endlich heiraten, denn Josephs Kind ist kein reinrassiger Indianer«, sprudelte sie hervor, als hätte sie Angst, ihr Vater würde sie unterbrechen.
Red nahm das Baby auf den Arm. »Liebling, warum hast du mir nichts davon erzählt?«
»Fast hätte ich es getan. Aber nur dir allein.«
»Ich hätte dir geholfen.«
Tränen stiegen Torie in die Augen. »Ach, Daddy, ich wußte, daß du so reagieren würdest. Auf dich kann man sich eben immer verlassen.« Red lächelte das Baby an.
»Joseph und ich wollen es Mister Claypool gemeinsam eröffnen«, fuhr Torie fort. »Wir hoffen, daß er sich erweichen läßt, wenn er sein eigen Fleisch und Blut sieht.«
»Warst du schon bei Joseph?«
Sie schüttelte den Kopf »Wir haben gestern miteinander telefoniert. Ich habe ihm gesagt, daß ich heute ankomme.«
»Schau nur, mein zweites Enkelkind«, meinte Red zu Cat.
»Und mein erster Neffe«, fügte Cat hinzu.
»Wir werden heiraten, nachdem wir es Mister Claypool erzählt haben«, erklärte Torie. »Vielleicht vergibt er uns, wenn wir ihm seinen Enkel zeigen.«
»Komm rein. Sonst erkältet sich der Kleine noch.«
»Ich habe nicht vor, hier zu übernachten«, fuhr Torie fort. »Ich habe mir ein Zimmer im Motel genommen und bin dort mit Joseph verabredet. Als ich heute bei ihm im Büro war, war er gerade unterwegs.«
Das Kind im Arm, ging Red voran ins Haus.

Cat hatte sich von ihrer Überraschung noch nicht erholt und wunderte sich, wie ruhig Red die Neuigkeit aufnahm.

»Also hast du nicht in Kalifornien an einer Schule unterrichtet«, stellte Red fest.

»Ich habe dich ein ganzes Jahr lang angelogen, Daddy, obwohl es mir sehr schwergefallen ist. Aber wir wußten nicht mehr ein noch aus. Joseph und ich fanden, daß wir nach all den Jahren ein Recht darauf haben, endlich zusammenzuleben.«

Als sie in das mollig warme Wohnzimmer kamen, blickte Matt nicht einmal von seinen Spielsachen auf. Red legte das Baby aufs Sofa.

»Mama wird einen Anfall kriegen«, sorgte sich Torie.

»Da kannst du Gift drauf nehmen. Hör einfach nicht hin.«

»Sie wird mir das nie verzeihen.«

»Zerbrech dir nicht den Kopf darüber«, entgegnete Red ernst. »Es ist nicht deine Schuld. Sie lehnt dich seit deiner Geburt ab. Laß nicht zu, daß sie über dein Leben bestimmt.«

»Du hast leicht reden«, murmelte Torie. »Seit ich denken kann, versuche ich, es ihr recht zu machen.«

»Ich weiß. Aber deine Mutter ist nun einmal nicht zufriedenzustellen. Sie hat an allem etwas auszusetzen.«

Torie seufzte auf. »Erinnerst du dich? Als ich Cheerleader war, ist sie zu keinem einzigen Spiel gekommen.«

»Und seit Scotts Tod hat sie sich noch mehr zurückgezogen.«

»Sogar in Kalifornien haben die Zeitungen über dich berichtet«, meinte Torie dann zu Cat. »Du bist die Heldin des Tages.«

Cat grinste. »Ein schönes Gefühl.« Sie legte den Arm um ihre Schwägerin. »Torie, du hättest es schon vor Jahren tun sollen. Ich freue mich für dich. Warum hast du dir nur nicht von uns helfen lassen?«

»Am schlimmsten war für mich das ständige Lügen.«

»Mich hättest du doch nicht anzulügen brauchen«, erklärte Red.

»Natürlich nicht, Daddy. Doch Joseph und ich hatten beschlossen, es niemandem zu erzählen.«

»Bleib bei uns«, drängte Red. »Es spielt keine Rolle, was deine Mutter davon hält.«

»Nein, Daddy. Ich möchte die heutige Nacht und den Rest meines Lebens mit Joseph verbringen. Wir müssen endlich eine Familie werden.«

»Werdet ihr in Cougar wohnen?«

»Wahrscheinlich nicht, Daddy. Joseph hat bei der Forstverwaltung seine Versetzung beantragt und wartet darauf, daß in Steens oder in Grants Pass eine Stelle frei wird.«

Red legte den Arm um sie. »Wenn ich dir irgendwie helfen kann …«

»Danke, Daddy. Ich kann dir gar nicht sagen, wie sehr ich dich liebe.«

In diesem Moment war vom Flur her Sarahs Stimme zu hören.

»Wo seid ihr denn? Ich glaube, es ist Zeit für einen Drink.«

In einem königsblauen Morgenmantel mit fließenden Ärmeln stand sie, ein leeres Glas in der ausgestreckten Hand, auf der Schwelle. »Möchte sonst niemand etwas trinken?« Bei Tories Anblick neigte sie erstaunt den Kopf zur Seite.

»Hallo, Mama.«

»Das nenne ich eine Überraschung. Wann bist du zurückgekommen?«

»Gerade eben.«

Das Baby wachte auf und gab glucksende Geräusche von sich.

Sarah sah in Richtung Sofa und schlug die Hand vor den Mund. Entsetzen malte sich auf ihrem Gesicht. Wie angewurzelt stand sie da und starrte Torie entgeistert an.

»Es ist meins.« Tories Stimme klang trotzig. »Meins und Josephs, Mama.«

Sarah versuchte noch, sich auf die Sofalehne zu stützen, und sank dann zu Boden. »O gütiger Gott im Himmel«, flüsterte sie. »Es ist eine Sünde.«

Sie stieß langgezogene Klagelaute aus, die Cat kalte Schauder über den Rücken jagten, und trommelte in ohnmächtiger Wut mit den Fäusten auf den Teppich.

Red drückte Torie an sich, das Baby begann zu schreien, Matt hielt sich ängstlich die Ohren zu, und Thelma kam aus der Küche hereingestürzt.

Red zog Sarah hoch und schüttelte sie heftig, bis das Kreischen verstummte. Sarah starrte blicklos ins Leere.

»Schluß damit!« Red versetzte seiner Frau eine kräfti-

ge Ohrfeige, die sie wieder in die Wirklichkeit zurückholte.
»Sarah, hör auf. Es ist unser Enkelkind.«
Sarah riß sich von ihm los und betrachtete das schreiende Baby. »Es sieht aus wie dieser Indianer«, stellte sie fest.
Dann wandte sie sich an Torie. »Glaube bloß nicht, daß du heute nacht unter diesem Dach schläfst. Du hast gesündigt, und ich werde das nicht dulden. Gott wird dich dafür bestrafen.«
Torie warf ihrem Vater einen Blick zu. Dieser nahm das Baby in die Arme. »Komm, wir gehen zum Auto. Wahrscheinlich ist es das beste, daß du dir ein Motelzimmer genommen hast. Ruft mich an, nachdem ihr mit Samuel gesprochen habt. Dann fahre ich sofort in die Stadt, Liebling.«
»Setz nie wieder einen Fuß in dieses Haus«, sagte Sarah mit tonloser Stimme.
Red brachte Torie und ihren Sohn zur Tür. »Ich kenne nicht einmal seinen Namen«, meinte er.
Cat verstand die Antwort nicht. Da sie keine Lust hatte, zu Sarah ins Wohnzimmer zurückzukehren, blieb sie in der Tür stehen und blickte Vater und Tochter nach. Matt war die Treppe hinauf geflüchtet.
»Komm runter, Schatz. Oma hat aufgehört zu schreien.«
Matt lief auf seine Mutter zu und ergriff ihre Hand. Gemeinsam warteten sie auf Red und sahen wortlos zu, wie das Auto in der Ferne verschwand.
»Hoffentlich macht Mister Claypool ihnen nicht auch so eine Szene«, meinte Cat schließlich zu Red.

»Ich denke nicht. Zum Glück glaubt er, anders als Sarah, nicht an einen Gott der Rache. Komm, am besten packen wir den Stier gleich bei den Hörnern.« Er ging voraus ins Wohnzimmer.

Cat schickte ihren Sohn zu Thelma in die Küche.

Red ließ sich Sarah gegenüber in einem Sessel nieder. »Sarah, ich möchte, daß du mir jetzt gut zuhörst.«

Sie starrte ihn an. »Das ist die Strafe Gottes.«

Red hatte Mühe, sich seine Gereiztheit nicht anmerken zu lassen. »Ich begreife einfach nicht, warum Eltern sich Vorwürfe machen, wenn ihre Kinder Kinder bekommen. Torie und Joseph sind schon seit vielen Jahren ein Liebespaar. Wir hätten schon vor langer Zeit darüber reden sollen.«

Sarah stand auf und wollte zur Hausbar gehen. Red hielt sie am Handgelenk fest.

»Du kriegst keinen Tropfen, bevor du mich angehört hast.«

»Du hast ja keine Ahnung«, sagte sie, ohne den Blick von den Flaschen zu lösen.

»Sarah, ich verbiete dir, Torie noch einmal so zu behandeln und ihr Schuldgefühle einzuimpfen.«

»Sie wird dieses Haus nie wieder betreten.«

»Du hast schon vor Jahren das Recht verwirkt, irgendwelche Entscheidungen zu treffen, was dieses Haus betrifft. Es ist Tories Elternhaus, und das wird es immer bleiben. Sie ist hier jederzeit willkommen – mit Joseph und mit unserem Enkel.«

Sarah schwieg.

Noch nie hatte Red Sarah gegenüber einen so harten

Ton angeschlagen. Cat, die wortlos in der Tür stand, wußte, daß sie das alles nichts anging.
Auf einmal wirbelte Sarah zu ihr herum und starrte sie mit wildem Blick an. »Verschwinde! Flieh, bevor du auch noch verseucht wirst!«
Dann griff Sarah nach der Whiskeyflasche und rannte damit aus dem Zimmer. Ihre Schritte klapperten auf der Treppe.
Zum Essen kam sie nicht herunter.
»Am liebsten würde ich zu den Claypools fahren und Samuel den Kopf zurechtrücken«, sagte Red. »Doch Torie und Joseph haben mich nicht darum gebeten. Also darf ich mich nicht einmischen. Wenn ich das alles gewußt hätte, hätte ich ihnen schon vor Monaten helfen können.«
»Ich denke, Torie ist das klar.«
»Das genügt mir nicht.«
»Wir wollen zu Miss Jenny fahren und es ihr sagen.«
»Ach, ich hatte Ma völlig vergessen.«
»Verrat ihr das lieber nicht. Ich hole nur noch schnell Matt.« Cat hatte nicht vor, ihren Sohn mit seiner betrunkenen Großmutter alleinzulassen.
Auf der Fahrt den Berg hinauf meinte Red: »Es wird ein schöner Schock für sie sein – Tories Baby, du und ich.«
»Willst du ihr heute auch von uns erzählen?«
»Wir werden sehen.« Er griff nach ihrer Hand. »Ich glaube, das entscheiden wir spontan.«

FÜNFZIG

Das ist aber eine Überraschung.« Das Strickzeug in der Hand, öffnete Miss Jenny die Tür.

»Wir haben Neuigkeiten für dich, die wir dir lieber persönlich mitteilen wollten.«

Erschrocken schlug Miss Jenny die Hand vor die Brust.

»Keine Angst, niemand ist gestorben«, sagte Red.

»Gott sei Dank.«

»Darf ich Matt in dein Bett legen?« fragte Cat. Der kleine Junge stand, in eine Decke gehüllt, da und konnte sich vor Müdigkeit kaum noch auf den Beinen halten.

Miss Jenny nickte.

Red ließ sich in einem Sessel vor dem Kamin nieder.

Miss Jenny kauerte erwartungsvoll auf der Sofakante. Das Strickzeug hielt sie immer noch in der Hand.

»Warte, bis Cat zurück ist.«

Als Cat hereinkam, nahm sie neben Miss Jenny auf dem Sofa Platz.

»Erstens: Torie ist heute nachmittag nach Hause gekommen«, sagte Red.

»Nach Hause?«

Red nickte. »Mit einem zwei Wochen alten Baby.«

Mit weit aufgerissenen Augen hörte Miss Jenny zu.

»Ach du meine Güte«, rief sie aus, nachdem Red von

Sarahs Reaktion berichtet hatte. »Eltern können so grausam sein. Wenn wir uns nicht so verhalten, wie sie es wollen, verstoßen sie uns.«

»Ich glaube, Sarah hat Torie von Anfang an abgelehnt. Sie wollte kein weiteres Kind.«

Miss Jenny nickte. »Und was tun wir jetzt, um Torie zu helfen?«

»Ich warte auf ihren Anruf. Sie wollte sich nach dem Gespräch mit Samuel bei mir melden.«

»Samuel ist nicht so stur wie Sarah«, sagte Miss Jenny. »Obwohl man ihn auch nicht gerade tolerant nennen kann.« Sie wandte sich an Cat. »Als Joseph und Torie Kinder waren, hatte er nichts gegen ihre Freundschaft einzuwenden. Doch als sie in die Pubertät kamen, hat er versucht, ihnen den Umgang zu verbieten – auch wenn er Joseph erlaubt hat, mit Torie zum Schulabschlußball zu gehen. Ich glaube, er hielt es für eine vorübergehende Schwärmerei. Die beiden würden verschiedene Colleges besuchen und einander aus den Augen verlieren. Ich weiß noch, wie Sarah einen Tobsuchtsanfall bekam, als Torie verkündete, daß Joseph beim Ball ihr Tanzpartner sein würde.«

»Ich erinnere mich gut daran«, ergänzte Red. »Torie ging nach oben, um sich anzuziehen, und plötzlich hörten wir alle einen schrecklichen Schrei: Sarah hatte Tories Abendkleid zerschnitten und die Fetzen über das ganze Bett verteilt.«

»Ach du meine Güte.« Es überstieg Cats Vorstellungskraft, daß eine Mutter ihrer Tochter so etwas antun könnte.

»Sie dachte, Torie wäre nun gezwungen, zu Hause zu bleiben, aber da hatte sie die Rechnung ohne mich gemacht«, fuhr Miss Jenny fort. »Torie und ich tragen die gleiche Größe, und ich hatte noch ein schwarzes Chiffonkleid im Schrank. Die Zeit reichte gerade noch, um es ein Stück zu kürzen und die Ärmel abzutrennen. Joseph hatte ihr einen Strauß roter Rosen geschickt, und wir haben den Halsausschnitt mit den Blüten besetzt. Torie erzählte, sie habe damit auf dem Ball großes Aufsehen erregt.« Miss Jenny lächelte Red zu. »Und Joseph fand, daß sie damit hinreißend aussah. Sarah hat zwei Wochen lang kein Wort mit mir gewechselt. Und Torie weigerte sich, mit ihrer Mutter zu sprechen. Damals ging es ziemlich rund bei uns.«

»Ma.«

Miss Jenny sah ihren Sohn an.

»Wir haben dir noch etwas zu sagen.«

Zögernd warf Red einen Blick auf Cat, erhob sich dann und legte ihr die Hand auf die Schulter. »Ma, Cat und ich haben uns ineinander verliebt.«

Tränen traten Miss Jenny in die Augen, und sie wühlte in ihrer Hosentasche nach einem Taschentuch. »Dir blieb auch gar nichts anderes übrig«, schniefte sie lächelnd.

»Was soll das heißen?«

»Daß ich es mir so fest gewünscht habe. Seit Cat mir erzählt hat, daß sie Jason nicht liebt, war mir klar, daß ihr beide für einander bestimmt seid. Ich habe gebetet, obwohl ich sonst nicht sehr gläubig bin, und sogar mit dem Gedanken gespielt, mir eine Sarah-Puppe zu kaufen und ein bißchen mit Voodoo zu experimentieren.

Ach.« Die Tränen liefen ihr über die Wangen. »Ich kann euch gar nicht sagen, wie sehr ich mich freue. Endlich hat mein Sohn sein Glück gefunden. Nach all den Jahren hat er eine Frau, die ihn liebt.«

Cat legte den Arm um Miss Jenny.

»Als ich dich das erstemal sah, war mir klar, du würdest einmal eine McCullough werden. Sogar bevor Scott wußte, daß er dich liebte.« Miss Jenny nickte. »Wir beide sind zwar nicht mit diesem Namen geboren, doch es ist unser Schicksal, zu dieser Familie zu gehören. Gott sei Dank werden wir dich nicht verlieren.« Sie lächelte. »Und ich hatte Angst, daß ihr beide vor lauter Rücksicht auf die gesellschaftlichen Konventionen nicht zueinander findet.«

»Ich habe mir überlegt, was aus Sarah werden soll«, sagte Red, nachdem er wieder Platz genommen hatte.

»Laß dich einfach von ihr scheiden.«

»Ma, das geht nicht. Sie ist nicht in der Lage, allein zu leben. Vielleicht sollten wir ihr ein hübsches Haus kaufen ...«

»Sie interessiert sich doch sowieso nur für Whiskey und ihren Fernseher«, entgegnete Miss Jenny ärgerlich.

»Ma, ich werde mich bei einem Psychologen erkundigen, was wir tun können, damit sie so wenig wie möglich unter der Umstellung leidet. Es darf ihr an nichts fehlen. Vielleicht können wir sogar ihr neues Schlafzimmer so einrichten wie ihr altes, so daß sie den Umzug kaum bemerkt. Ich weiß nur, daß ich den Rest meines Lebens mit Cat verbringen will.«

»Wahrscheinlich war mir klar, daß du Red liebst, bevor

du selbst es wußtest«, meinte Miss Jenny zu Cat. Sie wies mit dem Kopf auf ihren Sohn. »Ich merkte es an der Art, wie du ihn angesehen hast, und an deiner Stimme.«
»Ich habe dagegen angekämpft«, antwortete Cat. »Das kannst du mir glauben. Aber ich habe noch nie einen Menschen so geliebt wie ihn.«
»Vielleicht seid ihr ebenso füreinander bestimmt wie Torie und Joseph.«
Cat lachte auf. »Und *unser* Schicksal ist wahrscheinlich, miteinander verwandt zu sein.«
»Vom ersten Moment an habe ich gespürt, daß wir beide zusammengehören.« Miss Jenny wandte sich an ihren Sohn. »Red, ich habe mir immer gewünscht, daß du glücklich wirst. Und es ist mir sehr an die Nieren gegangen, wie du in den letzten zwanzig Jahren gelitten hast. Du hast all deine Liebe, die Sarah zurückgewiesen hat, deinen Kindern und der Ranch geschenkt, doch nun hast du endlich dein Glück gefunden. Cat, ich freue mich so für euch beide. Und ich werde alles tun, um euch zu helfen. Euch stehen noch einige Schwierigkeiten bevor.«
Mutter und Sohn wechselten einen Blick.

Als Red und Cat sich zum Gehen anschickten, sagte Miss Jenny: »Ihr braucht Matt nicht zu wecken. Laßt ihn bei mir. Ich bringe ihn morgen vormittag zu euch. Wenn ihr wollt, kann er auch den ganzen Tag hierbleiben. Ihr werdet mit Tories und Sarahs Problemen alle Hände voll zu tun haben.«
Auf der Heimfahrt legte Red den Arm um Cat und zog sie an sich.

»Weißt du was? Ich möchte heute nacht bei dir sein und beim Einschlafen deinen warmen Körper neben mir spüren. Und wenn ich morgen aufwache, will ich dich als erstes küssen.«
»Meine Schlafzimmertür ist abschließbar.«
»Torie hat endlich ihr Glück gefunden. Und auch ich habe ein Geschenk bekommen, von dem ich nie zu träumen gewagt habe. Vielleicht haben die McCulloughs zur Zeit eine Glückssträhne.«
Red parkte den Jeep vor dem Haus. Dann gingen Cat und er Hand in Hand die Stufen hinauf.
Als sie ins Haus kamen, läutete das Telefon.
Es war Jason. »Red, du mußt sofort ins Shumway-Motel kommen.«
»Was ist los?«
»Komm einfach. Aber beeil dich.« Jason legte auf.
»Ich muß sofort ins Motel«, sagte Red zu Cat.
Cat erschrak. »Ins Motel? Ist etwas mit Torie?«
Red ergriff Cats Hand und zog sie hinter sich her, so daß sie rennen mußte, um mit ihm Schritt zu halten.
Zwanzig Minuten später trafen sie im Motel ein. Der Wagen des Sheriffs parkte vor Zimmer drei. Jason erwartete sie in der offenen Tür.
Ohne auf Cat zu warten, sprang Red aus dem Jeep. Cat verstand nicht, was Jason zu ihm sagte. Dann verschwanden die beiden Männer im Zimmer.
Cat eilte ihnen nach und blieb auf der Schwelle stehen. Torie schluchzte in Josephs Armen. Auf dem Bett lag das Baby. Es war tot, das erkannte Cat auf den ersten Blick.

EINUNDFÜNFZIG

»O Daddy!« Torie warf sich ihrem Vater in die Arme.

»Ich muß Chazz anrufen«, sagte Jason. »Aber ich wollte zuerst die Familie verständigen.«

Red strich Torie übers Haar und blickte Joseph fragend an.

»Wir waren bei meinen Eltern«, erklärte dieser.

Torie schluchzte so laut, daß Red ihn kaum verstehen konnte.

»Mein Vater hat es leichter genommen, als ich gedacht hatte. Er schüttelte nur den Kopf, seufzte und meinte schließlich: ›Ich wünsche euch viel Glück, mein Sohn und meine Tochter.‹ Damit war die Sache für ihn erledigt.«

Cat fragte sich, wie Mrs. Claypool reagiert hatte. Wahrscheinlich so, wie es den Wünschen ihres Mannes entsprach. Miriam war eine sehr stille Frau, und Cat konnte sich nicht erinnern, daß sie je ein Wort von sich gegeben hätte.

»Als wir wieder in der Stadt waren, hat Torie das Baby gestillt«, fuhr Joseph fort. »Dann sind wir kurz in Rocky's Café gegangen, um uns ein paar Hamburger zu holen. Wir haben Kissen rund um das Baby aufgebaut, damit es nicht aus dem Bett fällt, und dachten, es würde höchstens eine Viertelstunde dauern. Aber wir haben auf der Straße so viele Leute getroffen, die Torie unbedingt begrüßen wollten, so daß wir zehn Minuten bis zu Rocky gebraucht haben. Erst eine halbe Stunde später waren wir wieder im Motel. Die Tür stand offen, und dabei bin ich sicher, daß wir sie zugemacht hatten. Als wir reinkamen, lag eines der Kissen, die wir rings um das Baby aufgeschichtet hatten, auf seinem Gesicht. Torie riß das Kissen sofort weg und stieß einen Schrei aus. Unser Kind war tot. Einfach so. Von allein kann das Kissen nicht auf sein Gesicht gerutscht sein.«

Josephs Stimme klang leise und erschöpft.

Jason griff zum Telefon und bestellte Chazz ins Motel. Chazz fungierte auch als Leichenbeschauer und mußte einen Totenschein ausstellen.

»Weiß dein Vater es schon?« fragte Red Joseph.

»Ich habe ihm gesagt, daß das Baby tot ist.«

Samuel kann es nicht gewesen sein, dachte Cat. *So etwas ist ihm nicht zuzutrauen.*

Torie hatte inzwischen zu weinen aufgehört. Sie umklammerte Josephs Hand. Er hatte den Arm um sie gelegt. Die beiden wirkten völlig erschüttert.

»Es war Mord«, stellte Jason fest.

»Wer war es?« stieß Torie heiser hervor. »Wer würde denn ein Baby umbringen?«

Cat fragte sich, ob Red Samuel verdächtigte. Schließlich war er auch ihr zuerst als möglicher Täter eingefallen. *Bitte, laß es nicht Samuel gewesen sein!*

Chazz und Samuel trafen fast gleichzeitig ein.
»Um Gottes willen!« rief Chazz aus und starrte das tote Baby an. »Wie ist das passiert?«
»Das Kind wurde erstickt«, erklärte Jason. »Mit einem Kissen.« Er schilderte, was vorgefallen war.
Während Chazz sich über das Baby beugte, schloß Samuel die Augen und hielt sich am Türrahmen fest. Dann sah er Torie und Joseph an.
»Es ist ganz allein meine Schuld«, stöhnte er dann.
Alle Blickte wandten sich ihm zu.
Samuel holte tief Luft. »Wann ist es geschehen?«
»Etwa zwei Stunden, nachdem wir bei dir waren«, antwortete Joseph mit versteinerter Miene.
»Kann ich es mitnehmen?« fragte Chazz Torie.
Wieder brach Torie in Tränen aus. Red schloß seine Tochter in die Arme.
Joseph nickte Chazz zu.
»Sie behalten es besser noch für sich, Chazz«, sagte Jason. »Bis morgen früh soll es niemand erfahren.«
»Einverstanden.« Chazz hob das kleine Bündel vom Bett auf. Auch er hatte Tränen in den Augen.
Samuel holte tief Luft und sah Red an. »Wir sollten alle nach Big Piney fahren.«
Alle gehorchten. Samuel Claypool hatte es nicht nötig, Erklärungen abzugeben.
Red und Cat bildeten die Spitze der Kolonne. Dahinter folgten Joseph und Torie in ihrem Pick-up, Jason im Polizeiwagen und Samuel in seinem verbeulten Kleinlaster.
Es war fast halb zwölf, als sie auf Big Piney ankamen.

Wie Trauergäste auf einer Beerdigung standen sie um ihre Autos herum.
»Was nun?« wollte Red wissen.
»Hast du etwas dagegen, wenn wir uns ins Wohnzimmer setzen?« fragte Samuel.
Es herrschte eine seltsame Stimmung.
Samuel benahm sich, als wäre er der Gastgeber. Die Anwesenden verteilten sich im Raum vor dem erloschenen Kamin.
»Sarah sollte auch dabeisein«, meinte Samuel schließlich zu Red.
»Sarah? Was soll das bringen? Sie versteht sowieso kein Wort.«
»Bitte.« Samuel ließ sich in Reds Lieblingssessel nieder. Schweigend warteten sie auf Reds Rückkehr. Es dauerte fast zehn Minuten, bis er, eine sichtlich verwirrte Sarah im Schlepptau, hereinkam. Sie hatte sich ihren blauen Morgenmantel aus Samt übergeworfen. Ihr Haar war zerzaust. Cat vermutete, daß sie ununterbrochen getrunken hatte, seit sie von Tories Baby wußte. Wahrscheinlich hatte sie keine Ahnung, was inzwischen geschehen war. Bei Samuels Anblick schlug sie erschrocken die Hand vor den Mund.
»Setz dich, Sarah«, sagte Samuel.
Nacheinander blickte Samuel Red, Torie, Joseph und Sarah an. Jason und Cat schienen ihn nicht weiter zu interessieren.
»Weißt du, was heute nacht passiert ist, Sarah?« fragte er dann, beugte sich vor und stützte die Ellbogen auf die Knie. Er klang, als spräche er mit einem Kind.

Wortlos starrte sie ihn an.
Im Raum herrschte Totenstille.
Dann drehte Samuel sich zu Red um, der hinter dem Sofa stand. Seine Stimme hörte sich an, als käme sie von ganz weit weg.
»Wir beide kennen uns seit unserer Kindheit und sind Freunde, solange wir denken können«, meinte er zu Red. »Du hast mir beigebracht, Baseball zu spielen.«
Red nickte. »Und ich habe von dir Reiten und Angeln gelernt.« Er wußte nicht, worauf Samuel hinauswollte.
»Es fällt mir schwer, es dir zu sagen«, fuhr Samuel fort, ohne Red aus den Augen zu lassen.
Die anderen schwiegen immer noch.
»Als du mit dem College fertig warst und das hübscheste Mädchen heiratetest, das ich je gesehen hatte, war ich bereits Vater einer Tochter.« Josephs ältere Schwester war seit fünf Jahren verheiratet und lebte in Lander, Wyoming.
»Sarah unterschied sich von allen Frauen, die ich kannte«, fuhr Samuel fort. Sarah schien seinen Worten gebannt zu lauschen und wirkte ausnahmsweise nicht geistesabwesend. »Wir drei haben eine Menge zusammen unternommen. Trotz ihrer Zartheit hatte Sarah eine Menge Energie. Sie war wie eine Prinzessin in dieser Wildnis.«
»Du hast ihr zur Hochzeit eines deiner Pferde geschenkt.«
Samuel nickte. »Ich beobachtete sie, wie sie darauf durch die Wiesen und Berge ritt. Sie ahnte nicht, daß ich ihr folgte. Ich redete mir ein, daß ich sie nur be-

schützen wollte. Schließlich kam sie aus der Stadt und kannte sich hier nicht aus. Und du« – er sah Red an – »warst mein bester Freund. Dann kam Scott auf die Welt, und ich schwöre dir, ich liebte ihn wie Joseph, meinen eigenen Sohn, der drei Monate später geboren wurde. Du, Sarah, Miriam und ich veranstalteten Picknicks mit den Kindern und hatten viel Spaß.«

Red hing seinen Erinnerungen nach.

Niemand begriff, worauf Samuel mit seiner Geschichte hinauswollte.

»Damals bist du für ein Vierteljahr nach Australien gereist, und du hast mich gebeten, ich solle mich um Sarah kümmern. Wenn ich am Nachmittag durch das Tal ritt, konnte ich nur an deine Frau denken. An ihre weiße Haut und ihr schwarzes Haar. Oft fragte ich mich, was sie heute wohl anhatte: vielleicht eines ihrer fließenden, pastellfarbenen Kleider? Und ständig sah ich sie vor mir. So etwas hatte ich noch nie erlebt. Deine Frau wurde für mich zur fixen Idee. Während du am anderen Ende der Welt warst, zeigte ich ihr, wie man Forellen ohne Angelrute fängt. Stundenlang lagen wir im Gras neben dem plätschernden Bach und betrachteten schweigend das Wasser. Nach einer Weile brauchte sie nur noch die Hand auszustrecken, und die Forelle zappelte darin, wie ich es ihr beigebracht hatte.«

Red hatte gar nicht gewußt, daß Sarah über diese Fähigkeit verfügte.

Samuel blickte in die Ferne. »Ich habe ihr auch das

Schießen beigebracht. Wir stellten Flaschen hinter der Jagdhütte auf und zielten darauf. Und ich zeigte ihr, wie man über welkes Laub schleicht, ohne dabei ein Geräusch zu machen. Mit eigener Hand habe ich ihr ein Paar Mokassins genäht. Und als ich sie ihr anzog, habe ich sie zum erstenmal berührt.«

Sarahs Blick war unverwandt auf ihn gerichtet. »Ich kniete vor ihr, hielt ihren Fuß in der Hand, und ich erkannte in ihren Augen dieselbe Sehnsucht, die auch mich zerfraß. Wir haben nicht darüber gesprochen. Doch ich empfand etwas für sie, das ich noch nie für einen anderen Menschen gefühlt hatte.«

Er sah Sarah an. »Und seitdem habe ich es nie wieder gespürt.«

Noch nie hatte Cat ihre Schwiegermutter so aufmerksam erlebt. Fürchtete sie sich oder schwelgte sie in Erinnerungen?

»Es brachte mich fast um, Red. Schließlich war sie die Frau meines besten Freundes, und ich mußte trotzdem ständig an sie denken. Drei Tage lang ging ich ihr aus dem Weg. Ich ritt in die Wildnis und versuchte, mit mir selbst ins reine zu kommen. Als ich am vierten Nachmittag zurückkam, erwartete sie mich. ›Ich wußte, daß du heute wieder dasein würdest‹, sagte sie. Und dann haben wir uns geliebt.«

Red verzog keine Miene.

»Nicht in ihrem Bett, sondern draußen auf einem Hügel unter einer Tanne. Unter uns lag das Tal mit dem sanft dahinplätschernden Bach, über uns erhoben sich die Berge.«

Sarah stöhnte leise auf.
»In den nächsten fünf Wochen trafen wir uns jeden Tag und liebten uns leidenschaftlich. Wir waren machtlos dagegen. Ich habe sie so sehr geliebt.«
»Das hast du mir nie gesagt!« Sarahs Flüstern war kaum zu verstehen.
Sie blickten einander an.
»Wir haben nie über dich gesprochen«, meinte Samuel zu Red. »Erst am Tag vor deiner Ankunft erklärte ich Sarah, daß wir uns nicht mehr wiedersehen dürften. Bis dahin hatte ich kein schlechtes Gewissen gehabt. Doch an diesem Tag kehrte ich wieder in die Wirklichkeit zurück. Seitdem habe ich Schuldgefühle, allerdings haben sie mich nicht so gequält wie Sarah. Schau dir an, was aus ihr geworden ist.«
Alle Blicke wandten sich ihr zu.
»Sie hat mir verheimlicht, daß sie schwanger ist, obwohl sie bei deiner Rückkunft schon in der sechsten Woche gewesen sein muß. Eines Tages hast du mir dann erzählt, daß sie wieder ein Kind erwartet. Und ich wußte, daß es von mir ist.«
Torie schnappte entsetzt nach Luft.
»Sieben Monate und drei Wochen nach deiner Rückkehr aus Australien brachte Sarah Victoria zur Welt. Du dachtest, es wäre eine Frühgeburt, obwohl sie dreieinhalb Kilo wog. Für dich war sie mit ihrem schwarzen Haar und den dunklen Augen das Ebenbild von Sarah, aber ich fand, daß sie mir wie aus dem Gesicht geschnitten war.«
»Und einen Monat später hat deine Frau ebenfalls eine

Tochter geboren. Du hast in dieser Zeit auch mit ihr geschlafen«, sagte Sarah vorwurfsvoll.
Die Anwesenden saßen da wie erstarrt.
Red und Torie wechselten entgeisterte Blicke.
»Ich habe das Vertrauen eines Jugendfreundes mißbraucht, aber ich liebte diese Frau wie noch keine vor ihr.«
»Das hast du mir immer verschwiegen«, sagte Sarah. »Du hast mich dazu verurteilt, in diesem Haus zu leben und ein Kind großzuziehen, dessen Geburt gegen die Gesetze Gottes verstieß.«
Ein herzzerreißender Schrei gellte durch den Raum. Tories Augen waren schreckgeweitet. »O mein Gott«, schluchzte sie und starrte Joseph an.
»Ja«, fuhr Samuel fort. »Ihr seid Bruder und Schwester. Es spielt keine Rolle, ob das Blut eines Schamanen vermischt wird. Männer und Frauen, ja sogar Weiße können Schamanen werden. Ich habe das nur als Vorwand benutzt, damit ihr keinen Inzest begeht.«
»Inzest. O mein Gott!« Torie hatte die Fäuste vor die Augen gepreßt und krümmte sich wie unter Schmerzen.
Red schlug sich gegen die Stirn. »Torie ist nicht mein Kind?«
Samuel saß reglos in seinem Sessel. »Sie ist unser Kind. Ihr Blut ist meines, aber ihr Herz ist von dir.«
Joseph war erschrocken zurückgewichen.
Cat fühlte sich wie in einem Horrorfilm, der hoffentlich bald enden würde.
»Warum erzählen Sie uns das alles?« fragte Jason, der

einzige Unbeteiligte an diesem Familiendrama, ruhig. »Weil mein Enkel tot ist und Sarah ihn vermutlich umgebracht hat.«

Alle Blicke wandten sich Sarah zu.

»Du hast mir nie gestanden, daß du mich liebst. Ich dachte, dir geht es bloß um meinen Körper«, murmelte diese nur. »Als Red nach Hause kam, hast du mich verlassen. Und nun bestraft uns Gott für unsere Sünde.«

»Nachdem Torie und Joseph sich heute abend verabschiedet hatten, stand plötzlich Sarah vor meiner Tür«, fuhr Samuel fort. »Sie trug ihren Morgenmantel. Ihr Haar war zerzaust, und sie hatte einen wilden Blick. Sie behauptete, es sei meine Pflicht, das Kind zu töten. Es dürfe nicht leben, da seine Existenz eine Sünde sei. Wir trügen die Schuld daran, und nun würde unsere Verfehlung von damals auf uns zurückfallen. Sie beschwor mich, wir würden ansonsten in der Hölle schmoren. Für sie seien die letzten zwanzig Jahre bereits die Hölle gewesen. Jetzt bestrafe uns Gott für die Sünde der Fleischeslust. Und unsere Tochter habe unserem Ehebruch nun auch noch Inzest hinzugefügt. Wir werden dafür büßen müssen. Das Baby sei vom Teufel besessen. Da wir schuldig seien, müßten wir es tun.«

Die Anwesenden starrten Sarah verstört an. Sie zupfte Fussel von ihrem Morgenmantel, ohne aufzublicken.

»Als ich entgegnete, man könne Geschehenes nicht mehr rückgängig machen, und als ich sie bat, das Geheimnis zu bewahren, um den Menschen, die wir lieb-

ten, nicht weh zu tun, lief sie in die Nacht hinaus. ›Lügen! Lügen! Lügen!‹ schrie sie.«
Alle schwiegen entsetzt.
»Es tut mir leid«, sagte Samuel zu Red.
Cat schloß die Augen und fragte sich, wie Red diese schreckliche Enthüllung verkraften würde.
»Ich bin mir absolut sicher, daß Sarah unser Enkelkind getötet hat«, stellte Samuel fest.
Sarah summte tonlos vor sich hin und zupfte weiter an ihrem Morgenmantel.
Torie übergab sich auf den Wohnzimmerteppich. Red ging zu ihr hinüber und nahm sie in die Arme. Von Schluchzern erschüttert, schmiegte sie sich an ihn.
Jason legte Sarah die Hand auf die Schulter. Sie reagierte nicht. »Ist das wahr, Sarah?«
Anstelle einer Anwort summte sie weiter.
»Ich weiß nicht, was ich tun soll«, sagte Jason zu Red.

ZWEIUNDFÜNFZIG

»Daddy!« rief Torie aus und warf sich in Reds Arme. Er drückte sie fest an sich. »Nichts kann etwas daran ändern, daß ich dich liebe«, flüsterte er.

»Ich habe diese Schande all die Jahre mit mir herumgetragen«, meinte Samuel.

»Ja«, hörte Cat sich sagen, aber niemand achtete auf sie. Ebenso wie Jason war sie Außenstehende.

Auf einmal blickte Sarah Samuel an, der immer noch in Reds Lieblingssessel saß. »Du hast es mir nie gestanden«, wiederholte sie. »Du hast mir immer verheimlicht, daß du mich liebst.«

»Haben Sie das Baby getötet, Sarah?« fragte Jason noch einmal.

Sarah antwortete nicht und blickte weiter Samuel an.

Torie weinte. Verlegen kam Joseph auf sie zu. Doch sie brachten es nicht über sich, einander zu berühren.

»Mein Sohn«, wandte sich Samuel an ihn. »Ich habe dir einen schlechten Dienst erwiesen.«

»Einen schlechten Dienst?« stieß Joseph heiser hervor. »Du hast unser Leben zerstört!«

»Ich hätte es dir schon vor langer Zeit beichten sollen«, gab Samuel zu.

Torie wich vor Samuel zurück. »Es gibt nur wenige

Menschen, die ich so geachtet habe wie Sie. Wie konnten Sie uns so etwas antun? Wie konnten Sie all die Jahre schweigen? Warum haben Sie es uns nicht erzählt?« schluchzte sie.

»Ich habe mich geschämt«, erwiderte Samuel.

»Und deine eigenen Gefühle waren dir wichtiger als deine Kinder«, stellte Red tonlos fest.

»In all den Jahren haben sich die Menschen an mich gewandt, wenn sie Rat und Hilfe brauchten. Sie haben mich einen weisen Mann genannt und mich verehrt. Glaubst du, ich hätte mich nicht selbst verachtet und mich für einen Scharlatan, einen Heuchler und einen Lügner gehalten?«

»Du hast das Leben anderer Menschen zerstört«, wiederholte Red Tories Worte.

»Ich habe miterlebt, wie es mit Sarah immer mehr bergab ging, und ich weiß, daß es zum Teil meine Schuld war.«

»Zum Teil?« Cat hatte nicht mitbekommen, wer diese Frage gestellt hatte.

»Ich habe Torie angesehen und sie geliebt wie meine eigene Tochter. Und in letzter Zeit habe ich mir überlegt, was denn so schlimm daran wäre, wenn sie und Joseph heiraten, solange niemand Bescheid weiß.«

Joseph wandte sich an seinen Vater. »Ich habe dich respektiert wie sonst niemanden auf der Welt. Nur die Rücksicht auf dich hat mich daran gehindert, Torie zu heiraten. Ich war stolz darauf, dein Sohn zu sein.«

Die beiden Männer starrten einander an.

»Und nun frage ich mich, ob ich dich hasse. Doch ach-

ten kann ich dich ganz sicher nicht mehr. Ich verabscheue dich«, stieß Joseph angewidert hervor.
Torie war auf dem Sofa zusammengesunken. »Mein Baby«, schluchzte sie.
»Mein Liebling«, flüsterte Joseph. »Meine Schwester.« Sie wechselten einen schmerzerfüllten Blick, doch sie hielten weiter Abstand.
Red setzte sich neben Torie und legte den Arm um sie. Mehr konnte er nicht tun. Er streichelte ihr Haar, während sie sich an seiner Schulter ausweinte.
»Du hast es mir immer verheimlicht«, wiederholte Sarah monoton.
Cat fragte sich, wie Red das alles ertrug. So gern hätte sie ihn getröstet, aber sie wußte, daß sie in diesem Moment nur gestört hätte. Er und Torie brauchten einander. Wie fühlte er sich nun, nachdem er erfahren hatte, daß Torie nicht seine Tochter war?
Samuel griff nach seinem Hut und betrachtete die trauernden Menschen, deren Leben er soeben zerstört hatte. »Es tut mir so leid«, sagte er.
Zu spät. Viel zu spät.
Dann wandte er sich an Sarah. »Du hast das Baby getötet, richtig?«
Sarah blickte flehend zu ihm auf. »Es war eine Sünde. Auf seiner Geburt lasteten die Sünden des Ehebruchs und des Inzests. Es war Teufelswerk.«
Wie Cat vermutete, war das ein Geständnis. In ihrem religiösen Wahn hatte Sarah sich außer Ehebruch und Betrug nun auch noch einen Mord zuschulden kommen lassen.

Und sie wußte, daß Torie und Joseph nicht nur den Verlust ihres Kindes verkraften mußten, sondern auch das Ende all ihrer Hoffnungen.
Den Hut in der Hand, ging Samuel hinaus. Sie hörten, wie die Vordertür hinter ihm ins Schloß fiel.
»Mein Gott, Cat«, flüsterte Jason. »Ich weiß nicht, was ich jetzt tun soll.«
»Ich glaube, da bist du nicht der einzige.«
Er legte ihr den Arm um die Schulter. »Ich muß Sarah festnehmen.«
»Warte doch bis morgen früh. Sieh sie dir nur an.«
Sarah zupfte erneut an ihrem Morgenmantel herum.
Jason schüttelte den Kopf. »Arme Torie, armer Joseph.«
»Komm morgen vormittag wieder, Jason.«
Er sah auf die Uhr. »Es ist bereits nach zwei.«
»Sarah wird schon nicht davonlaufen. Die Familie muß jetzt allein sein, Jason. Bitte.«
Er nickte.
Cat dachte an Miss Jenny oben in der Jagdhütte. Man würde es ihr erzählen müssen.
Sie fragte sich, was nun aus ihnen allen werden sollte. Es war wie in einer griechischen Tragödie, und ihrer aller Leben würde nie mehr so sein wie zuvor.
Nachdem Jason fort war, nahm Cat Sarah am Arm und führte sie nach oben in ihr Zimmer.

Um halb vier schlief Torie ein, doch sie wälzte sich unruhig auf dem Sofa herum. Red und Joseph saßen erschöpft da und starrten sie an. Cat ahnte, daß sie die Tragweite der Enthüllung des heutigen Abends noch

gar nicht erfaßt hatten. Joseph und Torie hatten einander für immer verloren.
Und Red hatte nun sicher das Gefühl, daß er das letzte Vierteljahrhundert mit einer Lüge gelebt hatte. Es wäre kein Wunder gewesen, wenn er Sarah und Samuel jetzt haßte.
Schließlich nickte Cat in Reds Arbeitszimmer auf der Couch ein. Ihr letzter Gedanke war, daß Matt zum Glück in der Jagdhütte bei Miss Jenny übernachtete. So würde sie sich morgen früh nicht um ihn kümmern müssen.

Als sie aufwachte, stand Red vor ihr. Bleiches Morgenlicht schimmerte durch die Vorhänge.
»Cat.«
Sie schreckte hoch.
»Sarah ist verschwunden.«
Schlaftrunken setzte Cat sich auf. »Was soll das heißen, ›verschwunden‹?«
»Sie ist nicht in ihrem Zimmer, und die Hintertür steht offen.«
Benommen schüttelte sie den Kopf. »Fehlt ein Auto?«
Er zuckte die Achseln. »Keine Ahnung.«
»Wo sind Torie und Joseph?«
»Sie schlafen noch.«
Cat stand auf und legte den Arm um Red. »Ich sehe in der Scheune nach.«
Sie eilte durch die Küche nach draußen und riß beim Laufen eine Jacke vom Haken. Alle Autos standen an ihrem Platz.

Cat rannte zurück ins Haus. »Sie kann nicht weit sein. Die Autos sind noch da.« Sie sah Red an. »Haßt du sie?«
Er wich ihrem Blick aus. »Die Schuldgefühle haben ihr Leben zerstört. Damals wäre ich mir wie ein gehörnter Ehemann vorgekommen, aber inzwischen ist es mir gleichgültig. Außer Mitleid kann ich nichts mehr für sie empfinden.«
»Es hat auch dein Leben zerstört.«
»Nein«, entgegnete er entschlossen. »Ich habe Torie.«
»Und sie hat jetzt keine Zukunft mehr.«
»Das werden wir sehen.«
»Was passiert, wenn Sarah verschwunden bleibt?«
»Wir müssen sie finden.«
»Sie kommt ins Gefängnis.«
»Das bezweifle ich. Wahrscheinlich wird sie in eine psychiatrische Anstalt eingewiesen.«
»O Red.« Als Cat ihn umarmte, drückte er sie fest an sich.
»Und was wird aus Torie und Joseph?«
»Ich weiß nicht. Machen wir uns auf die Suche.«
»Laß uns zuerst einen Kaffee trinken. Du brauchst etwas Warmes im Magen.«
»Ich glaube nicht, daß ich was runterbringe.«
Doch er trank eine Tasse, bevor er seine Stiefel und die dicke Jacke anzog. »Ich sollte Jason anrufen.«
»Ich denke, das ist das beste.«

Die Suche nach Sarah dauerte den ganzen Tag. Obwohl sie zu Fuß nicht weit gekommen sein konnte, war sie

spurlos verschwunden. Red flehte Jason an, nicht die Staatspolizei zu verständigen.
Bis es dunkel wurde, durchkämmten sie mit Schneemobilen und auf Skiern die ganze Umgegend.
Red rief Chazz an und bat ihn, Torie ein Beruhigungsmittel zu verabreichen. Danach beteiligte sich auch der Arzt an der Suche.
»Ruf Ma an und sag ihr, sie soll Matt bei sich behalten«, meinte Red zu Cat. »Erzähl ihr nur, daß Sarah weg ist. Ich erkläre ihr alles später.«
Cat wunderte sich, daß er es überhaupt noch schaffte, zusammenhängend zu denken.
Joseph saß da wie in Trance und starrte auf die schlafende Torie. All ihre Zukunftsträume waren mit einemmal dahin.
»Und wenn Sarah tot ist?« wollte Cat von Red wissen.
Red blickte auf. »Na und?«

DREIUNDFÜNFZIG

Am nächsten Morgen um halb sechs, als es noch dunkel war, rief Samuel an.

Red, der erst vor zwei Stunden auf der Couch im Arbeitszimmer eingeschlafen war, nahm den Hörer ab.

»Red?«

Er erkannte die Stimme sofort.

»Ich glaube, ich weiß, wo sie ist. Ich bin bei Tagesanbruch bei euch.« Samuel legte auf, ohne die Anwort abzuwarten.

Ächzend rieb Red sich die Augen und stand auf. Er hatte einen schlechten Geschmack im Mund. Also ging er ins Bad, putzte sich die Zähne, betrachtete seine blutunterlaufenen Augen im Spiegel und beschloß, das Rasieren heute ausfallen zu lassen.

In zerknitterter Kleidung kam er in die Küche, setzte Kaffee auf und nahm am Küchentisch Platz.

Er fühlte sich wie durch die Mangel gedreht und völlig erschöpft. Inzwischen hatte sein Verstand zwar erfaßt, was in den letzten beiden Tagen geschehen war, doch sein Gefühl konnte damit nicht Schritt halten. Anstatt über Sarahs Rettung nachzudenken, überlegte er, wie er seiner Tochter helfen konnte. Seiner Tochter? Offen gesagt war es ihm herzlich gleichgültig, ob sein Blut

in ihren Adern floß. Torie war seine innig geliebte Tochter, ganz gleich, was auch geschah.
Seine größte Angst war, daß Torie sich etwas antun könnte. *Lieber Gott, gib ihr die Kraft, weiterzumachen.* Er wußte, daß sie im Leben keinen Sinn mehr sah.
Auch Joseph tat ihm unendlich leid.
Er verspürte keinen Zorn auf Samuel und Sarah, weil sie ihn hintergangen hatten. Nur wegen des Leids, das ihre Kinder nun ertragen mußten, machte er ihnen bittere Vorwürfe.
Jetzt schlief Torie oben in einem Gästezimmer, denn Chazz hatte ihr ein starkes Beruhigungsmittel verabreicht. Wo Joseph steckte, wußte er nicht.
Als er eine Hand auf der Schulter spürte, schreckte er hoch.
»Ich konnte auch nicht schlafen.«
Red tätschelte Cats Hand. »Hast du das Telefon gehört?«
»Nein.«
»Samuel ist auf dem Weg hierher. Er glaubt zu wissen, wo sie ist.«
»Ich glaube, ich auch.«
»Wo?«
»Auf dem Hügel.«
»Welchem Hügel?«
Cat zuckte die Achseln. »Keine Ahnung. Ich meine den, wo Torie gezeugt wurde. Natürlich wirst du ihn begleiten.«
»Natürlich.«
»Ich komme mit.«

»Nein.«
»Doch. Ich will dich in dieser Situation nicht allein lassen. Nicht mit Samuel.«
Red stand auf, um Kaffee einzuschenken, und bot Cat eine Tasse an.
»Hast du Angst, ich könnte Samuel umbringen?«
»Aber nein.«
»Warum willst du dann mitkommen? Es ist dunkel und kalt. Wahrscheinlich müssen wir reiten.«
»Trotzdem.«
Er sah sie an und nahm sie dann in die Arme. »Ich liebe dich, Cat. Ich liebe dich mehr als alles andere auf der Welt. Torie liebe ich auch, doch auf eine ganz andere Weise.«
»Ich werde dich nicht verlassen, Red.«
»Vielleicht habe ich Angst davor gehabt. Ich habe befürchtet, daß es dir zuviel wird.«
»Komisch. Und ich hatte Angst, daß du es nicht mehr erträgst.«
»Ich gehe und sattle drei Pferde. Zieh dich warm an. Wir können vor dem Haus auf Samuel warten.«
Sie stellte sich auf die Zehenspitzen, um ihn zu küssen.

Samuel traf vor Sonnenaufgang ein. Red bat ihn herein und bot ihm Kaffee an. Die drei saßen schweigend in der Küche und warteten darauf, daß es hell wurde.
Als sich das erste fahle Morgenlicht über den Berggipfeln zeigte, stand Samuel auf. »Reiten wir los. Wir werden genau eine Stunde brauchen.«

Cat wußte, daß sie Sarah finden würden. Sie fragte sich, ob ihre Schwiegermutter noch am Leben war.
Wortlos stiegen sie auf und folgten Samuel. Cat bildete den Schluß der kleinen Karawane. Red blickte sich kein einziges Mal nach ihr um.
Sie ritten einen schmalen, steilen Bergpfad hinauf, der sich zwischen Bäumen hindurchschlängelte. Hier oben im Wald war es noch ziemlich finster, und Cat wunderte sich, wie Samuel überhaupt den Weg finden konnte. Sie zitterte vor Kälte. Erst wenn die Sonne aufging, würde es wärmer werden, so daß sie die Jacken ausziehen konnten. Sicher war Sarah schon halb erfroren. Hatte sie in ihrem blauen Morgenmantel die Nacht überleben können? Wie hatte sie es nur geschafft, in ihrem Zustand so weit zu Fuß zu gehen?
Der Wald lichtete sich, und die ersten Sonnenstrahlen fielen durch die kahlen Zweige. Nach einer Dreiviertelstunde erreichten sie eine Bergwiese. Cat stellte fest, daß Samuel das nun baumlose Gelände absuchte. Es lag noch immer ein wenig Schnee, der in der Morgensonne grell funkelte.
Langsam ritt Samuel weiter und spähte in jede Felsnische. Vögel sangen. Reds Pferd schnaubte.
Plötzlich drehte sich Samuel im Sattel um und wies geradeaus auf eine Gruppe niedriger Felsen. »Dahinter macht der Weg eine Kurve. Ich bin zwar seit über zwanzig Jahren nicht mehr hier gewesen, aber ich glaube, dort werden wir sie finden.«
Cat wußte, was damals hier passiert war. Und sie fragte sich, welche Erinnerungen es wohl in Samuel wachrief.

Jenseits der Felsen wurde der Pfad schmaler und führte an einem steilen Abhang entlang. Die Aussicht war atemberaubend.
Dahinter begann wieder der Wald. Der Boden wurde moosig. Samuel stieg ab und blickte sich um. Red und Cat blieben auf ihren Pferden sitzen.
Schweigend erkundete Samuel die Umgebung. »Ich hätte geschworen, daß sie hier ist«, sagte er schließlich.
Red half Cat beim Absteigen. »Schauen wir uns ein wenig um.«
»Dort hinten fließt ein Bach.« Samuel arbeitete sich durchs Gestrüpp.
Erwartete er etwa, sie dort zu finden? Glaubte er, daß sie am Abhang saß und über die Vergangenheit nachgrübelte? Anstatt Samuel zu folgen, überlegte Cat, was wohl in Sarah vorgegangen war. Sicher war sie nicht den ganzen Weg hierhergekommen, um im Gebüsch über ihre Sünden nachzudenken. Und plötzlich wußte Cat so sicher, als ob sie eine Schamanin gewesen wäre, wo Sarah steckte.
Sie eilte auf die Felskante zu.
Die Männer liefen ihr nach.
»Da unten!« Cat zeigte in die Tiefe.
Außer Bäumen war nichts zu sehen.
»Meinst du …?« fragte Red.
»Sicher ist sie hier heraufgekommen, um sich in den Abgrund zu stürzen.«
»Natürlich«, sagte Samuel. »Natürlich.«

Die Fallschirmspringer in den Hubschraubern brauchten zwei Tage, um Sarahs zerschmetterte Leiche zu finden. Ihr blauer Morgenmantel war unversehrt.
Niemand in der Stadt erfuhr, daß Torie ein Baby gehabt hatte. Die Leute wußten nur, daß Sarah mitten in der Nacht betrunken das Haus verlassen hatte und vom Weg abgekommen war.
Weder Torie noch die Claypools erschienen zu Sarahs Beerdigung. Doch fast die ganze Stadt nahm an der Trauerfeier teil, obwohl fast niemand Sarahs Tod bedauerte. Alle glaubten, Torie und Joseph könnten nun endlich heiraten, und freuten sich, weil Red jetzt ein freier Mann war. Es war, als ob die Stadt erleichtert aufatmete. Die meisten hatten Sarah ohnehin seit Cats und Scotts Hochzeit nicht mehr gesehen.
»Hast du sie all die Jahre geliebt?« fragte Red Samuel.
Samuel schüttelte den Kopf. »Damals war es Leidenschaft. Doch als ich erlebte, was sie sich selbst und auch dir antat, sind meine Gefühle für sie erloschen. Und was ist mit dir? Hast du sie geliebt?« wollte er dann wissen.
»Nein«, gab Red zu. »Ich habe schon vor langer Zeit aufgehört, sie zu lieben. Es muß mehr als zwanzig Jahre her sein. Also kränkt es mich nicht, daß ihr mich hintergangen habt. Doch was ihr Joseph und Torie angetan habt, kann ich euch nicht verzeihen.«
»Auch dir habe ich Leid zugefügt, das nicht mehr gutzumachen ist«, sagte Samuel. »Und ich selbst konnte deshalb nicht mehr glücklich werden. Mein ganzes Leben lang werde ich keinen Frieden finden.«
Red wußte darauf nichts zu erwidern.

VIERUNDFÜNFZIG

Fünf Tage später brachte Miss Jenny Matt zurück. Torie wohnte wieder in ihrem alten Kinderzimmer und schlief den Großteil des Tages.

Joseph war nur einmal vorbeigekommen und hatte ein langes Gespräch mit ihr geführt. Seitdem hatte er sich nicht mehr blicken lassen. Torie saß da und starrte ins Leere. Red befürchtete, sie könnte so enden wie ihre Mutter. Aber er war machtlos und konnte nichts weiter tun, als ihr zu zeigen, wie sehr er sie liebte.

»Das Leben muß weitergehen«, verkündete Miss Jenny, als sie ins Wohnzimmer marschiert kam.

Niemand widersprach.

Matt war so begeistert, wieder zu Hause zu sein, daß er seiner Mutter und seinem Großvater auf Schritt und Tritt folgte.

»Hat jemand was dagegen, daß ich zum Essen bleibe?« wollte Miss Jenny wissen. Doch eigentlich war mit dieser Frage nur Thelma gemeint.

»Es gibt Hühnerfrikassee mit Sauce und Kartoffelbrei«, antwortete diese.

Cat hatte es schon längst aufgegeben, Thelma die Hausmannskost abzugewöhnen.

»Ich rieche doch *noch* etwas«, meinte Miss Jenny.

»Zitronenbaisers.« Thelma war als einziger im Haus das Lachen nicht vergangen, denn sie wußte nur die Hälfte dessen, was vorgefallen war. Daß Torie und Joseph Geschwister waren, hatte die Familie ihr verschwiegen.

»Vielleicht sollte ich hier übernachten«, sagte Miss Jenny. »Wir müssen uns einmal richtig aussprechen.«

Cat war ganz ihrer Ansicht.

Die Gelegenheit ergab sich erst nach dem Essen, als Thelma nach Hause gegangen war und Matt in seinem Bettchen schlief.

»Komm«, meinte Miss Jenny zu Torie. »Setzen wir uns in Reds Arbeitszimmer. Ich möchte dich ein paar Dinge fragen und habe einige Vorschläge zu machen.«

Torie hatte in den letzten Tagen stark abgenommen. Das Haar hing ihr strähnig ins Gesicht. Und ihr Blick wirkte müde und stumpf.

Red nahm in seinem Lieblingssessel Platz. Torie und Cat setzten sich aufs Sofa.

»Torie, da gibt es noch etwas, das du wissen mußt«, eröffnete Miss Jenny das Gespräch. Sie sah ihren Sohn an. »Red, es ist an der Zeit, daß du es ihr sagst.«

Red betrachtete erst seine Mutter, dann seine Tochter. »Ich werde dich immer lieben.«

»Das habe ich nicht gemeint«, unterbrach Miss Jenny. »Torie, dein Vater und Cat haben sich ineinander verliebt.«

Tories Augen leuchteten auf. »Stimmt das?« fragte sie Cat. »Ich dachte, du und Jason …«

»Hoffentlich bist du jetzt nicht schockiert«, meinte

Cat. Als ob angesichts der jüngsten Ereignisse noch irgend etwas hätte schockieren können.

»Daddy?« Torie musterte ihren Vater.

»Die drei Menschen, die ich auf der Welt am meisten liebe, befinden sich zufällig in diesem Zimmer. Ja, das ist die Wahrheit. Ich liebe euch drei mehr, als ich in Worte fassen kann. Ich habe mich in Cat verliebt, und wenn sie einverstanden ist, werde ich sie heiraten.«

»O Daddy.« Trotz ihrer Trauer freute sich Torie aufrichtig für ihren Vater.

»Wir wußten es schon, bevor deine Mutter starb«, fuhr Red fort. »Ich wollte mich von ihr scheiden lassen.«

Torie legte den Arm um Cat. »Das ist zur Abwechslung mal eine gute Nachricht.« Dann ging sie zu ihrem Vater hinüber und umarmte ihn ebenfalls. »Ach Daddy, endlich hast du dein Glück gefunden.«

Er drückte sie fest an sich.

»Nun zu dir, Torie«, ergriff Miss Jenny wieder das Wort. »Es wird lange dauern, bis die Wunden heilen. Aber du mußt weiterleben, auch wenn du im Augenblick keinen Sinn darin siehst.«

»Ich habe mir etwas überlegt«, antwortete Torie. »Ich werde dem Peace Corps beitreten und so weit weggehen wie möglich.«

»Du solltest in dieser Situation keine Entscheidungen fällen, die dein ganzes Leben verändern«, sagte Red.

»Daddy, ich muß mein Leben verändern, wenn ich weitermachen will. Ich muß fort von hier, wenigstens im Moment. Ich habe keine Ahnung, was die Zukunft bringt, aber ich brauche etwas, wofür ich mich engagieren kann. Ich möchte mich um andere Menschen kümmern, anstatt ständig über mich selbst nachzugrübeln, über Joseph, über das Baby, über ...« Tränen stiegen ihr in die Augen. »Ich weiß nicht, wie ich es ohne Joseph aushalten soll.«

Die anderen schwiegen. Schließlich stand Torie auf, ging zum Fenster und blickte in die Dämmerung hinaus. »Aber mit ihm zusammenzuleben kommt jetzt auch nicht mehr in Frage. Also muß ich weg. Hoffentlich versteht ihr mich.«

Red schloß die Augen. Er verstand es besser, als Torie ahnte.

»Alles, was mir bis jetzt etwas bedeutet hat, gibt es nicht mehr. Nur du, Daddy, und Miss Jenny sind übriggeblieben. Ich weiß nicht, was ich denken oder fühlen soll, und ich bin so durcheinander, daß ich fürchte, verrückt zu werden.« Die Hände auf dem Rücken verschränkt, drehte sie sich um. »Aber ich will nicht den Verstand verlieren und so werden wie Mama. Ich mache weiter.« Sie reckte das Kinn. »Ich trete nicht in die Fußstapfen meiner Mutter. Auf keinen Fall.«

Miss Jenny schüttelte den Kopf. »Es dauert Monate, bis das Peace Corps den Aufnahmeantrag bearbeitet. Was hältst du davon, wenn du und ich in der Zwischenzeit eine kleine Reise unternehmen?«

Torie sah ihre Großmutter erleichtert an.

»Ich finde, Cat und Red brauchen Ruhe, um alles zu regeln«, fuhr Miss Jenny fort. »Und es wäre doch nett, wenn wir beide ein wenig Zeit miteinander verbringen.

Wohin möchtest du denn, während du auf Antwort vom Peace Corps wartest?«

»Auf die griechischen Inseln, in die Türkei und nach Italien«, antwortete Torie wie aus der Pistole geschossen.

»Wie schön.« Miss Jenny legte den Arm um Torie. »Da war ich nämlich auch noch nie, und es würde mich sehr interessieren.«

Torie küßte Miss Jenny auf die Wange.

»Hast du einen Paß?« fragte Miss Jenny.

»Nein.«

»Dann fahren wir morgen früh gleich auf die Post und holen ein Formular. Außerdem müssen wir Visa beantragen. Wie lange brauchst du zum Packen?«

»Können wir nicht abreisen, bevor der Paß kommt?«

»Den Grand Canyon kenne ich auch noch nicht. Oder Monument Valley ...«

»Daddy, du könntest uns die Pässe und Visa ja per Kurier nachschicken.« Tories Stimme klang drängend.

»Dein Wunsch ist mir Befehl.«

Torie fiel ihrem Vater um den Hals.

»Ohne euch beide wäre ich schon längst verzweifelt«, sagte sie. »Mir ist klar, daß es seine Zeit dauern wird, und ich weiß nicht, was die Zukunft bringt. Aber ich werde es schaffen, und das habe ich nur dem besten Vater und der besten Großmutter der Welt zu verdanken.« Sie drehte sich zu Cat um. »Und deinetwegen wird mein Vater endlich glücklich werden. So kann ich mir sagen, daß ich nicht alles verloren habe.«

Doch Cat fragte sich, ob der traurige Ausdruck in Tories Augen wohl je verfliegen würde.

»Was hat Joseph vor?« erkundigte sich Miss Jenny.
»Er ist schon fort«, entgegnete Torie gleichmütig. »Er hielt es hier auch nicht mehr aus, denn er möchte seinem Vater nach alldem, was er uns angetan hat, nie mehr begegnen. Aber er weiß noch nicht, was er tun will. Alles hat für ihn den Sinn verloren.«
Cat kämpfte mit den Tränen.
»Morgen nach dem Frühstück fahren wir zu mir«, sagte Miss Jenny zu Torie. »Wir können Landkarten studieren und Pläne schmieden – was nicht heißt, daß wir sie auch einhalten müssen. Ich hätte nichts gegen eine Weltreise einzuwenden. Wir könnten ein Jahr oder länger durch die Weltgeschichte gondeln und unseren Horizont erweitern.«
Torie lächelte schwach. »Du bist großartig, Miss Jenny.«
»Eine Familie ist eben das Wichtigste im Leben.«
Um zehn gingen Torie und Miss Jenny zu Bett.
Als Cat sich anschickte, die herumstehenden Tassen einzusammeln, hielt Red sie am Handgelenk fest. »Ich habe dich sträflich vernachlässigt.«
Sie blieb stehen und sah ihn an. »In den letzten Tagen hast du eine Menge durchgemacht. Ich habe Verständnis.«
»Ich liebe dich«, sagte er, ohne ihre Hand loszulassen.
»Ich liebe dich auch.«
»Ich begehre dich.«
Sie lächelte. »Ich trage nur noch die Sachen in die Küche. Darin stehe ich zur Verfügung.«
»Beeil dich.«

Cat hielt das Geschirr unter fließendes Wasser und stellte es in die Spülmaschine.
Als sie ins Arbeitszimmer zurückkehrte, stand Red neben dem Schreibtisch. Rasch ging er auf sie zu, schloß die Tür, nahm sie in die Arme und küßte sie, so daß ihr schwindelte.
»Weißt du was? Auch auf die Gefahr hin, die ganze Stadt zu schockieren, sollten wir so bald wie möglich heiraten. Am besten, wenn Ma und Torie vom Grand Canyon zurückkommen, um für Europa zu packen, denn sie müssen unbedingt dabeisein. Nur eine kleine Hochzeit, hier auf der Ranch.«
»Wenn du willst, meinetwegen schon morgen. Ich hatte mir nämlich bereits etwas Ähnliches überlegt. Was hältst du von Flitterwochen auf Santorin?«
»Wo ist denn das?«
»Das ist eine griechische Insel. Wir könnten uns dort mit Miss Jenny und Torie treffen. Ich wollte schon immer mal auf die griechischen Inseln.«
»Ach, jetzt erinnere ich mich. Ich habe gehört, da gibt es FKK-Strände.«
»Dann eignet es sich doch prima für eine Hochzeitsreise.«
Er küßte sie wieder.
»Ich habe nachgedacht«, fuhr sie fort. »Offenbar hast du Matt sehr gern.«
»Gern? In seiner Gegenwart fühle ich mich richtig lebendig.«
»Du hast doch mal gesagt, du hättest gern weitere Kinder. Es ist nicht zu spät. Möchtest du noch ein Kind?«

Er zog sie an sich.
»Vielleicht drei?« murmelte sie zwischen Küssen.
Er zog sie zu sich auf die Couch hinunter. »Das würde mich freuen. Es wäre schön, wenn unsere Kinder hier herumtollen. Aber du hättest dann keine Zeit für deine Kanzlei mehr.«
Sie lachte. »Unterschätz mich bloß nicht.«

Knaur

Fernweh bis zur letzten Seite

Spannende und unterhaltende Bücher zu den großen Reisezielen dieser Welt. Bücher, die keine Reiseführer sind, sondern als Romane und Sachbücher ferne Länder näherbringen.

(60407)

(60409)

(60401)

(60396)

(60397)